I0556822

故事会

2004·4

（总第322-325期）

合订本

上海文艺出版社

图书在版编目(CIP)数据

《故事会》2004年合订本.4/《故事会》编辑部编.

上海：上海文艺出版社，2004

ISBN 978-7-53212-763-4

Ⅰ.故... Ⅱ.故... Ⅲ.故事－作品集－中国－当代 Ⅳ.Ⅰ247.8

中国版本图书馆CIP数据核字(2004)第098384号

责任编辑：鲍 放
封面设计：李宝强

故事会2004年合订本4

(总第322－325期)

《故事会》编辑部 编

上海文艺出版社出版

地址：上海绍兴路74号

电子信箱：gushihui@263.net

网址：www.slcm.com

中国图书进出口上海公司发行

地址：上海市广中路88号

电话：36357888

字数280,000

ISBN 978-7-53212-763-4／Ⅰ·2141

322

2004
SEMIMONTHLY
上半月刊

7月
STORIES

百姓话题

故事会

2004年7月
上半月刊·红版

主编：何承伟

副主编：吴伦

社务委员会

何承伟 吴伦 姚自豪
夏一鸣 冯杰 张凯

本期责任编辑：姚自豪

美术编辑：李宝强

发稿编辑：

夏一鸣　潇白

鲍放　梁宁宁

蔓石　马峡

主管：上海市新闻出版局

主办：上海文艺出版总社

（上海市绍兴路74号）

邮政编码：200020

电话：021-64375030

督印 发行：张凯

（上海市建国西路384弄11号甲）

邮政编码：200031

电话：021-64313938

广告总代理：上海文艺广告传播中心

上海市绍兴路74号（邮编：200020）

广告总监：张淮

广告业务：021-34010383

广告投诉：021-64333738

广告经营许可证

沪工商广字3101034000029号

发行：中国图书进出口上海公司

封面图片由Corbis／达志影像提供

本刊各栏目欢迎来稿。来稿寄上海市绍兴路74号《故事会》杂志社，邮编：200020，请在信封上注明
"××栏目"收；本期责任编辑E-mail地址:yaotongzhi@vip.sohu.net

聪明的男孩

男孩伊凡牵着一头驴从部队的营地经过，两个士兵想拿他开玩笑。

一个士兵问："小家伙，你为什么把你的弟弟拴得这么紧呀？"

伊凡回答说："我怕他参军啊！"

（赖换强）

今天便宜你了

从前，一个军官在战场上督阵，抓住了一个逃兵，于是大发雷霆，写了一张字条，打算在阵前宣布后将其枪毙。谁知"毙"字不会写，就决定改打军棍；可是"棍"字也不会写，最后他对逃兵说："去吧，今天便宜你了！"

（小 球）

（本栏插图：李 加）

无意中

有个老师到一个班级代课，起立时，一个学生不小心把桌子碰得"砰"的一声响。

老师很生气："是谁把桌子碰响的？"

"报告老师，"那个学生战战兢兢地站了起来，"是无意中碰响的。"

"谁是吴毅忠？"老师连问几声都没人理他，于是勃然大怒，"吴毅忠，给我站起来！"

（苏超峰）

模 特

猴子开了个女性时装专卖店，并雇用长颈鹿展示花花绿绿的围巾，引来百兽驻足围观，大家齐声叫好。

这时，奶牛挤上前去对猴子说："我也要当模特。"

众兽听了大笑，奶牛说："笑什么？猴姐进口的一批'文胸'，明天就到货了！"

（寒心血）

报告将军

副官向将军报告——

坏消息：502 号飞机失事……

好消息：飞行员成功离机……

坏消息：飞行员忘了带伞包……

好消息：地上刚好有一个泳池……

坏消息：泳池里没水……

（周自琨）

讲究卫生

——家三口住进了新房，妻子见丈夫和儿子不讲究卫生，就在家中贴了一条标语："讲究卫生，人人有责。"

儿子放学回来，见了标语，拿出笔改成了："讲究卫生，大人有责。"

第二天，丈夫见了标语，也拿起笔挥手一改，标语成了："讲究卫生，太太有责。"

（胡恒宇）

更加聪明

两位女士正在争论谁家的狗更加聪明。

"我的狗真聪明。它每天都在门口等送报工，然后把报纸叼给我。"

"我知道。"

"你怎么知道的？"

"我的狗告诉我的。"

（康太炎）

百 蟹 图

有一位画家很会画蟹，一个富翁出了高价请他画"我希望你给我画一幅'百蟹图'，画面上要有一百只蟹，一个月后我来取画，行不行？"

画家回答道："不必等一个月，明天我就可以画完。"

第二天，富翁去画家那里取画，但是画家还没有动笔，富翁很不满意，板着脸说："你怎么还不画呀？"

画家马上铺了画纸，大笔一挥，很快画好了一只大母蟹，然后在画上题了一行字："此蟹怀孕九十九只小蟹。"

（小 施）

粗声

一个皇帝出巡多年返京，忽闻一皇妃生子，心想：我在外这么久，她怎会怀孕生子？准是身旁太监所为，于是大怒，召集所有太监，并令他们排队报数……

于是太监开始报了："（细声）1、2、3、4……5（粗声）……"

"不用报了，"皇帝说，"把那个'5'关进牢里！"

夜过三更，那皇妃怀抱婴儿偷入死牢，对"5"说："我已买通牢役，咱俩快逃，到一个谁也找不到的地方过幸福生活。"

"5"说："来不及了，已经晚了（细声）……"（亓 国）

总新词

经理在会上随意讲了几句，爱吹捧的科长就要求大家讨论，还强调说："不能说'深受启发''极受鼓舞'这样的老套话，要用新的观念去理解局长的指示。"

王二站起来说："听了总经理的指示，腰不酸了，背不疼了，腿也不抽筋了，走路也有劲了。这指示，还真管用！"

（满庭芳）

卖花生

南货店老板看见三个人来买东西，就问第一个人："你要买什么？"

第一个人说："我要一包花生。"老板就搬来了梯子，爬到货架顶部，拿了一包花生，走下来递给他。

老板又问第二个人："你要买什么？"第二个人也说要一包花生，老板就埋怨他怎么不早说，但还是又搬来了梯子，爬到货架顶部去拿，老板站在梯子上拿过一包花生，赶紧问第三个人："你也是要一包花生吗？"第三个人说"不是"，于是老板就拿了一包花生走了下来……

老板把花生给了第二个人，他把梯子收好，然后问第三个人："那你要什么？"

第三个人说："我要两包花生。"

（杨展伟）

演 讲

有 个教授被请去作一次"猿人如何进化成人类"的演讲。

教授开始侃侃而谈:"我们从小便知道人类是由猿人进化而来的……"

演讲持续了几小时,结束时,一位听众站了起来,他说:"我还是不太明白,到底为什么从小便——就能知道人类是由猿人进化而来的?"

（恬 螺）

咱家是平房

一 个女人正和奸夫偷情,她的酒鬼丈夫喝酒回来敲门,女人慌忙中把奸夫藏在卫生间。

酒鬼喝多了,便要去卫生间吐,一开门看见奸夫光着身子站在里面,大怒道:"你他妈的怎么在我家?"奸夫慌忙说道:"大哥,真不好意思,我和楼上的那个女人偷情,他丈夫回来了,我只好躲到你家了。"酒鬼一想自己也有偷情的经历,便说:"唉,大家都是男人,不容易啊!"于是他就把自己的衣服给了奸夫,还送出了家门。

半夜,酒鬼酒醒了,起身就给妻子一个嘴巴,妻子不解地问道:"你干什么打我啊!"酒鬼大怒说:"我他妈的刚想起来,咱家住的是平房!"

（花纯春）

时髦女生

上 小学四年级的龚小强兴高采烈地回到家,一边还哼着歌曲。爸爸老龚估计他获奖了,很想和他一起高兴高兴,于是问道:"小强,今天拿什么奖了?"

小强回答说:"我跟我们同学说,爸爸你在单位上别人都叫你'老龚',我叫他们也这样叫我,没想到一个女生今天突然对我说:'老公,你作业写了吗?'"

（张时军）

（本栏欢迎来稿,来稿一经采用,最高稿费为一则100元。本期责任编辑电子邮箱:yaotongzhi@vip.sohu.net）

吝啬鬼大赛评奖揭晓

《过日子》杂志举办了一次全市性的吝啬鬼大赛，凡报名参加的人士，经审核评比，评出前十名，届时将对获奖人员颁发证书和奖金。

一个月后，大赛结果公布了：

第十名老尼，获奖理由：一辈子未给别人花过一分钱；

第九名老孙，获奖理由：家里从不煎炒烹炸，只吃生菜，晚上不开灯，六点就睡；

第八名老叶，获奖理由：天天吃两顿饭，只有第二顿的时候才用一点点的咸菜下饭；

第七名老李，获奖理由：每顿饭用盐水就饭；

第六名老毕，获奖理由：每天吃饭前跑到熟食摊前，做出买的样子，摸个遍，然后回到家，吮一下手指头，吃一口饭；

第五名老刘，获奖理由：只有夏天下大雨的时候才站在天井里洗澡；

第四名老张，获奖理由：极少喝自来水，夏天喝雨水，冬天喝雪水；

第三名老云，获奖理由：自荐信是用一条两指宽的信纸写的；

第二名老金，获奖理由：自荐信是用自己用过的手纸写的；

第一名老盖，获奖理由：自荐信是用别人用过的手纸写的……

(推荐者: 姜 悦)

《故事会》第十期故事创作研讨班

1《故事会》主编何承伟、副主编吴伦在研讨班上
2 学员们在研讨班上
3 学员们参观《故事会》杂志社
4 来自全国各地的三十余名学员和《故事会》杂志社的编辑们合影

在如此尽情的欢乐中度过一日，胜似在郁郁寡欢中度过一个世纪。——蒙哥马利

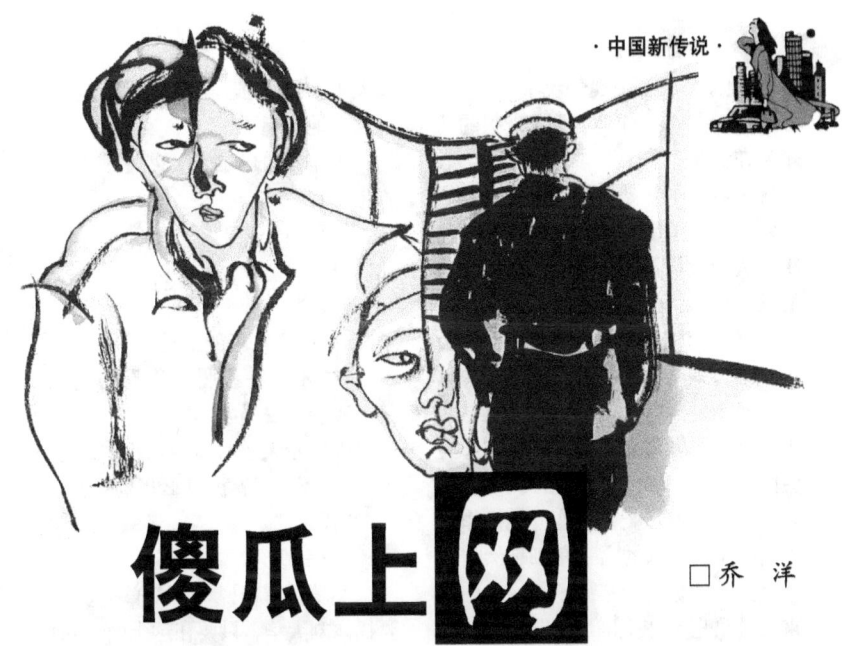

傻瓜上网

□乔 洋

刘大华离开了四川老家，不远千里在合肥落下了脚，靠着老乡的帮助，他在一家小饭店里做了个伙计，工钱不多，但由于是包吃包住，因此不仅够用，还能有些节余。

大华的工作很繁杂，洗涮、拣菜、端盆子，样样都得来。到了中午饭的光景，他还得出去送外卖，周围好几个单位在他们店里订了盒饭，其中还包括一家派出所。说起警察，大华起初总有些恐惧感，他常听人说有些警察很凶的，但是大华送了几天盒饭，发现不是那么回事，那些警察都和和气气的，每天就是处理些邻里纠纷、打架斗殴之类的破事儿。大华送饭去，警察们对他挺客气，连所长都不例外。久而久之，大华也就不怕了，只有对一位吴警员，他心里还是有些敬畏的，因为这位吴警员是专门负责操作电脑的，大华不懂电脑，只懂电视，电视广告经常说：去某某学校学电脑，就能挑战四位数的职场高薪，因此在大华眼里，搞电脑的人都是了不起的。

夏天到了，老板家读大学的儿子从外地回来，听说大华是四川人，就经常跑来缠着他要学四川话，原因是他暗恋班里的一个成都妹子。大华就挑了些有趣的方言俚语教给他，小伙子学得有滋有味，还动不动打电话到

成都去现炒现卖，哄那女孩。作为答谢，老板的儿子就在大华下班后带着他去网吧，教他玩电脑。刚开始，大华对着电脑两眼发直，连手都不知道往哪里搁，几次一去，大华学会了聊天，只要没事，他就一个人到网吧上网，消磨时间。

学会上网之后，大华看到吴警员也就不再缩头缩脑了，给他送饭的时候，大华也会有意无意地瞟上电脑几眼。电脑的屏幕上好像有个和警务有关的窗口，每次吴警员见大华进来，总会在那个窗口上装模作样地操作几下，然而在屏幕的右下角却赫然有一个企鹅的图标，大华忍不住偷笑：原来吴警员也是在上网聊天啊！

在一个下雨的正午，大华照例去派出所送饭，最后，他把盒饭送到了吴警员的办公室。外面的雨骤然变大了，吴警员看看门外，对大华说："雨

太大了，你在这避一会吧。"然后他就自顾自地吃起了饭。

大华盯着电脑，很想坐下来上网聊上几句。

吴警员一边吃饭一边问："大华，你懂电脑？"

"我会上网。"大华不好意思地笑了笑，"你们这里能上吗？"

"这不就在上吗？你看这个，就是我们公安局办的网。"

大华瞪大了眼睛，一脸的疑惑："公安局还办网？派什么用场呀？"

"找人。"

"怎么找呀？"

吴警员解释说："很简单啊，假如要找你刘大华，只要在这上面输入你的姓名，就能查到你的情况啦！"

大华撇了撇嘴，有点不相信，他趁势坐了下来，在上面敲下了"刘大华"三个字……吴警员捧着饭盒踱了过来，笑呵呵地说："我看看，有没有和你同名的逃犯……嗯，还真有？刘大华，四川乐山人，自行车盗窃团伙在逃人员，你看这照片，长得和你还……所长，所长！"

这天，是刘大华最倒霉的日子，他恨不得抽自己一个耳光："我他妈的真傻呀！"

（本篇月月评短信代码：1301）

（题图、插图：箭　中）

命运对于我们显得是一种不可挽回的必然。——伊壁鸠鲁

落币无声

□ 杨汉光

林明和刘军在商店里买东西，每人都找回几枚硬币。从商店出来，没走多远就过一个天桥，天桥上坐着两个乞丐，其中一个乞丐是瞎子。

林明说："干脆我们把硬币给这个瞎子吧。"

刘军说："好。"

瞎子的面前放着一个缺口的铁盒，铁盒里有寥寥几毛钱，林明和刘军便一前一后把几枚硬币放进了铁盒，可奇怪的是林明把硬币丢进盒子后，瞎子点头说了声"谢谢"，而刘军放了钱后瞎子却站了起来，鞠躬说道："谢谢！"

林明不高兴地问："喂，瞎子，为什么我给你八枚硬币，你都不鞠躬，他只给你四枚硬币，你却站起来鞠躬？"

瞎子说："对不起，我眼睛瞎了，看不清楚你们给多还是给少，我只知道那位先生给的钱和你给的有些不同。"

林明问："我们的硬币都是刚刚从同一个老板那里找来的，有什么不同？"

瞎子说："你的钱里只有施舍，他的钱里除了施舍，还有尊重，所以我对你只说谢谢，对他除了说谢谢，还要鞠躬。"

林明问："你怎么知道我的钱里没有尊重、他的钱里有尊重？"

瞎子说："你是站着把钱丢进我的盒子的，他是弯腰把钱放进我的盒

坐门貂（文：晓桔；图：枫叶）

1. 一天，李女士问商场的营业员："这件大衣是什么毛皮制的？"

2. 营业员答道："坐门貂。"李女士不懂此为何物，但因喜欢，还是买下了。

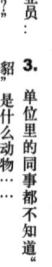
3. 单位里的同事都不知道"坐门貂"是什么动物……

4. 过了一天，李女士又去问营业员，营业员答道："狗。"

子的。"

林明生气地说："你还看得见我们的腰弯不弯，原来你是假装眼瞎的。你这个骗子，我要拿回我的钱！"

乞丐说："随你吧，那本来就是你的钱。"

林明真的伸手到铁盒里，捡起八枚硬币，还怂恿刘军："你也要回你的钱。"

刘军说："算了。"

"怎么能算了呢？不能便宜这个骗子。你不捡，我帮你捡！"

林明正要拿回硬币，旁边的另一个乞丐说"你们误会了，他真的是一个瞎子，每天都要我拉他走路。"

刘军不解地问："那他怎么知道我是弯下腰放硬币的呢？"

那个乞丐说："这我就不知道了，你还是问他自己吧。"

刘军回头问瞎子，瞎子说"这很简单，我是用耳听出来的。你的钱声音很小，我就知道你是从低处轻轻放进盒子的；那位先生的钱'当'地响得厉害，我就知道他是从高处重重丢下来的。"

林明一听，羞红了脸，他弯下腰，轻轻地把八枚硬币重新放回瞎子的铁盒里，这回声音很轻、很轻……

（本篇月月评短信代码：1302）

（题图：安玉民）

□ 九水

红头发的歹徒

里德警官身体健壮，行动敏捷，还获得过射击冠军，正因为这些，他被派到这个小城的黄金街当巡警，要知道这可是一份不小的荣誉呀！

一个阳光明媚的上午，里德正在黄金街上巡视，突然，一个红头发的男人出现在里德的视线里，就在两人的目光相对时，说时迟，那时快，红头发男人转身就跑了。里德感到疑惑，急着追了过去。红头发男人的身体实在是不怎么样，没跑多远就被里

德逮到了。里德平静了一下呼吸，说："先生，看来您要到警署吃午饭了。"红头发男人耸了耸肩，表现出一种无奈，这样，里德便感觉到自己没有抓错人。

警署位于黄金街的街尾，也是进出黄金街的唯一出入口。来到警署，经过讯问，红头发男人自称叫吉米，是一名心理学硕士，是来这个小城实习的。里德问道："吉米先生，你见到我为什么跑？"

吉米一脸的不高兴，说："警官，本国法律哪一条规定公民不准在街上跑步？"

"可你是在见到我时才突然跑起来的！""是的，你看这有什么问题吗？"

吉米说完"哈哈"大笑起来。里德听着吉米不怀好意的笑声，像是吃了一只苍蝇一样，但也没有一点办法让吉米留在警署，只好把他放了。

第二天，里德依旧在黄金街上巡视，脑中还残留着昨天那个红头发吉米不屑表情的记忆，里德觉得他一定是在戏弄自己。

突然，里德看到了一个红头发男人，那男人见到里德转身就跑，里德确定那人正是吉米，犹豫了一下还是追了过去。吉米又被带回了警署，询问的结果和昨天一样，里德咬着牙根又将吉米释放了，他觉得吉米是个疯子，不然就是个运动狂什么的。

接下来的几天，里德总是能看到吉米，吉米也一如既往地不停地"跑步"，只不过是在见到里德以后。那撮红头发在里德眼中简直就像是一摊牛粪般的讨厌，以至于每次里德都想让吉米在马路上跑时被一辆飞驰的汽车撞倒。

又是一个阳光明媚的上午，现在的里德若是见不到吉米反倒觉着不正常了。这时，吉米也照常出现在里德的视线内，还是一看到里德就跑，里德喃喃道："这个红头发家伙真该到精神病院或心理诊所去一趟！"就在这个时候，突然有人大喊一声"抢劫"，接着，一个年轻女人跑到里德身边气喘吁吁地说："一个红头发的家伙……抢劫……"

里德感觉事情不妙，赶紧追赶上去。这次里德费了不少劲才抓到了吉米，女人也赶了上来说："就是他！这

一颗狡诈的心，比十只血腥的手还坏。——伊朗民谚

个红头发的坏小子！"里德终于弄明白了吉米的用意，什么"硕士"、"实习"全是假的，他将吉米和那个女人一同带回了警署。

里德喝了一口浓浓的咖啡，口气严厉地问道："吉米，我的心理学硕士先生，这回你还有什么要辩解的？"吉米说："警官先生，您难道不知道她是个出了名的疯女人？"

里德转过头问那女人："小姐，他抢了你什么东西？"

"感情！"

"什么？"这个回答让里德大吃一惊。这时，女人又说："我叫露丝，是吉米的女朋友，他不顾我们三年多的感情，丢下我一个人跑到这里，您说他是不是抢走了我的感情？"说着，露丝就"呜呜"地哭了起来。里德此时有些抑制不住愤怒之情，他觉得自己受了吉米和他所谓女朋友的玩弄，便厉声喝道："小姐，你说的抢劫对象，它应该是金表、皮包之类的财物！"

露丝擦了擦眼角说："警官先生，这只是您将抢劫的概念局限化了，难道感情就不能抢劫吗？"说完，她望着吉米又哭了起来。这时，吉米轻松地耸了耸肩，说："警官先生，她是疯子，我说得没错吧！"对于这样荒唐的事，里德一点办法也没有，只好把他俩请出了警署。

没想到第二天，闹剧又重新上演了，只是女主角换成了一个叫玛丽的女人，所有的经过一模一样，活像是一幕蹩脚的喜剧，连台词都如出一辙，只是临走时玛丽加上了一句："警官先生，要知道这个红头发的家伙抢走了不少女人的感情！"

里德强压住怒火，对她说："我不希望再有下一次，否则你们会后悔的！"

第三天上午，里德在黄金街上巡视时，脑子被近几天吉米和他那些感情被抢劫的女人们搅得一团糟，他发誓如果再发生这类"感情抢劫"的事，他一定会躲得远远的，再也不会去理睬了。

就在这时，里德又听到有人在喊"抢劫"，随着叫声，他又一次看到了那团如一摊牛粪般的红头发，里德气得发了疯，他的忍耐已经超出了极限，他决定要兑现自己的诺言，于是就毫不犹豫地走进了旁边的一家咖啡店，悠然自得地喝起了咖啡，再也没有到街上去巡视。

几天以后，黄金街上换了一位新警官，里德受了很重的处罚，不知道发配到哪儿去了，因为前不久的那个上午，黄金街上最大的一家珠宝商店被抢了，歹徒中为首的就是一个红头发的家伙⋯⋯

（本篇月月评短信代码：1303）

（题图、插图：箭　中）

百姓故事
(1)
(2)

本书所列的百姓话题有三十个之多，诸如话说"当官的"、话说"发财"、话说"球迷"、话说"妻子"、话说"打工"等等，每一个话题都以一种朴实亲切的叙述方式，通过一则则情节性强、生动有趣的小故事揭示问题，形象地道出老百姓要说的心里话。都是老百姓自己讲述的故事，都是讲述老百姓自己的故事。

名作故事

汇集了经过精心修改包括美、英、法、德、日、俄等国名家大师的作品，其情节或紧张奇特，或真切动情，或谐趣幽默，或荒唐却耐人寻味，既简练明朗，又保持了原作之精华。

笑话故事

是从《故事会》十几年来的作品中遴选出来的笑话精品，共600余则，全方位地折射了社会、艺术和人生，作品趣味盎然，回味无穷。

谜案故事

收入的90则作品都是世界著名谜案故事，主人公除了名侦探福尔摩斯外，还有怪盗英雄、强悍警察、著名律师等等，他们八仙过海，各显神通，是一本谜案故事的精萃之作。

说大事、小事,普通人的身边事
讲闲话、实话,老百姓的心里话

旅途上的

奇事、趣事、险事

　　有这么两个病人,一个工人,一个干部,他俩都被医生诊断为患了不治之症。这个工人,在得知自己的病情后还是乐呵呵地生活着,他作了一个计划:在余下的日子里出门旅游去,让大自然的江河山川和自己生命中的最后时光作伴,漓江山水、庐山瀑布、天山雪景、三峡风光、云岗石窟、苏州园林……在旅游时,他跋山涉水,历险探幽,在云南临沧的一个小村寨,他还认识了一个采草药的药农,在药农的那间茅屋里住了半个月,吃了不少说不上名的稀奇古怪的草药。他觉得很开心,精神也好了,筋骨也好了,过去了一年,又过去了一年,他就这样一直活了下来,三年后再到医院去检查,他的病情竟奇迹般

地好了起来，而当时和他病情相仿的那个干部，却在一年后去世了……

说旅游能治疗绝症，这话说得夸张了，但旅游确实能愉悦身心、强身健骨，长见识、长知识，难怪有这么多人喜欢旅游，每到"黄金周"，宾馆满了，道路堵了，门票涨了，旅行社笑了，就说今年"五一"黄金周吧，全国共接待游客1.04亿人次，旅游收入390亿元，民航客运收入16亿元，铁路客运收入11.4亿元，31个重点城市旅游收入159亿元……

今天，我们就来说说发生在旅途上的奇事、趣事、险事……

第一个故事：
一对神秘的旅伴

二十多年前，有一部电影片名叫《在西双版纳的密林中》，当时可真是风靡全国，美丽的西双版纳，从此就成了旅游的好去处。这天，"金孔雀旅行社"的导游杨小姐，接待了一个情侣旅游团，其中有一对五十来岁的男女，男的姓王，女的姓夏。王先生一看就是个大老板，他对夏女士关怀备至，每到一个景点，就殷勤地为夏女士拍照，让别的女游客看了羡慕不已。可不知为什么，夏女士总是郁郁寡欢，心事重重。

第一天晚上安排住宿，导游杨小姐自然要将每一对情侣安排在同一个房间，没想到王先生找来了，提出了一个不可思议的要求：他和夏女士分开住。杨小姐一听感到奇怪：莫非这两人不是夫妻、也不是情侣？那会是什么关系呢？王先生这么一说，杨小姐没办法，只好让王先生一个人住，让夏女士和自己住。接下来的几天里，夏女士总还是沉默寡言，和杨小姐住了几个晚上，也没多说什么话。

这次旅游最精彩的"压轴戏"，是去原始森林中的"野象谷"看野象，这跟在动物园看动物截然不同，因为在

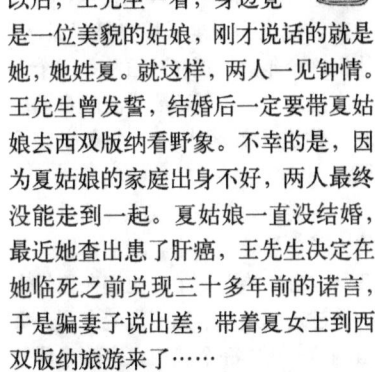

这里看野象，得住在参天古木上搭起的木板房里——这就是"树上旅馆"。树下有个大水塘，水里撒了盐，每到夜深人静，常有野象前来喝水嬉戏。你想，像猴子一样藏在大树上看野象，是不是别有风味？遗憾的是，在规定的两个晚上，情侣们望眼欲穿，也没见到野象。众人正要失望而归，王先生找到杨小姐，提出再等一个晚上，所有费用由他包了。情侣们欢呼雀跃，既然有财神爷"买单"，何乐而不为？

第三天晚上，情侣们对看野象都不再抱希望了，因为还在车上的时候，导游小姐就介绍过：近几年，虽然野象的数量有所增加，但野象出没无常，并不是想见就能见到，这要看运气。唯有王先生信心十足："今晚一定能见到野象！"

到了半夜时分，出乎所有人的意外，奇迹还真的出现了：月光之下，两头大象，一公一母，来到了水塘边，边喝水边嬉闹，长长的鼻子搅在一起，恩恩爱爱，情深意长……这情景，和三十多年前看的电影镜头一模一样！三十多年前，王先生在安徽插队落户，一天夜里，乡里放电影，附近的知青都去看了。那天晚上放的就是《在西双版纳的密林中》，放到这个镜头时，黑暗中有人"咯咯咯"笑了起来，那是个姑娘，她忘情地自言自语"这是干啥呢？"王先生在一旁随口

答道："谈情说爱呗。"散场以后，王先生一看，身边竟是一位美貌的姑娘，刚才说话的就是她，她姓夏。就这样，两人一见钟情。王先生曾发誓，结婚后一定要带夏姑娘去西双版纳看野象。不幸的是，因为夏姑娘的家庭出身不好，两人最终没能走到一起。夏姑娘一直没结婚，最近她查出患了肝癌，王先生决定在她临死之前兑现三十多年前的诺言，于是骗妻子说出差，带着夏女士到西双版纳旅游来了……

夏女士不知道，旅游团里的其他人也都不知道，其实水塘边出现的两头大象，不是野象，而是王先生不惜重金，请导游杨小姐从附近游乐场雇来的，那是经过驯化的家象……

第二个故事：

四只没有腿的兔子

老爷岭自然风景区是长白山脉仅存的几处原始森林之一，崇山峻岭之间，百年大树，遮天蔽日，各种野生动物经常出没，是一个非常吸引人的旅游风景区，每天专程来老爷岭的游客，都比其他景点多。老爷岭还有一个吸引游客的原因，那就是这里新近开发了自助旅游，也就是说游客在景区内可以不受限制地随意游览，尽情享受置身于大自然的那种返璞归真的感觉。

这天，有四个从沈阳来的年轻人，两男两女，兴致勃勃地来到了老爷岭自然风景区。他们这个年龄，正喜欢冒险，四个人一商量，就选择了不要导游的自助旅游，住进了景区内的一个家庭旅馆里。

导游小姐把他们安顿好后就忙别的去了，等导游一走，四个年轻人便开始"自助旅游"了，他们在原始森林里越走越远，不知不觉就来到一个山洞前，其中一个名叫大宝的小伙子突然大叫一声："山洞里有兔子！"

伙伴们一听有兔子，立刻就把山

洞包围起来，大家"呼啦"一下冲了进去，出其不意地就把四只野兔逮住了，可是一看，四个人全傻了，半天说不出话来：这四只野兔，竟然都没有腿！

一个男青年说道："怪不得这么容易逮，原来是四只残疾兔子……"

一个女青年眼泪巴巴地说："多可怜的兔子呀，把它们放了吧！"

大宝听了坚决反对："不行不行，这四只兔子都没有腿，放了它们也得饿死，还是先带回去再说吧。"

于是四个人就把四只没有腿的兔子带回了那个家庭旅馆。因为白天累了，晚饭后四个年轻人很快就进入了梦乡。半夜时分，大宝突然被一阵奇怪的叫声吵醒了，另一个男青年也醒了，他揉了揉眼睛说："好像是狼嗥，我在电视上听到过！"

一听是狼嗥，大宝顿时吓得汗毛都竖起来了，他连声高呼："狼来了！狼来了！"

野狼的嗥叫声越来越响，睡在隔壁房间里的两个女孩也被吓醒了，穿着睡衣就跑了过来，四个年轻人哆哆嗦嗦地抱成一团，惊慌失措地喊叫起来："救命啊！救命……"

旅店老板听到呼救声，立刻跑过来说："年轻人，别怕，这里的门窗非常结实，狼进不来！"

老板的沉着，让四个年轻人有了安全感，大家这才停止了呼喊。老板看了看他们，有点奇怪地说："我在林区生活了大半辈子，了解狼的脾气，你不招惹它，一般情况下狼是不会来骚扰人类的。说说吧，你们几个白天干什么事了？"

大宝这才把白天逮兔子的事说了一遍。老板看了看四只没有腿的兔子，立刻倒吸了一口凉气，说："年轻人，你们太冒险了！"老板说，根据他的分析，那个山洞是一只母狼的窝，而那母狼又即将临产。狼是一种非常聪明的动物，这只就要做妈妈的母狼，抓到了野兔舍不得吃，就把它们的腿吃掉，防止它们逃跑，然后再养起来，等到生下狼崽子、不能出去捕猎食物的时候，就可以避免挨饿了……

原来是这样！四个年轻人不禁为狼的聪明齐声叫好，老板接着说："狼的嗅觉最灵敏了，它们往往在属于自己的食物上弄上一点特殊的气味，你们拿走了狼的食物，它能不来找你们算账么？这只狼就是顺着气味找到这里来的……"

一个女青年惊恐地问："狼来找我们算账？"

老板说："是呀，你们还算是幸运了，多亏进山洞的时候母狼不在窝里，否则，后果就严重了！"

大宝想了想，说："这些兔子太可怜了！"

老板笑了："狼吃兔子，兔子吃别的，这是大自然的规律嘛！"

第二天，那个家庭旅馆的老板陪着几个年轻人，把那四只没有腿的兔子送回了大森林，当天晚上，野狼果然没有再来骚扰……

第三个故事：
一个怪异的哑巴老汉

这天已经是夜里八点多了，一辆豪华中巴车，顶着寒风，从松花湖风景区开了出来。这辆中巴是东宇旅行社的，车上的游客是几个重要客户。东宇旅行社为了让他们玩得痛快、玩得尽兴，还配备了一个年轻漂亮的女导游，她叫小何，是公关部副经理，出发前总经理千叮咛万嘱咐，一定要让他们玩好。

中巴车刚离开风景区，车上有人游兴未尽，就嚷嚷着要走松花江，顺便看看两岸的夜景，看看"雾凇"。松花江两岸的雾凇，是一道非常奇妙的景观，特别是清晨或夜间，这个时间光线朦朦胧胧的，游客们如临仙境，妙不可言！再说这里的冬季气候特别寒冷，江河被厚厚的冰层封住，自古就有"夏天水上行船、冬天冰上跑车"的习惯，所以，刚才的提议立刻得到了全车人的响应，小何不敢怠慢，她对司机说："师傅，我们从江面上走吧。"

于是，这辆中巴就驶上了松花江，就在这时，突然，导游小何看见一个老汉，穿了件旧军大衣，站在前方挥动着双手，嘴里"啊啊"地不知在喊些什么。司机被迫停下车，问道："老大爷，你有什么事？"

老汉好像是听不懂司机的话，只是一个劲儿地比比划划，嘴里"啊啊"地叫个不停，司机这下明白了，原来是个哑巴！小何说："他可能想搭车，天寒地冻的，我们就带上他吧。"

小何把老汉扶上车，还把自己的

座位让给了他。老汉一上车，就冲着司机"啊啊"地叫喊着，小何连猜带蒙，终于明白了老汉的意思，他是让车开快些，小何就对司机说："开快点，老大爷可能有急事……"

司机立刻加大油门，可是，车上那些游客们却不高兴了，一个个七嘴八舌地嘟囔起来："我们是来旅游的，车跑这么快，能看啥呀！"

这一下小何可为难了，这些特殊游客可惹不起，万一把他们得罪了，将来旅行社的麻烦可就大了！想到这里，她低声对司机说："慢点，慢点……"

司机刚一减速，老汉就"哇啦哇啦"地大叫起来，司机左右为难，几下折腾，不知怎么汽车突然熄火了，车刚停下，老汉就"哇哇"大叫，甚至举手要打司机。一个搭车的还这么牛，那些游客的脾气就上来了，大家齐声说："叫他下车，太野蛮了！真扫兴！"

这时，车子的麻烦也大了，越着急越打不着火，司机只得恳求说："各位先生，下去推推吧……"

那个老汉好像比司机还要着急，只见他又是鞠躬又是作揖的，冲着大伙"哇哇"乱叫，他也要大家下去推车，小何也为难起来，说"各位先生，都怪我考虑不周到，给大家添麻烦了，大家还是下去推推吧！"

导游这么一说，几个年轻人坐不

住了，虽然不情愿，但还是下了车，其他人却仍然一动不动，这下可把那个老汉急坏了，他"扑通"一声跪在车厢里，竟给大家磕起头来……也许是良心发现，这些人最终都陆陆续续地下了车，大家在小何的指挥下开始推车……就在这时，一件惊心动魄的事情发生了：只听"轰隆"一声，中巴车压塌冰面，眨眼之间掉进了江里！多亏司机反应灵敏，在车体下沉的一瞬间打开车门，跳了出来……大伙看着渐渐被江水淹没的中巴车，不禁出了一身冷汗：如果不是这个陌生的老汉磕头作揖地让大家下来推车，后果不堪设想！

大家脱险上岸后，从附近的村民嘴里了解到这个哑巴老汉叫金正顺，常年在松花江上打鱼，对江水的"脾气"摸得透透的。今年气候反常，最近几天气温更是明显高于往年，结冰的江面，很可能会提前溶化，汽车这个时候在江面上行驶，非常容易出危险。他看到这辆中巴车冒冒失失地开上江面，想让它停下来，可是他一个哑巴又说不清楚，只好让车加速，那样车体对江面的压力就小得多，危险也就小了，不料汽车在江面上熄火，差点酿成大祸！

真相大白之后，这些游客一齐围到了哑巴老汉的面前，全都动情地和他握起了手，还有几个竟跪在哑巴老汉面前，"咚咚咚"地给他磕起头来……

"一对神秘的旅伴"作者：吴天 (本篇月月评短信代码：1304)；"四只没有腿的兔子"作者：崔新三 (本篇月月评短信代码：1305)；"一个怪异的哑巴老汉"作者：崔新三 (本篇月月评短信代码：1306)。

下期话题：当心骗子

(题图、插图：安玉民)

·本刊信息传真·

投 稿 指 南

本刊各栏目欢迎来稿，对作品的基本要求为：1.情节精彩，并具有一定的新意；2.题材不限，特别欢迎贴近生活、有时代气息的爱情故事、校园故事、幽默故事和悬念故事；3.叙述口语化，平易浅显，生动活泼；4.故事主题积极健康、色调明亮；5."点击网络故事"、"3分钟典藏故事"、"情节聚焦"、"快乐辞典"等栏目欢迎推荐作品，其余栏目需原创作品。

本刊采取优稿优酬原则，原创作品平均稿酬为300-400元／千字。来稿可寄上海市绍兴路74号《故事会》编辑部，邮编200020。本期责任编辑电子信箱：yaotongzhi@vip.sohu.net。

谢谢你，小芳

□ 阎廷御

学校毕业后，我在当地一家地方政府的机关报社上班，经常到下边采访，一到下面，那些县委书记呀，县长呀，局长呀，都对我们恭恭敬敬的，接待得很周到，慢慢的，我也轻飘飘的了，觉得自己是个人物了，一到下边，"谱"也越摆越大。

我们那儿有个柳林县，煤业发达，地方经济一上去，地方政府就更加看重舆论宣传，一有重要会议，总要邀请我们去，柳林宾馆是当地唯一一家三星级的，在那里，我受到的是贵宾般的礼遇。

那一天是星期六，其实没什么会议，我完全是为了消遣，独自开了车，不知不觉地到了柳林。我想既然来了，就随便采访点什么吧，这样也算是工作了，公费开销一点也心安理得

了，于是我便去了一个出名的穷村子，采访了一个老得不能再老的妇联主任。

午饭时分，我回到宾馆，联系了当地宣传部，但今天是休息天，他们下午才能过来陪我，看来这顿饭只能我一个人吃了，可我不想一个人待在大厅的某个角落，像个讨饭的，孤零零地吃，要知道，我到柳林来，哪一次不是前呼后拥、如同众星捧月一般？今天这样子，实在是太没面子

了! 我想了想, 就推门进了一个豪华包厢, 将包厢的门关上, 这样, 谁都看不到我的窘相了!

我要了几个小菜, 一碗米饭, 开始享用朴素而实惠的午餐。正在这时, 包厢的门轻轻推开了, 进来了一个女服务员, 很客气地说: "先生, 国土局又来了十多个人, 您看……"那意思很清楚, 她是说, 我一个人够不着一个包厢, 让我去大厅吃, 人家国土局的人要这个包厢。

我冷冷地瞟了她一眼"小姐, 你看我都在吃了, 等我吃完了你再安排, 行吗?"

看样子那服务员挺为难, 她说: "先生, 今天的情况实在很特殊, 其余的包厢都满了, 您一个人占这么大的包厢……请您原谅……"说着, 服务员歉意地又看了看我, 接着就伸出手来端我的菜……

按理说, 我一个人占这么个大包厢是有点说不过去, 但看到服务员端我的菜, 心头突然冒起一股无名火来, 觉得自己像是受到了奇耻大辱一般, 我大喝一声: "慢着, 怎么啦, 你瞧不起我一个人吃饭是不是? 你们饭店在我身上赚的钱少了是不是? 告诉你, 我跟你们县委书记吃饭的时候, 你还不知道在什么地方呢! 我想今天一个人吃顿安静饭怎么啦? 碍着谁啦? 你把你们经理叫过来, 我不跟你扯, 一个伺候人的服务员穷牛皮个

啥! "

最后一句话我是嘟囔着说的, 声音很轻, 但还是给她听到了, 她的脸一下红了, "你……"她想说什么, 但什么也没有说, 忽然一甩头, 冲出了包厢, 我清楚地看到, 她出门时用衣袖拭了一下眼睛, 她哭了。

一会儿, 餐厅经理来了, 我掏出记者证让他看了, 冷冰冰地说: "我今天就想一个人在这里吃顿安静饭, 行不行, 你看着办吧。"

经理一脸的歉意, 连声说"看您说哪里话, 行, 行, 当然行, 你看我们小芳不知道您是地区报社的大记者, 多有失礼, 您可要多担待几分哪! 您看这事闹得……实在是不好意思呀! "

经理说得这么客气, 我说话也就软了下来, 于是经理也就千道歉万道谢地出去了。

经理刚掩上门, 我就听到了门外的嘀咕声, 那个小芳说: "经理, 这可怎么办? 那边国土局的人马上就要过来了, 所有的包厢又都满了……我说经理, 这事能怪我吗? 他一个人占了个大包厢, 说话还这么霸气……"

"嘘……"经理压低声音说, "不要再说了, 让国土局的客人们到大餐厅去吃吧, 不行就给他们打八折。咱可惹不起这些记者大老爷, 要是在报上给你捅一下子, 甭说是咱, 就是总经理也吃不了兜着走……"

听着门外渐渐远去的说话声，我有点得意。

几天后，我又来到了柳林，这次我是去采访一个煤矿，最近，那里出了事，死了不少人。那天，我随县安全生产部门的人去那煤矿检查，矿主诚惶诚恐，热情接待，晚饭时劝了不少酒，回到柳林宾馆的房间里，我只觉得天旋地转的，去卫生间吐了三次，还是不行，我以前听说过醋能醒酒，就打电话叫服务员，让她给我拿点醋来。服务员说，客房部没醋，餐饮部才有，我拿着电话喘着气，大声说："我喝得太多了，求求你给我要点

醋，我难受得快要死了……"放下电话，等了一会儿还是不见送醋的过来，我又去卫生间吐了一回，看到浴缸，就想洗个澡，于是就脱了衣服躺在浴缸里，听着"哗哗"的流水声，竟昏昏沉沉地睡着了……我梦见下雪了，我穿着个短裤，在雪地里哆嗦着，寒风吹来，我用力抓着一根树枝支撑着疲惫的身子……

第二天醒来，我惊奇地发现自己已经躺在床上，躺在暖乎乎的被窝里，而且出奇地已经穿好了裤头，我拼命地回忆着，但仍然未能回想起我是怎么从浴缸回到床上去的。突然，我看到床上有一只粉红色的发夹，凑近一看，这发夹上还残留着几根细长的头发，难道有人来过？是呀，我昨晚晕头晕脑，竟没关房门！

我正在发呆，客房部的一个女服务员敲门告诉我该用早餐了，我问："昨晚谁进来了？"

服务员瞟了我一眼，冷冷地说："是小芳，你的救命恩人！"

"我的救命恩人？"

"昨晚小芳从餐饮部打了醋送到你的房间，你那房间里吐得一塌糊涂，你想过没有，你是怎么回到床上的？你当时是一丝不挂呀，还抓住人家的发夹死死不放，我们小芳有多冤，你可知道，她还是一个连男朋友都还没有的姑娘呀！"

我听了这话，顿时像一截木头那

样呆着，我想起来了，我梦里死死抓住的那根树枝，其实就是小芳的那个粉红色的发夹！

服务员还告诉我：当时已经过12点，供洗澡的热水停了，人泡在冷水里，就有可能引起胃痉挛或腿抽筋，一般来说，这时候人都会挣扎，一挣扎就会被水淹住，再加上又喝醉了酒，这样极有可能出大事……

听了这些话，我就像一个罪人，在道义的法庭上无地自容，于是我去餐饮部找小芳，小芳见了我显得很平静，她只是说："没什么，我们服务员就是伺候人的，这些都是该做的。"

我的脸上火辣辣的，嗫嚅地说着："其……其实你把醋端到房间已经超出了你的服务范围，再说，我前几天曾经用尖刻的话伤害过你，你本可以离开的，你……你恨我吗？"

小芳摇了摇头，泪水盈盈……

当天下午，我就离开了柳林，可我完全没有想到，这次和小芳的相见，竟是我们的最后一次见面，其中的缘故，是我半个月后再到柳林去时才知道的 那天晚上，小芳是接到客房部一个服务员的电话后才把醋送来的，送来时，客房部的那个服务员正在洗头，她让小芳帮着送一送。小芳送到房间后，看到我已经昏昏沉沉地躺在全是冷水的浴缸里，于是她忘却了少女的羞涩，艰难地把我弄到了床上，又用毛巾给我擦身子，就在这个时候，那个客房部的服务员洗好头后也过来了，看到了小芳给我擦身子的情景，小芳还再三叮嘱她千万别说出去，可这个快嘴丫头最终还是说了，于是，小芳也就没法再在这里待了……

我知道这一切后痛心疾首、无地自容，我不知小芳离开柳林后去了哪里，我唯有对着自己空荡荡的心灵空间说："小芳，谢谢你……"

（本篇月月评短信代码：1307）

（题图、插图：魏忠善）

酒楼里的真实事件

□ 刘黎莹

　　一位中年男子来到了酒楼，这几个月他常来，来了就找一个叫红红的陪酒小姐。今天，他又来了，又要找红红，坐台小姐笑着问他："你为什么总要找红红呢？她正在陪别的客人，可以再换一个小姐来陪你吗？"

　　中年男子摇摇头，说："不，那我就先等她一会儿。"

　　说完，他果真就坐在大厅里，静静地等着。那位坐台小姐或许也有些喜欢他，不忍心看他就这么等着，就过去替他看看。大约一支烟的光景，那个坐台小姐回来了，对他招招手，说："跟我来吧。"中年男子站起身，跟着坐台小姐走进一间雅致的包房，红红正坐在那里等他，红红好像对他并不是很感兴趣，只是很职业地笑了一下，说："我正忙着，刚送走了几个

客人，对不起，让你久等了。"

　　中年男子忙说："没关系的，只要能等到和红红小姐见一面，我也就心满意足了。"说话间，那位坐台小姐已悄悄退出了房间，并随手把门带上了。

　　中年男子有点紧张，也许他自己也听到了"怦怦"的心跳声。他从桌上拿起菜单，递给红红小姐，说："拣你喜欢吃的点，别管价钱。"

　　红红接过菜单，冲他一笑，她的笑无法遮掩睡眠不足带来的疲倦，她点上一支烟，一边吸烟一边专注地在

上帝在每个人心中安上了一盏明灯，这明灯就是良心。——罗·勃朗宁

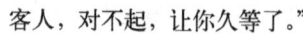

菜单上勾勾画画，她拿笔的那只纤细的小手上，一片片指甲上涂着银色的指甲油，亮闪闪的，像一弯弯好看的月牙儿。中年男子一直目不转睛地看着她，可她只顾看着手里的菜单，几乎没抬起眼好好看他，但中年男子好像并不在意红红对他的态度，看来他是打心眼里喜欢红红，这一点，连红红自己也早有觉察。她越对他不冷不热，他越是穷追不舍，男女之间，就是这样的。

沉默了好久，中年男子又开口了："我前几天连着来了好多次，都没找到你，你干什么去了？"

红红说："我回乡下老家待了几天，我的母亲病故了。"

"家里还有什么人吗？"

红红说："几年前我的父亲死于一场车祸，我有一个哥哥，对我不错，可嫂嫂不喜欢我，老是和我吵架。我本不想再来酒楼做陪酒小姐，只是田里的活太苦，做不来，能上哪儿去呢？想来想去，还是来这里混日子了。"她一边说话，一边不停地在菜单上划着，这个菜那个菜地乱点着，好像不把他兜里的钱掏光，她是不肯善罢甘休的。

中年男子叹了口气，说："你还那么年轻，以后的路还长着呢，为什么不离开这里，出去闯一闯？"

红红笑了，笑得有点悲苦："我现在不是从家里闯到这里来了吗？"

中年男子有点急了，说："你不适合在这里，真的不适合，请相信我说的话，我没有骗你。"

红红小姐的眼睛仍在菜单上，好像根本就没听他的话。过了一会儿，她终于点完菜了，便把菜单递给了他，这时，他发现红红的手腕上戴着一个很好看的手镯，就说："你的手镯真好看，是玉的吧？"

红红瞟了他一眼，从他走进这间包房起，她是第一次拿正眼看他。她说："不是玉的，假的，我们酒楼大厅里有卖玉的，那才是真的，是上等的好玉镯，几千块呢，我可买不起。"

中年男子的神色突然有点激动："你想要吗？"

红红也有点激动了："谁不想要？我做梦都想要呢！"

中年男子忙从兜里掏出一张卡，放在红红的手上，说："拿去吧，你现在就可以去大厅里买你喜欢的玉镯了，卡上余下的钱我也全送给你了。"

红红惊呆了，接过卡，愣在那儿，一时不知该用怎样的微笑、媚态和秋波来回应他的出手阔绰，好半天，她才想起来问他："你为什么对我这么好啊？"

中年男子笑了笑，说："因为我喜欢你，是真的喜欢。我愿意尽我所能，给你所喜欢的一切。"

红红笑了，这一次她笑得真好

　　看，她说："那我现在就去把玉镯买回来，你在这里等我一会儿。"其实红红怕他骗她，想现在就去试一下，看看这个卡是不是真的，说实在的，她还从来没亲手拿过这种卡，也不知道怎么用。她刚要走，中年人又喊住了她，说："你等一下。"

　　红红扭过头："你心疼了吧？"

　　中年人没说话，匆匆从上衣口袋里掏出一张纸，然后"刷刷"地在纸上写了一行字。写完，他把纸折叠好，小心翼翼地放在红红的手上。红红立刻明白是怎么一回事了：他不会白给她这张卡的，无非是鸿雁传情的把

戏，约她出来在什么宾馆的哪个房间见面，放上一段音乐，来一杯香槟，搞出那么一种谈情说爱的氛围，最后就是在她身上占点便宜。和她玩这种把戏的人多着呢，她懒得看这张纸条，走出房门，没走几步，就顺手推开了走廊里的窗子，伸手一扬，把那张纸条扔了出去，纸条就像一只白蝴蝶，在空中飘呀飘，不知飘向了何方。她长长地吁出了一口气，一边走着，一边想着买回了玉镯后和他周旋的理由。她是不会轻易答应他的一些非分要求的，但她又不想失去白白送上手的玉镯，她来这里就是为了要人给她送这送那，然后再绞尽脑汁想一些办法来应付他们，总之，是以最小的牺牲，来换取最大的利益。

　　这时，中年男子正一个人坐在包房里等红红回来，他的情绪看起来有些激动，脸上洋溢着幸福的光彩，他不能自制地在房间里走来走去的，忽然，他摇晃了一下，便倒在地上，再也没有起来——他死于心肌梗塞！

　　卡上的钱是他卖自己的肾挣来的，那是一笔非常可观的数目。现在，那张卡成了废卡，因为红红把那张写有取款密码的纸条扔了，这一切，中年男子自然无法知道，当然，红红也永远不会知道自己就是这个男人的私生女儿……

　　（本篇月月评短信代码：1308）

　　（题图、插图：安玉民）

思念比天上宫殿还高，比永远的大地更长久。　　——马克思

突围

□ 史金标

这件巧事是这样发生的：一个小时前，赵正吃了午饭，早早来到办公室，又随手关上了门。赵正是这家公司一个部门的头儿，虽然这部门很小，就几个人，但老板常把一些重要的业务交给他们办。这里的办公室分里外两间，赵正是头儿，理应居里。他走进里间，又随手带上门，往沙发上一躺，准备打个瞌睡，休息一下，正迷迷糊糊的时候，赵正手下的两个办事员老钱和小孙一前一后进了办公室。老钱推了推里间办公室的门，自言自语道："咦，还没来呢。"此刻，如果赵正应声而起，以后肯定就不至于那么被动了，可他刚刚被搅了好梦，有些恍恍惚惚的，反应就迟了

些，就在他慢腾腾地准备爬起来时，脑子里忽然电光火石般一闪，又悄悄地躺回去了：赵正想试探探这两个下属，听听他俩背着自己有没有议论什么。

老钱和小孙东一榔头西一耙地闲扯，眼看着上班时间早过了，却不见赵正的影子，小孙打趣地对老钱说："看来得你主持工作了，呵呵。"

老钱咧咧嘴笑了："你就别拿我开涮了！"

小孙掩上了外间办公室的门，又朝里间的房门扫了一眼，轻叹一声说："我就看不惯，论能力论威望，你哪点差了？"

老钱说："嗨，不会溜须拍马，再

有本事也白搭！"

小孙说："你就这弱项！要是有赵正一半的功夫，你还不早上去了？哪里轮得到他！"

里屋的赵正惊得目瞪口呆：一贯俯首帖耳的小孙，背了我居然这副嘴脸！

老钱鄙夷地笑了，说"我可没那么下作！整天屁颠屁颠地跟在老板后边，安上个尾巴就是条哈巴狗！你没见呢，他都给老板擦皮鞋——"

赵正霍地爬了起来，脸色紫涨：我几时哈巴狗了？我几时给老板擦鞋了？你这不是信口雌黄吗！赵正刚想站起来，忽又打消了念头：且慢，听听还有什么更恶毒的！

门外的悄悄话还在继续，只听老钱说："还一肚子花心呢！"

小孙两眼立时就贼亮了："什么？"

老钱迟疑了一下，说："这个、这个……我没跟任何人说过，你可要……"

小孙一拍胸脯，说："咱俩还能传出话去？"

老钱说："我公安上一个朋友说的，那次抓了几个嫖娼的，其中一个好像就是他——"

赵正"嗡"的一下脑袋就大了，直气得浑身哆嗦，造谣，诬蔑！这两个小子平常见了我总笑嘻嘻的，没想到背后这样作践我！多亏偷听了，要不

还蒙在鼓里呢！今天不给我说出个一二三来，看我不撕了你们的臭嘴！赵正穿上鞋，正待去开门，却忽然又站住了：且慢，一下子冲出去，这两小子肯定会难堪，可自己也很尴尬呀，再说这些乱肠子能翻弄得清吗？而且在一个办公室里，低头不见抬头见，一旦撕破了脸，以后怎么处？小不忍则乱大谋，好歹自己心里有数了，君子报仇，十年不晚……

这时，外屋又进来了两个人，悄悄话中止，接着几个人天南海北地神侃。里间的赵正看看表，三点了，四点前老板要听他的汇报，得抓紧准备一下，可自己如何出门呢？赵正急得团团转，忽然看见了桌子底下的两瓶白酒，那是上次出去喝酒剩的。赵正灵机一动，抄起一瓶，"咕咚咕咚"，仰着脖子灌下小半瓶，那酒劲一下就上来了。赵正使劲揉了揉眼，又将头发搓成一个乱草窝，跌跌撞撞地就开了门……

外屋的人全都吃了一惊，特别是老钱和小孙更是眼睛都瞪直了，面面相觑，呆若木鸡！

赵正倚靠在门框上，打了个长长的呵欠，迷糊着双眼，问"几、几……点了？下、下班了吧？好醉好醉！"一边说着，一边醉意醺醺地走向洗手间……

（本篇月月评短信代码：1309）

（题图：魏忠善）

人生像一本书，愚人"哗啦啦"地翻它，智者则潜心品读。——G·保罗

老葛家的

□ 陈军

着，他就吆喝着把两碗汤面放到了这两个年轻人的面前。

两人一看，一齐说太多了，男的说："这样吧，我们只要一碗行不行？"

老葛忙说："不要紧，不要紧……"他说着就把一碗面端走了，想想觉得没人吃太浪费，就自己吃了起来，吃着吃着，又发现男的和女的都坐着，谁也没吃，这才想到桌上只有一个碗，两人没法吃，老葛尴尬地笑了笑："我这就给你们找碗，真是对不起呀！"

女的一听也笑了："不用了，我也用这碗吃就行了，这碗可真大呀！"她说话的声音越来越小，头也垂得越来越低，男的接着说："是呀，用一个碗就行。"说完，他小心地看了看姑娘的脸。两人吃面的时候都十分安静，吃完了面后就离开了小店，一路上他们靠得好近好近。

从那天起，老葛开始真正把心放在操持店里的生意上了，他每天都会

巷子口的老葛下了岗，他就开了个卖汤面的小店，可每天也来不了几个客人。

这天，老葛没事做，正坐在门口，看门前的路上人来人往的。正在这时，突然来了两个年轻人，一男一女，那男的坐下后就对老葛说："来两碗汤面。"

老葛刚才因为没生意，一直在发呆，现在被这小伙子这么一喊，猛地醒过神来，跑到厨房一看，这才发现所有的碗都没有洗，当时他实在没办法，只好把厨房里两个盛汤的大碗拿了出来，可是用这么大的碗放这么点面条，看起来实在太寒酸了，于是老葛就又在每个碗里多加了些面条，接

时刻注意那些碗有没有洗好，厨房里的面够不够用，辣椒是不是备足了……

又是一个下午，那两个年轻人又来了，他俩这次是牵着手走进店里的，还是坐在上次的那个位子上，不过上次是面对面，这次是并排坐在一起。两人刚坐下，那男的便喊道："老板，一碗汤面。"

老葛听到这一声喊，心里一个"咯噔"：他们以为我这店卖的汤面就是上次那么多，足够两个人吃，如果现在给他们普通的碗，碗里盛着和一般顾客一样多的面，那自己就要费力地解释上次到底是怎么回事，而且很难说清楚……老葛这么一想，没有多说，还是拿出上次那个盛汤的大碗，盛了好多面后端了上去。

两个人的头都垂得低低的，一起在一个碗里吃着面，一边吃，一边小声地说着话，十分亲昵。从那以后，两个人时常到老葛的店里来吃面，老葛总是拿那个大的汤碗给他俩盛上好多面，他俩也总是合吃一碗汤面，而那时，老葛店里的生意也越来越好了。

后来那两个人就很少来了，不知过了多少天，就在老葛差不多要把这两个年轻人忘了的时候，有一天，那一男一女又来到了老葛的面店，老葛迎了上去："两位要点什么？"

男的说："一碗汤面……不，两碗汤面。"女的看了看男的，眼睛里闪着泪花："我吃不了那么多……"男的冷冷地说："吃不了就剩着吧！"女的听了垂下了头，脸色也显得十分苍白。

老葛走进厨房，拿出了那个大汤碗，盛好了一碗面，走到店堂，把那碗汤面端到了这一男一女的桌上，老葛满面笑容地说："实在对不起，碗又不够用了。"

男的看了看老葛，没有说话，拿起一双筷子递给了女的，两个人开始默默地吃面，谁都没有说话，谁都没有看谁，女的把头垂得低低的，低得快要碰到碗了，就像当年他俩第一次到这里来吃面时一样，女的吃得很慢很慢，也像当年那样……突然，男的抓住了女的手，压着喉咙说："对不起……"女的再也忍不住了，头伏在桌上放声哭了起来……也不知过了多少时候，那一男一女牵着手走出了店堂，男的对老葛说："老板，谢谢你的一碗汤面！"

打这之后，老葛就把店里所有的碗都换成了那种很大的汤碗。他家的面汤鲜，量多，浓浓的汤水里放着黄瓜条、香菜，还有西红柿，再撒些辣椒丝，配上一盘老葛家自制的泡菜……他家的生意也越来越好了，店堂里多的是一对一对的男女情侣，都是两个人合着吃一碗面，老葛也干脆把店牌改成了"老葛汤面"……

（本篇月月评短信代码：1310）

（题图：蔡解强）

把爱拿走，我们的地球就变成一座坟墓了。——白朗宁

□ 吕炯华

捡了一把枪

封林家在河南农村，他连年在外地打工，一直平安无事，这次只因一时贪心，从此麻烦就大了……

这天，封林随老板到市里购买建筑材料，装了一车麻花板后，老板看了看手表，见将近中午，就说他还要办些别的事，给了封林十元钱，让封林自己吃点饭，完事后就直接回工地。

封林在小餐馆要了份鱼香肉丝和二两白酒，酒足饭饱之后很惬意地出了市区，再翻过两座山丘就是他们的建筑工地了。他正走在林间小道上，走着走着，忽然回过头来退回两步，因为刚才经过的草丛里好像有一个什么物件，他扒开草丛仔细一看，蓦地惊呆了：一把手枪！

封林警惕地朝四外看了看，没有半个人影，于是他迅速捡起那把手枪，掂了掂还挺沉重。他过去玩过工友们的一把打火机手枪，和这把枪的模样差不多，但玩具枪轻得多，这肯

定是一把真家伙。这是凶器，说不定和什么案件连在一起，应该马上交给公安机关，想到这里他拔腿就走……如果他一直走到公安机关也就没事了，偏偏走了几步他停下了，心里七上八下地思谋开了：他过去听工友们闲扯过，说现在卖黑枪特走俏，一把手枪能卖上万元，甭说上万，能卖个五千六千的，就能抵他累死累活地干上一年了，白捡这么多的票子多好的事，还傻冒似的去交公？

回到工棚，封林把手枪悄悄地藏在装衣物的提包里，锁上两把锁。开始几天心里还忐忑不安的，后来也觉得心安理得的，反正是我捡的嘛！一天，工地放假半天，封林独自来到一片林子里，前几天他偷偷地卸下弹夹，看到里面有四粒黄灿灿的子弹，好奇心使他想试一试枪。这片林子很荒凉，没有一点动静。封林举枪瞄准前面一棵老松树，"砰"一声子弹就飞出去了，枪声未落，忽听前方那棵老松树下传来"啊"的一声惨叫。封林的心立马绷到嗓子眼，他撒腿就跑，因为他想起小时候听爷爷讲过这么一件事：爷爷有一次打猎时，曾误把林地里的一个人影当作野鹿而开了一枪，那人虽没死，却从此成了聋子……

跑着跑着，封林停住了脚步，因为那惨叫声像是女人的叫声，好奇心驱使他又来到老松树下，封林正在察看，灌木丛里霍地站起一个红衣女子，连声说："谢谢你救了我，警察哥哥！"原来封林穿的是一件旧武警服，女人误把他当警察。那女子接着说："刚才一个人见我独自在这里走路，便起了歹心想强暴我，幸亏你开了一枪把他吓跑了，你是我的救命恩人！"

女人用很温柔的眼神盯着他，还自我介绍说："我叫柳叶，孤身一人在市里打工，以后少不了还会麻烦哥哥呢。"看她孤苦伶仃的样子，封林起了怜悯之心，就把身上仅有的十元钱塞给了她，又把自己的姓名和工地的电话号码告诉了她，说以后有事就打电话。

封林回到工棚后有两盼，一盼那个红衣女子来找他，那天看她那多情的样，说不定还有点缘分呢，想起她的身影封林就浑身燥热，甚至睡梦中两人还拜了天地；二盼尽快把那把手枪卖出去，留在手上，总觉得有点吓人。

几天后，封林的桃花运果然来了，那个叫"柳叶"的红衣女子找上了门，兴高采烈地说："今天老板发了五百元奖金，我请你这救命恩人到饭馆，好好犒劳犒劳你。"封林自然高兴得合不拢嘴，两人边吃边聊好不开心，柳叶还和他喝了交杯酒。兴头之上，封林说了实话，告诉她这把枪是

没有一个人是命中注定要坠入深渊和地狱的。——卢克莱修

他捡的，说等啥时候卖掉换几个钱，一定给她一半，柳叶一听高兴极了，抱起封林就亲了一口。

没过几天，柳叶又来了，悄悄告诉封林找到买主了，她要亲自陪他去，已经谈好了一万元的价，还叮嘱他一分钱都不能让。

柳叶把封林领到市外一个破旧厂房里，有两个贼眉鼠眼的人早在那里等他们，其中有一个外号叫"地铁"，"地铁"拿起封林那把手枪左右端详了一番说："是把真家伙，一万元成交了，我打电话让人拿钱来。"

说罢，"地铁"拿起手机打起了电话，半个多小时后，一辆车停在厂房外，从车上走下一个尖嘴猴腮的人，那人走进旧厂房，还没站定，就被躲在一边的"地铁"一枪撂倒，而"地铁"用的正是封林的那把枪！"地铁"把枪口放到嘴边吹了吹，卸下弹夹里的两粒子弹，对早已吓瘫的封林说："借你的枪一用，打死了'黑浪'，可以完璧归赵了。"说罢，他掏出手绢擦了擦枪身，把手枪塞到

封林手里。

枪到了封林手里，封林的胆子壮了起来，他拉起柳叶就要跑，谁知却被"地铁"拦住了，"地铁"说："你不是要卖枪吗？我这里也有一把！"说着，"地铁"掏出一把左轮手枪，一转身就"叭"的一下把封林撂倒了，然后"地铁"不慌不忙地也用手帕擦了擦枪身，将这把左轮枪塞到了那个被称作"黑浪"的死尸手里……

倒在血泊里的封林挣扎着想爬起来，他的眼睛死死地看着柳叶，柳叶一笑，说："傻菜，那枪是你随便摸的？让你死个明白吧：明天警察就会发现这里有你和'黑浪'两具尸体，你不知道'黑浪'吧，那是道上出了名

"掌上灵通杯"《故事会》优秀作品月月评

《故事会》与上海掌上灵通咨询有限公司联合举办"掌上灵通杯"《故事会》优秀作品月月评活动，全年共设价值48万元的奖金和奖品。参加方式如下：

1. 请选出本期你最喜欢的一篇作品，将其篇尾的月月评短信代码（如1301，没有短信代码的作品不参加评选）发送到200056（中国移动）或900056（中国联通）。每次限选一篇，可多次投票。

篇名与短信代码

代码	篇名	代码	篇名	代码	篇名
1301	傻瓜上网	1310	老葛家的汤面	1319	制造孤儿
1302	落币无声	1311	捡了一把枪	1320	最后一次看守
1303	红头发的歹徒	1312	袋子里的牛头	1321	千层软饼
1304	一对神秘的旅伴	1313	沙漠里走来的骆驼	1322	老刘的饭量
1305	四只没有腿的兔子	1314	张三和李四	1323	吻个及格的
1306	一个怪异的哑巴老汉	1315	回到马兰峪	1324	儿子的答案
1307	谢谢你，小芳	1316	搭车的姑娘	1325	年龄概念
1308	酒楼里的真实事件	1317	第一次做生意	1326	报名而入
1309	突围	1318	无字家书		

2. 凡选中故事在得票数前三名的读者均可参加抽奖。每期共设：一等奖3名，奖金各500元；二等奖10名，奖金各300元；三等奖20名，奖金各100元；阅读奖500名，各获价值15元的纪念品一份。所有参与读者将另获赠精彩梦网信息服务。

3. 本期活动截止期为：2004年7月5日。得奖读者在评选结果揭晓后将得到短信通知。本活动接收短信：0.10元／条，咨询电话:021-53854588。

的毒品贩子，老想撬我们的行。击毙'黑浪'的那颗子弹，正是从你手里那把枪射出的，'黑浪'这死鬼手里也握有一把枪，就是刚才打你的这把，各有你们的指纹，警察最喜欢指纹了，肯定认定是两个凶手互相开枪射击，既然都死了，案子也就结了，好简单耶！"

封林死命支撑着身子，说："我救过你的命！"

柳叶"哈哈"一笑："傻菜，那天是你一声枪响冲了我们的白粉交易，没当场灭了你就不错了！"

封林觉得自己真的是"傻菜"，怎么就鬼使神差地捡了那把不知道是谁扔在草丛里的枪呢？就因为这把枪才被人利用了，被耍得好惨！他想扔掉手里的枪，可是已经没有了丝毫力气，一口热血涌到喉咙，他就什么也不知道了……

（本篇月月评短信代码：1311）

（题图、插图：黄全昌）

人生是一个舞台，所以你得学会演好自己的角色。 ——帕拉达斯

袋子里的

□ 叶 子

有这么一个姑娘，离开家乡到远方去谋事，几年后，她积攒了一笔钱，准备辞工回家，因为担心在路上会遇到坏人，所以不敢单独回家，正犹豫着呢。这天，她到邻居古太太家里去，古太太一见面就关心地问："怎样？起程的日子决定了吗？"

"还没决定呢，听说路上不太安全，所以不敢单独回去。"

姑娘走了以后，古太太想："大家认识好几年了，也算是好朋友，应该设法帮助她。"于是古太太就把姑娘的难处告诉了古先生，古先生是做皮货买卖的，经常出门，对于出远门的事很在行，他对古太太说："对，一个女孩子单独赶远路的确危险，最好是有个人陪她去。"

"我也是这么想的，不如你陪她去吧！"

"好，她在这里也没有什么特别好的朋友，我就陪她去。"

几天后，古先生就和姑娘出发了。两人日行夜宿，一路无事。这天，正在赶路时，古先生无意间发现姑娘带着好多钱，还有一些看起来很值钱的首饰，于是就起了贪念，他一边走一边想：找个没人的地方，把她杀了，那些钱财就是我的了！

不久，他们走到了一个荒凉的地方，古先生见四面无人，就一刀把姑

娘的头砍了下来，再抬起脚一踢，把她的头踢进了草丛里。古先生好高兴呀，他拿了姑娘的钱财，匆匆赶回了家。古太太看见丈夫回来了，还以为他已经把姑娘送回家乡去了呢！

古先生发了财当然很高兴，但是，他这种高兴的心情只维持了一天，第二天早上，古先生要上街，刚跨出门，就听见有人在他身边说："还我命来！还我命来！"古先生吓了一大跳，他身边并没有人，到底是谁在对他说话呢？

"还我命来！还我命来！"

古先生听出是那个姑娘的声音，吓得双腿发抖，赶快回到房里，死死地顶上了门。从此以后，姑娘的声音就常常在古先生耳边响起。那天，古先生正在路上走着，又听见姑娘的声音在耳边响起："还我命来！"

古先生壮着胆子问道："到哪里去还命？"

姑娘的声音十分清晰："随你，随你！"

奇怪的是，这次以后，古先生再也听不到姑娘的声音了，日子一天天地过去，古先生整天忙着经营生意，渐渐把姑娘的事给淡忘了。

一天，来了两个顾客，要以双倍的价钱请古先生带他们到南方去谈一笔生意，古先生很高兴，就带两个顾客起程了。

几天后，他们来到了南方的一个城市，到了旅馆，古先生安排两个顾客住在一间上好的房间里，一个顾客说："古先生，我很想吃牛头，麻烦你去买个牛头来，交给旅馆的厨师，请他替我煮一煮。"

这两个顾客出手很大方，古先生当然乐意帮忙。他来到市场上，买了一个牛头，用袋子装着，准备带回旅馆去，谁知走到半路，遇到一个警察，警察见他行色匆匆，就问他："你袋子里装的是什么东西？"

古先生答道："是个牛头。"

警察说："麻烦你打开来给我看看，好吗？""当然可以。"

古先生爽快地答应了，随即便把袋子打开，一打开他就吓晕了：袋子里装的不是牛头，而是一个血淋淋的人头！

警察一手抓住古先生，大声喝问："这个人头哪里来的？"

"这个……这个……牛头……"古先生不知道牛头是怎么会变成人头的，他壮着胆子提起人头一看，啊，竟是他杀死的那个姑娘的头！古先生吓得脸色发白，手脚颤抖……

最后，古先生终于被定了罪，偿了命。后来听说那两个顾客是姑娘的两个哥哥，而袋子里的牛头怎么会变成人头，那就无人知晓了……

（本篇月月评短信代码：1312）

（题图：箭　中）

沙漠里走来的骆驼

□ 古京雨

有个叫沙小银的孩子，因家庭贫困暂时辍学。小银有志气，失学后租了一头骆驼，每天跟着村里的二爹到离村二十多里的沙场拉骆驼，那里是一个旅游景点，小银在那里把滑沙的游客送上山顶，挣钱攒学费。

这天傍晚，小银把最后一个游客送上山顶，扶着游客坐上滑沙板后，就拉着骆驼下坡回家。小银走着走着，突然觉得身后响起了脚步声，回头一看，只见两个陌生人大步撵了上来，来人个子都很高大，一个胡子拉碴，一个鬃毛头发，其中一个走上前来问道："小孩，看没看见一头骆驼，比你的大，单峰的。"小银摇了摇头，那两人便又大步流星地赶路了。就在那两人渐渐远去时，小银猛地觉得身

后又响起了别的声响，那是蹄声，回头一看，看见自己的骆驼身后跟了另一头骆驼，这骆驼皮毛凌乱，疲惫不堪，背上的驼峰软塌塌的，正是匹单峰驼！小银想起了那两个找骆驼的人，他想喊那两人回来，但早就不见人影了，小银估计这可能是一头跑运输的骆驼，走失了，没办法，只得先把它拉回了家。

小银刚把骆驼拉进自家的院子，只听见"哗啦"一声响，就像是塌了一座山，一看，那头单峰骆驼已无力支撑，竟一下卧倒在地上，小银忙招呼娘用灯照着，给骆驼饮水喂料。沙漠里最金贵的是水，为了这骆驼，小银从几里地外担来了水，天天给它擦洗皮毛，又给它喂好吃的，骆驼的元

气也渐渐恢复了。小银见骆驼的主人不来认领，每天就带着它上景点拉客，加上租的那头，这样就有两头骆驼干活了，转眼过了三个月，小银眼看着快要挣够上高中的学费了。

像往日一样，这天傍晚，小银拉着单峰驼回到了自家的院子，嘴渴，进屋去喝了口水，谁知出来时却不见了骆驼，小银拿个手电出门去找，一直找到天黑，也没见骆驼的影子。娘劝他说"孩子呀，那骆驼本来就不是咱家的，它是恋着老主人，去找驼队了，再说它也帮你挣了不少学费了，就让它走吧，人不能太贪心呀！"小银说"我可不是想占着它，只是想给它吃点好的，喝足水，它这一走，不知要走多远路呢……"说着，小银的

眼眶已经湿漉漉的了。

转眼到了沙地刮大风的季节，滑沙场的游客少了。这天，小银外出拾胡柳枝，一路上走着捡着，便来到了离村三十多里的西蛤蚌，就在这时，天边一阵黑，紧接着就刮起了大风，只见沙尘滚滚，漫天飞扬，在这混混沌沌之间，小银无意间看到远方有一团影子在晃动着，看那身影，像是一头骆驼……

小银连忙顶着风沙追了过去，走近一看，果然是那头走失了多日的单峰驼，它正伏在一个大沙包上，那里长着一棵高大的胡柳。小银惊喜极了，他奔到骆驼的身边，亲它，叫它，拉它，想把它拉下高出地面的沙包，到下面去避风，可奇怪的是，无论小银怎么拉，那骆驼就是不肯下来，死死地卧在沙包上。眼看着沙尘暴越来越猛，小银急了，他使出全身力气去拉骆驼，突然，一阵大风刮来，他和骆驼就像两片叶子一样晃晃悠悠地被刮下了沙包，可是还没等小银从地上爬起来，这骆驼却又迎着风沙上了沙包，又死死地卧倒在那棵高大的胡柳树下……

就在这时，风沙中传来了说话声："我估计得没错吧，看，沙包上趴着的不就是它吗……"

"不错，就是它！找到了它，我们的事就好办了！"随着说话声，两个人走了过来，走近一看，小银觉得他

俩有点面熟，再一想，不就是几个月前碰到的那两个寻骆驼的人吗？一个胡子，一个鬏毛，难道他们就是骆驼的主人？

小银正想着，那骆驼却霍地站了起来，一声嘶鸣，疯了似的向那两人扑了过去，鬏毛慌了神，直嚷着："这畜生疯了，连主人都不认识了！"说话间，那骆驼已冲到了鬏毛的身边，就像一堵高大的墙，把鬏毛压倒在地，然后暴跳如雷地扬起脸盆一般大的蹄子往鬏毛身上踩，鬏毛在骆驼肚皮下乱滚着，声嘶力竭地叫着："不是我……不是我杀的……"

躲在一旁的胡子从腰里拔出了一把刀，冷不防冲了过去，往骆驼的身上猛扎了好几刀，骆驼的身子晃了晃，一下跪倒在沙地上。鬏毛乘机爬了起来，从后腰抽出一把工兵锹，冲着胡子嚷道："快挖，就在它刚才趴着的地方！"

两人开始挖沙，挖了半人深，可没挖到什么，跪倒在一旁的骆驼好像急了，它挣扎着站了起来，又颤颤巍巍地走了十几米，在另一个小沙包上卧了下来，鬏毛一看这光景，迟疑地搁下了手中的工兵锹，对胡子说："你看这畜生又换地方了！"于是两人又走到骆驼卧着的那个小沙包上，赶走了骆驼，又开始挖了起来，谁知没挖多久，那骆驼又走到另一个沙包上卧了下来，这一下胡子也恼了："这畜生

和我们玩起捉迷藏了！"说着，他怒气冲冲地奔了过去，举起手中的刀子，对着骆驼又要下手，小银一看这情景，连忙走上前去，喊着："这么大的风沙天，你们找什么呀！"

胡子和鬏毛见冷不防走出个人来，都吓了一跳，胡子反问道："这大风天，你来这里干什么？"

"我来找我的骆驼！"

鬏毛急着拉住骆驼的缰绳，说："这骆驼是我们的，是我们驼队走失的！"

小银蹲下了身，爱怜地摸着骆驼鲜血淋漓的伤口，说："是你们的就还给你们，你们是它的主人，为什么这么狠心地伤它呢？"

鬏毛指着胡子说："他喝醉酒了……这样吧，这骆驼就送给你，你给它治好伤，能帮你家干活，快走吧！"

显然，这两人想让小银带着骆驼快些离开这里，这样他们便好偷偷行事，可这骆驼却犟着不肯离开，鬏毛向胡子使了个眼色，两人便对小银下手了，两个大人对付一个孩子还有什么难的？小银很快被捆绑了起来，骆驼也被系在那棵胡柳树上……

鬏毛喘着粗气对胡子说："依我看，我们还得挖那个最初的大沙包！"胡子想了想，连连点头："这畜生的脑子也真够使的，给我们摆起迷

魂阵了,挖吧!"于是,两人又开始挖那个大沙包。大约挖了半个小时,胡子突然叫了起来:"快看,挖到了!"

他们终于在胡柳树旁的那个大沙包下挖出了一堆东西,那是一具小骆驼的骨骸,那骨骸上已经长了胡柳的根……

就在两人欣喜若狂的时候,那头单峰驼突然大叫起来,它的缰绳被系在胡柳上,它无法挣脱,它只能对着远方仰天嘶鸣,那叫声,是那样的凄厉,那样的惊心!

鬃毛和胡子已经跳下了坑,他们在小骆驼的骨骸旁挖出了一个黑色的小箱子,又把箱子小心翼翼地搬了上来……

骆驼还在一声声地嘶叫着,突然,远处的风沙中冲出了十多头骆驼,那是二爹和小银的娘领着村里的驼队寻找小银来了!村里的人很快将鬃毛和胡子围住了,小银把事情的经过告诉了大家,二爹替小银松了绑,他看了看那头单峰驼,望了望沙坑里那头小骆驼的骨骸,又瞧了瞧满是沙土的小箱子,说"我知道那箱子里是

什么了,打开!"

鬃毛挣扎着要扑过来"别动,这箱子是我的呀!"但尽管他又跳又叫都无济于事,村里的两个青年死死地揪住了他。

箱子"啪"地打开了,里面是一包一包白色的粉末,码得齐齐的,那是毒品!

二爹告诉小银:骆驼有天性,失去孩子的母骆驼无论走多远,无论地形怎么变化,无论隔多少时间,只要回到原地,它都会找到小骆驼。毒贩就利用母骆驼的这种天性,在藏匿毒品的同时埋下一头宰杀的幼驼,这样,就能利用母骆驼找到毒品。

小银这才明白刚才母骆驼为什么不肯卧在那个埋着小骆驼骨骸的沙包上,它是不让歹徒找到自己的孩子呀!

小银蹲下了身,这时,那头单峰的母骆驼已经平静地咽了气……小银被骆驼的亲情感动了,他在那棵胡柳旁挖了一个很大的沙坑,把母骆驼和那头小骆驼的骨骸埋在一起……

(本篇月月评短信代码:1313)

(题图、插图:张 恢)

张三和李四

□ 张梁

有这么一天，一道闪电过后，张三和李四两人突然变换了身份、相貌，于是一幕阴差阳错的喜剧开始了……

张三和李四住对门儿，两人年纪相仿，但张三相貌平常，李四却长着一张讨人喜欢的小白脸；张三的老婆又黑又丑，李四的娇妻却年轻貌美，张三每次想起来总觉得十分不平。

一天，张三下班回家已经是深夜了，站在门口却找不到钥匙，夜深人静怕惊了邻居，也没敢叫门，四处一看，有个楼梯间，虽然小，黑咕隆咚的，但也可以暂时栖身，熬到天亮，也就算了。

正在这时，忽见天边一道闪电劈来，闪电过后，张三发现地上有一个东西，闪闪发光，仔细一瞧，却是一把钥匙，他估计是自家的，捡起来一

试，不对，莫非是李四家的？他想试试，就用这把钥匙去开李四家的门，谁知"啪"的一声竟真的打开了，推开门的一刹那，张三清醒了过来，正不知如何是好，李四的老婆出来了，她瞪着杏眼问道："都几点了？"

"大嫂，我……我是张三呀……"

"你少给我装疯卖傻！"

"大嫂，你、你别认错人呀……"

"认错人？你李家小四的这张小白脸我还能认错？少废话，去给我烧壶水烫脚！"

李四的老婆一边说一边扭身回了卧室，张三被撇在一边，呆若木鸡 我张三怎么长了李四的小白脸啦？他不

知是怎么回事，傻傻地站在门口。

"你还不进来，死在外边做什么呢！"

张三傻呵呵地走了进去，刚进房门，李四的老婆一甩手，一条裙子甩了过来，打在张三的头上："洗了去！"张三拿过裙子，鼻子一嗅，一股芳香扑鼻而来，好闻极了，在自己老婆身上，哪来这般好闻的香味！

张三卖力地将裙子洗好，又回到房间，躺到李四老婆的身边，这时，他才稍稍有了点现实的感觉，掐了大腿一把，"嗨"，很疼，真的！他战战兢兢地伸出手去，刚碰到李四老婆的身子，她一个翻身，张三一吓，惊得缩回了手。李四的老婆嘟囔了几句梦话又睡过去了，张三的一丝杂念被吓了回去，只得老老实实地睡觉。

接下来的几天就好像在梦中一般，张三变作了李四，他对着镜子一照，一点不错，是李四那张小白脸，但他有两件事放不下，一是怕自家老婆吵闹，二是怕李四突然出现。到了第五天，张三要去上班，刚一出门，就见对面自家的门开了，走出两个人，一看，竟是自己的老婆挽着另一个"张三"亲亲热热地走了出来，老婆见了他张三，点了点头，叫了声"李哥"，便下楼去了。张三心里虽不是滋味，却也感到一块石头落了地。

就这样，张三和李四交换了身份，刚开始，张三也挺满意，长着一张漂亮脸蛋总不是坏事呀，可没过几天好日子，麻烦就来了：一天下班回家，张三刚走进弄堂，就被一个小伙子一把抓住，死死地摁在墙上，回头一看，不认识，张三立刻惊慌起来："干吗？干吗？有话好好说……"

"说个屁！你小子做的好事！"

"大哥，我没做什么呀！"

"哼，没做什么？你看这是什么？"小伙子说着从口袋里拿出了一

张照片，张三一看，是李四的，可他张三现在的相貌就是李四这张小白脸呀，这一笔稀奇古怪的糊涂账能说得清吗？这时，小伙子咬牙切齿地开了口："这照片是我从老婆的衣服里搜出来的，你小子做的好事，仗着一张小白脸，竟敢勾搭人家的老婆，我找你好几天了，今儿不修理修理你，难消老子这口气！"小伙子说着，举起拳头就是一顿好打……

张三鼻青脸肿地摸回家，打开门，却听到卧室里有说笑声，冲进去一看，只见李四的老婆正和一个年轻男人搂在一起调笑。张三一阵眩晕，大喝一声正要扑过去，却见李四的老婆嘴一撇，冷笑道："行了行了，咋呼两声算了，你又不是今天才知道，传出去也只有你丢人的份儿，跟以前一样装糊涂不就完了？"

张三憋着一肚子气出了家门，一个人在街上溜达，一直溜达到晚上十一点多，这才拖着发麻的双腿回了家。张三到了门口，却找不到钥匙，他猛想起半个月前那个晚上，不禁一阵后悔：如果那天晚上他带了钥匙，或者老老实实地在楼梯间窝上一晚上，不去捡那把钥匙开对面的门，那该多好啊……正胡思乱想着，忽见天边一道闪电劈来，闪电过后，只听"吧嗒"一声，李四家的门开了，他忙站起来，嘴里说着"忘带钥匙了"，一边就往里走……

李四的老婆叫了起来："哎哎哎，张三，我说你喝多了耍酒疯吧，这是往哪儿走呀？"

张三一愣，看了看李四的老婆，又看了看门，没错啊，这半个月不都是这么进的门吗？于是就说："我、我回家啊……"

"回家？回谁家？找准了门儿再进！"

这时，张三家的门也开了，张三的老婆走出来，一把扭住张三的耳朵："黄汤又灌多了！"说着，她就把张三拽进屋去，推在沙发上，转身进了厨房，一会儿端出了一碗醒酒汤，张三走上前去，一把搂住老婆，"吧嗒"亲了一口……

张三回到了自己原本的生活，从此踏踏实实地跟着自己的老婆过日子。一个月后，张三下班回到家，刚进门，老婆便扑了上来，他忙稳住身，问何事如此激动，张三的老婆喜滋滋地说道："结婚十多年了，总算让我盼到了！"说着便一阵脸红。张三一时有点糊涂，忙着又问，老婆羞羞答答地附在他耳边说道："我——我有啦！"

张三和老婆结婚十多年，老婆一直没有怀孕，多次检查都证明问题出在张三身上，可现在……回想起前一阵换了身份的日子，张三晕了……

（本篇月月评短信代码：1314）

（题图、插图：杨宏富）

在经历了血雨腥风的岁月后，游子的心更思念故土的山水草木、亲朋父老，这里说的就是这样一个动人心魄的故事……

回到马兰峪

□杨立伟

这件事说起来有些年头了，那是抗日战争的时候，有一天，日本军队围住了河北省兴隆县的王家村，于是就发生了我们今天在电影、电视里时常看到的情景：全村的男女老少被赶着来到了山坳，四处全是凶神恶煞般的鬼子，还架起了十几挺机枪，黑洞洞的枪口对着手无寸铁的村民们，只见一个鬼子军官抽出雪亮的指挥刀，大喝一声，于是鬼子手中的枪就叫开了，枪声响作一片，村民们这才醒悟过来：鬼子是要把我们全村人斩尽杀绝呀！这时有人高声喊道："乡亲们，跟鬼子拼了！"于是一些青壮年带头往外冲，可是，血肉之躯如何拼得过鬼子的枪弹呀，就这样，在鬼子十几挺机关枪的火网下，全村几百号人顷刻间都倒在血泊之中……

有个小伙子叫王家民，身上中了两枪，倒在地上后，身上压满了死去了的人，他只是受了伤，没有伤到要害，神志还很清楚。渐渐的，他听到枪声停了，听到鬼子们走到他身边，翻动着尸体，寻找没死的人补枪，还听到鬼子用刺刀刺杀妇女和小孩时的惨叫声。王家民的牙死死地咬着下嘴唇，不让自己发出声音来，一动不动，气也不敢出一口。鬼子兵几次走到他的身边，皮靴和刺刀就在他眼前晃来晃去，却没有发现他还活着，他们闹腾了一阵子也就走了。

王家民还是一动也不敢动，因为惊吓，再加上饥寒交迫，他昏昏沉沉地迷糊过去了。

也不知过了多少时候，王家民醒来了，这时，天已经全黑了，看天上的星，估摸着该是后半夜两三点钟的样子。王家民想爬起来，正在这时，忽然一阵阴冷的风吹来，直吹得王家民的骨头里都冷冷的，风中夹着隐隐的说话声，好像来了好多人，他又赶紧闭上眼睛，不敢动弹。他听到有个声音在喊"集合啦，集合啦，一起走啦，找鬼子算账去！"又听见有人在点名："王二虎，王老七，王刘氏，王三丫，刘阿贵……"这些都是村里的人，听着听着，就听到有人在叫："王家民，王家民……"又有人说："别叫了，他好像还没到时候，地方也不对，他应该是在马兰峪，别等他了，走吧走

吧……"王家民想站起来，跟他们一起走，可浑身没力气，眼前一黑，又昏了过去……

离王家村二十多里路有个田家村，村里有一户农家，姓田，当家的前些年病死了，剩下女人带着一儿一女，儿子叫栓柱，十七岁；女儿叫妮子，十六岁。栓柱这天早上到山上砍柴，发现草丛里趴着个小伙子，衣服破烂，浑身是血，摸摸鼻子还有些气，栓柱就把他背下了山。从此，王家民就在田家住了下来，慢慢地养好了伤。他认大娘做妈，叫栓柱为哥，称妮子为妹。每天他和栓柱一起上山砍柴，下地干活，妮子给他们送水送饭。后来，王家民和妮子成了亲，虽说日子苦，但总算也有了一个家，一年后，王家民有了一个活泼可爱的儿子，取了个名叫东阳。

日子虽说渐渐平静了下来，可王家民总忘不了那个血雨腥风的恐怖夜晚：十几挺机枪吐出的火舌，那小山一般的尸体，还有那惨惨阴风中传过来的可怕的话："他应该是在马兰峪……"马兰峪在哪里？王家民可从来没去过这个地方呀！他不能去，也不敢去，一听到这三个字他就毛骨悚然！

过了几年，日本鬼子投降了，可国民党又来了，老百姓还是喘不过气来。这天夜里，忽然听到村子里的狗全都叫了起来，王家民一骨碌从被窝

里跳了起来,他对妮子说"狗叫得这么凶,一定是出什么事了!"正说着,小屋的门就被砸开了,一群国民党的兵冲了进来,二话没说,就把王家民抓走了。这一夜,村里几乎所有的男人都被抓了壮丁,国民党在前方吃了败仗,急需兵员。栓柱住在另一个小屋,听到动静后跑得快,总算没被一起抓走。

王家民走后,大娘朝思暮想,加上身子骨本来就不大好,没多久就生了一场大病,死了。栓柱为了照顾妹妹和失去了爹的小外甥东阳,就没有成家,妮子也没有再嫁,兄妹俩抚养着王家民的儿子,一直苦苦熬到解

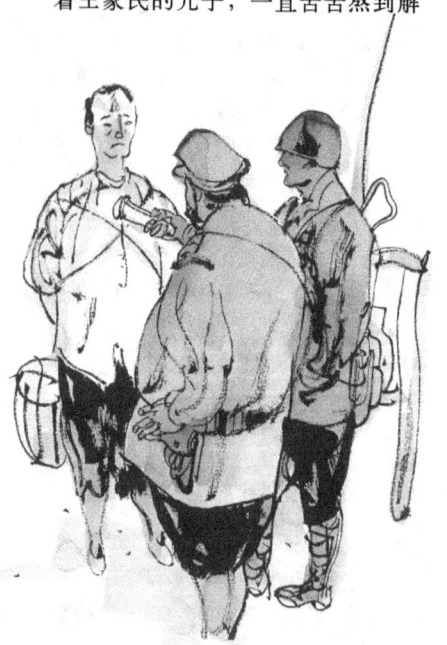

放。解放后,日子好过了,东阳渐渐长大,上完学后就在县上工作,栓柱和妮子身体都还好,还都能干些农活,一家人有吃有穿,日子安定,一晃就过去了几十年……

这一天,栓柱老汉从承包的果树园回来,刚进家门,就见东阳喜气洋洋地迎了过来,手里还拿着封信:"舅,我爹来信啦,他在台湾,要回来探亲!"

栓柱老汉听到这个天大的喜讯,惊呆了……自从那天夜里王家民被抓了壮丁后,这几十年来,他可是一点音讯也没有哇,栓柱老汉急着问:"你爹他……他还活着?他什么时候回来?"

东阳喜滋滋地说:"信上说,他下个月和一个国民党老兵回乡探亲团一起回来……"

"快,快,你快给他写封信,就说我和妮子,还有你,全盼着他快回来呀!"

妮子听到这消息,一句话都说不出来,只是哭。从这天开始,一家人就张罗着打扫房子,准备猪羊鸡鸭和各种山货、水果,他们要好好接待王家民这个从远方归来的亲人。

过了一个月,一天傍晚,栓柱老汉听到门外响起了汽车声,接着就看到东阳急匆匆地走进门来,栓柱老汉忙上前问:"你爹回来了?"

东阳说,县里有关部门带来了消

息，说是这个国民党的退伍老兵探亲团已经到了大陆，他们先到北京观光，然后王家民就要到兴隆来探亲。可是观光团到了清东陵，王家民突然病倒了，住进了当地医院，他托人带信来，让栓柱他们一家去见个面。

栓柱老汉一听，急得团团转；妮子知道这消息后，差一点晕过去，于是一家人稍稍打点，好在东阳早就备好了车，一家人当即直奔清东陵。

这情景真是急如星火，一家人到清东陵的时候，已经是半夜了，到了那家医院，找到了值班医生，医生说："那个台湾老人一直在等你们呀，劝他休息，他怎么也不肯。来，我带你们去。"

医生带他们一家三人到了病房，一进门，只见床上躺着一位白发苍苍的老人，栓柱老汉一步一步走过去，颤抖着伸出了手："你……你是家民老弟？"

床上的老人也挣扎着伸出了手："你是栓柱老哥？"

"家民老弟呀，可把你盼回来了！来来来，这是你的媳妇妮子，这是你儿子东阳……"话音刚落，妮子早就泪水涟涟地扑了上去，一家人哭作一团。分别几十年了，真是千言万语不知从何说起，一家四口聊啊聊，一直聊到了半夜。

这时，只听见窗外"哗哗哗"地下起了雨，又刮起了风，那风好大，"呜呜呜"地响着，就像几十、几百号人在号哭着，突然，天上电光闪闪，"噼啦"一声炸雷，连病房的窗子都被震得"啪啪"作响……

病床上的王家民猛地打了个冷战，他冷不丁往窗前一扑，东阳急忙上前把他扶了起来，喊着："爹，爹，你怎么啦？"

王家民睁开了眼，眼睛直直地盯着床前的妮子，微微笑着说："妮子啊，我……我在那边一直是一个人过的呀……"说着，他又望了望儿子和栓柱老汉，喃喃地说："出门几十年了，总算回家了，我……我也该走了……"王家民就这么走了，如同熟睡一般，享年七十二岁。

谁都没有想到，这清东陵，就在马兰峪呀……

（本篇月月评短信代码：1315）

（题图、插图：箭 中）

根据印度作家尤沙·苏布拉玛尼恩的小说改编

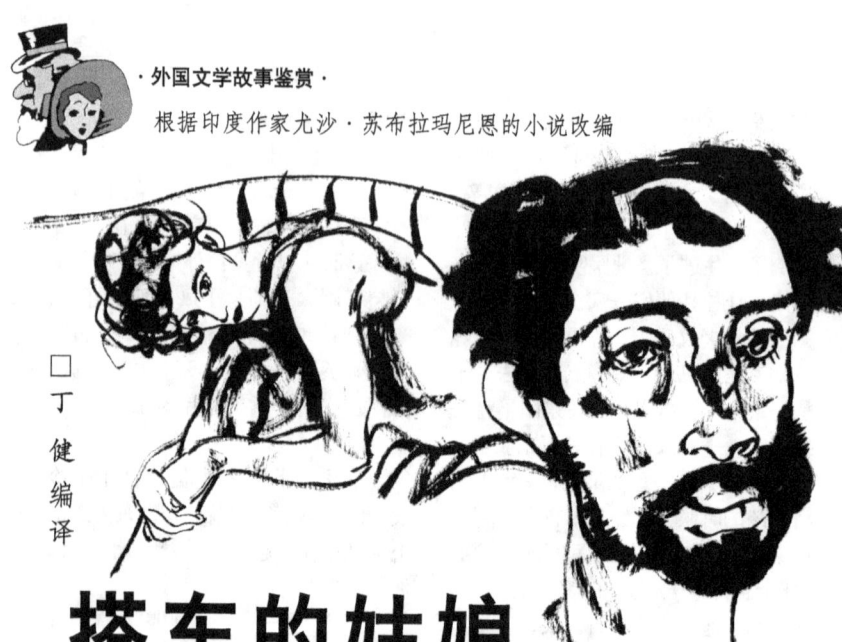

□ 丁健编译

搭车的姑娘

桑帕斯是一家公司的主管，他有一个能干的妻子和一个漂亮的女儿，女儿在上大学，但有点淘气，父母总是为她操不完的心。

这天一大早，桑帕斯匆匆吃了早餐，又下楼把车从车库开了出来，停到了楼下，一看，女儿玛丽还是迟迟没有出来，只得又跑上楼喊道："玛丽，你准备好了吗？上学迟了，公共汽车就挤了……"

玛丽开了房门，探出头来说："爸，你先走吧，我刚洗完头，一时难得干，你放心走吧，我不是小孩了，我会搭车的！"

桑帕斯的妻子纳吉唠叨着："桑帕斯，你看你女儿，去搭那些陌生人的车，那么不安全，你也不管管！"

玛丽回过身来，对纳吉说："妈，你别唠叨了，我看报纸上登的那些事，让你们这些父母得'强奸恐惧症'了，你想，一个驾车的人，怎么能在飞驰的车里去强奸别人呢？再说，我的包里放着削笔刀和刀片，谁想碰碰运气的话，哼！"

桑帕斯见确实快到上班时间了，只得下楼开车走了。一路上他还想着女儿的事，汽车驶过了安纳·那加的大街，就汇入了干道的车流中。突然，桑帕斯看到前方有一个妙龄少女敏捷地走了过来，她穿着时髦的牛仔裤，身着紧身圆领长袖运动衫，还有那得体的罩衫相配，使她的双肩更加妩媚动人。

桑帕斯的车离那少女越来越近了，就在这时，那个少女霍地走到了路中央，热切地伸出了大拇指，打了个要求搭车的手势。姑娘那天真无邪的脸庞，还有那双含着恳求之意的眼睛，一下子勾住了桑帕斯的视线，他不愿使这位令人疼爱的孩子失望，便刹住了车。

姑娘热情地招呼道："大叔，您的车经过孟特路吗？"

"不错，请上车吧。"桑帕斯说着便拉动车门把，打开了车门。

姑娘一上车，车上的气氛就活跃了起来。这姑娘，似乎要把身上所有的曲线都集中到穿的紧身衣服上了，她那圆润的胸脯，使桑帕斯要想闭眼不看它都不行！如今的姑娘们在衣着打扮和性的方面毫无遮掩，毫不抑制，不像她们的妈妈和奶奶们，她们的心里根本就没有那些传统的信条……

桑帕斯正这么想着，身旁的姑娘开口了："大叔，你的车看上去真棒，为什么不打开立体声听听呢？"于是桑帕斯就打开了立体声，放起了"甲壳虫乐队"的音乐，姑娘孩子般地从座位上跳了起来，随着音乐的节奏，脚尖踩点着，手指捻着响儿，眼睛如痴如醉地闭着，尽情地享受着音乐带来的欢乐。

"你叫什么名字？"

姑娘说"我叫范尼塞，大叔。"这姑娘一有机会就热情地称呼桑帕斯"大叔"，她还说，她是新入学的大学生，平时上学，来得及的话就乘公共汽车，晚了的话就只好搭车。

桑帕斯听到这儿，不觉叹了口气，说："我女儿和你一样，是个天真无邪的孩子，我们都不喜欢她半道上搭乘陌生人的车。"

姑娘不以为然地说："搭车怎么啦，大叔？给人搭车这正好说明这人的慷慨，这有什么不妥吗？"

桑帕斯听了，觉得姑娘说得不无道理，但他没有说话，因为汽车已经驶过了斯特琳路，前面正是一条车辆拥挤的大道，他得全神贯注地开车。

那姑娘却在这时开了口："大叔，您钱包里带了多少钱？"

桑帕斯因为正集中精力在驾车，一时没听明白姑娘的话："你说什么来着？"

"大叔，告诉我，您的钱包有多鼓？如果不介意，我摸一下，可以吗？"姑娘说的话，竟带着清脆的童音，那声音就好像是在向她的父母讨一样自己喜欢的玩具。桑帕斯惊讶了，他下意识地猛然刹车，不过他意识到这个时候他的车已经被一溜车给

堵住了,他身后的汽车喇叭又叫个不停,他只好汇入车流中继续慢慢地往前开。桑帕斯回过头来对姑娘说"你这人真莫名其妙,你给我马上下车!"

姑娘的语气显得很轻松:"不要那么凶嘛,把钱包给我不就得了!"

桑帕斯几乎是在吼了:"你这坏蛋,我绝不会把钱包给你的,你再不下车,我就要把你推出去了!"

"那你试试看!"姑娘用嘲讽的口气说,"我就在你的脸上吻个唇印,再大声叫喊,你看,我有刀片,用它划破我的衬衫,再高喊救命,这一招儿保证能招来好多人的……现在正是上班的时候,你看这么多的车里,什么人都有呀!"

桑帕斯气得要命,眼下的局面,他觉得有点难以驾驭了,这时,姑娘

又开口了:"大叔,你看看,那几个站在路旁等着搭车的姑娘,或许就是你女儿的同伴,还有,我敢保证,在这么多的车中,至少有五六个官员能认出你来,如果他们把你企图调戏一个比你女儿还小的姑娘这样的事张扬出去,那才叫有趣呢!"那姑娘一边说一边笑,那笑极富浪荡之气,使人觉得和她的年龄很不相称。

桑帕斯艰难地咽下了一口口水,恨声连连地说:"我要把你送到警察局去!"

"那就请便,你要想在这么个时候、这么个场合,对着这么多人证明自己是清白的,那是不可能的,大叔!"

桑帕斯怒喊着警告道:"你再叫我一声大叔,我就要敲掉你的牙!"

姑娘轻佻地笑了:"亲爱的,你干吗生这么大的气呢!好像我要100万卢比似的,我所要的只是点小钱,用来打发我周末的开销而已……"

桑帕斯气得拳头捏得咯咯响,他不知如何才能应对眼前这个姑

孩子小时吮吸母亲的乳汁,孩子大后学父亲的知识。 ——约翰·雷

娘。这姑娘眼看车子已经到了繁华路段，威吓的语气更急迫了："怎么样，你是准备交出钱来，还是让我划开衬衫、拉开裤子的拉链呢？"听着这话，桑帕斯那双握方向盘的手不住地颤抖着，他痛责自己对这个姑娘的心肠太好了，而就在这时，姑娘的口气更严厉了："我现在开始倒计数了，十，九，八，七……"

在姑娘数到"二"时，桑帕斯把钱包扔了过去。姑娘很随意地打开了钱包，她一下就叫了起来"啊，大叔，你带了信用卡，为什么还带这么多现钞？"姑娘的话里带着明显的讥讽口气，桑帕斯十分恼怒，大喝了一声："下车！"但那姑娘极是老练，她命令道："你老实给我往前开，我还不至于钱包还在手上就被抓住！"在这个姑娘面前，社会阅历丰富、处世经验老到的桑帕斯，简直就成了一个低能儿，任凭姑娘玩弄于手掌之中！

姑娘从钱包中抽出了几张钞票，她说："我不需要这么多钱，钱多了会成为资本家的，我只需200卢比就够了，多一分都不要。"她说着，钱包"啪"的一下就被扔到了桑帕斯的腿上，姑娘拉开了牛仔裤的拉链，把钱小心地塞到了内裤里，再拉好拉链，然后对桑帕斯说："你真是一个可爱的大叔，停车，再见！"说着，姑娘在桑帕斯的双颊上吻了吻，从容地走下汽车，消失在茫茫的人流中……

桑帕斯想尽快去警察局报案，但一想到警察那无休止的问话时，他又畏缩不前了，再说，即使有一个女警官接手了这案子，她也不可能在这个人群密集的城市中去搜每一个姑娘的内裤，那只是白费时间和精力。

那么，桑帕斯还能做什么呢？他驱车来到办公楼，乘电梯到了他办公的楼层，他又走进了办公室，然后就迫不及待地拨通了家里的电话："纳吉，玛丽上学去了吗？"

"还没有……"

"你让她听电话！"

话筒里传来了玛丽的声音："爸爸，我的头发干了，正要上学去。"

桑帕斯对着话筒大声吼着："玛丽，你给我听着，从今天起，你无论如何都不能再去搭车了，真丢人呀，你要再敢在马路旁伸出大拇指搭车，我就用你书包里的刀片割掉你的大拇指，即使你不上大学，也没有什么大不了的！"

玛丽奇怪了："爸爸，发生什么事了？"

"你别问了，就这样，从今天起，你乘公共汽车去！"桑帕斯说着就挂了电话。

于是，玛丽就再也没有去马路搭车了……

（本篇月月评短信代码：1316）

（题图、插图：箭　中）

"鬼市"上的

□ 痴凤

王小六跻身古玩市场两年多了，在圈内也有了点小名声。这城里有一个旧货市场，天不亮就聚集了很多人，他们都在这里进行旧物买卖，天大亮就散了，俗称"鬼市"。王小六经常到这里转悠，这天他又起了个大早，到了那里一看，东一摊儿，西一伙儿，卖什么的都有，只有想不到的，没有见不到的，总之是破烂一条街。

王小六转到西南拐角处，那儿蹲着一个青年，身前摆着个瓷瓶，他便走过去蹲下来，两手端瓶看了起来：这瓶一尺来高，青花缠枝莲的图案，他又看了看瓶底，没什么款，但他感觉到这是一件官窑的老瓷器，心不禁怦怦地跳，他稳了稳神，又端详一下那个青年，见他平头，格子衫，裤子上全是泥。那个青年被看得沉不住气

了，说："怎么样，想要吗？"一开口，王小六就知道他是个外来的，心想：这瓶八成不是好路上来的，说不定就是偷的，于是好话歹话一块儿说，又是哄又是诈的，最后花两百块钱买走了这瓶。

王小六抱起瓶回到家，把瓶放到桌子上又仔细端详起来：一尺高的梅瓶，瓷质细腻，开片均匀，好像是明代的器物。王小六越看越喜欢，但他心里还是拿不准，便想让他的师傅刘老鉴定一下。刘老七十多岁了，德高望重，是古玩行、收藏界的权威人士，如果他说是真的，那么假的也就是真的了，可以说是一言九鼎，于是王小

六用软软的被单将瓷瓶裹好，抱起它，兴冲冲地跑去找刘老。

到了刘老家，王小六便把包袱打开，刘老一看就愣住了，忙取出放大镜仔细观看，一旁的王小六心里"怦怦"直跳。

刘老看了半天才开口说话："哪儿淘换来的？这是明永乐年间官窑产的！"

王小六两眼瞪得老大，刘老继续说："前两年在香港拍卖会上，同样的一只梅瓶被拍到一百六十万，你这只少说也值一百万。"

王小六听得有些傻了，他当时觉得这只梅瓶能值几万元已经是难得的宝贝了，可真想不到能值这么多钱，他像在梦里，半信半疑地问："刘老，真的？"

"你说呢？"刘老又说，"我现在带你去拍卖行转转，他们请我去鉴定一批古董，你把瓶带去，正好让他们开开眼。"

王小六急忙去包梅瓶，双手直抖，刘老见了忙说："稳住了，摔了就不值钱了！"

到了拍卖行，一个矮胖子老远就迎出来："刘老！劳您大驾，里边儿请，里边儿请，正巧陈老也到了。"那矮胖子是拍卖行的张经理，他客客气气地把刘老迎了进去。

张经理说的"陈老"叫陈正阳，也是收藏、鉴定的权威，七十多岁了，和刘老资历不相上下。两人既是好友，又是冤家对头，因为很多时候，对古董真伪的最终鉴定往往由他们两人做出，但当两人意见不一致时，争论不休，难免出言不逊，结下了芥蒂。多年以来，刘老是负多胜少，所以，刘老也想借今天的这个梅瓶给陈老出出难题，煞煞他的威风。

屋里以陈老为首的几个人正在说着收藏圈内的掌故，刘老进去向大伙一一打过招呼，落座后说："老陈，各位，我今天带了样物件让你们瞧瞧，小六呀，把包袱打开！"

王小六小心翼翼地把包袱放在八仙桌上，慢慢打开，众人便围过来仔细观看。

一会儿，张经理说："刘老，像是

明前期的。""张经理真有眼力！""那是您的栽培。"张经理得意洋洋，又跟大伙指指点点："这瓶最少值一百万……"

陈老看了一会儿，双手把瓶子拿起来，在手上转了一圈，又用手在瓶的里外两面摩挲一阵子，便轻轻地把瓶撂下，缓缓地说："这是赝品。"

刘老一听，火气一下就上来了："这种玩笑你也敢开？咱俩哪来这么大的冤仇，你非得和我作对？"

陈老不紧不慢地说："赝品就是赝品。"刘老说："老陈，我说是真的，你说是赝品，以前我有些东西没你看得准，但这次绝不可能，如果是赝品，我把眼珠子抠出来！"大伙看到他们闹得这么僵，赶忙劝解。

陈老听大伙说完，默默站了起来，伸手把瓶一把提起，朝地上摔去，

只听"哐啷"一声，梅瓶被摔得粉碎，王小六"妈呀"叫了一声，众人也都吓傻了。"你，你……"刘老气得说不出话来，可陈老却不慌不忙，弯下腰去，从碎瓷片中拣出一片，对刘老说："老刘，你看看上面是什么。"

刘老接过瓷片，看到瓷片内面印着一方小章 阴文蝇头小篆"正阳"二字，这就是他陈正阳的章呀！陈老说："这是我十多年前做的，当时气盛，做出来想给行家们难堪的，没想到……唉，现在想想不应该做假，现在不把它处理掉，以后不知又会骗多少人，而今市场上到处是赝品，我们也有责任哪，小六，你的钱我会赔你的，但假货一定要毁了。"

张经理听完，连忙笑呵呵地说："陈老不愧是权威，我服了，刘老您就甘拜下风吧，至于眼珠的事么……"

本期有奖竞猜的题目是：A. 刘老把眼珠子抠了(短信代码GA)；B. 刘老厚着脸皮没抠眼珠子(短信代码GB)；C. 刘老用巧妙的办法摆脱了窘境（短信代码GC）

（题图、插图：魏忠善）

猜情节，赢奖品

开动脑筋，猜想正确的情节！请选择你认为正确的情节发展，将其短信代码发送到200056（中国移动）或900056（中国联通）。我们将在本月下半月的刊物上刊登这个故事的结尾，并从竞猜正确的读者中抽取优胜奖20名，赠送价值100元的纪念品；从参加竞猜的全部读者中抽取参与奖500名，赠送价值10元的纪念品。所有参与读者将另获赠精彩梦网信息服务。本期活动截止期为2004年7月5日。

参加全年"情节ABC"活动，并猜对全部情节的3名读者将获得特等奖彩信手机一部！得奖读者在评选结果揭晓后将得到短信通知。本活动接收短信：0.10元／条，咨询电话:021-53854588。

第一次做生意

□ 群山

那年，林子高中毕业后没考上大学，闲在家里没事做，靠卖豆腐的老爹白养着，心里不免时时憋屈得慌，尤其是老爹常常责怪林子，说林子不愁吃，不愁穿，人也不笨，却读书不努力，没有给他争气，没考上大学，对不起他的一番苦心，也对不起一年前去世的林子的娘，等等，真是烦死了。

林子他们这里是有名的茶乡，"靠山吃山，靠水吃水"，贩贩茶叶应该是一条不错的财路子，林子不想吃闲饭，不想整天听老爹的唠叨，于是就去找老爹要钱。老爹以为林子又像平时那样仅仅要点零花钱，就淡淡地问："多少？"

"一千块。"

老爹一听差点跳起来："啊，要这么多？"他愣了一愣，接着就警觉地问："干什么？"

老爹像审贼似的，让林子心里很不舒服，他就气冲冲地回答道："反正不是做坏事！"

老爹来气了，严厉地说："你这是什么话？"

林子也火了，大声说："你给就给，不给就拉倒！"

老爹气极了，"你、你、你……"好久说不出一句整话来。林子不再理他，独自跑到了叔叔那里。林子的爹就这一个弟弟，比他小了近二十岁，而林子是独子，比叔叔小十岁，老爹

像父亲一样把叔叔拉扯大，叔叔又像哥哥一样把林子带大，两人关系很亲近，林子平时有了什么心事，常常找叔叔倾吐。这时，林子找到了叔叔，委屈极了，一边哭一边将他想做茶叶生意的事说了。叔叔想了想，说："你想做生意，我支持，我可以借给你一千块，但我手头一时没有这么多钱。这样吧，我这就出门给你筹钱，你在这里等着。"

黄昏时分，叔叔把钱筹齐了。第二天一早，林子喜滋滋地怀揣着那一千元钱，得意洋洋地准备出门，哪知临走时，老爹没头没脑地对林子说："你想做生意，可以，但要先去交税，啊！"

林子没告诉老爹做生意的事，他怎么晓得的？但转念一想，林子也就明白了：叔叔和他那么好，一定是告诉他了，想到以往老爹的唠叨，林子懒得理他，就不耐烦地说了声"知道了"，接着就出了门……

林子来到了县城西面的"名茶第一乡"，搞了几大箩绿茶，请一个司机帮着运到县城。可车子刚在市场外停下，税务局的就来收税了，可林子的钱全部买茶了，连运费都还没有给，哪来的钱交税呢？林子就求他们，说等茶叶卖到够交税款时就一定先交税。收税的指了指周围三三两两的各种生意人，严厉地说："你看，这里还有这么多临时经营户的税款要收，等

得起吗？"

林子手头确实没钱，一时不知所措，不禁想起早上出门时老爹叮嘱的"先交税"的话，心里不由为没听他的话而后悔。这时，收税的看林子还是十八九岁的"毛孩子"，就缓和了口气，说："没有现钱也可以，但要提供纳税担保人。"

林子一时不知到哪儿去找担保人，突然，他脑中灵光一闪，就问他们："我父亲可不可以做担保人？"

收税的问："你父亲是干什么的？"

林子老老实实地回答："卖豆腐的。"

"卖豆腐的？这一般是不能做担保人的！"

林子急了，不顾一切地大声说出了他爹的名字，收税的听了，都愣了一下，然后就有人问林子："是真的吗？"

林子理直气壮地答道："这还能有假？"

这时，已经有很多人在围观林子他们，人群里有几个人认识林子，也和税务人员熟悉，他们立刻为林子的话作证，有的还开玩笑说："如假包换！"

收税的这下放心了，他们笑着说："那你先卖吧，等卖完茶叶再来交税。"

林子怎么也想不到他那卖豆腐的

老爹在税务人员那里会有如此的"面子"！事后想想倒也是，林子爹每天都要浸泡第二天要磨的黄豆，每次浸泡前都要用秤称出黄豆的斤两，并记在当地税务部门发的一个本子上，作为纳税依据。因他做的豆腐老嫩适度，卖时斤两足，价格公道，童叟无欺，所以生意很不错，税务部门组织评税时，每次他都自报一等。

没几天，林子就顺利贩完了所有的茶叶，又主动去税务部门交了税，除去运费、成本等费用，林子还赚了不少。揣着这纳过税的干净钱，摸摸这亲手挣的人生第一笔"财富"，林子心里美滋滋的。林子找到叔叔，很气派地从腰包里拿出一千块，要还给他，可他不接，微笑着说："去还给你

老爹吧。"

林子以为没听清楚，又问道："你说还给谁？"

叔叔一字一顿地说："你——老——爹！"

这下林子真感到不可思议了，叔叔这才告诉林子：那天，他听了林子做茶叶生意的想法后，觉得可行，但手头又没钱，就去找林子爹说了，没想到林子爹很爽快地拿出了一千元钱，让叔叔给林子做本，并叮嘱先不要告诉林子。

林子明白了，霎时，鼻子一酸，泪水立刻模糊了他的双眼，他百感交集，喃喃自语着："爹啊……"

（本篇月月评短信代码：1317）

（题图：张 恢）

鸟 奴（青春小说系列）

这是一部故事精彩可读性强的动物小说；这是一部蕴含深刻哲理让人掩卷沉思的动物小说。动物行为学家"我"与藏族向导强巴在滇北高原日曲卡雪山进行野外科学考察时，意外地发现一对蛇雕与一对鹩哥把自己的窝筑在同一棵大青树上。从动物分类学上说，蛇雕属于食肉猛禽，鹩哥属于普通鸣禽，蛇雕是各种雀鸟的天敌，鹩哥被列入蛇雕的食谱。在大自然的食物链上，二者是猎手与猎物的关系，怎么可能共栖共存呢？"我"决心揭开这个谜。"我"埋伏在离大青树不远的石坑里，亲眼目睹蛇雕一家子是如何飞扬跋扈欺凌可怜的鹩哥的，也清楚地看到鹩哥一家子是如何谨小慎微忍气吞声在夹缝中求生存的。经过半年的观察研究，"我"排除了这家子蛇雕与这家子鹩哥之间传统的"共生共栖"、"单惠共栖"和"假性共栖"这几种大自然常见的共栖关系，而是属于非常罕见的主子与奴隶的共栖关系。动物界特殊的"兽际关系"，折射人类社会复杂的"人际关系"，具有强烈的震撼力量。作品语言流畅生动，对大自然的描写惟妙惟肖，值得一读。

沈石溪著

无字家书

□王立平

老黄和妻子两个人都有工资，可送一个儿子读大学，却感到很吃力，除了交学费，儿子每月的吃用还要好几百元，这实在是个沉重的负担。老黄对妻子说："我们家的收入算是不错的了，送一个孩子读大学都这么难，不知道乡下那些穷苦人家是怎样送孩子读大学的。"

妻子说："我怎么知道？有闲心你自己到乡下去问。"

双休日，闲来无事，老黄真的骑车到乡下想去探个究竟。老黄的儿子有个乡下同学叫杨壮，家里很穷，读中学的时候常向老黄的儿子借钱买饭票，现在杨壮和老黄的儿子在同一所大学读书。杨壮是苦柳村人，老黄想，就到苦柳村去看看杨壮的父母。

老黄骑着一辆旧摩托车，半小时后就到了苦柳村。村头有棵大榕树，树下有个水潭，一个小男孩在潭边放鸭。老黄向男孩打听，男孩用手中的小木棍向大榕树后面一指，说："小店旁边那家就是。"

大榕树后面有一个小杂货店，店旁有一座泥瓦房，泥瓦房的墙壁都倾斜了，墙上还有好几处大裂缝，这种危房怎么能住人？做牛棚还差不多呢！老黄呵斥放鸭的男孩："你小小

年纪，竟敢骗我！"小孩说："我没骗你，那真是杨壮的家，不信你自己去看。"

老黄半信半疑地走进了那个破屋子，屋里有一对老年夫妻，一问，果然是杨壮的父母，他们正在把玩一封信，看见老黄进门，就高兴地请老黄帮着读信。信是杨壮写的，信封已经拆开了，老黄问："你们不是看过了吗？"杨壮的父亲说："是请人读过一回了，我们还想听一回。"老黄理解他们思念儿子的心情，就展开信，很认真地读了起来："爸爸、妈妈，你们好！这个月寄两百元钱回去……"

老黄诧异地问："怎么？你们的儿子还寄钱回家？"杨壮的父亲说："不寄钱回来怎么行？入学的时候借了那么多债交学费。"老黄问："可杨壮去哪弄钱？他自己要上课，在学校吃用也要花钱。我儿子和杨壮在同一所大学读书，他每月最少要我寄四百块钱，杨壮怎么反倒有两百块钱寄回来？"杨壮的父亲说："我儿子上完课去做家教，每个月有四百块钱收入，他用两百，寄两百回家还债。"

老黄又读了下去："爸爸、妈妈，告诉你们一个好消息，我又找到了一份家教。这家人每月给三百元，别的同学嫌少，不愿干，转让给我。以后我做两份家教，每个月就有七百元收入，可以寄五百元回去还债。你们不必为债务操心，注意休息，别累坏身

体。要是你们累坏了身体，那我会比负债还要难受的……"

老黄再也读不下去了，他的泪水已经淌到了脸上，他让杨壮的父母说说平时是怎样教育孩子的，可两个庄稼人竟说从来没有教过孩子什么，老黄想，乡下人朴实，不愿意张扬，我干脆叫他们给儿子回封信，他们在回信中自然要教育一番儿子的，于是他就问："你们不想给儿子回信吗？"杨壮的父亲说："想回，可不会写字。"老黄说："我帮你代笔。"杨壮的父亲高兴极了，立刻到旁边的小杂货店买了信封和邮票，家里有杨壮用过的练习本，本子上还有两三页空白的，正好撕下来当信纸用。

老黄兴致勃勃地给杨壮的父亲代笔，满以为他会说出许多教育儿子的话来，可是，杨壮的父亲只讲了十来句，一页纸都没写满就结束了，而且说的全是套话，看样子，杨壮的父母并不是谦虚，他们似乎真的没怎么教儿子，可他们的儿子为什么那么好呢？老黄百思不得其解。

老黄在信封上写好姓名、地址，再把那张写有十来句套话的薄纸折一折，塞到了信封里。信封空空的，乍一看还以为里面没有信。杨壮的母亲说："信封太空了，还可以再装一点东西。"原来，杨壮有头疼的老毛病，从小就是父亲把一种草药磨成粉给他服

用的，这个学期他忘了把药粉带去。

接着，杨壮的父亲便把一小袋药粉摊得平平的，装到信封里，他得意地说："你瞧，一点也看不出。"老黄说："是看不出，但可能超重了。"杨壮的父亲诧异地问："寄信不能超重？"老黄说："对，一封信不能超过20克。"

杨壮的父亲一听，特意把这封信拿到隔壁的小店，用店主的天平秤称。几分钟后，他回来了，说："真是巧了，如果把信纸取出来，这封信刚好20克，一点也不超重。"

杨壮的父亲真的把老黄代写的那张纸取了出来，丢到了灶肚里。老黄问："你把那张纸取出来，这还是信吗？纯粹是一个药袋子了。"杨壮的父亲一边粘信封口，一边说："管它呢，把药寄到儿子手里比什么都好。"看着两夫妻高兴的样子，老黄忽然明白了：杨壮收到一封装着药粉的无字信，该有多少感慨涌上心头？这样的父母，怎么会没有一个好儿子呢？

（本篇月月评短信代码：1318）

（题图：黄全昌）

"百姓话题"诚征佳作

《故事会》改成半月刊后，"百姓话题"栏目期盼着得到广大作者、读者更多的支持，您可以把生活中的各种故事寄给我们：耳闻目睹的奇事趣事，道听途说的传闻逸事，天南地北的街谈巷议，茶余饭后的说东道西，只要这故事里有一个新奇的精彩情节即可。我们近期拟组织的话题有以下一些方面：

"的哥"龙门阵：出租车是一个流动的世界，你能说说这个世界里的故事吗？

小保姆的故事：林子大了，什么样的鸟都有；城市大了，什么样的保姆都有。

潇洒"玩"一把：现在娱乐、休闲的场所满眼都是，这灯红酒绿、莺歌燕舞之中发生的是喜剧还是悲剧？

搀着老婆的手：有一首歌谣里是这样说的："搀着情人的手，甜酸苦辣啥都有；搀着老婆的手，好像左手搀右手……"你搀着老婆的手，是一种什么样的感觉呢？

此外，您有什么好的选题，您对"百姓话题"的结构形式、叙事方式以及其他各个方面有什么建议，我们都乐意听取。稿件和信件可从邮局寄发，信封上请注明"百姓话题"栏目收；也可发电子邮件，本期责任编辑E-mail地址：yaotongzhi@vip.sohu.net。

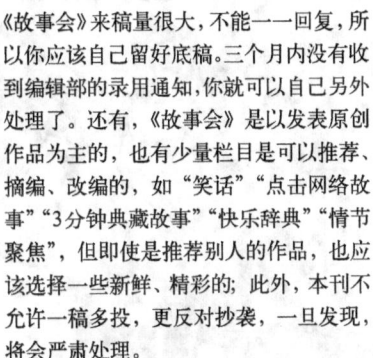

河北定州读者徐为：我听说你们要办第十期故事创作研讨班，这班办了没有？

小白：第十期故事创作研讨班于5月20日在上海举办，全国各地共有三十余人来沪参加。会议期间，作者们听了专家、编辑有关故事创作的系列讲座，进行了故事创作方面的研讨、交流，他们还像学生一样规规矩矩地完成了考核的试题，此外，编辑部还安排他们观摩了市区的一些主要景观。本期刊物上还编发了有关这期研讨班的一组照片，你可看看。

福建闽清读者张富荣：小白，这一年里，我给你们编辑部寄了5篇故事作品，都没有发表。你们给我回了几封信，你们对作者的负责态度我很感激，但我还是不太明白，什么样的稿子才能发表呢？

小白：读者看《故事会》，是想看一些新鲜、精彩的故事，你如果写的是别人都写过的内容，这就不新鲜了，读者就不要看了，你说是不是？这说的是题材问题，除了题材，故事情节也要精彩，新鲜、奇特、巧妙、有趣，只有这样的情节才会受到读者的欢迎，而这样的情节光凭想象是编不出来的，只有到生活中去才能发现这样的精彩素材。别灰心，我相信你一定能写出好故事来的。

山西阳城读者丘蓉蓉：小白，我看到你们每期都有一个不同的电子信箱，我到底给哪个信箱发稿子呢？另外，投稿还应该注意一些什么？你给我说说好吗？

小白：你可以给任何一个责任编辑的电子信箱传发任何栏目的稿子，也可以从邮局寄，我们对每一篇稿件都会认真处理的，但因为《故事会》来稿量很大，不能一一回复，所以你应该自己留好底稿。三个月内没有收到编辑部的录用通知，你就可以自己另外处理了。还有，《故事会》是以发表原创作品为主的，也有少量栏目是可以推荐、摘编、改编的，如"笑话""点击网络故事""3分钟典藏故事""快乐辞典""情节聚焦"，但即使是推荐别人的作品，也应该选择一些新鲜、精彩的；此外，本刊不允许一稿多投，更反对抄袭，一旦发现，将会严肃处理。

江西余江读者盛小芬：听说你们在全国各地办了不少"故事沙龙"，请介绍一下这方面的情况，好吗？

小白：告诉你，我们编辑部为了能让读者读到更多更好的故事，在培养作者、加强作者队伍建设方面可有不少看家法宝呢，"故事沙龙"就是其中之一。这种"故事沙龙"是由当地作者自发创办、由本刊编辑部予以扶持的，全国有几十个，有的办得相当不错，比如河南新乡的故事沙龙，这个沙龙是2000年12月成立的，先后有四十多人参加。在这个沙龙里，老、中、青作者都有，大家的创作热情都很高，每月坚持活动。近四年来，已经在全国各大小故事刊物发表作品一千多篇，获各种奖项十多个，仅2002年，就有11人17篇在《故事会》上发表；年年有新人新作在《故事会》获奖，先后有6家故事刊物编辑部前去组稿，有4人参加了《故事会》举办的创作培训班。你说他们的沙龙办得棒不棒？

有人说过这样一句话：世界上没有老迈的母亲，没有丑陋的母亲，没有贫穷的母亲……

制造孤儿

□ 李雪涛

1. 幸福的花儿为你而开

儿童节那天，全省瞩目的孤儿舞蹈大奖赛在省城工人文化宫拉开了帷幕，精彩的节目一个接一个，真是花团锦簇、五彩缤纷。这时，台上演的是一个独舞，名叫《孤儿泪》，表演者是一个十四五岁的美丽少女，她的身材修长、匀称，肢体柔软如水，似乎天生为舞蹈而生、而长。她舞姿之优美，动作之娴熟，令人赞叹不已，把个《孤儿泪》的内涵表演得淋漓尽致、出神入化。节目还没有最后结束，已赢来一片掌声……

此刻，台下一个不太引人注目的角落里，有一个人正怀着一种异样的心情在看着演出。他叫冯奇，是锦城市一个偏远小乡的福利院院长，这个《孤儿泪》就是他们福利院的参赛节目。为了这个节目，他冯奇真是呕心沥血、费尽心机，人都瘦了十多斤，不为别的，就为了在这次舞蹈大赛上争一口气、露一次脸。想他冯奇，大学毕业后分到了一个偏僻的乡里，当了一个助理员，苦熬了几年，才当了个福利院的院长，一个小小的乡福利院，有什么前程？满肚子的才华，真是英雄无用武之地呀！他一心想困龙上青天，可就是没有机会，就在冯奇焦躁不安的时候，机会来了：省里有一个资产十几亿的民营企业家，名叫陈超然，他出资举办了这次孤儿大奖赛，于是冯奇就像押宝一样，把赌注全押在这次大奖赛上了！

演出结束，冯奇他们福利院的参演节目《孤儿泪》一举夺得单人舞表演第一名，还获得了最佳表演奖，他们锦城市也沾了光，拿到了组织奖，冯奇满面红光、喜气洋洋，和锦城市的领导一起登台领了奖。

颁奖晚会结束，冯奇回到了下榻的宾馆，天已晚了，可他还久久地沉浸在喜悦之中，就在这时，忽然响起了敲门声，冯奇开门一看，是一男一女两个中年人，没见过面，但一看来者的衣着、风度，绝不是普通人，冯奇觉得有点奇怪，便问道："两位是……"

男的微微笑了笑，说："我是陈超然，你是冯院长吧？"

冯奇一听来人竟然就是全省赫赫有名的大企业家陈超然，感到十分吃惊，忙将他们让进屋里，心里暗自在想：演出已经结束，他们来干什么？

随同陈超然一起来的是他的夫人，陈夫人一进屋便说："那个演《孤儿泪》的女孩呢？我想见她。"冯奇忙说在隔壁房间睡觉，说着他就出门去叫。不一会儿，那个女孩来了，睡眼惺忪的模样，陈夫人拉着她的手，笑吟吟地说："这孩子真可爱，小小年纪，演得这么好！"

冯奇介绍说，她叫梁爽，两个月前，她爸妈一块死于一场车祸，她什么亲戚也没有，就进了孤儿院，她从小就爱跳舞，心中的理想就是成为一个舞蹈家。

陈夫人说："你们谈吧，梁爽明天就要回去了，我带她出去玩玩，回头我送她回来。"

梁爽把目光投向冯奇，冯奇知道她在征求自己的意见，就点点头说："你去吧，要听话呀！"

陈夫人领梁爽走了，陈超然笑容满面地说："冯院长，是这样的，今天我来，是和你商量一件事，我和夫人都非常喜欢梁爽，想要收养她，认她做女儿，你看如何？"

按理说，这可是打着灯笼也找不到的好事呀，可冯奇一听，刹那间神色异常了，他想了想，说："陈总要认梁爽做女儿，这可是她的福气呀，对我们孤儿院，也是一件非常荣幸的事情，可就怕梁爽不同意呀……"

陈超然淡淡地一笑，说："这事是要征得她本人同意的，不过，冯院长，如果梁爽不愿意，还得请你帮着一起

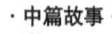

做做工作。"

冯奇脑袋冒汗了，吞吞吐吐地说："陈总，咱孤儿院也缺不了梁爽，我也舍不得让她走呀！"

陈超然乐呵呵地说："冯院长，梁爽要是真成了我的女儿，我和你们市里就算有缘分了，作为一种回报吧，我要向你们孤儿院捐款20万，我还考虑在你们市里投资……"

冯奇听到这里，身上立刻像是注入了一剂强心针，他亢奋了：自己原本只指望这个节目得个奖，赢一点名声，捞一点资本，好跳出这个穷乡僻壤，现在，陈总又是捐款，又是投资，这事就搞大了，不要说是乡里、县

里，就是市里，我冯奇都是有功人士了，到了这时候，还怕没有我的锦绣前程？

陈超然说他明天要去日本，等他从日本回来，就去冯奇他们市里把认女、捐款、投资这三件事落实下来，说完，他又稍稍坐了会儿就离去了。

送走陈超然，冯奇又是高兴又是慌乱，高兴的是出人头地的机会就在眼前，慌乱的是事出意外、十万火急，因为梁爽不是孤儿，她是冒名顶替的啊！

2. 一石激起千层浪

事情的真相是这样的：冯奇一心要在这次舞蹈大赛上拿大奖，参演节目定了下来，小演员也选了出来，开始进行排练，可《孤儿泪》因为表演难度大，没有哪个女孩子能胜任得了。冯奇不甘心换掉这个节目，最终决定瞒天过海，找人顶替，经别人介绍，梁爽成了他的最佳人选。

梁爽的母亲叫陶素芹，外省人，家庭妇女，十年前她和丈夫离了婚，女儿梁爽判给了她。三个月前，为生活所迫，陶素芹领着梁爽来到锦城市的清水镇，投奔她的一个亲戚，可这个亲戚早就搬走了，不知去了哪里。陶素芹不想再回去，就在清水镇落脚，在集贸市场摆了个水果摊维持生计。开始，陶素芹并不同意自己的女儿去冒充孤儿，说那是弄虚作假，可

经不住冯奇的花言巧语和女儿的软磨硬泡，她退让了。本来一切都天衣无缝，该想的冯奇都想到了，可就是没想到陈总会收梁爽做女儿，在这个环节上出了问题……唉，这就叫人算不如天算哟！

现在怎么办？放弃这个机会吧，一是不甘心，二是弄不好会出乱子，一旦这弄虚作假的事传出去，他冯奇怕是一辈子都难以出人头地了！

冯奇坐立不安，好不容易盼回了梁爽，她是陈夫人派人送回来的。冯奇问梁爽去了哪里，陈夫人都跟她说了什么，梁爽吞吞吐吐地说："陈夫人领我去了她家，她说她和陈总都喜欢我，要认我做女儿……"

冯奇急着问："梁爽，你怎么说的？"

"我心里一点准备也没有，我得回去告诉我妈……"

冯奇试探着问："梁爽，那你自己是怎么想的？"

梁爽叹了口气，小声嘟哝道："我……当然愿意啦，就怕妈妈不同意。"

冯奇暗自高兴，连连夸道："梁爽，你愿意就对了，聪明！咱往最坏处打算，假设你妈不同意，你要想办法说服她；实在不行，我再出面和你妈谈，你看好吗？"

梁爽咬着嘴唇说出了一个字："好。"

第二天，冯奇在乡里借了辆吉普车，把梁爽送到清水镇她的家，冯奇向陶素芹表示了一番祝贺后，就告辞了，上车前，他又偷偷嘱咐梁爽："就看你的了，一定要让你妈同意这件事，行不行，都给我来个电话。"

送走冯奇，陶素芹抚摸着女儿得来的奖状和证书，不禁百感交集，梁爽看到母亲欣喜若狂的样子，便故意问道："妈，你高兴吗？"

陶素芹喜滋滋地说："我女儿在舞蹈方面有前程，妈能不高兴吗？只是……妈心里也很不安，你这奖来得太那个了，说不好听的，是骗来的，你妈妈活了四十来岁，头一次做这种不光彩的事情哟！"

"事情都已经过去了，就别提了。"梁爽接着又吞吞吐吐地说，"妈，还有一件事……"

"什么事？"

梁爽看了看陶素芹的脸色，鼓足勇气说："我说出来怕妈不高兴……"

"你说吧，只要是你高兴，妈就高兴。"

梁爽走了过去，撒娇般地依偎到了陶素芹的身边，用很轻很轻的语气、小心翼翼地开了口："那个很有钱很有钱的大老板，也就是出钱组织这次舞蹈比赛的那个陈先生，他和他的夫人都很喜欢我，要认我做他们的女儿……"

陶素芹先是目瞪口呆，紧接着像被火烫着似的从椅子上跳了起来，神色显得十分激动："梁爽，你有家也有妈，不是孤儿，怎么能去给别人当女儿呢，这不是胡闹吗？我坚决不同意！"

梁爽怔了怔，小声说："妈，你怎么就不问问女儿是什么意思？"

陶素芹回过神来，看着女儿，"噢"了一声："……你什么意思？"

梁爽低眉顺眼地说："妈，我真想做陈家的女儿，这是一件好事啊！"

陶素芹脸颊的肌肉抽搐着，颤声说道："梁爽，亏你说得出口，你去做别人的女儿，我算什么？你嫌妈穷，

想抛弃我，是不是？"

梁爽"扑通"跪下，哽咽着说："妈，我知道我这么做伤你的心，可是，你也别怪女儿，你不是一心想让女儿有出息、一心想把女儿培养成舞蹈家吗？可我们家连温饱都解决不了，穷得交学费都困难，妈妈你，还有我，连件像样的衣服都穿不起，就我家这样子，你那些想法怎么能实现呢？妈，不瞒你说，我打懂事起，就感到自卑，就觉得命不好，现在有了这么好的机会，我们为什么要放弃？只要我做了陈家的女儿，我，还有妈妈你，命运就会彻底改变！陈阿姨亲口和我说了，我要是成了他们的女儿，他们就送我到外国留学，要把我培养成一流的舞蹈家，妈妈，你说这该有多好啊！妈，别看我成了陈家的女儿，可实际上你还是我的妈，我的亲妈，女儿的身上流的是你的血呀！我会对你更好……妈，你就答应我吧，女儿求你了！"

陶素芹平静了一下情绪，说"孩子，你有这种想法，妈也理解，可退一步说，人家陈家是在不知情的情况下才要收你做女儿的，你隐瞒了真相，这就是一场骗局，这叫伤天害理，我们不能这么做，除非你把真相如实告诉人家，陈家要是同意，我……我没意见。"

"不行不行，那样的话，陈家绝对不会要我的！"

"那就没有商量的余地了，这是最起码的。"

梁爽哭喊道："妈妈，你一点也不为女儿着想，你自私！"

陶素芹泪流满面："你说我自私，我看你才自私呢，你太让我失望了！"说到这里，她气愤至极，"啪"，扬手给了梁爽一个嘴巴。

梁爽长这么大还是头一次挨妈妈的打，她绝望、悲伤，疯了似的想往外跑，陶素芹追上去阻止，母女俩正拉扯着，忽听屋外"啪啦"一声响，声音很大，陶素芹母女吓了一跳，都住了手，陶素芹战战兢兢地问道："谁呀？外面是谁！"

3. 一个心怀叵测的不速之客

外面没有回应，却响起"咚咚"的脚步声，好像有人跑走了。陶素芹心惊肉跳，她抄起顶门栓冲出屋，可是她晚了一步，一个黑影在她眼前一闪，消失在茫茫夜色中。

陶素芹仔细察看了房前屋后，发现窗下一个装脏水的破铁桶倒在地上，这样看来，刚才有人在窗下偷听！会是什么人呢？目的何在？自从陶素芹住在这里，还从没有过这样的事呢！她感到事情太蹊跷，心口"突突"跳个不停。

出了这么一件意外的事，梁爽不敢闹了，和衣躺在床上，陶素芹坐在桌边，黯然神伤，忐忑不安，直到下半夜两点，她才上了床，迷迷糊糊地睡着了……

陶素芹一觉醒来，天已大亮，她发现女儿的床铺空空的，人不见了。陶素芹慌了神，心里想：这孩子一大早跑哪去了，可别出事呀！她有些后悔，昨天对女儿太粗暴了，她毕竟还是个孩子，慢慢说服才是呀。

陶素芹正要出去找梁爽，梁爽却回来了，陶素芹放下心来，问她哪去了，梁爽说出去散散心，其实，她是去给冯奇打电话。

吃过早饭，陶素芹照例去集贸市场卖水果，到了市场上，她守着水果摊，魂不守舍的，给人家称水果，不是钱收错，就是秤不对，惹得顾客直嘟哝。陶素芹早早收摊回了家，一进家门，见来了个客人，谁？冯奇！

冯奇今天早上接到梁爽的告急电话，马上又乘着乡里的吉普车，赶到清水镇来"救火"。陶素芹知道他的来意，就把梁爽支走，准备坐下来和冯奇好好谈谈。冯奇心急如焚啊，他苦口婆心地做陶素芹的工作，可大道理小理由都说尽了，也没有打动陶素芹的心。

陶素芹说："冯院长，想让我和你们一起去骗陈家，我是不会答应的，伤天害理的事我绝对不干，我有做人的准则。当然，你也看出来了，我非常穷，女儿攀上了陈家这棵大树，我什么都会有了，可答应了这事，我就

不配做人！我也劝你一句，还是把事情和陈总说清楚吧，不要越走越远了。"

陶素芹如此固执，让冯奇大大地出乎意料，他恼怒极了，可他现在还不敢和她翻脸，只好强压住心头的怒火，说："陶大姐，这事你再好好想一想，看看能不能有更好的解决办法。"

冯奇在回去的路上愁得唉声叹气：陶素芹不放女儿，他的美梦就会破灭，不仅如此，还极有可能落个身败名裂的下场。"难道就一点办法也没有了吗？"冯奇在心里问自己，突然，一个念头电光火花般地在他脑海中一闪：陶素芹要是死了，事情不就解决了吗？这么一想，冯奇不禁打了一个冷战……

冯奇走了，梁爽回来了，一听妈妈拒绝了冯奇，她躺在床上暗自落泪，可陶素芹却有一种如释重负的感觉。她看出女儿还是想不开，但她有信心说服女儿回心转意。她见时间不早了，就下厨房做饭，正忙碌着，忽听有人敲门，她以为冯奇又回来了，心又提了起来，开门一看，不是冯奇，来的是个中年男子，此人西装革履，打着猩红的领带，皮鞋贼亮，像个阔佬，手上拎着一个鼓鼓的大皮包。

来人笑嘻嘻地说："素芹，看看我是谁，还能不能认出来？"

陶素芹瞪大眼睛瞅了对方好半天，突然大惊失色地叫道："哎呀，你你……你怎么来了！"这位不速之客叫梁家兴，是陶素芹的前夫！

这时，梁家兴亲亲热热地说："素芹，你让我好找呀，我是特地来看看你们娘俩的。"陶素芹脸色阴沉下来："梁家兴，我们已经没有任何关系了，你马上走，我这里不欢迎你！"

梁家兴不急不恼"素芹，你别说得这么难听！我大老远来的，你总得让我坐坐么！"说着，他也不管陶素芹同不同意，硬是挤进了屋。

陶素芹和梁家兴原来都是一个工厂的工人，两人自由恋爱后结的婚。那时梁家兴追求上进，陶素芹嫁给他，头两年日子过得还不错，可是后来梁家兴变坏了，他沾上了种种恶习，好吃懒做，赌博打老婆，发展到最后，竟一日不赌就活不了，把家赌得一贫如洗，工作也丢了。陶素芹实在没办法，就和他离了婚。离婚后，梁家兴和一帮狐朋狗友去了南方，从此再也没了音信，在陶素芹的心目中，梁家兴已经死了，没想到十年过去了，他竟找上门来了！

梁家兴打量着破旧不堪的屋子，咂着嘴说："素芹，这房子是你买的吗？"陶素芹冷笑一声："托你的福，租来的，一个月50块钱！"

梁家兴一声长叹，向陶素芹说了自己的悔意，他说十年前去了南方，在深圳落了脚。开始时给人打工，吃了不少苦。这两年苦尽甘来，自己开了一家食品厂，当上了老板，也挣了不少钱，这次是特地来看望她们母女俩的，说到动情处，梁家兴痛心疾首，眼眶里泪花闪闪。一会儿，梁爽起床了，父女相见，一肚子的辛酸。

陶素芹要去买菜，梁家兴巴不得和女儿单独在一起谈谈，他看着如花似玉的女儿，心中窃喜不已……

4. 这就是你的亲生爸爸

其实，这个梁家兴这次回来，是心怀鬼胎的：梁家兴和陶素芹离婚后，是去了深圳，但他恶习不改，干了不少坏事，又加入了当地一个黑社会团伙。前不久，深圳警方捣毁了这个黑社会团伙的老窝，梁家兴侥幸逃脱，他无路可走，就打起了前妻陶素芹的主意，想躲在她家里避避风头。梁家兴回到老家扑了个空，几经打听，这才来到清水镇，找到了陶素芹的住处。昨天傍晚，他来陶素芹家，远远看见一辆吉普车驶到了门前，下来两个人进了屋。梁家兴觉得挺奇怪，就没有贸然进去，等那个男子坐上车走了，陶素芹又回了屋，他多了个心眼，便躲在窗下偷听。陶素芹和女儿的话他听得一清二楚，这样就让他无意中获得了一个天大的秘密！他喜出望外，一不小心，碰倒脚下一个破铁桶，他只得赶紧逃跑了。经过一宿的谋划，他另有了一番打算……

这时，梁家兴假惺惺地对梁爽说："女儿呀，我这次来，是想接你娘俩去深圳，我们一切都重头来。深圳可是现代化大都市，生活质量高，有奔头。我现在有能力让你娘俩过上舒舒服服的好日子喽。"

梁爽心烦意乱地说："这话还是留着和我妈说去，由不得我。"

梁家兴说："女儿，我知道，你是不想去，你是想给一个有钱的大老板当女儿，对不对？"梁爽惊奇地问："咦，你怎么知道的？"

"一句两句说不清，以后我再告诉你，"梁家兴说，"不过，有一点，爸

爸坚决支持你，你这么做是对的，人往高处走，水往低处流，人之常情嘛，这是一个多么难得的机会呀！你妈不同意，就是把你往火坑里推，是害你，没有她这么当母亲的，她这么做我非常不赞同！"

梁家兴这么说，梁爽可觉得是遇到知音了，对梁家兴这个十年未见的生父也陡然增添了几分好感，梁家兴乘机拐弯抹角地"套"梁爽，很快就掌握了所有秘密，他不由得心花怒放：天助我也，这个浑水我是趟定了！

于是，到了第二天，梁家兴就去找冯奇，而这时的冯奇正在焦头烂额：陈总上午打来电话，说要提前几天从日本回来，这就是说，摆平陶素芹已是火烧眉毛了！也就在这时，梁家兴找上门来了……

梁家兴一进门，就大摇大摆地坐到了冯奇对面，跷着二郎腿，慢悠悠地说："自我介绍一下吧，我是陶素芹的前夫，梁爽的亲爸爸，叫梁家兴。"

冯奇一听脑袋立刻"嗡嗡"作响，一下子惊呆了，傻得像个木头人。梁家兴见此情景，十分得意，说："冯院长，你别着急，我是来帮你的，陶素芹是我老婆，我知道用什么办法对付她。"

冯奇惊喜交加："真的？"

"当然，不过，事成之后，冯院长该付我多少辛苦费？"

"你想要多少？"

"五万，不多吧？"

冯奇一听这个数，连连摇头："我一个小小的乡福利院院长，哪来这么多的钱呢？"

梁家兴笑了，他笑得很含蓄："你自然能掂量这事的分量，我也相信你能想办法。"

冯奇为难了，他拿不出这么多的钱，但他也清醒地意识到这事的利害所在，他犹豫了很久，终于咬着牙答应了："好，梁先生，事情就这么定了，钱，我会去想办法，但我只能给你一周的时间，事成之后，你来找我拿钱！"

初战告捷，梁家兴又到了陶素芹家，开始在梁爽身上实施他的计划，他装模作样地对梁爽说："女儿，你的事我办不了啦，我跟你妈一提这事，她就和我急，唉，拿她一点办法也没有。"

梁爽绝望极了："真没有办法了？谁都没有办法了？"

梁家兴往梁爽身边凑了凑，神秘兮兮地说："梁爽，事到如今，我也不瞒你了，你妈妈为啥不同意？因为你不是她的亲生女儿！"

梁爽一听，如平地炸了个雷，她震惊了："这是真的？我、我不相信……"

梁家兴煞有介事地说："爸爸骗

当你开始行骗的时候，就开始在编织一张自缚的罗网。　——司各特你干什么？你妈不能生育，你是我们领养的，你是私生女！"

梁爽信以为真了，她脸色苍白，说："她不是我的亲妈，原来她不是我的亲妈呀，她从来没有跟我说啊……"

梁家兴趁机挑拨说："所以呀，她才不同意陈家认你做女儿，她要指望你养老，怕你抛弃她，她要你一直守在身边……"

梁爽叫道："你别说了，我难过死了，我受不了啦！"

梁家兴说："女儿，要想做陈家的女儿，只有一个办法，离了这个办法，怎么都不成。"

梁爽眼泪汪汪地问什么办法，"你想想呀，你妈要是不在这个世上了，不就一了百了啦？"说着，梁家兴从衣服兜里摸出一个小纸包，"女儿，你只要把这包药往你妈妈的茶杯里一放，她吃下去，就会平平安安地离开这个世界，到时候你不就……"话没说完，梁爽就惊叫起来："你是想让我毒死妈妈？我怎么能干这种伤天害理的事！"

梁家兴假惺惺地说："女儿，我这是为你好呀，你当不成陈家的女儿，跟着你妈，还有什么幸福可言？要我看，你妈活得太累太苦，死了也是一种解脱，只要你妈眼睛一闭，我晚上把她弄出

去埋了，人不知鬼不觉，你和你妈是外来人，当地没人会想到她的……你最好今天晚上就下手……"

梁爽哭了，她对梁家兴说："你走，你给我走，你不是我的爹！"梁家兴见女儿气得脸都变了色，只得藏好了那包毒药，讪讪地走了。

屋里静得掉一根针都听得见，梁爽一抬头，目光落在了墙壁上的一幅照片上，那是她十岁生日时和妈妈的合影，她依偎在妈妈的怀抱里，妈妈深情地凝视着她，梁爽颤栗了，妈妈十多年来对她的爱、对她的呵护，难道都是装出来的？

梁爽再也忍不住了，她决定和妈

5. 女儿的泪和妈妈的心

临近傍晚，陶素芹回来了，她见梁爽神色反常，就问她怎么了，梁爽开口就问："我不是你亲生的吧？你不是我亲妈吧？"

陶素芹惊呆了，喝问道："你告诉我，是谁和你这么说的？"

"这你别管，有没有这回事？"

陶素芹想了想，逼视着梁爽："是你爸爸说的吧？他是不是知道了陈家想认你做女儿的事？"

梁爽躲开了妈妈的眼神，闪烁其辞地说："你爱咋想就咋想，不过，你是不是我的亲妈，这才是我现在最关心的事情，你还没有回答我呢！"

陶素芹怒气冲天："是、是、是！信不信由你！"

"那好，"梁爽说，"我的亲妈妈，我最后问你一次，你到底同意不同意我去做陈家的女儿？"

陶素芹怒吼一声："不同意，你就死了这个心吧！"

梁爽听母亲说出了这句话后，绝望了，从抽屉里拿出一块刀片，把那寒光熠熠的刀片按到了自己的手腕上，说："你不同意吗？那我不活了！"说着，她手中的刀片一划，手腕流血了，殷红殷红的鲜血"滴滴答答"地滴到了地上。陶素芹吓坏了，费了好大劲才夺下刀片，她对女儿又恨又疼，一边用纱布包扎伤口，一边怨声连连地说："孩子，你真是走火入魔了，你说我作了什么孽啊……"

"做不了陈家的女儿，我就去死！"梁爽绝望地喊了一声，夺门而出……

天正下着雨，这雨好大呀，一眼望去，满世界都是白茫茫的一片，陶素芹看到雨幕之中，女儿娇小的身影蹒跚地走着，就像一棵暴风雨中摇摇晃晃的小树，陶素芹的心头像被刀子剁着，好疼好疼，她对着女儿大叫了一声："梁爽，你回来呀——"梁爽没有回头，陶素芹来不及打伞，不顾一切地追了上去。梁爽在前面任性地跑，陶素芹在后面舍命地追，雨越来越大，而陶素芹离女儿却越来越远，陶素芹的心里在呐喊：女儿呀女儿，这么大的雨，你不要淋出病呀！也就在这时，陶素芹看到梁爽的身子晃了晃，一下栽倒在地上……

陶素芹的心猛地被揪了一下，她顶着瓢泼大雨，跌跌撞撞地往前方跑着。她终于追了上去，一看，女儿晕倒在地，浑身湿透，全是泥浆，脸色惨白惨白，已经昏厥过去。陶素芹蹲下身去，紧紧地把女儿搂在怀里，声嘶力竭地喊着，好久好久，梁爽才苏醒了过来，她泪水涟涟地说："妈，女儿好苦呀……"

此情此景，使陶素芹心如刀绞，她想起了三年前，也是这么一个傍晚，梁爽在邻居家里和几个女孩一起玩，不知怎的，她哭着回了家，问陶素芹她是不是没有爸爸，陶素芹无言以对，梁爽就哭着冲出了屋，天也下着雨，陶素芹她也这么追了上去，追上后女儿也说了这么一句话："妈，女儿好苦呀……"想到这些，陶素芹的眼里在流泪，心头在滴血，就在这一刻，她作出了生死攸关的断然抉择，她怔怔地沉默了一会儿，说："梁爽，再过几天就是你十五岁的生日了，等过了生日再说这事，好吗？"

梁爽没有点头，也没有摇头，只有豆大的雨滴"噼里啪啦"地打在她的身上，也打在她母亲的身上……

回头再说梁家兴，他躲在镇上一家小旅馆里坐立不安，他好想好想得到冯奇许诺的这五万块钱，有了这钱，就可以找个地方舒舒服服地过日子了，何必躲在这小镇上？他原本想利用梁爽借刀杀人，见梁爽根本不愿意做这样的事，他就决定自己动手了。他的如意算盘是：就算梁爽知道陶素芹是他害的，她也不能把他怎么

样，最后一切都得听他的摆布。

第二天傍晚，梁家兴肩上挎着照相机，走进了陶素芹的家。他趁梁爽在厨房洗碗，说："素芹，听说狮子岭景色非常优美，我想过去拍几张风光照，看能不能做我产品的外包装图案，你陪我去吧？"

陶素芹沉吟片刻，说："好啊，狮子岭是不错，我早就想去看看了。"她想了想，就起身开始穿衣服，出门前，她特意向梁爽作了交待："我和你爸去狮子岭了。"

陶素芹和梁家兴坐出租车直奔狮子岭，十多分钟后就到了。狮子岭的外形好像一头张开大口怒吼的狮子，怪石嶙峋，沟壑交错，夕阳笼罩下的狮子岭景色极为壮观。这个时候，天已黄昏，山道上已看不到其他什么人

了。梁家兴和陶素芹沿着崎岖的羊肠小路往上爬，半个钟头后，他们爬到了半山腰上，深不可测的狮子岭大峡谷就横在他们面前。

陶素芹环顾左右，喃喃道："这地方真美呀，真美呀……"

"是呀，真是太美了！"梁家兴虚情假意地应答着，他取下照相机，指着五米开外的大峡谷边缘地带说，"素芹，你站在那里，我给你拍张照，留个纪念。"

陶素芹走了过去，站在一棵大树旁，整理了一下被风吹得凌乱的头发，她面对着梁家兴，脸色湖水般地平静，而她的身后一米开外，就是黑黝黝的大峡谷……

梁家兴装模作样地举起照相机，比划了几下，又放下了，脸色有点异常，心里在暗自说着：陶素芹啊陶素芹，别怪我心黑手辣，你死了，梁爽就是我的摇钱树、存折……梁家兴这么想着，便向陶素芹走去，嘴里说着："素芹，你的姿势不好看，应该这样摆……"梁家兴这么说着就靠近了陶素芹……突然，他目露凶光，伸手就要去推陶素芹，可是，梁家兴晚了一步，就在这一瞬间，陶素芹狮子般地一声大吼，展开双臂扑向了他，把他紧紧抱住，这是梁家兴没有料到的，他没有想到自己一瞬间的带着杀气的表情，被他的结发妻子察觉了，于是

他就和陶素芹厮打了起来……

梁家兴多了一个心眼，他在扭打时不往大峡谷那边挪动，他怕自己也掉下去，可陶素芹也不知道哪来的力气，拼命地揪着梁家兴死死地搏斗着，她在厮打中渐渐占了上风，她奋力把梁家兴拖到大峡谷边，这时，梁家兴惨叫起来："陶素芹，你把我推下去，你也活不了！"他一边叫着，一边紧紧抓住陶素芹不放。陶素芹用尽全力撞向梁家兴，两人的身体顿时像两只鸟一样飞起来，一块坠入深不见底的大峡谷里……

6. 一个并不完美的结局

到了晚上十点，梁爽还不见妈妈回来，她又急又怕，可她安慰着自己：妈妈不会有事的，会平平安安回来的。等啊等，梁爽熬不住了，不知什么时候睡着了。当她醒来，天已大亮，爬起来一看，妈妈不在，这就是说，妈妈一宿未归！梁爽觉得事情不好，这时她想到了冯奇，在这节骨眼上也只能向冯奇求助了，于是她跑出屋，在公用电话亭给冯奇打了电话，她哭哭啼啼地说："冯叔叔，昨天傍晚，妈妈和爸爸一块出去了，说是去狮子岭，可到现在也没有回来。妈妈是不是出事了，我好害怕呀……"

冯奇说他马上就到，他还再三嘱咐梁爽哪儿也不要去，就等在家里，对谁也别说这个事。

一个小时后，冯奇来了，他详细问了一下情况，感到非常奇怪：到底发生什么事情了？为什么两人都不见了？

冯奇对梁爽说："事情没搞清楚之前，你跟我走吧。"到了这时，梁爽还能怎么办呢？就这样，她收拾好东西跟冯奇走了。

冯奇将梁爽安置在他家里，他决定来个以静制动。一天，两天，三天过去了，仍然没有陶素芹的一点消息，也不见梁家兴露面，冯奇沉不住气了，这天一大早，他偷偷跑上狮子岭探察。下午三点光景，他终于有了收获：在一段大峡谷的边缘，他发现

了一只女人的旧布鞋，一只男人的黑皮鞋，地上的一大片野草凌乱不堪，有被踩踏的痕迹……

冯奇看着大峡谷，突然什么都明白了，不禁惊出一身冷汗，冷静下来后禁不住一阵狂喜："天助我也！"他随即将两只鞋踢进大峡谷里，随后，惶惶然地跑下了山……

回到家里，冯奇告诉梁爽：你妈妈、爸爸一起死在狮子岭的大峡谷里，原因不明。梁爽一听，昏了过去，醒过来后，她一声声地呼唤着"妈妈"，哭得死去活来。冯奇在一旁又是劝说又是威吓："梁爽，事情已经这样了，你哭也没有用。这可能就是天意，你就等着做陈家的女儿吧。以后你必须听我的，发生在你妈妈、爸爸身上的事，你绝对不能对任何人说，听明白没有！"

梁爽毕竟只有十五岁呀，还是个孩子，她还能说什么呢？

几天过去了，陈超然夫妇就要来锦城市了，而梁爽十五周岁生日也马上就要到了，冯奇为了让梁爽高兴，张罗着要在饭店给她过生日。这天，梁爽回了趟清水镇，收留了妈妈的几件遗物做纪念，其中有一个妈妈在清水镇卖水果的记账本，那是一个很旧很旧的塑料笔记本，意想不到的是她竟在记账本里发现了妈妈留给她的一封信：

亲爱的女儿：

妈妈给你写这封信之前，就已经下定决心离开人世！

我承认，你去给陈家当女儿，你就等于在天堂里生活了，可你妈人虽穷，志不短，妈不能昧着良心把你说成是孤儿！那一天，女儿你以割腕相逼，你就把妈逼到绝境了，想来想去，我别无选择，只能选择死亡，我一死，你真的就是孤儿了，既没有违背妈做人的原则，又遂了你的心愿，对陈家也就有个交待了。

让妈妈放心不下的是你那个爸爸梁家兴，不，他不配做你爸爸！那天你问我是不是你的亲妈，我就明白他知道了陈家认女儿的事，我断定，梁家兴没安好心，他是想利用你做发财的梦，他对我们说的一切悔过的话都是谎言！

我知道他的为人，为了证实这一点，前一天晚上，我暗中盯过他的梢。我看到他到洗头房去玩小姐，他从洗头房出来，在街上，一个蹬三轮车的碰了他一下，他竟把人家揪下来一阵暴打，人家跪在地上求饶他都不住手。看到这一幕，我像掉进了冰窖里，梁家兴不但没学好，而且变得更坏了，更残忍了，他是个恶魔，他会死死缠住你不放，女儿你就永无安宁之日，最终毁在他手里！我想好了，我死了也得带上他，也就是这几天的事啦……

女儿，如果妈妈这么做能换来你的幸福，我会含笑九泉的……

"妈妈，是我害了你，是我害了你呀……"梁爽撕心裂肺地哭叫着，悲痛万分，后悔万分。半个小时后，梁爽两眼红肿地离开冯奇家，走进了公安局的大门……又是半个小时后，几辆警车开进了狮子岭，警察们找到了陶素芹和梁家兴的尸体……

事情很快水落石出，没多久，冯奇就被撤掉了福利院院长的职务。这天，在孤儿院里，孤儿们集中在宽敞的操场上，新任院长——一个和蔼可亲的中年妇女走到前台，大声说："孩子们，今天，我们又迎来一位新孤儿，她叫梁爽，其实你们对她已经很熟了，让我们以热烈的掌声欢迎梁爽到前面来，重新和大家认识一下！"孩子们一边鼓掌，一边交头接耳。梁爽从孩子们中间缓缓走出来，站在了新院长的身边……

这时，在孤儿院墙外，有两双眼睛正在凝视梁爽，他们是陈超然夫妇，两人脸色忧伤，心情沉重，尤其是陈夫人，眼望着那个神情木然、脸容憔悴的梁爽，泪水夺眶而出，模糊了她的视线……

陈超然夫妇是特意从省城赶来、最后看一眼梁爽的……

（本篇月月评短信代码：1319）

（题图、插图：王申生）

当代传奇故事

　　优秀的传奇故事能给人以悲喜、惊恐、神秘等强烈而多变的阅读快感。本书每则故事无不以"奇"作为情节的核心，让人读来欲罢不能。作为"故事会爱好者丛书"中的一种，本集子相当具有代表性，故事的特点，《故事会》的风格，从此书可窥一斑。

发财故事

　　发财，自古以来人皆往之，因此发财故事也就在民间绵延不绝。本集36则发财故事分六大类：因财起祸、生财之道、天落横财、发财恶梦、飘忽财运、钱难通神等。故事生动，通俗可读。

旅途故事

　　46则旅途故事，让人在应接不暇的情节、人物中体验生活、体验社会、体验人生，从而拥抱生活，拥抱明天。作品充分运用了故事艺术的诸种表现手法：悬念、对比、误会、包袱……情节跌宕起伏，引人入胜。

喝酒故事

　　酒这东西，自古以来人们就对它褒贬不一，毁誉参半。本集古今中外64则喝酒故事，或喜或悲，或辛或酸，或啼笑皆非，按内容分为"因酒生事、借酒陈言、醉酒出丑、酒水糊涂、酗酒丧身、荒唐赛酒"等六类。

最后一次
看守

□孙　文

老刘是个退休老人，在县城医院的停尸房里帮着干一些杂活。他的妻子早亡，独自将儿子拉扯大，可谁知儿子不学好，书念不下去，却和城里的一帮小流氓混在一起，成天不回家，偶然回一次，也是逼着老父亲要钱。老刘为儿子受了一辈子苦，到晚年却更加凄惨，他心灰意冷，于是搬出了家，做起了停尸房的看门人，和死人打交道，倒也落个清净。

老刘从小是孤儿，没念过书，中年丧妻，晚年又摊上这么个不孝的儿子，一辈子的不如意，却无处诉说，现在面对着一个个死人，老刘心中不免感到凄然，于是就时常对着这些刚死的人絮叨着。

这天傍晚，老刘来值夜班，他走进停尸房，面对着一具具尸体，看着，唠叨着，他先是对着一个面庞清秀的青年感叹起来"多好的孩子，大学生吧？你的心死了，我那儿子的心倒还活着，可活着又有啥用？倒不如把他的心给了你，让你活起来，让他死了去！"老刘一边说一边叹气，他知道，这青年刚死于先天性心脏病。

老刘说着又走到了另一边，对着一具女尸絮絮叨叨地诉说开了："这位大姐，不瞒您说，我那口子，要是活着，也有您这么岁数了。那年头苦啊，又生了那个挨刀子的儿子，落下一身病，眼瞅着没钱治，孩子五岁她就走了。她不像我，大字不识一个，她有文化，她要是在，一定能把儿子教成人哪!"老刘说着，几滴泪开始在他眼眶里打转了。

那女尸的旁边是一个小青年，他因为斗殴失血过多而死，老刘一看到他就来了气:"和我儿子一个德行，不学好，不死也得坐牢……要说我吧，看得起我的人叫我声'老刘'，有的干脆叫我'刘老头'；再看看我们街对面楼里的那个老人，也姓刘，可人家都叫他'刘老'，你看看，'老刘'，'刘老'，做个人差别就是这么大啊……本指望着我那儿子将来可别像他爹，到老了别人也叫他个'刘老'、'刘教授'什么的，多好啊，可现在……"

停尸房里静得怕人，可老刘早习惯了，他走到了一个今天下班前刚送进的推车前，照例他是要走上前去看看死者，然后说上几句的，于是他就走了上去，一看，那尸体的脸血肉模糊，眉目不清，他再凝神一辨，刹那间他惊呆了，吓傻了，他几乎是扑了上去，将那人的上衣褪下，哆嗦着挪

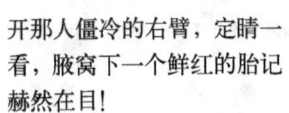

·层峦叠嶂　峰回路转·

开那人僵冷的右臂，定睛一看，腋窝下一个鲜红的胎记赫然在目!

这不是自己那不孝的儿子吗?老刘瘫坐在推车旁，浑身一片麻木，他似乎早就预料到有这么一天，可又想不到这一天会这么快就到来了!

第二天，送尸的人一大早就来了，见了老刘就说:"刘师傅，昨天最后一个送来的19号车要在这里存一周，您给照看一下，昨天下班走得急，我忘说了。"

"他……他是怎么的?"

"一个小流氓，分赃不均被同伙砍了，公安局交待等一周，让家属来认领，一周后再火化。"

老刘木然地答应了一声，目送那人出了门。

老刘没去公安局认领他的儿子，当天晚上他躺在儿子的推车旁，像沉睡了一般，一动也不动，身边是一个空了的安眠药瓶……

（本篇月月评短信代码:1320）

　　　（题图:箭　中）

总裁的昨天

一个城里男孩移居到了乡下，从一个农民那里花 100 美元买了一头驴，这个农民同意第二天把驴带来给他。第二天，农民来找男孩，说："对不起，我有一个坏消息要告诉你——那头驴死了。"男孩回答说："好吧，你把钱还给我就行了！"可农民告诉他，钱给花掉了，男孩想了想，就让农民把那头死驴给他。

几个月后，那农民又遇到了男孩，农民问他后来是如何处置死驴的，男孩说："我举办了一次幸运抽奖，并把那头驴作为奖品，我卖出了 500 张彩票，每张 2 块钱。"

农民好奇地问："难道没有人对此表示不满？"

男孩说："只有那个中奖的人表示不满，所以我把他买彩票的钱还给了他，这样我就赚了 998 块钱。"

许多年后，长大了的男孩成为了一家大公司的总裁。

经营，是需要智慧的。

（推荐者：催　玉）

一道试题

一所高校的考试试卷中有这样一道题："1 斤白菜多少钱？"

有人答道："5 毛。"

有人答道："北京 1 块，上海 8 毛，广州 9 毛，深圳 1 块 2 毛。"

有人答道："小白菜 2 块，大白菜 1 块。"

有人答道："早上买 1 块 2，下午买 6 毛。"

总之，各有思路，五花八门。

三天后，试卷批阅完毕，三百多人参加考试，此题均为零分。

正确答案是："1 斤白菜 100 钱。"（1 斤 =100 钱）

学生们全都目瞪口呆，他们都没想到考虑问题应是多方面的。

（推荐者：周国来）

智慧总是看风扬帆、观潮使舵。——弗洛里奥

弱小者

五岁的汉克和爸爸、妈妈、他的哥哥一起到森林里干活,突然间,天下起雨来,可是他们只带了一块雨披,于是爸爸将雨披给了妈妈,妈妈给了哥哥,哥哥又给了汉克。

汉克问道:"为什么爸爸给了妈妈、妈妈给了哥哥、哥哥给了我呢?"

爸爸答道:"因为爸爸比妈妈强大,妈妈比你哥哥强大,你哥哥又比你强大呀!我们都会保护弱小的人。"

汉克往左右看了看,马上跑过去,将雨披撑开来,挡在了一朵在风雨中飘摇的娇弱的小花上……

真正的强者不一定多么有力,爱,可以让我们将事情做好。

(推荐者:胡鹏图)

浪费的胶卷

假日,一个大家庭在聚餐,一卷胶卷,拍餐桌上的情景用掉了一半,这时,大哥提议:还有半卷,到后面小山上去拍,那里已是春意盎然。于是众人扶老携幼,登上小山,找一处佳景,大家庭合影,小家庭合影,老人们来一张,孩子们来一张,兄弟合一张,爷孙合一张,姑嫂合一张,妯娌合一张,拍了一张又一张,大家绞尽脑汁把所有的排列组合都想遍了,

胶卷才终于拍完了……

于是大家就轻松了,孩子们开始打打闹闹地疯玩,妯娌们为遍地肥嫩的悸荠菜而欢呼,奶奶拦着最小的孙女表演《两只老虎》,连人到中年的大哥、二哥也在草地上重温起儿时的游戏来……一直文静地站在旁边的大嫂说:"那些胶卷,留着这会儿拍,那有多好。"

与动物不同的是,人会用各种方式,把生命中精彩的瞬间定格、记录、留存下来,其中的一些,后来就成为了艺术,可为什么,生活那么精彩,我们往往只记录平庸呢?

(推荐者:周国来)

(本栏题图:箭 中)

千层软饼

□王道庄

街口有个烧饼摊，做烧饼的是六十多岁的王大妈。王大妈做的烧饼，外焦内软，一层一层，很薄很薄，如纸一般，人称"千层焦饼"。烧饼摊前有个牌子，上写"千层焦饼，一元两个"。

这天傍晚，秋雨"淅淅沥沥"的。这时，有一个人来到了烧饼摊前，问道："大妈，能不能把您的千层焦饼外面烤成软的？"

"千层焦饼"好就好在外面是焦的，那人为什么要里外全是软的？王大妈抬头看去，问话的是个中年汉子。那汉子说："我爸牙齿不好，听说你的千层焦饼很有名，我想买一个让他尝尝，可外面焦了他咬不动呀！"

王大妈笑着说："我给你做'千层软饼'。"说完，她接过汉子的一块钱，不一会儿就递给汉子三个里外全软的烧饼。

汉子走后，旁人问道："大妈，一块钱两个，你咋多给一个？"

王大妈说："我做千层焦饼几十年了，这年头，像他那样能想到老人的，越来越少了……另一个是我送他的。"

从这以后，那个汉子每天都来买烧饼，都要千层软饼，王大妈每次都送一个：一块钱三个。

这一天，汉子买好千层软饼离开后，一个正在排队买饼的人告诉王大妈："大妈，你上当了，这个买饼的男子我认识，他妻子前不久去世了，家里只有他和儿子两口人，根本就没什么爸！"

这么一说，人们明白了，男子买饼不是给他爸吃的，只是做给别人看的，得了孝子的好名声，又占了多给一个的便宜。有人劝王大妈："他再来买饼时，你就别送了。"王大妈听了却说："不，我情愿上当。我早就听说他家里没有老人，不过，他再来买饼，我还要送他一个。"看排队买饼的人全都一副惊讶的样子，她告诉大家：毕竟他在嘴上提到了老人，这比那些买东西从不提老人的人要强！

又过了一天，汉子来买饼时，有人故意问他："给谁买的呀？"汉子还是那句老话："给我爸爸。"买饼的人纷纷投去了鄙夷的目光。

又过了好多天，等来了一个阳光明媚的晴朗秋日，买饼的汉子又来了，不过这次他是推着轮椅来的，轮椅上坐着一个下肢截瘫的老人。

老人对王大妈说："谢谢你，大嫂子。我住到女婿家十几天来，每天都能吃到你做的千层软饼……"

当天晚上，王大妈就把牌子改了："千层软饼，一元三个。"

（本篇月月评短信代码：1321）

（题图、插图：箭 中）

老刘的饭量

□ 曹 风

下班路上，老马遇见了老刘，两人在一个公司上班，却是两个部门，平时没什么来往，可是老马这人挺讲义气的，他一定要请老刘吃饭。

两人来到一家小饭店，老马要了四菜一汤，四瓶啤酒。两人闲聊着，各喝了两瓶啤酒，菜吃得也差不多了，老马问老刘想吃多少饭，老刘说："给我来一盆吧！"

一盆？老马还从来没见过吃饭论盆的，他暗暗称奇，心里想：老刘这饭量可真够大的啦！他叫来了服务员，说："来一盆饭，再来个二两的。"

不一会儿，服务员端来了大米饭，一个小碗，一个大盆。老马慢吞吞地吃，其实他是在等着老刘，可老刘吃饭的速度快极了，风卷残云，三下五除二，一盆饭就见底了，嘴里还直嘟囔："这盆也太小了哟，这盆也太小了

哟……"

老马能不明白吗，老刘这是没吃饱啊！他试探道："老刘，再上饭？"

老刘摸着肚皮笑眯眯地说："那就再来一盆吧。"

老马叫来服务员，说再来一盆大米饭，服务员说没有大米饭了，包子行不行？老刘说："行，来十个吧。"

十个热气腾腾的肉包子端了上来，眨眼工夫就被老刘统统"消灭"掉了，老刘放下筷子，一只手又搁在肚皮上了。

"老刘，要不要再来几个包子？"老马说话的腔调都变了，有点发颤。

"不吃啦不吃啦，"老刘连连摆手，极认真地说，"晚上这顿饭呀，我向来吃七分饱！"

（本篇月月评短信代码：1322）

吻个及格的

□ 王彼德

我们打个分再走！"

那个女青年也走了过来，嬉皮笑脸地也来缠张大爷，张大爷哭笑不得：现在的青年怎么啦？男的脸皮厚点也就算了，女的也这么开放，哪根神经搭错了！张大爷有点生气，他索性不走，问："你们一定要我打分？"

男青年一点也没感到害羞，说："那当然！"

张大爷板起了脸，说"你们在公共场所这样做，有失检点，实在要我打分的话，告诉你们——不及格！"

男青年瞪大了眼睛"怎么，不及格？我们这是青春狂热型的现代酷吻，充满了爱的激情，你再欣赏一遍！"说着，男青年双手又紧紧搂住了那个女的，两人又狂吻了起来。

张大爷实在看不下去，浑身都起了鸡皮疙瘩，他拔脚就走，不料没走几步，又被那男青年叫住了，非要张大爷打分不可。

张大爷气极了："还是不及格！"

男青年也气极了，他把女青年推到了张大爷面前，对张大爷说："那你吻个及格的给我看看！"

（本篇月月评短信代码：1323）

这天，张大爷正在公园的小路上散步，看见路边树下有一对男女青年抱在一起亲嘴，他赶紧扭过头去，装作没看见，同时也加快了脚步。

看样子这男青年喝了不少酒，有几分醉意，他看到张大爷要走，竟放下了怀中的女孩，走上前来说："老头，怎么，你看了就想溜？"

张大爷说："那你要怎么着？"

那青年也实在想不出要张大爷怎么样，眨巴着眼睛想了想，竟异想天开地说了个叫人好笑的要求："你给我们打个分吧。"

张大爷一听，觉得无聊，转身就走，谁知这个男青年却胡搅蛮缠地不让他走，死乞白赖地说："你一定要给

儿子的答案

□ 李清文

这天，卡特一家在吃饭，卡特想看看儿子的智商如何，就说："我问你，一张桌子被砍掉了一个角，还剩几个角？"

儿子想了想，问："爸，你问的是圆桌吗？""不是。""那肯定是四方桌子？"卡特点了点头："是的。"

儿子没有说答案，冷不丁又提出了一个问题："桌子是不锈钢做的吗？""不是。""是木制？""是的。"

卡特和妻子都期待着儿子的答案，儿子却还是没有回答，又冷不丁地提出了一个问题："桌子是新的？"

"不是。""那就很旧了？"卡特怔了怔，说："算……算很旧吧！"

儿子又问："是用柴刀、斧子还是军刀砍的？"卡特和妻子都茫然地摇了摇头，说："不知道。"

儿子继续问道："那他为什么要砍掉桌子的一个角呢？砍掉当柴烧？还是为了更适合房间的摆设？还是一怒之下随便砍的呢？"

卡特感到有点烦了："拜托，不管他为什么，你只要告诉我还剩几个角就行了，好吗？"

儿子说："好的，不过你得告诉我砍桌子的人是男的还是女的。""男的。""身体很强壮吗？""是的，非常强壮。"卡特说完这话已是满头大汗了……

"如果你们的回答没有骗人，我现在告诉你们标准答案——"儿子不慌不忙、振振有辞地答道，"这个身强力壮的男性，用尽全力，用柴刀或斧子将桌子一刀砍掉一角，桌子还剩五个角；如果是用军刀，或者为了适应房间摆设，一刀从对角线砍下，那桌子就只剩下三个角；如果是用斧子，桌子又破旧，不堪负重，或者本想把它劈掉当柴烧，一刀砍下去，那桌子就不知道还剩多少个角了！"

卡特和妻子听了，差一点晕倒……（本篇月月评短信代码：1324）

王老汉和同村的桂花婆婆渐渐有了那么点感觉，老汉的妻子死了二十多年，桂花婆婆也守了二十多年的寡，两人都很想再成一个家。

老汉想跟儿子说说这事，但始终开不了口。一天，老汉喝了几杯酒，仗着酒盖脸，把儿子叫到跟前，鼓足勇气说了这事，说完，脸涨得红红的，头垂得低低的，手心里全是汗，就像是一个做错了事的孩子。

儿子听了，也吞吞吐吐地说："你……你这么一大把年纪，怎么还想这事？"

儿子的话让老汉的一张老脸涨得更红了，再想想，自己的年龄也确实是大了一点，从此以后，他再也没有和儿子提这事儿。

可从此以后，老汉的心里头总像堵着一块石头，好不畅快，他也没有先前那样勤劳了，田地里长了草，也懒得动手了，倒是脾气变得越来越暴躁，动不动就和儿子吵架。

到了夏收的大忙季节，田里的活儿多，儿子和媳妇忙不过来，儿子就来找老汉："爹，你帮我把大畈的田盘一下。"老汉冷冷地看了一眼儿子，并不作答。儿子急了，说："爹，我跟你说话哩。"老汉问："你跟我说什么话？"儿子耐着性子又说了一遍，老汉又冷冷地看了一眼儿子，说："我盘不了。"儿子奇怪了，问："你怎么一下子就盘不了啦？"

老汉没好气地说："老子年纪大了，人老了！"

见老汉说话恶狠狠的，儿子也来了气，说："你老了？你才过六十岁就老了？你看二伯年纪比你大，还不在田里忙活？"

一听儿子的话，老汉满腔怒火顿时发作，他伸出手指戳着儿子的鼻子骂道："忙你个孙子王八蛋！老子想找个老伴，你说老子老了；现在要老子干活，你又说老子不老。老子老不老，老子自己知道！"

儿子被老汉劈头盖脸一顿骂，傻眼了……

（本篇月月评短信代码：1325）

年龄概念

□ 夏艳平

报名而入

□ 黄　胜

有一天，大刘、小马和小梅三个人趁总经理出去开会，门一关，躲在屋里打起了扑克，正热闹着，"笃笃笃"，有人敲门，小马问："谁呀？"

门外的声音冷冰冰的："我，杨建高。" 小马、小梅两人一听，脸都白了，赶紧手忙脚乱地藏扑克牌："不好，杨总回来了！"

大刘却不慌不忙的，他肯定地说："准是隔壁小王那帮家伙吓唬咱，杨总才不会这么叫门呢！"他不顾两人劝阻，边说边悄悄走到门后，猛一拉门，"兔崽子，你敢吓唬老……"大刘话没说完，两眼却直了，讷讷地说"杨……杨总，真是你？"杨总铁青着脸，狠狠瞪了三人一眼，没说一句话，走到报架旁，找了找，没找到想要的报纸，又走了。

等杨总走了，小马和小梅都埋怨大刘，大刘直叫冤枉"我和杨总是多少年的邻居啦，从来没听到他叫门还

连名带姓一块报，每次敲我家的门都是'我，老杨'，'我，建高'，再说声音也不像呀！"

小梅一听，忍不住"噗嗤"笑出了声："你呀，太孤陋寡闻了，咱杨总敲门时的自称多着呢！"

大刘连忙洗耳恭听。

小马接着说："杨总还不是总经理的时候，敲总经理的门时总是说'我，小杨'，其实那总经理还比他小十多岁呢……还有一次，我开车送他给市里一个领导拜年，你猜他怎么报的名？"

大刘问："怎么报的？"

"我，狗剩呀……"

小梅正喝茶，"噗"的一声，乐得茶水都喷了出来，她"咯咯咯"地笑

个不停，好不容易忍住了，她说："你这么一说，我还想起了咱杨总有一次报的一个名，不过，你们两个可别出去瞎说。"她压低声音，说了起来，"有一次，我在总机室和胡美丽下跳棋，也有人敲门，胡美丽就问'谁呀'……"

胡美丽和杨总之间的亲密关系已是公司里半公开的秘密，大刘和小马一听到这个"热点新闻"都兴奋起来，好奇地问："他是怎么回答的？"

小梅粗起嗓子："是我，咩——咩——"

对呀，"杨"就是"羊"么，杨总的羊叫声还真学得不错哇！想起杨总

学羊叫时核桃般的老脸上的表情，三人笑翻了。

这天的闲聊也就这么过去了，谁也没当回事，至于杨总在不同场合、面对不同对象到底报过哪些名，谁也没有多在意。几年以后，有一天，大刘到一所监狱的劳改队去看望一个当狱警的朋友，两人正在办公室里聊天，"笃笃笃"，有人很温柔地轻轻敲门，大刘的朋友问："谁呀？"

外面的人"啪"一个立正，答道："我，623号！"

623号是犯人杨建高的编号……

（本篇月月评短信代码：1326）

（本栏题图：李 加）

细米（青春系列小说）

少年细米生来就是一个爱脸红的男孩儿，他与表妹红藕两小无猜，一同长大，日子如清水一般自然流淌。然而，有那么一天，大河上飘来一叶巨大的白帆，白帆下飘来了一群仿佛来自天国的女孩儿。这些从苏州城里来这里插队的女知青，给平静的乡村带来了一股新鲜而迷人的气息，而其中的梅纹姑娘以她纯净而温柔的情感与精神力量，使细米这个桀骜不驯的乡野之子步入新的成长历程。他们初次相见时，彼此就有了一种奇异的感觉。在后来苦难而温馨的岁月中，细米一边在梅纹的引领下走向前方，一边开始暗恋着她的声音、她的举止以及她身上所有的一切，而她在那段孤独无助的时光里，似乎更深刻地陷入了一种对于细米的不可名状的眷恋。一种非恋情的恋情，在一个到处是河流与芦苇的水乡世界中令人感动地展开着，处处风采飘逸，处处诗意流动。

小说深谙人的情感的微妙，写就了一段天地之间可以与日月同在的情感故事，以优雅的笔调完成了一个少年的心灵雕塑。安宁的村落、寂静的麦田、旋转的风车、河里的小船、各色的鸽子、雪白的芦花、袅袅的炊烟，与四季优美的乡村风景一道，参加了这个东方少年的现实世界的加冕礼。

曹文轩著

警匪故事

　　本书汇集五则中篇故事精品，描写公安人员深入虎穴，与潜伏的敌特土匪斗志斗勇，最后使之落入天罗地网。故事情节曲折复杂，悬念性特别强，敌我之间关系扑朔迷离，错综复杂，人物命运特别牵动人心。

红色间谍故事

　　7则中篇故事，描写一群置生死于度外，出生入死在敌巢魔窟中，机智勇敢地与敌特匪首周旋，进行地下斗争的革命者。故事情节曲折，人物形象鲜明，具有震撼人心的艺术魅力。

捣蛋鬼故事

　　本书收入的"捣蛋鬼"，是一批头上长角的油子、懦夫、贪者、莽夫、偷儿、怪徒，他们大多性格怪异，但在激变的环境中却展现出了人们意想不到的美丽人生。书中也描写了另一类罪错者，故事往往以轻喜剧的风格来处理人物之间的矛盾冲突，让你饱览社会生活的丰富多采。

怕老婆故事

　　怕老婆现象古今中外均不同程度存在，汇集出书这是第一本。作者均取材于实际生活，有古代代表性作品，更多的是描写当代人的这类夫妻关系。他们怕老婆的行为，离奇古怪；怕老婆的动机，五花八门。

323
2004
SEMIMONTHLY
下半月刊
7月
STORIES

故事会
2004年7月
下半月刊·绿版

主 编：何承伟
副主编：吴 伦

社务委员会
何承伟 吴 伦 姚自豪
夏一鸣 冯 杰 张 凯
本期责任编辑：梁宁宁
美术编辑：李宝强
发稿编辑：
鲍 放 蔓 石
夏一鸣 马 峡
潇 白 姚自豪
主管：上海市新闻出版局
主办：上海文艺出版总社
（上海市绍兴路74号）
邮政编码：200020
电话：021-64375030

督印 发行：张 凯
（上海市建国西路384弄11号甲）
邮政编码：200031
电话：021-64313938
广告总代理：上海文艺广告传播中心
上海市绍兴路74号（邮编：200020）
广告总监：张 淮
广告业务：021-34010383
广告投诉：021-64333738
广告经营许可证
沪工商广字3101034000029号
发行：中国图书进出口上海公司
封面图片由Corbis/达志影像提供

本刊各栏目欢迎来稿。来稿寄上海市绍兴路74号《故事会》杂志社，邮编：200020；请在信封上注明"××栏目"收；本刊电子邮箱：gushihui@263.net；本期责任编辑电子邮箱：liangningning@vip.sohu.net

摩 丝

一天，母老鼠跟踪公老鼠，发现自己的老公钻进了草丛。不一会儿，草丛里钻出一只刺猬，母老鼠以为是自己老公，气坏了，大骂道："死鬼，还说没外遇，喷这么多摩丝想去勾引谁呀？"　　　　（张　枫）

银行家的金鱼

在银行行长的办公室里，养着一些美丽的金鱼。

"真好看，"有位客人说，"不过，这些金鱼不会妨碍您的工作吗？"

"绝对不会，在我这里，张着嘴巴却不向我要钱的就只有它们了！"

　　　　　　　　　　（小　叶）

（本栏插图：李　加）

受 伤

一个年轻的女人对她的医生说，自己疼痛得厉害。

医生说："你伤着哪儿了？"

女人说："我全身都觉得疼。"

医生说："你是说你全身都受伤了？"

女人用自己左手的食指在身上到处摁，每摁一处就大叫："好痛啊！"

医生帮她做了周身检查后对她说："其他地方都没有问题，只是你左手的食指破了。"

　　　　　　　　　　（王志霆）

妻子的威力

威廉：喂，卡列，结婚以后，你体验到妻子的威力了吗？

卡列：太可怕了，不能抽烟，不能喝酒，还要挨骂。

威廉：这可太苦闷了。

卡列：苦闷？就连苦闷她也是禁止的。

　　　　　　　　　　（温　泉）

教 练

一名退役的足球运动员选修心理学。课上，老师打算用一个生动的例子来说明什么是"狂躁抑郁"心理。

老师启发性地问："如果一个人站起来急躁地来回走动，一会儿又对别人大声嚷嚷，一会儿又回到座位，痛苦万分，这是个什么人？"长长的沉默之后，退役球员犹豫地举手回答道："是不是足球教练？"

（祁 升）

章 鱼

母亲节快到了，妇女俱乐部在讨论该用什么动物来象征母亲。

章太太提议用章鱼。

会员们一听，眼睛都睁得像铜铃似的，问她理由。

章太太说："每天面对一大堆的家务，难道你们不希望自己有八只手吗？"　　　　　（郭 勇）

漏网之鱼

老师催促学生交作业，他扬了扬手上的作业本问："都交齐了吗？不会有漏网之鱼吧？"有一位学生怯怯地说："老师，那条鱼明天自投罗网，可以吗？"

（江 景）

儿 女 们

父亲下班回家，儿女们围过来，争先恐后地报告自己在家里都做了些什么家务。

老大说："我把所有的盘子都洗干净了。"

老二说："我把所有的盘子都抹干净了。"

老三说："我、我把所有盘子的碎片都收拾干净了。"

（叶 丹）

同上

有夫妻吵架，妻是泼妇，脏话骂了一大堆；夫是教授，不会骂人，但忍无可忍，于是大叫："同上，同上！"

（小 章）

一样的头

一个秃头来到理发店，理发师问道："有什么我能帮你的吗？"那个人说："我没有头发，本来想去做头发移植，但是太痛了，我受不了。如果你能让我的头发看起来和你一样，而且没有痛苦，我将给你5000美元。"

理发师爽快地说："一言为定！"十分钟后，他把自己的头发全部剃光了。

（张 平）

抽烟的害处

两个流浪汉在街头相遇了。

甲问乙："你怎么不抽烟了呢？"乙回答说："抽烟对我的腰没有好处。"

甲愣了片刻，说："我只听说抽烟对人的心脏、胃和肺有害处，可没听说对腰有什么害处。"乙说："因为我得不时地弯腰捡别人的烟头。"

（叶 子）

追 查

纽约市政厅接线生接了一个电话，但电话里没有声音。他重复道"这里是市政厅。"可还是没有回音。

就在他打算挂掉电话的时候，才有一个女人很紧张地说："这儿真的是市政厅吗？""是的，夫人，"接线生说，"您要跟谁说话呢？"

那个女人声音温和地说："我不找谁，我只是在我丈夫的口袋里发现了这个电话号码罢了。"

（叶 丹）

无籽瓜

无籽西瓜被研制成功后频繁参加各种庆功会、报告会，风光无限。其他西瓜十分羡慕，其中一只西瓜却酸酸地说："美什么呀？都没下一代了。"

（张 枫）

水手的解释

舞女：你们航海员，为什么一离开船就喜欢花天酒地？

水手：刚下船就感到地不会动了，不跳舞好像站都站不稳了似的！

舞女：那为什么还要喝酒呢？

水手：喝了酒以后才会有晕船的感觉呀！　　　　（小　丹）

少见的情书

美美收到未婚夫的来信，只见信上写道："亲爱的，我想念你，想念你那金色的鬈发，浅蓝色的眼睛，还有你左手的伤疤以及1.65米的身高。"

美美的女朋友见了来信，说"这封情书实在少见，你的未婚夫是干什么的？"

"他在警察局里是专门写寻人启事的。"　　　　　（枫　叶）

削
蹄
割
尾

有一天，申先生写信给他的朋友熊先生。一时疏忽把"熊"字下面的四点忘了，写成了"能先生"。

熊先生一看，又气又恼，提起笔来写了一封回信，故意把"申先生"误写成"由先生"，并解释道："你削掉了我的四个蹄子，我也要割掉你的尾巴！"　　　　（乔　青）

寻找妻子

在一家大型购物中心里，一个男人走到一个漂亮女人的面前，对她说："我想请您帮个忙，我刚和我的妻子走散了，您能和我说几分钟话吗？"

女人不解地问："为什么呢？"

男人说："因为我每次和漂亮女人说话的时候，我的妻子都会立刻出现。"　　　　（王志霆）

（本栏欢迎来稿，来稿一经采用，最高稿费为1则100元。本期责任编辑电子信箱：liangningning@vip.sohu.net）

人算天算

□ 白 驰

大学毕业以后，我留在省城晚报社做记者。

因为我好奇心强，一去就主动要求到"案件聚焦"栏目跑社会新闻，同事们都说像我这样的美女该去做娱乐新闻，可他们哪知道，要不是因为喜欢新奇刺激，我就不做记者了。

这天早上，报社得到消息，说石门乡发生了一起特大凶杀案，蒙面歹徒丧心病狂，趁胡老汉一家五口午睡的时候，用利器割断他们的喉管，然后逃之夭夭。据警方分析，这是一起情杀案，凶手可能是胡老汉女儿胡莉莉的前男友，因恋爱不成，恶意报复。可恰恰是胡莉莉本人逃过了一劫，那天中午她碰巧去了同学家。正巧我最

近在做一个青少年犯罪心理的专题，一听案情，立刻决定去采访。

中午十一点多，我乘车赶到了石门乡所在县的县城汽车站，准备转中巴车去石门乡做采访。

正是中午吃饭时间，车上稀稀拉拉只有几个人，驾驶座的旁边堆着一堵墙似的货物。我瞅准了车门前边有个两人座的空位，便一个箭步跨过去，喜滋滋地临窗坐了下来。

根据我的外出经验，这是个舒适安全的好位子。说实话，女孩子长得漂亮，确实好处多多，可出门在外也特别容易遇上无聊色鬼，借着人多拥挤，动手动脚占点便宜，让人有苦说不出。我挑的这个位置旁边只能坐一

个人，离司机又近，后面还有很多眼睛盯着，危险自然小得多。更何况这个位置视野开阔，可以边坐车边看风景。

刚坐稳了，一个干瘦老头就来到我座位旁边，手里还拎着一个装猪崽的蛇皮口袋。他气喘吁吁地问："姑娘，这位子有人吗？"

"没人，您坐吧。"我客气地说。要说这猪崽的味道真让人有点不舒服，可老头人看上去干净利落，也很精神，我灵机一动，决定从他开始做侧面采访。

位子差不多坐满时，中巴车终于开动了。我装作漫不经心的样子和老头聊了起来，先是聊猪崽，说着说着就假装不在意地问道："石门乡最近是不是出了人命案？"

"五条命呢，"老头叹道，"听说是那家女娃的对象干的，那伢子真是作孽哟，好端端的一家人叫他毁了！"

老头嗓门挺大，加上这车上有不少乘客是石门乡人，听到我们在谈这事，其他几个爱凑热闹的，也七嘴八舌议论开了。我仔细地听着他们议论，希望能有些意外的收获。

说着说着车子就过了大山口，路开始有些不平了，车子一路颠簸，把车上的人都颠得打起了盹。

我却没有睡意，无聊地看着窗外的风景，没多久，就看到一个满脸络腮胡子的中年男人，站在路边，冲着中巴车不停地招手。太阳下面，他那顶白色太阳帽特别显眼。车停下来后，大胡子拎着一个皮包跳上车，车子又醉蛇似的开动了。

那大胡子抓紧拉手，扫视着车厢，大概是在找座位。本来，车后排有个空位，可他却走到前面，弯下腰对坐在我身边的老头说："大爷，跟您商量个事儿……真不好意思开口，您这么大年纪……我晕车，后面颠得厉害，能不能请您到后面去坐？"

我听了这话老大不乐意，可老头却很慷慨地说："行！这有啥不好意思的？我坐哪儿都一样。"说着，老头拎起蛇皮口袋就朝后排位子走去。

大胡子道谢后斯斯文文地坐下来，抱着包伸长脖子朝车前看了看，便往椅背上一靠，打起瞌睡来。他既没看我一眼，也不和我搭讪，倒让我放心了许多。

睡意袭来，我也想休息一下，可刚有点迷糊，就觉得什么东西在我肩上碰了一下。我警觉地睁开眼睛，看到大胡子已经睡着了，脑壳沉沉地正往我肩上压，碰到以后又条件反射似的弹了回去，一会儿又压了过来。以前坐车的时候，我也碰到过这样的人，十有八九是假装睡着，想占点小便宜。

我拿起背包挡在肩上，可谁知那脑壳碰到包以后竟然顺着肩膀往我胸

前滑下去。这下我可火了，看来这家伙是不怀好意，否则那脑壳怎么跟长了眼睛似的？不行，要给这家伙点颜色看看。

我瞅准时机，在他脑壳倒过来的一瞬间，往座位前面一探身，大胡子的脑壳西瓜似的猛一沉，几乎倒在车窗上。这一撞让他猛地惊醒过来，大胡子看看自己的姿势，又看看我愤怒的样子，立刻明白了。

"哎——对不起，小姐，我实在太困了，"大胡子连忙一脸歉意地解释说，"这样吧，你坐到外面来，让我靠窗子睡吧，省得我影响你，行不行？"

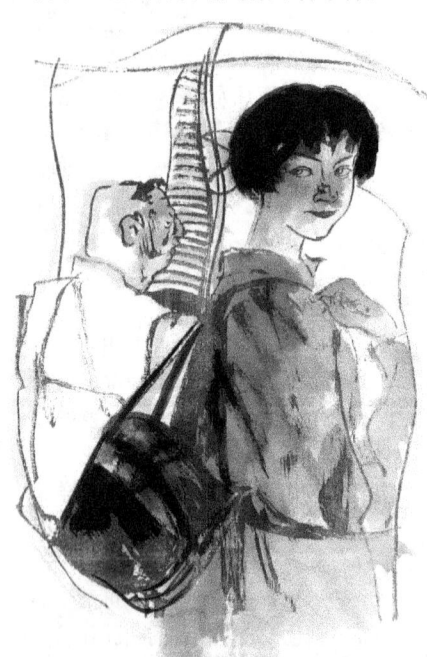

我看大胡子确实像几天没睡好觉的样子，又见他说话也很诚恳，心想这倒是个两全其美的办法，不管他说的是真是假，换过来之后看他还怎么作怪？我边起身换座位边冷冷地答道："那好吧。"

"谢谢你啦！"大胡子点点头，瞟了瞟我，挺肉麻地夸道，"小姐，你不光人漂亮，心眼儿挺好！"我没搭理他，也不敢再睡，保持警惕的状态，怕他有什么新花招。可是换过座位后，大胡子压低帽檐，抱着皮包，两眼似闭非闭，靠在窗边，再也没有什么非礼动作。

我松了一口气，看来自己想歪了，错怪了人家。

正想着，车开到一处三岔道口，迎面开来一辆装钢筋的大卡车，长长短短的钢筋拖在后边。那货车开得很快，两车相遇在交叉口时，卡车快速转弯，驶向岔路。我怎么也没料到，就在一眨眼间，会出现惊心动魄的一幕！

只见拖在车厢后边的钢筋"呼啦"一声突然松动，随着疾驶的货车，蛟龙摆尾似的朝中巴车扫过来，一时间惊叫声和金属玻璃撞击声响成一片，我下意识地闭上了眼睛。

刺耳的刹车声后，车停了。车里乱作一团，身边的货物早就倒掉了，我整个人摔在了过道上，惊出一身冷汗。

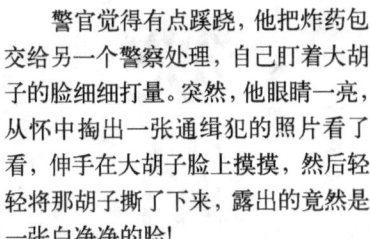

我爬起来想坐到座位上去，可抬头一看，吓得浑身汗毛都竖了起来，失声尖叫："啊——"

很多人和我一样看到了恐怖的场面：一根手指粗的圆钢，穿过开着的车窗，不偏不倚，深深插入了大胡子的太阳穴！司机吓呆了，张大嘴巴瘫在驾驶座上。后排那老头走过来，伸手试探大胡子的鼻息，又看看眼睛，摇摇头说："已经走了。"

司机用发抖的手掏出手机，打通电话报了案。

乘客都下了车，我站在车外，仍然十分惊恐。我和大胡子换座位前后不过十来分钟，如果不是自己猜疑，逼着大胡子和我换了座位，那我现在已经不在人世了。想到这些，我后怕得直想哭！再想想大胡子其实是被我害了，好好的一个人就这么没了。

"姑娘，别难过，这一切都是天意啊，"原先坐在我身边的老头像是看出了我的心思，走过来劝道，"你想想，他先要跟我换座位，然后又要跟你换，眼看就要到站了，这事故不早不迟地发生了，神人也难料呀！"我难过地说："大爷，您说的不假，可、可是，我心里不安呀。"

大约二十分钟后，警察赶到了现场。一位警官拿过大胡子怀中的皮包，打开来想查找线索，只见包里有一把白亮亮的尖刀，和一个捆得方方正正的纸包。警官取出那纸包一看，

吓了一跳，周围人也惊叫起来："炸药包！"

警官觉得有点蹊跷，他把炸药包交给另一个警察处理，自己盯着大胡子的脸细细打量。突然，他眼睛一亮，从怀中掏出一张通缉犯的照片看看，伸手在大胡子脸上摸摸，然后轻轻将那胡子撕了下来，露出的竟然是一张白净净的脸！

"他就是石门乡凶杀案的嫌疑人！"警官很肯定地说，"这家伙简直是疯了，如果我没猜错的话，他可能是想今天中午再次作案，杀掉胡莉莉，如果被发现，他就打算同归于尽！唉，真想不到，他第一次作案后竟然没逃走，还敢明目张胆地乘车再去石门乡！"

瘦老头听后，一拍大腿，恍然大悟地说："这就对了，怪不得他想尽法子要换座位，他是想靠前、靠窗边，好察看路上情况。真是老天有眼，死有余辜啊！"

说完，他转身对我说："怎么样，姑娘，我说是天意吧，不然怎么一车人都没事，偏就这么准戳到他头上？找死，这家伙找死啊。"

真是奇了，这样的巧合真是没办法解释，只能说人算不如天算。可刚刚想通我又犯愁了，这下真不知道该怎么去写我的犯罪心理专题稿了。

（本篇月月评短信代码：1401）

（题图、插图：箭　中）

□ 天 木

狭路相逢

前段时间，阿P下岗没活儿干，偏偏儿子刚出世，正等着用钱，阿P走投无路，咬咬牙和一伙民工一起到邻省挖煤。阿P在矿上苦干了一个月，脱了好几层皮，可没等到月底分钱，他所在的那个煤窑就塌了，十几个民工被活活埋在里面，事情一出，煤厂老板立刻不见了踪影。

要不怎么说阿P命大呢，那天他重感冒，没下窑，算是捡了一条命回来。一想起这事，他就一阵阵地后怕，可转念一想，大难不死必有后福，阿P决定到南方沿海城市碰碰运气。临上车前阿P买了一把玩具手枪带着，

他想好了，挣不挣得到钱都得先给儿子准备一件礼物才行。

坐了两天的车，阿P终于来到了一座沿海大城市，摸摸口袋里剩下的5块钱，他决定先买两个包子充充饥。

谁知当他掏钱的时候，胳膊肘碰到了一只黑乎乎的小手，他低头一看，原来是个不过十一二岁的小叫花。阿P咧咧嘴，说道："伙计，我阿P还想找你讨点呢。"

阿P想换个地方买点吃食，可那小叫花伸着一只小手，"噔噔"地跟在后面，也不说话。阿P叹口气，心里嘀咕着："算我倒霉！"他一咬牙，把

辛勤的蜜蜂永没有时间悲哀。——布莱克

那5块钱全买了包子，自己留了几个，剩下的都塞到了小叫花手里。

阿P看看天色不早，也实在累得挪不开步了，就和衣躺在马路边的一块草地上，正当他迷迷糊糊要睡着时，突然感到谁绊着了他的脚，只听"咕咚"一声，那人跌倒在地上。

阿P下意识地坐起身，只见一个胖胖的中年人一边爬起来，一边拍打着身上的灰尘。阿P刚想发火，又心思一转，赶紧皱紧了眉头。

"咳呦咳呦……"阿P抱起脚直哼哼，一副很难受的样子。

中年人连忙靠近他，用不太流利的普通话说道："对不起，要紧吗?"

"我这脚有伤，被你这么一碰，得疼上好几天!"阿P也不敢说得太严重，怕万一碰上狠主，等会儿自己下不来台。

中年人说："天这么凉，你睡在地上，一定是外地民工吧?"

阿P不吭声，偷眼看他怎么办。

"这样睡怎么行，再健壮的身体也会拖垮的，你先把我的外衣拿去，盖在身上睡吧，"中年人边说边脱下外衣，"要是你明天还没找着活儿，就在这地方等我吧，可能我能帮上忙。"

阿P一听这话，高兴得差点蹦起来，原本只想讹诈一下，哪知道找工作居然有了点希望，现在又有这外衣遮风，这下可以踏踏实实睡一觉了。阿P只顾着高兴，等他想起来要说点

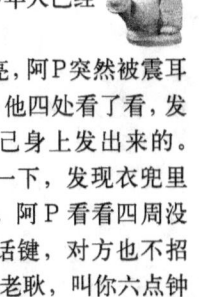

客气话的时候，中年人已经走远了。

第二天天刚亮，阿P突然被震耳的电话铃声吵醒，他四处看了看，发现声音就是从自己身上发出来的。他把外衣拨拉了一下，发现衣兜里有个手机在叫唤。阿P看看四周没人，就按下了通话键，对方也不招呼，上来就说："老耿，叫你六点钟来拿老乡捎给你的袋子，现在都快七点钟了，你怎么还不到? 一袋土特产是看不上眼咋的?"阿P一听，想到这电话应该是那个中年人的，正要解释，对方却丢下一句："快到火车站一号候车厅书报摊前来拿吧，回去的火车快开了，我再等你20分钟!"说完就挂上了电话。

阿P寻思着，昨晚给他外衣的那个人肯定就是老耿了，看样子他是把取袋子的事儿给忘了。想想人家对自己不错，还有可能帮自己找工作，反正闲着也是闲着，阿P决定跑跑腿代代劳，把那一袋土特产给拿回来。说不定那老耿来了一高兴，真会帮自己找份不错的工作呢。

阿P想到好工作，浑身添了力气，"噔噔噔"往火车站跑去。

来到一号候车厅书报摊前，阿P果然瞧见一位"络腮胡"正四处张望着。阿P靠近他说，自己是老耿的朋友，是来帮老耿拿土特产的。那人看看阿P穿的那件外衣，想了想，说:

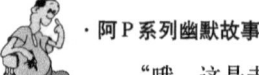

"哦，这是老耿的'灰鼠皮'，我相信!再说这包里是家乡的一些特产，值不了几个钱，不过分量有点沉，你得小心点，别弄破了袋子，我赶车去了!"络腮胡子把袋子往阿P手里一塞，转身朝站台口挤去。

阿P心想: 这乡下人就是怪怪的，大老远送什么土特产，也不看看人家老耿稀罕不稀罕，分量还这么沉，八成是受潮了。

阿P背着袋子边走边想工作的事，哪知道一不小心，脚下绊了一跤，连人带袋子整个倒在了地上。阿P倒没摔得怎样，尼龙袋却被栏杆上的一只铁钩划开了一条长缝。阿P不瞧则已，这一瞧就惊出了一身冷汗。由于铁钩比较锋利，不仅把袋子划破了，连里面的包装也搞坏掉了，可露出来的根本不是什么土特产，而是齐齐扎扎的人民币。

这是怎么回事? 莫不是那络腮胡把袋子搞错了?阿P心里来回一转悠，想想要是把这么多钱放在口袋里，说什么也不会搞错的。阿P抓耳挠腮，思前想后，还是觉着这东西挺烫手，决定晚上交给老耿，免得惹来祸端。

阿P往四周看看，决定先把口袋破的地方遮遮，要让人知道背了这么多钱，不是找死吗? 碰巧不远处有一沓行人丢下的报纸，阿P拾来想要塞进去先遮一遮，可报纸上的一行醒目标题粘住了他的目光: "昨天银行遭劫，匪徒掠款而去。"

阿P大惊失色，莫非那老耿和络腮胡是一伙的? 阿P不敢想了，手忙脚乱地把袋子捆扎好，匆匆拐进附近的一个公厕，想进去整理一下。

阿P刚从厕所出来，就被一个穿着黑夹克的中年人迎面拦住了，那人戴着墨镜，低声说道: "老弟，我眼力不差，你昨天买了包子给那个小叫花，今天又主动帮我把土特产拿来，真是位心眼儿挺好的实诚人。"阿P抬头一看，认出此人正是昨晚的那个中年男人。

"你叫老耿吗?"阿P问道。

"对，我就是老耿，谢谢你!"

老耿伸手从阿P手里拿过袋子，说道: "工作的事情我慢慢帮你找，给你一百块钱你先用着。"说着，他从上衣口袋里拿出一张一百块的票子往阿P裤子口袋里塞。阿P正要推辞，哪知老耿突然脸色大变，"刷"地一下把手从阿P兜里抽出来，拎着袋子兔子一般撒腿就跑。阿P不知咋回事，四周看了看，又把手伸进裤兜，却摸到了那把准备送给儿子作周岁礼物的玩具手枪。阿P一个激灵: 看样子这老耿一定是把自己当成"便衣"了，果然不是个好货色! 阿P拼尽全身气力，猛冲过去，想追上老耿。老耿背着口袋，的确跑不快，眼看阿P就要追上的时候，突然从旁边冒出几个警

副总裁　（文：陈　健；图：枫　叶）

1. 汤姆被公司任命为副总裁，很兴奋，逢人就说。

2. 他的太太看不惯，对他说："现在连超市豌豆部都有副总裁。"

3. 汤姆不信，来到超市说："我找豌豆部副总裁。"

4. 超市职员问："请问找罐装豌豆部副总裁，还是冷冻豌豆部副总裁？"

察，把老耿逮个正着。

原来，阿P也多长了个心眼，刚才发现袋子里是钱，又看到了抢银行的新闻，他就在厕所里用老耿的手机给110打了个电话，说了事情的来龙去脉，让警察看看是不是银行丢的钱。

阿P作为证人被带到了警署。一审才知道，这老耿真名叫贾安，正是阿P做工的那个煤矿的幕后老板。矿上出事以后，他立刻逃了出来，想偷渡出境，又不敢从银行拿钱，即使是现金，也不敢当面交接，于是贾安想物色一个接头的人。那天他看到和他一起下火车的阿P人挺傻，心肠又好，就故意把手机留在阿P身边，让他接

头取钱。当贾安得知让他栽了跟头的阿P，竟然是他矿上的工人，那天也险些丧命井底的时候，摇着头直叹老天有眼。

阿P没抓到银行抢劫犯，却找到了在逃的贾安，也算是歪打正着，顺理成章地拿到了公安局悬赏缉拿贾安的2万元奖金，不过阿P这回算是想通了，自己好歹小命还在，最亏的还是那些遇难的矿工。他留了两千块给儿子，其余的都捐给了遇难工友的家属。带着那把在小摊上买的玩具手枪和两千块钱，阿P安心地回了家。

（本篇月月评短信代码：1402）

（题图：李　加）

外国悬念故事

　　该书汇集的是《故事会》"外国文学故事鉴赏"专栏中的35则精品,其中包括美、英、法、意、俄、日等国的当代有影响的作家的作品,尤以美、日居多,按内容分为"机智过人、如此情爱、自食其果、历尽惊险、光怪陆离、荒唐滑稽"等六类。

历险故事

　　36则历险故事场面刺激,气氛紧张,情节惊心动魄,人物性格鲜明,叙述过程常常给人以身临其境的感觉。作品通过对主人公聪明才智的展示和坚韧不拔精神的刻划,形象地展现了历险故事特有的魅力。

荒诞故事

　　50余则故事用啼笑皆非的荒诞手法来鞭挞生活中的假恶丑,用荒诞不经的人物形象来呼唤人世间的真善美,在荒诞的外衣下,包藏着极为深刻的社会内容,长久以来一直活跃在人们中间,口耳相传,历久不衰。

诙谐故事

　　本书汇集外国诙谐故事精品100则,按内容分为"莫名其妙、洋相百出、针锋相对、随机应变、难言之隐、弄巧成拙、井底之蛙、强词夺理"等八大类,每大类前均有短小幽默引言,从不同角度折射社会面貌。

· 悬念故事 ·

发财靠

□ 袁翼

陈默读初中时，生了一场怪病，病好了以后就成了哑巴。书是不能继续读了，家里帮他找了个到街头发传单的工作。传单上是房产公司的租房信息，这活不用说话，只要把传单往过路人手里一塞就可以了，虽说挣不了什么钱，可总比闲在家里强。

这天天色渐晚，一个漂亮女人从陈默面前款款走过，浑身上下珠光宝气。陈默一个箭步蹿上去，把传单往那女人面前一伸。女人好像在想什么心思，一下子没反应过来，被吓得叫了一声，直往后退。陈默一看吓着人家了，赶紧"咿咿呀呀"比画着道歉。

女人打量了他一眼，问道："你真是哑巴？"陈默点点头。

女人看到他点头，立刻像捡了宝贝似的，高兴地问："你能听见我说话？"陈默又点点头。那女人眼睛一亮，又问道："你识字吗？"陈默心想自己也算读了个初中，现在却落得在这里发传单，说出来真是丢人啊，于是就把头摇得像拨浪鼓。

这一摇，竟然摇出了奇迹！

那女人的粉红脸笑成了一朵花，压低声音说："小兄弟，遇上陈姐我，你走运啦。我正准备开皮鞋专卖店，缺个营业员，月薪1000元，干得好，我还会发奖金给你，你干不干？"

陈默眼睛鼓得老大，怪了，那些能说会道的漂亮小姐，都找不到这样的美差，这个陈姐怎么偏偏看中我一个哑巴？难道是骗局？不过他转念一想，自己一个穷哑巴，有啥值得骗的？想到这，陈默把个脑壳点得像捣蒜似的!

"好、好！看得出来小兄弟是老实人，我不会亏待你的，"陈姐边说边拉开小坤包，掏出几张钞票塞到陈默手中，"这500元钱算是定金，置身像样的行头。明天下午，你在这里等我，我带你去看门面。大姐信任你，你可不能让大姐失望哟！"说完，扭着碎步走了。

第二天下午，陈默伸长脖子等来陈姐，跟着陈姐去看门面。陈默原本寻思着，这女人工钱给那么高，选中的一定是市口好的气派门面，可到了地方，才发现只是一间小破屋。陈默四处看看，越看越觉得不像做生意的地方，甚至根本称不上门面，说白了就是郊区一间黑乎乎的小平房，不远处，尽是些夜总会、歌舞厅、酒吧之类的娱乐场所。这样的地方白天冷清清的没人来，哪会有生意啊！陈默仔细打量，店里也没有任何装饰，却在门外挂着一个非常大的灯箱，上面写着五个斗大的字："男士皮鞋店"，灯箱样子看上去很别扭，店里只有一个货柜，摆的都是大小不一的男士皮鞋，奇怪的是这些鞋子都是一样的品

牌，一样的款式，连颜色都差不多。柜台后面放着一张小钢丝床，其余的地方堆着一个个装皮鞋的纸箱，杂货铺似的。

陈默从来没看过这样开皮鞋店的，心说街上皮鞋店多如牛毛，在闹市区，款式又新，像这样开店，不赔死才怪!

那女人似乎看出了陈默的心思，笑嘻嘻地说："放心吧，别小瞧这鞋店，你等着，看大姐怎么大把赚钱！这儿一共有300双鞋，每双你卖300块。白天你关门睡觉，晚上九点以后，你开亮灯箱，打开店门，有没有生意别放在心上，发财靠的是绝招！"

这不是瞎折腾嘛！哪有这样开店的？陈默心里不服气，可也没办法。他拿起一双皮鞋一看，乐了，像这样质量的鞋子自己买过，每双也就是五十块，现在要卖300块一双，鬼才要哩!

陈默不知道陈姐做的是什么生意，可想想1000元的月薪，还是决定看看再说。

每天晚上，陈默开门以后都眼巴巴盼着顾客来，可二十多天过去了，一双鞋也没卖出去。陈默望着娱乐城的霓虹灯发呆，头都想大了，还是弄不明白财在哪儿。看着那些在灯红酒绿场所进进出出的阔佬们，陈默心想：这样的破烂鞋，送给人家，人家也不会要啊。那女人从不到店里来，

陈默心灰意冷了，想想那女人可能是钱多得没地方使，折腾着玩，看来自己这份工作也干不了几天了。

当陈默已经绝望了的时候，一天深夜，陈姐突然开着车来了，进门就说："等会儿会有很多人来抢购鞋的，别人再急，你也不要慌，别把钱弄错了。记住，300元一双，少一分也不卖，省得找零出错。"说完，她掏出手机，到门外打了个电话，回来又对陈默说："我还有事要办，先出去一会，等你卖完鞋我再来。"

看着女人一副女诸葛的派头，不由得陈默不信，可他到门口四处张望，却一点动静也没有，就门口那个大灯箱傻呵呵地亮着。陈默坐在柜台后面，没一会就打起了瞌睡，也不知过了多久，门外一阵吵杂声把他惊醒了。他睁眼一看，吓了一跳，一群男人流水似的涌进鞋店，远处好像还有人往鞋店跑过来，赶集似的！

"有40码的鞋吗？""我要41码！""39码！"……这些人进店后像吃错了药似的，争先恐后地抢着鞋，不挑不选不讲价，只嚷嚷着自己的尺寸，拿到鞋后立刻宝贝似的捧在手里，也不管合脚不合脚，慌慌张张地套上，扔下钱就跑，速度快得

像搞军事演习。陈默这才发现他们不知为什么都光着脚。最好笑的是，最后一双43码大鞋，被一个小脚男人宝贝似的抢着套上脚，可一抬脚，那鞋就掉下来，那男人急中生智，从地上捡起几团纸，往鞋里一塞，一溜烟得意地跑了。大约半个小时，300双皮鞋被抢购一空！最后有几个人没买着，急得像断头苍蝇似的团团转："糟了，糟了，鞋店都关门了，怎么办呢？"

陈默关上店门，望着一铁盒钞票，心口"嘭嘭"跳，像做了一场梦。半个小时，赚了7万多啊！正发着呆，陈姐进来了，轻描淡写地对陈默说："别发傻呀，这点钱算什么，赶快休

息，明天正好是星期天，生意会更好呢！"

陈默不知道陈姐的葫芦里卖的是什么药，但事实摆在面前，他算是服了。

第二天早上，天没大亮，陈默被急促的敲门声惊醒，开门一看，门口放着几个鼓鼓的大蛇皮袋，陈姐让他把袋子拎进店里。陈默把口袋拖到屋里，把里面的东西倒出来一看，全是旧皮鞋！那些鞋鞋面脏兮兮的，印着杂乱的鞋印，陈默心想大概是要卖旧鞋了，扯了块布就想去擦，却被那女人一把拦住。

"千万别擦，"陈姐关照道，"鞋里的脏鞋垫不要取出来，这些鞋来的时候什么样，卖出去还得是什么样。"

陈默不解，比画着问："这是干啥？是卖鞋呢还是收破烂？"

陈姐明白他的意思，指着地上的鞋说："今天就卖这些，每双300元，一样不还价，估计中午休息前就能卖完，卖的时候我不能在这，等卖完了我再来吧。"陈默寻思着，除非这些鞋是文物，要不300块一双，买了才叫有病呢。

不过还真神了，女人走后一会儿，真有顾客探头探脑地来买鞋。和昨天不一样，今天来的全是女人。她们打扮得都挺漂亮，可个个阴沉着脸，满头大汗地在一堆臭鞋堆中找来找去，吭哧吭哧喘不过气。更叫陈默

莫名其妙的是：若是好不容易找着一双，女人就会气鼓鼓地扔下钱，拿着鞋走了；倒是那些找了半天没选中的，都高高兴兴，一脸喜气。陈默心说，这些人难道中邪啦？

到11点多钟时，地上皮鞋没剩几双。这一上午，又收了近9万元！这时，陈姐赶来了，看着陈默傻呆呆的样子，笑得直不起腰，说"你不知道，今天中午她们家更热闹哩！这店不开了，我们改做别的生意去。"

陈默惊诧得张大嘴巴，一个劲地比画起来。陈姐笑着说："我知道，你的意思是，这么好的生意为什么不做了，对吧？傻兄弟，这生意不长久，明儿开始，我们做更赚钱的大生意！"陈默半信半疑，还有什么生意比这更赚钱？

钞票清点后，陈姐扔给陈默两千块，说："这是你的工资和奖金，下午我给你放半天假，出去好好玩玩吧。"

陈默捏着钱，手都发了抖，想不到这么容易就发了财，真不知道自己凭什么！

下午，陈默去菜市场割肉买鱼，准备好好庆贺一下，无意中看见墙壁上贴满一张张内容相同的"广而告之"——

昨晚，警方接到举报，对南郊娱乐场所进行突击检查。这一带的夜总会、歌舞厅普遍存在夜间跳脱衣舞的

现象，很多男人脱下鞋，上台与舞女同台共舞，警察冲进后，他们仓皇逃窜，踩掉的鞋丢了一地！

如果你的丈夫昨夜晚归，并且穿了新鞋，那他很可能已经欺骗了你。想抓住你男人鬼混的证据吗？请今天上午去南七街男士皮鞋店，机不可失！

陈默一下子明白过来，倒吸一口凉气：陈姐这招太狠了！这不是要那些男人小命吗？难怪她停业，这生意当然做不下去了。

晚上回到店里，陈默发现店门前的招牌已经换成了"男士鞋出租店"。这次陈默想通了：对呀，那些男人去娱乐前，在这儿租双鞋，换好穿去，以防万一，这样怎么会没生意！

店里已经摆放了三百多双杂牌鞋，每双鞋后跟上都印着"男士鞋店"几个小字，陈姐吩咐说："从明晚起对外营业，每双鞋出租费二十元。"

陈默现在已经知道事情的原委，当然不再争辩了，第二天一开业，生意果然好得不得了，每天都有四五千元的收入，一个月进账十几万，真是一本万利呀！这下陈默脑筋又转不过来了，这么好的生意，怎么就没人跟着做呢？

这天晚上，两个顾客进了店，喝得东倒西歪的，一个财大气粗、胖得像坦克模样的人，大着嗓门叫道：

"租、租两双皮鞋！"旁边高个操着外地口音，不解地问："咱们去玩玩，干吗要租鞋呀？"

"坦克"警惕地瞅瞅身后，见没别人，踮起脚尖凑近高个耳朵，神秘地说："你有所不知，咱要是不租这破鞋，就是自找苦吃呀。"

高个脖子一粗："不租咋啦？"

"这哑巴幕后有个女老板，神通广大，只要她这儿生意一差，娱乐城就不太平，老弟，花小钱买平安，值！""坦克"跷起大拇指，无限感慨地说道。"这女人不简单呀，招招都他妈的绝！你知道她为啥找个哑巴看店？"

高个眼珠翻到眉毛上，还说不出答案，"坦克"鼻子"嗤"地一响："哑巴不会说话呀，这发财的招子，能让人对外乱说吗？"

陈默恍然大悟，终于明白了自己凭什么找了这么个美差。他突然想到陈姐那天问他识不识字，原来是要找一个说不出，写不来的闷主。

想到这些，陈默偷偷乐了，他突然也想到了一个绝招，寻思着这回也该发点小财啦！

晚上陈姐来盘账时，陈默突然拿起笔，在一张纸片上刷刷写下一行字："陈姐，你能给我加工资吗？"

陈姐吃惊地看着陈默，傻了眼。

（本篇月月评短信代码：1403）

（题图、插图：魏忠善）

□陶柏军

谁被暗算

我从部队复员以后，在家乡一直没找到合适的工作，于是决定到省城去闯一闯。

公司白领这样的工作，我是想都不敢想，只求凭自己的力气，能找到保安一类的活干干，就谢天谢地了。为了省下中介费，我没到职业介绍所去登记，而是自己写了几十份求职广告四处张贴，广告中特别说明自己熟悉各类武器，善于格斗，无论是做保安还是做保镖都绝对合格。

十几天过去，手里的钱花得差不多了，却没有一个人和我联系。

这天早上，我正收拾东西准备去车站买票回家乡，忽然传来一阵敲门声。打开房门，看到门口站着一位40岁左右的文质彬彬的男人。

"您是陶先生吧？"他边问边从兜里掏出一张纸，"这封求职信是您写的吧？"我点了点头，赶紧把他让进房间。进屋后，他问我："你住这样的小旅馆，不是本地人吧？"我点头。他又接着问我："当过兵？"我又

点点头。他又问："找工作很难？"我再点点头。他再问："你说你什么都能干？"我点头后又赶紧补充道："只要您不让我杀人，什么都能干。"

我想我这么宽松的要求一定会让他满意，没想到他却很失望地摇了摇头，说："看来，我们的工作不适合你。"我一听就急了："咱们还没谈哪，你怎么说不适合？"那人笑了一下，说："你不是说只要不杀人都能干吗？可我来找你，就是想让你替我杀个人。"听完他的话，我真是吓了一大跳，想不到这个白净儒雅的人，竟然是找我来替他杀人的。

来人转身要走，我一把抓住了他，说道："坐下来，我们谈谈条件。"

其实，我可没有杀人的胆量，不

行一件好事，心中泰然；行一件歹事，袁影抱愧。 ——神涵光

过我觉得这事很有意思，我要是掌握一些线索，说不定还能替公安局破个大案呢。那人坐下来，说"我叫大周，也是受人之托，本来不想干，可是对方给的价钱实在不错，现在还需要个合作伙伴。"说完，他从兜里拿出一张照片，说："要做掉的就是这个人。"

我接过照片一看，挺漂亮的一个女人，看上去也很眼熟，但是一时想不起在哪里见过。大周看出了我的心思，说道："看没看过电影《寡妇秘闻》？"他一说这话我想起来了，这个女人是电影演员刘小丽，我上中学时，她可是红极一时的明星。大周说："刘小丽以前得罪过一个同行，现在这个同行有钱了，就想报复她一下。那个人出价30万元给我，可是我担心一个人做不来，就想找个人合伙，那天偶尔看到你的材料，相中了你。"

我摇了摇头，说："哥们，为了30万元要一条人命，咱们不值啊。"大周笑笑说："我早就问清楚了，出钱的人并不是真想要她的命，而是想让她到鬼门关走一遭，吓吓她。所以你只要打她一枪，打伤了打残了都可以。再说了，这件事咱们不干，人家还会找别人来干，所以对刘小丽来说，都是一样的，但是对于咱俩来说可不一样。如果事情成了，各得15万元。怎么样？"

我一听，感觉这件事并没有我想的那么可怕，但我还是没有马上答应，我问他："如果被公安局抓住了怎么办？"大周胸有成竹地对我说："你先听听我的方案再做决定，我不能说万无一失，但至少可以保证你没有危险。我已经摸清了刘小丽的活动规律，每天下午3点她都会出来遛狗，我们就在车里向她射击，当然是你射击，我开车，但是注意，千万不要伤及无辜，因为那时候附近的人很多。开枪后我们立即逃离现场，开车直奔华龙商厦，那里人最多，你进去想法脱身，至于我，你就不用管了。说完，大周从兜里拿出一沓钞票，爽快地说："兄弟，这是一万元定金，如果同意，就把钱留下，不同意，我这就走，就当我没来过。"

我看着那么厚一叠钞票，立刻觉得有点晕，接着就把收拾好的行李往边上一推，说："啥也别说了，我干了！"其实，我并不是为了钞票丧心病狂，而是对自己的枪法心里有底。要她的命我不敢，但是让她胳膊腿受点皮外伤，就能拿到那么多钱，还是很有诱惑力的。

行动那天下午2点半左右，我戴上口罩、墨镜，和大周一起驾车来到刘小丽的住所旁，这阵势让我很紧张，感觉自己真的像个杀手。大周交给我一把手枪，说："只有一发子弹，一定要一枪拿下。"我的手有点抖，但还是故作镇定地对大周说："五百米之内打苍蝇我不行，打人，你就瞧好

吧。"刚说完,只见一个中年女子牵着一条京巴狗从楼里出来了,我一看,果然是刘小丽,不过比我记忆中的形象老多了。

大周发动了汽车,在离她不到20米的时候,我瞄准她的一条小腿扣动了扳机,随着一声枪响和那女子的尖叫,大周开车带着我冲出了小区。十五分钟后,我开始在华龙商厦的人流里挑选自己喜爱的东西了。说实话,我自己都觉得刚才发生的事情像做梦。

两个小时后,大周给我发了条短信:"事情很顺利。"我买了些速食面,回到了旅馆。按照我们的约定,事成后他会在一周之内把下的14万元钱给我送来,可我在旅馆等了四五天,

居然一点消息也没有。我有些不安起来:那个刘小丽不知道伤得怎么样,她有没有报案?大周会不会私自吞下应该属于我的14万元钱?

第二天,我戴着墨镜上街,在一个报摊前,我问卖报纸的大娘:"最近有没有明星刘小丽的消息?"那位大娘像看外星人一样看着我说:"小伙子,你是外地的吧?这几天到处都是刘小丽的消息,你还不知道么?"我赶紧掏钱,买了一大堆报纸回来。

回到旅馆,我打开报纸,铺天盖地的关于刘小丽的消息真把我吓了一跳。《晚报》上说:"昨日影星遭暗算,警方苦于无线索";《都市报》上说:"恐吓枪杀浑不怕,小丽坦言再出山";《娱乐报》上说:"仇杀?情杀?刘小丽枪击案扑朔迷离;黑道?白道?影视圈内幕费思量"……

翻着这些报纸,我感觉到这件事有些不对劲,怎么没有刘小丽伤势的消息,难道我那枪没有打中……我突然一激灵,立刻到床底下把那天我用过的手枪掏了出来,就这么一看我全明白了,那是一把假枪,所谓的子弹不过是类似于运动会上发令枪的那种火药片,那天我太紧张了,居然没有看出来。

放下手枪,我开始整理自己的东西准备回家。我已经明白了,我不过是在帮助一个过期明星炒作出山而已,当然,大周许下的钱也别指望了。

好在他还给了我一万元，回老家也许还能做一点事情。

收拾完毕，我刚要出门，大周却一下子闯了进来。他一看我的行李，就说道："兄弟，我不会食言的。"说完，他递给我一个皮包："14万，一分不少。"我接过钱，放在一边，愤愤地问他："不就是刘小丽准备二次出山么，干嘛费这么大的事？"

大周坐下来，叹了口气："兄弟，既然你也明白了，就告诉你实话吧，我是广告公司的，刘小丽的出山策划是我们接下来的。原打算让刘小丽离婚，炒一下，可是媒体根本就不搭理；后来我们又爆出了刘小丽当年和导演睡觉的丑闻，可是报社还是不感兴趣，他们说，现在这些都不算个事，没这些个事，那才叫新闻呢。没办法，我们只好设计了一个昔日同行枪杀准备出山的刘小丽事件，总算成功了。最近，刘小丽接了好几部片约。当然，为了这件事能够逼真些，也为了不至于让警方产生怀疑，我没敢提前告诉你。兄弟，你手法不错，以后再有这样的买卖咱哥俩还合作，你看怎么样？"

我没敢答应大周的建议，我寻思着，按照这个趋势，如果再有演员出山，恐怕就得劫机或者搞列车爆炸了，说实话，这样的活儿我可干不来。

（本篇月月评短信代码：1404）

（题图、插图：安玉民）

《红色天网》

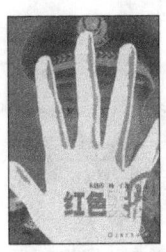

本书是作家朱恩涛、杨子继长篇小说《公安局长》之后精心打造的又一部反腐力作，也是内地第一部正面描述中国国际刑警跨国追捕金融诈骗逃犯、淋漓尽致地展现年轻的中国国际刑警英姿风采的长篇小说。

故事大意是，一个专门针对金融界人士的雇佣杀手已潜入国内，而此时东海市发展银行副行长又突然离奇自杀，某贸易公司老总曾假这个副行长之手将巨额美金转移境外，此时也匆忙携情人外逃。高层领导下令限期破案，国际刑警总部也对该老总下达了红色通缉令。受命处理此案的国际刑警联络处高级警官李鑫立即率女警官郭璐等奔赴南美洲某国抓捕逃犯，他们在异国他乡依靠同行的鼎力支持与配合，以及华人社团的全力协助，历经艰险，不怕磨难，最终胜利完成了任务。然而在这场尖锐复杂的斗争中，女警官郭璐却永远躺在了异国他乡……故事情深意切，又不乏峰回路转的悬念惊奇，作品内容时刻牵动着你的心。

·中国新传说·

玉兔坠

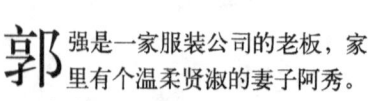

□ 傅 人

郭强是一家服装公司的老板，家里有个温柔贤淑的妻子阿秀。

新年刚过，郭强就接到情人晓岚从省城打来的电话，说她打算在芝麻开门酒吧搞一个生日派对舞会，无论如何要郭强在晚上七点前赶到省城，她的几位闺中密友一定要见见这位一直不露面的"白马情人"。

郭强接好电话后，转过身镇定地对阿秀说："省城又来电话了，我得去把那笔服装生意办下来，再拖下去公司可亏大了！"

阿秀看看窗外的风雪，担心地说："要么，我陪你去一趟……"郭强敷衍着说："不必了，外面天气不好，最多一两天，事情办好后我马上回来。"

阿秀没再坚持，转身从抽屉里取出一个玉坠挂链，系在郭强的脖子上，说："前两天我请工匠做了个属相坠子，仿真的玉兔，不值什么钱，不过带在身上可以保平安。本来想等你过生日的时候送给你，今天路滑不好走，你就戴上吧。"

郭强把玉坠往脖子上草草一挂，出了门。

省城离这儿有100多公里路程，郭强出了门在路边招招手，一辆银灰色出租车驶过来了，等上了车说目的地，郭强才发现司机原来是位的姐。这天暗路远，路况又差，郭强还真有些担心这个女司机的技术。

那的姐仿佛看出了郭强的犹豫，发了话："先生，我是下岗工人，谋了这份差使，除了苦瓜不爱吃，啥苦都能吃，我一定仔细着开。"郭强觉得这的姐挺逗，点头一笑，说："七点前到就行了！"

车子往省城驶去，郭强闲来无事，就把阿秀刚才给他的坠子拿下来想仔细看看。他刚把坠子拿在手中，就被的姐瞥见了，的姐似乎很感兴趣，问道："先生，这玉兔真好看，在哪买的？"

郭强说："是仿真的，很容易买到的。"

"省城有卖的吗？"

"应该有吧，"郭强看她老是转头看这个玉坠，怕影响了开车，于是换了个话题，"你开到省城以后，是空车回来还是在那里等生意？"

的姐爽朗地说："把您送去我马上就回头，今天是我老公的生日，他还等着我回家吃生日蛋糕呢。不过看了你这个坠子，我也想去买一个送给老公作生日礼物，只是不知道省城什么地方有卖的。"

郭强想了一下说："你到省城天都黑了，还要返回，哪有时间再去买东西，你要是真喜欢，就把这个拿去吧，我明天在省城再买一个一样的不就成了。"

的姐连摇着头推辞道："这怎么成，这玉兔坠一定是你心上人送的，或者，是你为心上人准备的，我怎么能要？"

郭强听到"心上人"这个词心里有点不舒服，点点头不再说话。

七点钟差一刻的时候，车子开到了省城的芝麻开门酒吧门前。郭强把300元钱折起来放了在驾驶座前面的置物台上，说声"不用找了"，就推门下了车。

两天后，雪还在不紧不慢地下着，郭强从省城赶回来，下了车，他手里握着一束鲜花，裹紧外套往家里匆匆走去。

郭强每次和晓岚幽会回来都要给阿秀带一束鲜花，看到阿秀高兴的样子，郭强总觉得好像能弥补些什么。

刚走到小区门口，一辆出租车突然出现在他身旁，只听到有人说："先生，终于等到你了。"郭强回头一看，认出说话的司机正是那天送自己去省城的的姐。

"先生，我等着您，是想把东西还给您。"

郭强看到的姐手上拿的玉兔坠，明白了。那天他看到的姐这么喜欢玉兔坠，却又不好意思接受自己的馈赠，想想反正不值什么钱，而且到处买得到，就把坠子夹在钞票里面放在

了出租车上。他没想到,的姐会一直在这里等着还给他。

"送给别人的东西,我从来不要回的,再说这东西又没什么稀罕,你看这里,"郭强用手从脖子上又拽出一个玉坠说,"我又买了一个,这东西到处都有的。"

"先生,看来您还不知道,不过我也是回去以后才发现的,您的这个玉兔坠里包着一只精致的小弥勒佛,这样的坠子可不多见,我哪能据为己有?"

郭强听了这话,愣住了,他打开

车门,侧身钻进了出租车。

郭强接过那个玉兔坠,可看来看去也没看到什么弥勒佛。的姐见他不解的样子,接着说:"那天我回到家,把玉兔坠拿出来给老公看,还把您送我礼物的过程也告诉了他,他可高兴了,把玉兔坠拿到灯下翻来覆去地看,结果看出了里面的弥勒佛。送你这件礼物的人心眼儿真是细巧啊。"的姐说着,从旁边拿了一只打火机打着了凑近玉兔坠,让郭强从一个固定的角度看。

郭强低头仔细一看,里面真的藏着一只小小的弥勒佛,正笑眯眯地看着自己。

这一看,郭强感觉真像是被人当头打了一棒,整个人都蒙掉了:原来一直觉得阿秀很相信自己,自己和晓岚幽会以后也总是有些不安和内疚,可没想到她竟是这么一个有心计的女人。

郭强暗想,的姐不懂行,以为那小弥勒佛是精致的手工品,可他却一眼就辨出来了,那是只精巧的窃听器。过去在商场情报战中他就见识和领教过这般模样的玩艺儿。真没想到,阿秀竟然用这样的手段来对付自己!

郭强谢过的姐,紧紧攥住那只玉坠,下了车。他往家走去,越想越压不住怒火,只觉得血往头顶冲,他简直控制不住自己的手,终于一使劲,

爱情使人心的憧憬升华到至善之境。——但 丁

"掌上灵通杯"《故事会》优秀作品月月评

《故事会》与上海掌上灵通咨询有限公司联合举办"掌上灵通杯"《故事会》优秀作品月月评活动，全年共设价值48万元的奖金和奖品。参加方式如下：

1. 请选出本期你最喜欢的一篇作品，将其篇尾的月月评短信代码（如1401，没有短信代码的作品不参加评选）发送到200056（中国移动）或900056（中国联通）。每次限选一篇，可多次投票。

篇名与短信代码

代码	篇名	代码	篇名	代码	篇名
1401	人算天算	1409	"意外"丢失	1417	幸亏是假的
1402	狭路相逢	1410	蛋清面膜	1418	动物保护
1403	发财靠绝招	1411	午夜小贞米	1419	新造型
1404	谁被暗算	1412	香水的味道	1420	误导
1405	玉兔坠	1413	爱情角色	1421	恋爱与股票
1406	校长从此不养羊	1414	三个布娃娃	1422	被美女拒绝
1407	夜惊老鹰山	1415	酒吧枪声	1423	三种敲门声
1408	太太有点烦	1416	狗祸		

2. 凡选中故事在得票数前三名的读者均可参加抽奖。每期共设：一等奖3名，奖金各500元；二等奖10名，奖金各300元；三等奖20名，奖金各100元；阅读奖500名，各获价值15元的纪念品一份。所有参与读者将另获赠精彩梦网信息服务。

3. 本期活动截止期为：2004年7月20日。得奖读者在评选结果揭晓后将得到短信通知。本活动接收短信：0.10元／条，咨询电话:021-53854588。

把坠子狠狠地丢在了路旁。郭强听到了玉坠破碎的声音，奇怪的是，他还隐约听到了音乐声。

正在这时，的姐拿着郭强忘在她车里的鲜花从后面赶了上来，看到眼前的情形，吃惊地说："先生，这么好的东西，你为什么要摔碎呢，这小弥勒佛是音乐魔具，强烈的碰撞或者摇晃会让它发出声音，好多司机都带着这东西保平安，不过像这样裹着玉的

倒不多见。"

郭强又愣住了，半信半疑地从地上捡起小弥勒佛，发现刚才隐约听到的音乐，正是从这里发出的。一时间郭强心乱如麻，他接过的姐手中的鲜花，急急向家里赶去。

（本篇月月评短信代码：1405）

（题图、插图：安玉民）

（欢迎来稿，本期责任编辑电子信箱：liangningning@vip.sohu.net）

校长从此不养羊

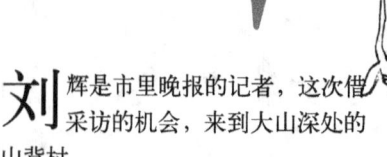

□ 楼 蓝

刘辉是市里晚报的记者，这次借采访的机会，来到大山深处的山背村。

采访结束后，刘辉一个人跑到村后的山上，想看看深山好景。刚走到半山坡，一个衣衫破旧的少年进入了他的视线。少年坐在草地上入神地看着一本书，旁边一群山羊在静静地吃着青草。

职业敏感让刘辉心中一动：这么大的孩子应该已经上学了，今天既不是周末又不是节假日，这孩子怎么会在这里放羊？莫非这山背村还有失学少年？他边想边走了过去，仔细一瞧，少年手里拿的果真是一本语文教科书。

刘辉摸着少年的头，关切地问："是不是家里穷，读不起书？"

少年抬起头，奇怪地说："我没有

读不起书啊，我正在村里读小学。"

刘辉松了一口气，不好意思地说："哦，原来是学校放假。"

可谁知少年又摇摇头说："没有放假，同学们都在上着课哩。"

这下刘辉纳闷了，疑惑地问："那你怎么不去上学，倒在这里放起羊来？"

少年轻描淡写地说："我们轮流帮王校长放羊，今天轮到我了。"

刘辉吃了一惊，原来这孩子身边的几十只山羊全是王校长的！居然有这么不负责任的校长，明目张胆地让孩子用上课时间来放羊，气愤的同时，刘辉也意识到这是一条不能错过

美都是从灵魂深处发出的。——别林斯基

的新闻线索。

刘辉立刻掉头往山下走，他要去村里的小学问个明白。

刘辉走进村小学的时候，正巧赶上课间休息。他看到一个老师模样的人正站在树下面喝水，就走过去试探着问："老师，我路过这里口渴得很，想找点水喝。"

那人特别热情，回到教室提了个暖瓶出来了，一边往外走还一边招呼旁边的一个学生："快进去把你的碗拿出来。"那学生"哦"了一声进了教室。刘辉这才顾得上打量一下学校，说是学校，其实就是几间破屋，好像也没有办公室，几间破屋里都放着课桌椅。正看着，进去拿碗的学生跑了出来，冲那个老师说道："王校长，给你碗。"

刘辉一听说这人就是王校长，庆幸自己刚才没暴露身份。他边喝水边和王校长聊了起来，先是说村后山上的风景好，然后假装漫不经心地说起了山上的羊群。谁知王校长一听他说到羊，立刻满脸喜色地说："你看那些羊长得不错吧，全是我家的，我每天派学生轮流上去放羊，一只只养得可肥了，过年一定能卖上个好价钱！"

刘辉真没想到，一个校长居然能讲出这样的话，那副沾沾自喜的样子更是让人难受。刘辉心里气愤，表面却不动声色，把这些话全记在了心里，又聊了两句，王校长说要上课了，

连喊带吆喝地把学生赶进了教室。

刘辉当天就回到了市里，连夜赶写了一篇报道，题目叫"校长的羊学生放"。第二天，编辑看了说不错，安排在周末版的"社会焦点"栏目发出。刘辉回到自己的办公室，看到桌上放着一个请柬，拆开来一看，原来是有个县教育局开表彰大会，请他去参加，时间就安排在第二天。刘辉知道请他去是为了能见报，可他最讨厌参加这样走形式的活动，正想把请柬扔到一边，突然又想起了什么。看着请柬上的县名，不正是山背村所在的县吗？而且有教育系统的大会，说不定能找到什么有价值的材料。刘辉凭感觉知道自己刚才交上去的报道肯定会引起反响，需要早点做后续报道的准备。这么一想，他决定去看看。

第二天下午，刘辉赶到了表彰大会的现场，他没过去和主办人员打招呼，而是偷偷地坐在后排，想等会随便找个人聊聊。

会议程序是老一套的领导讲话、代表发言，毫无新意。等到最后一个议程颁奖典礼的时候，刘辉打算先走了。可当他往主席台上看了一眼之后，立刻惊得嘴都合不拢了。主席台上一排手捧锦旗的先进教师中，居然有山背村小学的王校长，他拿着锦旗，正对着闪光灯咧着嘴笑。

刘辉恨不能立刻上去把王校长揪

下来，可还是忍住了。他走到主席台下面，把请柬交给工作人员，说："我想采访一下山背村的王校长，您看可以吗？"对方一听，特别高兴，一个被称作何主任的负责人立刻说："刘记者，您可真会选，这王校长可是典型中的典型。"刘辉点头说："能不能让我上台去采访他，也算是今天活动的一部分？"

何主任高兴地答应了，亲自把刘辉送上主席台，并示意王校长留在台上。

台下的观众，不知道接下来要做什么，都瞪着眼睛想看个明白。王校长更吃惊了，他显然还认得这个向他

要水喝的过路人。

刘辉对着话筒说道："王校长，你这锦旗里一定也有放羊学生的功劳吧！"

台下被这没头没脑的问题镇住了，变得鸦雀无声。

王校长听到这话一下愣住了，尴尬得脸都涨红了，他嗫嚅着说："我，我是不想让学生去，但……"

刘辉看到王校长语无伦次的样子，继续说道："无论你想还是不想，事实上是你的学生在上课时间轮流帮你放羊，耽误了读书，这是事实吗？"

王校长吞吞吐吐地说："我是想自己去放羊……"

刘辉听了这话更是气不打一处来："你是校长，怎么总是想着那几只羊呢？"

台下乱哄哄地议论起来，这时，刚刚到台下去的何主任，几个大步跑到了台上，从王校长手中夺过了话筒，连说："本来我们今天是想对王校长的事迹重点表彰的，可王校长不同意，现在既然刘记者说到了这个问题，干脆我就来说说吧。"

刘辉不知道何主任葫芦里卖的什么药，难道他想包庇？

何主任继续说："王校长是山背村小学的校长，也是小学里唯一的老师，因为那里位置偏僻，又比较穷，所以一直没有老师愿意到那里去教书，王校长一个人轮流给几个年级代课，

事业是一切，名号只是虚声。——歌　德

可他知道，就凭他一个人，无论如何也没法带好这些学生。"

刘辉不明白何主任为什么要说这些没关系的话，难道这样就可以让学生替自己放羊吗？

何主任用眼神示意刘辉听自己说下去："县里教育局的资金紧张，去年拨给山背村小学的钱都用来修校舍了，今年，王校长用自家的房子作抵押，向别人赊了几十只羊羔，指望养肥了好赚点钱。他想用这些钱聘请一个教师，教给孩子们更多的东西。孩子们听说能有新的老师来，都争着要去放羊，因为要是王校长去了，就没人给他们上课了。"

刘辉惊呆了，他没想到自己一篇没有经过深入调查的报道，背后竟藏着这样一个感人的故事。

刘辉不知道自己是怎么走出会场的，只记得自己向王校长道歉的时候，王校长还不好意思地笑着。他立刻给报社打电话，让编辑千万要把自己的那篇稿子抽下来，他要换上另一篇。

表彰会后，一名县小学的年轻女教师主动申请去山背村小学教书，而且不要额外的报酬。几天以后，一篇《校长从此不养羊》的感人报道，轰动了全市。

（本篇月月评短信代码：1406）

（题图、插图：安玉民）

漂来的狗儿（青春系列小说）

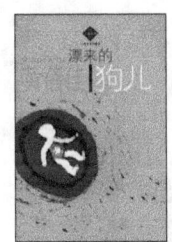

　　七十年代是一个奇特的年代，灰暗沉闷的生活禁锢了成年人的灵魂，却无法遏制孩子们自由奔放的性情。在"梧桐院"的小小天地里，一群中学教师的孩子和一个邻家女孩狗儿结成玩伴，玩得上天入地，花样百出，趣味无穷。聪明的小爱、博学的方明亮、高贵的小兔子、调皮的小山和小水、精灵般的小妹、心比天高命比纸薄的狗儿……这些可爱又可敬的孩子，是凡俗土地上开出来的摇曳的花朵，每一片花瓣都涂抹着温情和理想，闪耀出那个奇特年代的人性之光。因为他们"教师子女"的独特身份，每个人都在书香的氤氲中出生长大，相比于同时代的同龄孩子，他们的知识面更广，见识更多，胆子更大，脑子更灵，更能够创造乐趣，让童年的每一天都过得精彩纷呈。

　　这是一部讲述成长的小说，趣味盎然的小说，快乐而忧伤的小说。书中的背景和人物仿佛一段封存已久的电影，作者架起放映机，银幕亮起，胶带走片发出"沙沙"的响声，人物就动起来了，笑起来了，招手把你带进银幕中去了。你跟着他们一起捞小鱼，粘知了，去中学图书馆偷书，看连环画《红楼梦》，给伟大领袖写信，在漂亮的芭蕾舞演员面前自惭形秽，惶惑于身体的发育长大，被侮辱被伤害而后抗争，品尝少男少女的朦胧恋情……最后影像定格，灯光熄灭，银幕隐入黑暗，你会有一声轻轻的叹息，心里想：物质最贫困的童年其实是精神最自由的童年。

黄蓓佳著

夜惊老鹰山

□ 吴相阳

那年，黑宝和小芳成婚不久，就开着机动三轮拉山货赚钞票。原本是想让小芳早点过上好日子，可没想到一天晚上快到家时，却意外地把两个乡邻撞到了崖下。黑宝害怕惹出命案，吓破了胆，顾不得崖下人的死活，弃车逃走，一人躲进了几百里外的老鹰山，住茅棚，啃野果，帮着山里栽药的农民做点零工，他这一呆就是三个年头。

这天，快到年关了，山里飘起了漫天雪花，黑宝把药农废弃的一辆"王牌"农用车修好，准备下山采购一点年货，不然大雪封山后，非饿个半

死不可。

趁着夜色，黑宝把那辆破车开上了一条简易公路。他不敢使劲发动，几乎是借着冰雪的滑力，一路小心翼翼向山下开去。谁知在这人迹罕至的公路转弯处，突然蹿出一个黑影，黑宝躲避不及，急忙刹车，哪知路面太滑，破车不听使唤，"哧溜"一声，直直冲向了深沟，黑宝脑子"嗡"一声，心里哀叹一声"完了"，然后就什么都不知道了。

等黑宝醒来，下意识摸摸脑壳，还长在脖子上，只是两只腿被破车的车屁股垫着，动弹不得。黑宝向四周

看看，这像是深涧上方的一个平台，破车的保险杠被几根藤条缠住了，才没跌下深涧，这样也减轻了车身的重量，双腿才没折为两节，真是万幸啊。可是，这鬼见愁的深沟，雪花在飘，冷风在刮，别说挨到天亮，就是挨上三四个小时，不冻死才怪呢。

黑宝思量着自救的办法，借着雪光不经意间向上一瞥，蓦然发现一只嘴尖尾长的黑色动物在头顶上方一块岩石上朝下张望。这家伙像狗，但并不叫唤，分明是一只饿狼，黑宝在老鹰山虽没见过狼，但这里山高林密，药农常常提到有狼，保准是这只饿狼嗅到血腥味，趁机觅食来了，黑宝不禁打个寒战。果然，那家伙张望稍许，"腾"的一昂头挟着一股冷风向下一个俯冲。

黑宝心里又是一声哀叹，也许这就是天意，他在绝望中闭了眼。然而那家伙只是远远地落在两米开外，在黑宝周围兜起了圈子，黑宝更加惊恐，莫非这饿狼想戏弄他一番，吓酥他的骨头再扑过来？不能坐以待毙，黑宝摸索着想取出腰间的防身匕首，正在这时，那家伙却像变戏法似的"刷"地向上一跃，爬在那藤条架上，"嚓嚓"啃起来。

不一会儿，只听"啪啦"一声响，破车滚下了山涧，黑宝双腿却安然无恙，眼前的一切简直跟做梦一样，他试着慢慢爬起来，竟然活动自如。这

到底是怎么回事？这家伙为什么要这样做？黑宝抬起头发现那家伙正瞅着他，他来不及多想便攥紧了匕首，往山沟上爬，那黑家伙也不紧不慢地尾随着他。这样的场景忽然又让黑宝不寒而栗，山里的狼常常就这样胁迫其他体重较大的动物"走"到它们的巢穴，看来不摆脱掉这只狡猾的恶狼，自己真的成为狼崽们的"年夜饭"了。

好在这家伙像是饿得够呛，经过刚才一番折腾，现在爬山好像有些吃力起来。黑宝窃喜：自己在老鹰山东躲西藏了三年，练就了一双"飞毛腿"，何况还有匕首护身，黑狼休想把自己像赶四条腿的猪驴那样赶。

上了公路，黑宝把兜里的火腿取出来，放在路边，想趁饿狼吃食的时候多赶些路。没有了驮运车辆，黑宝一时不能再下山了，他要返回公路尽头的茅棚，尽快把火把点起来，把该死的黑狼吓跑。眼下，为防备黑狼偷袭过来，黑宝把匕首横握胸前，半退着脚步向后挪动，真叫瞻前难顾后。不知什么时候，那狡猾的家伙从路边"嗖"地蹿到黑宝的身后，"哧"地一口衔住了他持刀手臂的衣袖，竟拽着他向山下走。

猝不及防，黑宝差点一个趔趄，被这么个东西咬着，他浑身都哆嗦起来：难道这家伙的巢窝在山脚？黑宝屏住气息，定睛瞧了眼近在咫尺的黑

家伙，呀，哪里是什么饿狼，原来是一只极似狼形的狗。一个念头在黑宝心里闪过，吓得他全身筛起糠来：莫非这是公安局训练有素的既通人性又忠于职守的狼狗？黑宝一时不由自主向山下走了一段，心里寻思着，也许不远处就是恭候他的警察，他不想束手就擒，更不甘心栽在这只狼狗爪下。

翻过一个山梁，黑宝知道下面是陡峭的悬崖，他看时机到了，立刻以迅雷不及掩耳之势"嘶"地剥掉外衣，趁狼狗反应不及的空当，使出吃奶的

劲儿，对准狼狗的胸腔狠狠踹出一脚，想把它踢下悬崖。然而，狼狗像是有所准备，一个跳跃，侧身闪过，黑宝扑了个空，一个踉跄眼看就要跌下去。突然，意料不到的事情发生了，狼狗一个前扑，狠狠一口叼住了黑宝的裤角，黑宝身体受到缓冲，扑倒在伸出路沿的里程碑上，那狼狗用力过猛，竟生生叼破了黑宝裤管，身子"嗖"的一下，从黑宝刀尖划过，跌下悬崖，发出沉闷的一声响……

黑宝惊魂未定，爬在石碑上大口喘气，就在他缩回身时，突然发现石尖上挂着用绳子系起来的两个小布团，这一定是原本带在狼狗身上，被刀尖划破绳条后遗落下来的。黑宝心里纳闷，借着雪光，他打开一看，布团里是蜡丸，里面裹着两张皱巴巴的小纸条。黑宝打亮随身携带的打火机，凑着微弱的火光看起来，只见第一张纸条写道：

好心人：这是一只受过伤的哑巴狗，不会乱叫让您讨厌，它只是想找回它的男主人，如果您逮着它，看到这张纸条，请您不要伤害它，放它一条生路，并给它一点吃食，指指老鹰山的方向好吗？

它瘫痪在床的女主人

黑宝心里"怦怦"乱跳，他急不可待地展开另一张纸条：

许多人接受忠告，只有聪明人从中得益。——西拉士

□ 袁贤玉

太太有点

烦

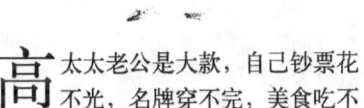

高太太老公是大款，自己钞票花不光，名牌穿不完，美食吃不尽。可是最近，高太太有点烦。

俗话说"菜花黄，柳叶青，鹅卵石也怀春"，正是春暖花开的季节，高太太的女儿高天鹅和她家的名犬贝贝都变得多情起来。

高天鹅是高太太的独生女儿，年轻漂亮，高太太还指望通过她攀一门

黑宝：不管你现在叫啥名字，你还是家中的黑宝。要是你能看到这张纸条，这就是天意！这只狗是黑豹，三年了，你恐怕认不出它了。这三年，我只做了一件事情，就是带着黑豹去找你，你会去的十几个地方，现在只剩下老鹰山没找了。我前段日子从坡上摔下来，腿摔坏了，心里却想赌一赌，让黑豹完成最后一站。它虽说是

哑巴，可长健壮了，灵得很，还记着你呢。回家吧，三年时间，就是一个囚犯，也该服完刑轻轻松松回家了。

小芳

看到这里，黑宝泪流满面，他站起来，往山下走去。

（本篇月月评短信代码：1407）

（题图、插图：安玉民）

好亲呢。而母狗贝贝，浑身没有一根杂毛，据说值好几万，就是不懂行的人也能看出它价格不菲。高太太常带着女儿天鹅和贝贝上街，回头率剧增，优越感空前绝后，两者自然都成了高太太的掌上明珠，她最近正是为了给天鹅和贝贝都找个好归宿而烦心。

这天傍晚，高太太照例带着天鹅和贝贝出去散步。刚出小别墅前的铁栅栏院门，不提防贝贝突然蹿进隔壁的院子，摇头摆尾地朝院角里拴着的一条灰狗亲亲热热地凑过去。高太太这才注意到这个新来不久的邻居养了一只狗，狼狗不像狼狗，土狗不像土狗，灰不拉叽的。高太太嘴角撇到眉梢上，心说："这样的下贱胚子居然也有人养！"更令她奇怪的是，院子一旁还有个一头黄头发、拖着个"狗尾巴"的小白脸，正聚精会神画那条破狗呢！

正诧异，高太太忽然"啊——"地一声，大惊失色，只见那灰狗正在贝贝边上蹭来蹭去，进行性骚扰。更让高太太恼火的是，贝贝极不争气，还俯首帖耳，神情陶醉。高太太气得鼻子没风，一个箭步冲上去，又挥手又跺脚，连声喝道："呔、呔！滚一边去……"

高太太弄得腰酸背痛，好不容易才把贝贝带出院子，可扭头却看见天鹅正盯着小白脸发呆，火"腾"地又

窜上脑门，一把拽过天鹅，藏在自己身后，指桑骂槐冲小白脸嚷起来："喂，你那畜生怎么一点教养也没有？也不掂量掂量自己是什么货色！癞蛤蟆想吃天鹅肉？"

小白脸停下画笔，转转眼球，笑嘻嘻地劝道："太太，狗毕竟是狗嘛！再说你那宝贝主动跑过来投怀送抱，怎么能怪我呢？您请多包涵啦，别跟它一般见识哦。"

听了"投怀送抱"几个字，高太太的脸一下子成了熟透的西红柿，手脚一个劲哆嗦。

高太太吃了败仗，"砰"的一声摔上院门。可这边贝贝不乐意了，"汪汪汪"连声抗议，围着院子转了半天也没找着突围口，只好无奈地一屁股坐在地上，与铁栅栏那边的灰公狗眉目传情起来。

高太太果断地命令道："天鹅，把贝贝关起来！"

高太太进屋后，靠在自家沙发上，越想越觉得可怕，若是哪天不留神，贝贝一时冲动和灰狗做出什么出格的事，可怎么是好？两家门连门，铁栅栏也才1米多高，狗急跳墙，防不胜防啊！再说贝贝这小丫头天性活泼，要是整天关在家里，弄不好会得抑郁症的。

这一夜，高太太都没睡踏实，天亮时，终于敲定了一个万全之策。她一骨碌滚下床，量量贝贝的丰腰美

臀，操剪挥针忙乎起来，很快，一条挺合身的花短裤紧紧地套在贝贝的屁股上。

天鹅起床后，看见身着时装的贝贝在院子里迈着一字步，笑得蹲在地上直叫"妈"。高太太板起脸，说："天鹅，你上班不上班工资一分不少，这阵子就在家里看紧点，别让人使坏！"

中午，高太太下班回来，看见小白脸家门前停着辆宝马轿车，几个西装革履的年轻人正围坐在小白脸院子里的石桌旁，晒着太阳说话。高太太进了院子，靠在门边侧耳听了一会，弄清了大概。原来那几个人是广东一家名犬繁殖公司的，要购买小白脸的狗回去做种狗。只听小白脸说"诸位都是行家，这价格嘛，贵公司出的50万是不低，但是这狗随便与哪条狗一配种，下的狗崽都要值好几万，你们不会不清楚吧？要不是我最近要出国不放心，我是不会考虑卖的……"有个大背头中年人最后拍板说："好吧，毕先生，咱不说外行话，你这狗的确是世界名犬，再加10万吧，这是总裁定的底价，我们几个跑腿的无权再加，请您考虑考虑，尽快答复我们。""好。请转告总裁，毕某不是计较价格，你们也知道，我是画这狗画出名堂的，一时感情上难以割舍……"一会儿，小白脸起身懒洋洋地送走了客人。

想不到小白脸这条狗竟是世界名犬！这小白脸不到三十岁就住小别墅，看来不简单！

高太太灵机一动，赶紧进屋吩咐天鹅说："下午，你去房产公司打听一下这姓毕的底细。"

傍晚，天鹅眉飞色舞地回来了，一进门就嚷开了："哇！老妈，他叫毕天翔，是外地一个著名画家，特擅长画狗，隔三差五就出国，他的画在国外卖疯啦，没有谁能搞清他有多少钱。

他在好多城市都有房子，专供他到各地写生住的！"天鹅兴奋得脸发光，最后还补充了一句："另外……他还是单身哦！"

高太太听罢，肠子都悔青了。要不是自己粗暴干涉，说不定贝贝这会儿已经成为不久以后的名犬之母了，还有那个毕画家，人家地位和票子一样都不少，人也长得帅，自己怎么当时就没看出来呢？

好在高太太脑瓜转得比火箭还快，第二天一早，高太太大开房门，脱下贝贝的短裤，高兴地看着贝贝欢天喜地一溜烟蹿进毕画家的院子，来到那世界名犬的身边，可眼前的情景却让她突然间腮帮皮肉跳了几下，傻了眼：只见那世界名犬的屁股上也穿着条花裤叉！画家正在院中悠闲地写生，任凭那名犬跳上跳下狂叫着白忙乎，也耳聋眼瞎似的不理睬！

偷袭不成，看来只有软攻。硬扒那狗的裤叉绝对行不通，说不定反被它咬一口。高太太心里的算盘打得啪啪响，有了！

高太太扭到毕画家的身后，歪着脖子装模作样地左瞧瞧，右看看，突然惊叹道："哎哟哟，大画家，你画的这宝贝，要是往地上这么一放，说不定蹦蹦跳跳真的就跑到美国去了呢！我家天鹅自小爱画画，一直没找着好老师，真是请先生不如遇先生，您教她行吗？"高太太心说，天鹅进出一多，跟那世界名犬混熟了，瞅机会才好下手。

"我是从来不收学生的，看在邻居分上，就破例。不过——"毕画家停下画笔，收起笑容，一针见血地说，"说句无关话，我这狗最近要卖给别人，目前还未婚，我跟对方有约在先，对方买回去是要对狗进行婚检的，现在的科技发达得很，要是让对方查出纰漏，吃官司事小，伤感情事大。我的意思太太听懂了吗？"

"懂，懂！"高太太面不改色心不跳，"谢谢画家了，今天就让天鹅过来跟您学画，您可要手把手教她哦！"

计划进展得比预想还要顺利。天鹅每天去学画，都捎去一大袋肉骨头喂那名犬，渐渐地，那名犬见到天鹅就高兴得摇头摆尾。画家手把手地教天鹅怎么握笔，怎么构图，怎么调色，摩摩擦擦的似乎也闪出了一些感情火花。

有一次，画家给天鹅画肖像，情不自禁地赞道："天鹅，你长得真美，是天生的模特身材，是我画过的模特中最棒的！"但是，画家对那名犬的防范却一直没松懈，边画画边时不时扭头看看窗外，见那花裤叉仍在名犬的屁股上，才回头继续画画，同时叹息一声："天鹅，你很聪明，画画进步很快，遗憾的是我这几天等那边来人把狗牵走，就要出国呆段时间，又不

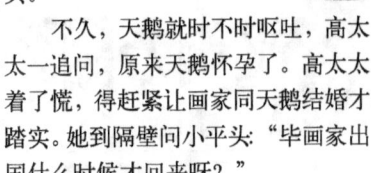

能带你去，我担心你画画受影响……"天鹅听得浑身软软的，眼睛也红了。

这天晚上，天鹅及时把情况向高太太作了汇报，高太太见时机已经成熟，便果断命令天鹅抓紧时间动手。这阵子贝贝闹得越来越不像话，烦躁不安，差不多快成疯狗了！

第二天下午，画家和天鹅约好了，要为天鹅画幅油画。天鹅带着贝贝走进画家的院子，见画家正在画室里专心准备，便把一包肉骨头放下，趁名犬津津有味啃骨头的时候，慌里慌张地褪下名犬的裤叉，头也不回地冲进画室，反手关上门。

画家的百叶窗正对着院子，透过百叶窗的缝隙，天鹅看见名犬早已和贝贝"打"成一团。画家开始很专业地帮助天鹅摆造型，可天鹅看着院子里的情景，越来越心不在焉，可没过多久，画家似乎猛然又想起那狗，停止工作转身又要去窗户边上看那世界名犬。天鹅急中生智，一把抱住画家，软绵绵地倒在画家怀中……

大功告成，几天之后，贝贝安静了。高太太乐得屁颠屁颠。

一个月后，那辆宝马接走了画家的名犬。

又一个月，一个40多岁的小平头男人进入画家的别墅，像是来看门的，画家提着一个大包同天鹅告辞，深情地说："天鹅，什么时候需要我回

来，我都会回来。"天鹅点点头。

不久，天鹅就时不时呕吐，高太太一追问，原来天鹅怀孕了。高太太着了慌，得赶紧让画家同天鹅结婚才踏实。她到隔壁问小平头："毕画家出国什么时候才回来呀？"

小平头瞪大眼睛，问："哪个毕画家？"

"毕天翔呀！"

小平头一听，笑着说："我就是呀。"

高太太舌头立马伸不直了："那……那前阵子住这儿的那人是谁？"

小平头明白了，说："噢，你是说跟我学画的那个毕占利呀，我前阵子出国，他来替我看房子，现在又当起的流浪画家去了，你找他有事？"

"没……没事，"高太太脸紫得像茄子，"他是不是有条……世界名犬？"

小平头"扑哧"一笑，"这小子没个正形，又唬人了！他那条狗是杂交狗，在山里捡回来写生用的。听他说前不久给卖了，卖的钱好作路费。我倒是有条名犬，前两天被接到深圳展览去了！"

高太太头一下子胀得笆斗大，脑袋里就剩下"投怀送抱"四个字。

（本篇月月评短信代码：1408）

（题图、插图：箭 中）

"意外"丢失

□ 任瑞羽

周末，王风光搭上中巴车去郊外写生。

车厢里人不多，车子开了没多久，大多数乘客都或靠或伏的在位子上打起盹来，王风光一点睡意都没有，就开始观察车厢里的乘客。

一个胖子首先吸引了他的眼光，胖子的座位靠前一点，和王风光隔了一个过道。胖子显然是上车前猛喝了几盅，脸红红的，昏昏欲睡。再看他全身的穿着，尽是些高档名牌货，不用说，这人肯定是个老板。随着车子的晃动，胖子很快睡着了，一只手机从他裤袋里慢慢地滑落出半个机身。

王风光想看清楚手机的款式，却突然发现后排有个瘦子也正盯着这个手机看。王风光越看这瘦子越觉得不对劲，一双小眼睛瞄瞄这，看看那，像多日没偷腥的饿猫一样四处寻视着，

嘴角上还挂着一种狡黠的笑。瘦子显然是发现王风光在注意他了，眼神马上变得慌乱起来。

王风光看这情形，心里明白了七八分，不过，他可不想多管闲事，还是自己多加小心为好。

他把画板立在了前面，假装靠在上边打瞌睡，其实，他趴在那里，半眯缝着眼，想看瘦子的下一步举动。瘦子先是坐立不安，过了一会儿竟朝胖子那边移动。王风光用手摁了摁自己口袋里的钱包，慢慢地合上了眼。

本来没准备睡，哪知道装着装着竟然真的睡着了。也不知过了多久，王风光被一阵吵嚷声闹醒的时候，看

到胖老板在车门口又叫又跳，说睡过了头，坐过地方了，叫司机赶紧停车。司机立刻停了下来，胖子跳下车，一转眼，就消失在路的尽头。

王风光睡意蒙胧地回过头，发现瘦子还在车上，而且正用那种似笑非笑的眼神诧异地望着自己，不由心里一惊。这偷儿胆也忒大了吧，那胖子光急着下车，可能还不知道自己手机不见了呢。王风光去摸自己的钱包，这一摸不要紧，口袋里空荡荡的，真的什么都没有。

王风光血直往头上涌，猛地站起来转身对着瘦子厉声问道："你应该知道这是怎么一回事吧？"

那瘦子显得有些紧张，但仍是似笑非笑地说道："你是说，你是说，你的钱包吧？"

一看他结结巴巴说话的样子，王风光知道这小子挂不住了，又厉声嚷道："快把我的钱包交出来，否则就拉你上局子里走一趟。"

车上的乘客们被这么一喊，都看起了热闹。

那瘦子急了，说话更结巴了："我不是小偷，我在这里动都没动，你怎么说我是小偷呢？"王风光哪里肯信，说道："一上车我就注意你，你不光到处乱看，而且老是一副似笑非笑的古怪样子。再说你没偷钱包怎么知道我要问你钱包的事情？"

瘦子听王风光这么一说，表情更

古怪了，眼睛眨巴儿下，很不情愿地说道："你说我似笑非笑，那是因为我得了面部神经错乱症，这该死的病不光表情不能控制，就连眼睛看上去也像是不对劲。今天我就是去郊区的中医学院针灸治疗的，真没拿你的钱包，不信你可以翻。"

王风光听了这话愣在那里，本以为这个脸带狡黠、似笑非笑的人是个小偷，结果却是脸部有疾患的病人，只好退一步问："那你有没有看见谁到过我身边？"

那瘦子说"我带着钱看病，害怕车上有小偷，就不敢睡，然后东看西看地观察四周，发现你老盯着刚才下车的那个胖子的口袋看个不停，后来还装睡着了偷看，我就以为你是个小偷，所以一直提防着你，后来听见你睡熟的声音，我才放下心在位子上靠了一会儿。后来我就看见那胖子站了起来，朝着车厢里望了望，然后在你身边站了一会，好像是往窗外看到什么地方了。就一会儿工夫，他就突然叫着坐过站了，叫司机停车跑了下去。"

王风光明白了，他和瘦子互相以为对方是贼，都以为对方要去偷胖子，可谁知这死胖子才是个故弄玄虚的贼！

（本篇月月评短信代码：1409）

（题图：安玉民）

蛋清面膜

□ 刘岳云

小美特爱美容，有什么好吃的东西嘴巴上不吃，尽往脸上抹，最早是黄瓜，后来是牛奶，这段时间又迷上了用鸡蛋清做蛋清面膜。正好她爸是菜市场摆摊卖鸡蛋的，她每天都要拿两个蛋去戳个小洞取出蛋清做面膜。

她那抠门的老爸挺心痛的，觉得这是浪费，不许她拿。小美倒也不急，耐心地做她爸的工作："爸！您这叫因小失大，漂亮对于女孩子来说，就是命运，就是财富，就是幸福。投资几个鸡蛋算什么呢？女儿漂亮了，将来给您找个又有钱又孝顺的女婿，您就再也不用起早贪黑、短斤少两地卖这堆破蛋了！"小美这番话，她爸爱听，而且越想越觉得有理。

小美还真没瞎说，没过多久，她就和工商所的王政好上了，两人说好了周末到王政家吃午饭，见见未来的公婆。

星期天一大早，王政就来接小美，小美还在做面膜呢。看到小美一脸黏糊糊的样子，王政吓了一跳。小美笑着说："怎么，难看啊？等会儿洗干净就好了。你可千万别逗我笑。一笑就有皱纹，效果打折。"

王政好奇地问："你把蛋清掏空了，剩下的蛋黄怎么办？"

"吃掉呗，我把剩下的鸡蛋放在冰箱里，留给我爸炒菜用，"小美向王政抛了个媚眼，说道，"等会到你家我是不是要表现一下啊，不过我拿手的菜只有煎荷包蛋。"

到了王政家，王政的爸妈一看儿子带了个这么漂亮的女朋友来，高兴得又倒茶又拿水果，王政妈妈拉着小美的手，直夸她皮肤好。小美倒挺大方，说是要和王政一起下厨房做饭，王政妈妈坚决不肯，最后小美说就做一个最拿手的煎荷包蛋，王政妈妈高兴地答应了。

菜是王政妈妈一大早就买好的，鸡蛋看上去特别新鲜，上面还粘着几根稻草呢。

小美一边和王政聊天，一边把油倒进锅里，等油热得滋滋响的时候，她还特意拿起锅转了几下，想让油沾到锅壁上，这样鸡蛋下去就不会粘锅了。小美拿了一个鸡蛋，在锅边一敲，倒进了油锅，就在那一瞬间，她发现鸡蛋里流出来的不是蛋清，而是清水，可已经来不及了，清水下到油锅里，整锅滚开的热油都炸开了花。小美大叫一声，用手捂住了脸，王政看到这情景，赶紧举起旁边的锅盖，盖了上去，就这么一下，他已经觉得手上几下刺痛。

王政把小美拉到水龙头下用冷水冲，几个人手忙脚乱了好一阵子。好在没伤到眼睛，可脸上烫出了几个大泡，王政妈妈急得说不出话来，心想着小美在这里做饭受了伤，可怎么向她父母交代呀。她一边怪自己，一边找出烫伤药膏，涂在小美脸上，涂了药膏的脸黏黏的亮亮的一片，有点像做蛋清面膜的样子。

王政跑到厨房，拿起刚才那只鸡蛋的壳，仔细一看，果然发现了问题。他拨开鸡蛋上粘的草，看到一小块补上去的鸡蛋壳，用胶水粘上不说，上面还涂了一点鸡屎，揭开小蛋壳，分明能看到一个小洞，原来这水就是从这注进去的。

王政着急地问他妈："这注了水的鸡蛋你到底在哪里买的？得去找他们。"王政妈妈后悔地说："就在菜场的鸡蛋摊买的啊，哦，对了，本来买这些蛋是想煮茶叶蛋的，卖鸡蛋的说他的鸡蛋煮茶叶蛋特别香，这，这可怎么好。"

王政拉起他妈就往菜场去，王政妈妈又气又急，一路小跑地把王政带到一个鸡蛋摊前，王政正要开口，一下子愣住了，鸡蛋摊后面坐着的竟是小美的爸爸。他一下子想起看到小美做面膜的时候说的话，原来她爸爸把这些鸡蛋"加工"一下又拿来卖，害了自己女儿。王政妈妈看王政不说话，急得嚷开了："你这个黑心的……"王政拼命地拉住他妈，然后结结巴巴地叫了声："伯……伯父。"

打这以后，小美再也不用蛋清美容了。

（本篇月月评短信代码：1410）

（题图：彭 坤）

午夜小贞来

□朱章华

夜深人静，陈露露睡得正香，突然手机铃声大作，把她的美梦给搅了。她睡意蒙胧地取过手机一看，是个陌生的号码发来的短信：你睡了吗？

"无聊！"陈露露气愤地骂了一句，把手机一关，又钻进了被窝。可等她刚要入睡，手机又响起来了，而且音乐不是她原来设定的铃声，而是一种凄凄惨惨的声音！

陈露露猛地打了个激灵，睡意全无：手机明明是关的，怎么会突然响起来，而且这铃声……她惊恐不安地环顾一下四周，见没有什么异常，才敢拿起手机。还是刚才那个号码发来的短信：我知道你醒了，为什么不理我？

陈露露不敢再关机了，颤抖着双手，赔着小心回道：请问您是谁？这么晚了找我有什么事？

短信一发出，立刻就有了回复：你好，我叫小贞，两年前死于非命，身首异处。我一直在寻找我的头，今天终于发现就在你家的客厅里。请你把它还给我。

天哪！陈露露的心一下子提到了嗓子眼，她大气不敢出，身子缩成一团，眼睛惶恐地盯着门窗，生怕突然飘进来一个无头女鬼。这时候手机又响了，可这次不是短信，而是直接传来冰冷的声音："你不用害怕，我进不了你家，你家里杀气太重。正因为

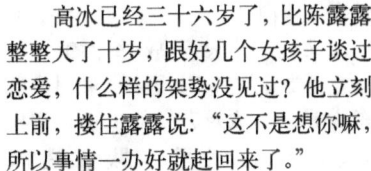

如此，我才请你帮忙，只要你把我的头扔出来就行了。"

陈露露听到这声音，已经吓得魂飞魄散，如泥塑木雕般，哪还能挪动分毫！过了一会，门外传来了一声幽怨的长叹，房间里无来由地刮起一股阴风，将窗帘卷起，一个无头白影从窗前飘然而过，消失在夜色中。

陈露露惊得瞠目结舌，眼前一黑，随即昏了过去……

当正午的阳光投射到床上时，陈露露才迷迷糊糊地醒来，回想起昨晚的事情，依然心惊肉跳。她穿好衣服，正准备下床，房门锁竟轻轻地转动起来，发出轻微的声响。陈露露的神经一下子又绷紧了，除了自己，就只有同住的男朋友高冰有钥匙，可高冰到外地去看展览，要明天才能回来。正想着，门口又响起了动静，她连忙拉过被子将自己盖得严严实实，蜷在里面瑟瑟发抖。

这时候，她听到门被打开了，有人朝床前走过来，接着是一只手插进了被窝，缓缓地向她摸索过来，就在陈露露的肌肤感到冰凉的一瞬间，她一声尖叫，从床上弹跳起来，连连后退，颤抖着说："别、别、别……"

"露露，你这是怎么了？我以为你睡着了，想和你闹一下。"

连受惊吓的陈露露见是高冰，心里顿时升起一股无名怒火，操起枕头就砸过去，骂道："你进来不会敲门呀！你想吓死我呀！说好了明天才回来，怎么突然提前了？"

高冰已经三十六岁了，比陈露露整整大了十岁，跟好几个女孩子谈过恋爱，什么样的架势没见过？他立刻上前，搂住露露说："这不是想你嘛，所以事情一办好就赶回来了。"

听了这受用的话，陈露露渐渐消了气，偎依在高冰怀里，顿时有了一种安全感，便把昨晚的恐怖事件一五一十地告诉高冰，还拿来手机给他看。可奇怪的是，手机上根本没有什么短信，也没有通话记录。高冰一开始也一脸紧张的样子，可看到手机上什么都没有，就拍拍她的头，宽慰道："大概是做噩梦吧？这世上哪有什么鬼魂！"可陈露露却清晰地记得那绝不是梦，非要高冰陪她去客厅看个清楚。

高冰是雕塑家，客厅就是他的工作室，到处摆着作品。陈露露紧紧地拽着高冰的手臂走了进去，胆战心惊地四处查看，可并没有发现什么异样。高冰笑了，说："看你，紧张兮兮的！这不都挺好吗？"

陈露露舒了口气，但就是无法轻松，昨晚的事还像石头一样压在她心口。

以后的几夜，陈露露总要高冰搂紧她，才敢入睡。可每到午夜时分，她总会莫名其妙地醒过来，也总会听到门外不时传来幽怨的长叹，骇得她再也无法入眠。但只要她推醒高冰，门外的声音就会立即消失。

又过了几天，高冰突然忙了起来，说要参加第二届国际人物肖像雕塑大赛。高冰对艺术的追求可谓执著，整天呆在客厅里，构思人物造型，搭人体骨架，塑样坯，灌石膏。整整忙了半个月，一件艺术品才基本成型。可高冰自己怎么看都觉得这尊人物雕像缺少美感和神韵，心里烦透了。要知道，他可是上届比赛的金奖获得者，如果这次拿不到奖，岂不被

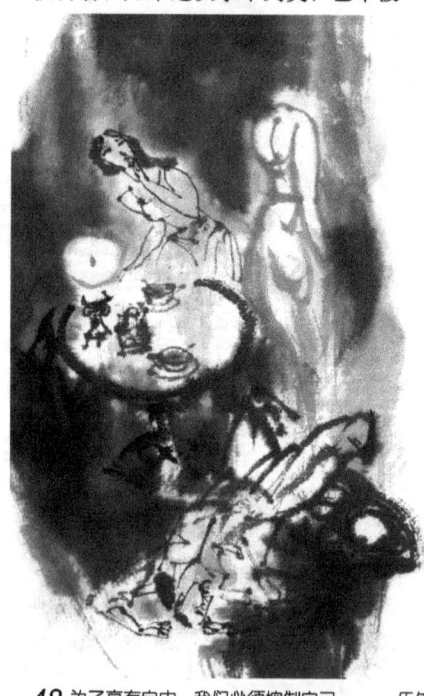

人家笑话江郎才尽？

陈露露见他整天愁眉不展，就劝他不要着急，出去走走或许能获得灵感。可比赛的时间日益逼近，高冰怎么能不急，他不高兴地瞪了一眼陈露露，目光却停留在了她那俊俏的脸蛋上。陈露露被他看得有些难为情，嗔道："你干吗老盯着我？"高冰回过神来，笑着搂住她的纤腰，说："你让我产生了灵感！"然后他就喜滋滋地冲了两杯咖啡放到阳台的玻璃桌上，打开轻柔的音乐，说要与陈露露一起欣赏城市的夜景，庆祝自己找到了感觉。

两人在玻璃桌旁坐下，陈露露在这温馨的氛围中欣赏着城市的夜景，脸上露出了这些天难得的微笑。她深情地看了一眼高冰，端起飘着浓香的杯子。就在她的嘴唇靠近杯子的时候，突然停电了，整个世界陷入了黑暗之中。

"怎么搞的！"高冰很不高兴地嘟囔着。

陈露露不想让停电破坏了眼前的气氛，便柔声说道："是有点奇怪，不过正好给了我们一个秉烛夜聊的机会。走，我们一起去拿蜡烛吧。"

"对对对，我怎么没想到呢！"高冰笑着牵起了陈露露的手。

蜡烛点起来了，烛光摇曳，浪漫又温情，高冰与陈露露含情脉脉地相视而笑，同时举起了杯子。

"鬼市"上的宝 (结尾部分)

（7月号上半月刊说到：陈老竟把那只被刘老当作珍宝的瓷瓶砸了，并从砸碎的瓷片中捡起了一块，上面留着当年他做这个仿品时的暗记，大伙这才知道这瓶子是假的。这时刘老尴尬了，他说过，如果这瓶子是假的，他就把自己的眼珠子抠出来……）

刘老正在发愣，陈老说话了："开个玩笑，老刘别当真。"大伙也附和着。刘老听了心里不受用，他咬了咬牙说："不能算了，我绝不食言！"说着，刘老用手一下把右眼抠了出来，大家一片哗然，再仔细一看，是个假眼……

所以，正确答案是：C.刘老用巧妙的办法摆脱了窘境（短信代码GC）

猜情节，赢奖品

开动脑筋，猜想正确的情节！我们将在每月上半月的刊物上刊登供竞猜的故事和选择项，下半月的刊物上刊登这个故事的结尾，并从竞猜正确的读者中抽取优胜奖20名，赠送价值100元的纪念品；从参加竞猜的全部读者中抽取参与奖500名，赠送价值10元的纪念品。所有参与读者将另获赠精彩梦网信息服务。

参加全年情节ABC活动，并猜对全部情节的3名读者更将获得特等奖彩信手机一部！

得奖读者在评选结果揭晓后将得到短信通知。本活动每条短信收取0.10元。

咖啡入口，浓香不散，陈露露正细细品味着，却听高冰惨叫一声，仆倒在地。陈露露慌忙丢下杯子，想要去扶高冰，一道白影突然从阳台外飘了进来，横在了她和高冰之间。

陈露露抬头一看，就是那天从窗前飘过的无头白影，陈露露这时候也顾不得害怕了，颤声问："你……你……为什么……老缠着我？"

白影冷冷的声音又响了起来："我只是来拿我的头，顺便救了你。"露露发现声音竟是从她的肚子里发出来的。

"你说你救了我？"

"对。你知道我是谁吗？我是高冰的前任女友小贞。他用花言巧语骗了我，又残忍地将我杀了，割下我的头，批上石膏去参加国际大赛。这个杀人恶魔摇身一变成了雕塑大师。如今他又故伎重施，在给你的那杯咖啡里下了毒，想让你喝下去。刚才的电是我断的，趁你们去拿蜡烛的时候，我把两杯咖啡调换了。"无头女鬼说着，越过高冰的尸身，走进客厅，取走了头像。

电突然又来了，陈露露脆弱的心灵随着突然来临的亮光一颤，昏倒在地上。

（本篇月月评短信代码：1411）

（题图、插图：黄全昌）

香水的味道

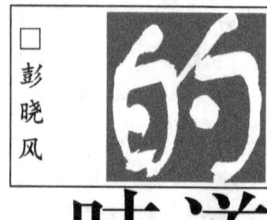

□ 彭晓风

李萌的鼻子从小就有炎症，一直不怎么通气，二十多年都没治好，五月的一天上午，她突然打了一个喷嚏，之后嗅觉就恢复了，而且灵敏异常。

开始李萌也没当回事，以为又是暂时通气，可当她坐上公交车后就愣住了，她居然分辨出了身边一个女人身上香水的味道！李萌虽然也用香水，但以前根本细分不出都有哪些香味，现在她嗅出了香水里桂花、茉莉和百合的味道。

李萌特别高兴，回到家后做了一桌子好吃的等丈夫王强下班，好把这个好消息告诉他。

李萌刚把桌子收拾好，王强就回来了，一进门习惯性地抱了她一下。李萌正想告诉他自己嗅觉恢复了，鼻子却在他衣领边嗅到了栀子、丁香和樱花混合的香味，不由心中一惊：我和他用的是绿茶情侣套装香水，没有这香味啊？这么想着，不由自主又抽了几下鼻子。

王强听李萌抽了几下鼻子，以为她又不舒服了，体贴地说："你有鼻炎，闻不得油烟，以后还是我回来做饭吧。"

李萌没吭声，心想用这种味道香水的一定是女人，既然沾在他衣领上，就说明他们关系很亲密，难道他有外遇了？

李萌心神不定地吃着饭，可王强似乎没看出她有心事，边吃边说："总公司把我们经理换了，新经理很器重我，今天还单独和我谈了话，这段时间很忙，恐怕以后会回来晚一些。"

"你忙吧，我又不是照顾不了自己。"李萌嘴上这么说着，心里却想：不会是找借口约会吧？

李萌见王强泰然自若的样子，突然觉得心里堵得慌，问道："哎，你们公司的人都用什么香水？"

王强有些摸不着头脑，看了她一眼说："你问这干什么，谁让你帮着推销香水了？"

李萌笑了一下说："随便问问，我鼻子几乎什么味都嗅不出，谁会让我推销香水？"

李萌知道这么问下去不会有什么结果，她决定仔细观察王强的举动。她在一本书里看过，说男人有外遇时特别注意自己的仪表，而且常常有一些反常的举动。

几天过后，李萌没看出什么反常，却发现了一个规律，王强身上那股香味浓的时候一般都回来很晚，理由都是在加班。

李萌和王强结婚前谈了三年恋爱，两人感情很好，她真不相信他会有外遇，但他身上怎么会有女人的香水味呢？李萌决定将这谜底揭开，免得疑神疑鬼的很痛苦。

李萌认识王强公司里的三个女孩，同在一个公司里，会不会是她们用的香水通过电话机什么的沾在他身上了？

找了个借口，李萌星期天约三个女孩出去逛街吃饭，假装无意地和她们打闹，嗅她们身上的香水味，竟然没有一个和王强身上沾的香水味相同。

既然不是她们，那王强身上的香水毫无疑问就是从公司以外的女人身上沾来的，这个事实让李萌呆住了。

李萌不想跟踪王强，觉得那样有些卑鄙，她在等王强自己和她摊牌。然而十天过去了，王强没有一点挑明的迹象，对她还是像以前一样好。这

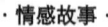

种折磨她实在忍受不了了，就报名参加了市电视台周末的一个娱乐节目，想借此告诉王强，她的鼻子现在什么味道都分辨得出。

这是一档分辨香水味道的节目，每周一期，由化妆品赞助商提供丰厚的奖品，收视率很高。李萌参加这个节目不是为了得奖品，只是想试探王强有什么反应。

王强得知李萌报了名，果然很意外，劝道："别看这节目很简单，其实很难，一般人闻香水连三种味道都分辨不出来，何况你鼻子还不通气。"

李萌说："这段时间我觉得鼻子好像通气了，禁锢了二十多年，也许能分辨出很多的味道，不信你就等着瞧。"

参加这个节目的选手事先都发一些香水先练习，李萌只闻了一遍就牢牢记住了每种香水的名字，比赛那天她过五关斩六将，以准确分辨出所有香水的成绩挑战上期擂主。李萌的表现让王强吃惊得张大了嘴，怎么也想不明白这平时连气都不通的鼻子，怎么突然间变得这么灵敏。

挑战擂主采用的是另一种方式，把十来种不同的香水混合在一起，分辨出香味数量多的一方获胜。上期擂主在纸上写下了六种香味后再也写不出了，只见李萌在香水瓶边用手扇一下，鼻子嗅一下，微微一沉思，就在纸上写一种香味的名字，尽管瓶中香

水的比例不同，但她还是把所有香水的香味都分辨得一清二楚，让所有的评委和观众都目瞪口呆。

一切都像李萌想的一样，她成了新的擂主，同时获得了丰厚的奖品。

回到家后，王强像发现新大陆似的感叹说："真是大千世界无奇不有，你这不是鼻子，简直是精密仪器！"

李萌开玩笑地说："以后你可要小心一点，我只要闻闻你的衣服就知道你有没有外遇。"

听了她的话，王强表情怪异地说："我会有外遇？怎么可能呢？我对你怎么样难道你还不清楚？"

李萌装作试探的样子在他身上嗅了嗅，说："我当然知道你对我好啦，可现在外面的诱惑太多了，比我好的女孩也多的是，哎，你身上怎么会有栀子、丁香和荷花的香味？我们用的香水里没有这些味啊。"

王强看了李萌一眼，见她不像是开玩笑，有些恼了："我怎么闻不出来？你真的怀疑我？有什么话就直说，别疑神疑鬼的！"

见王强生气了，李萌委屈得眼泪在眼眶里直打转："你身上是有那些香味，我怎么疑神疑鬼了，这么说鼻子还是不通气的好！"

王强也意识到自己的话重了，安慰她说："好啦，是我说得不好。不过我整天忙得连睡觉的时间都没有，哪还有心思搞歪门邪道？再说家里有这

么好的老婆，我会去犯那个傻？公司里很多人都用香水，又都在一块工作，估计是那几个女孩用的香水沾在我身上了。"

见王强到现在还遮遮掩掩的不说实话，李萌的心真是凉到了极点。这天晚上李萌失眠了，天快亮的时候，她决定把事情挑明，要不就得太窝囊了。

第二天是周一，李萌起床时王强已经上班走了，李萌不愿再等，于是打电话到公司请了一天假，准备到王强公司去找他说清楚。天很热，李萌不想背包，便把柜子里的手包拿了出来。手包好长时间没用了，有些霉味，她用毛巾擦了擦，往里面装了一千块钱。

等车的时候李萌买了一份当天的晚报，在娱乐版上，她发现自己分辨香水的事上了新闻，还配有一幅照片，新闻里说她的嗅觉比军犬还灵。

军犬是用来抓坏人的，可她的鼻子却嗅出了感情危机，想到这些，李萌就觉得特别难受。正这么瞎想着，车快到站了，她忽然发现自己的手包不见了，急忙对司机说："师傅，我的手包不见了，请先别把车门打开。"

李萌为了看报纸方便，上车后就把手包放在自己座位上用腿压着，可这会儿没就没了。司机大声说："有哪位乘客捡到手包，请交出来。"

车里的乘客你看看我，我看看

你，都说没见着。李萌见没人承认，只好说："大家请安静，我的手包好长时间没用了，有点霉味，我能闻出它的味道，请大家配合一下，耽误不了你们几分钟。"

李萌的话让车里的乘客很好奇，都想看看她怎么找手包。只见李萌在车厢内抽了几下鼻子，对站在她身后的一位小姐说："小姐，你的挎包里还有一个手包吧？"

见小姐一脸吃惊地看着她，李萌又说："我的手包是戴安娜牌的，里面有一千块钱，麻烦你把你的手包拿出来我看看。"

那小姐见车里的乘客都盯着她，只好打开挎包，从里面拿出一个手包，果然是戴安娜牌的！

李萌凑近用鼻子仔细嗅了一下，说："不错，和我手包的味道一个样，小姐这是怎么回事？"

那小姐的脸腾地红了，生气地说："什么怎么回事？这是我自己的手包！"

李萌说："那你打开包让我看看？"

那小姐说："凭什么呀？你用鼻子闻闻就说是你的，你以为你是军犬啊？"

李萌无奈之下只好拿出那张晚报，对车里的乘客说："大家看看，这张照片就是我，上期分辨香水的擂主。我既然能分辨出几十种香水的味道，难道还辨别不出两个皮包的味道？"

见那小姐不吭声了，李萌说"我既然不认识你，也没有理由讹你，只想找回我的手包，麻烦你打开包我看看。"

这时车里的乘客纷纷劝那小姐说："小姐，既然包是你的，装的东西肯定不一样，打开看看不就得了。"

那小姐涨红着脸说："我也今天刚把手包拿出来用，里面恰恰只装了刚发的一千块钱奖金。"

事情到了这地步，司机和乘客都不再说话，李萌见那小姐拒不承认，便让司机报了警。警察上车问明情况后，也不敢肯定，就说："再仔细找找，也许是巧合呢。"说完低头在车厢内找，不一会儿居然在第一排座位下面找到了一个手包，递给李萌说："看看，这是不是你的？"

李萌一看，果然是自己的，她简直不敢相信自己的眼睛，疑惑地说："怎么会跑到前面去了呢？"

警察说："估计是从座位上掉到地上，你又不小心踢到前面去了。"

李萌不好意思地向那小姐道了歉，有乘客打趣说："这事怪了，看来鼻子也会见钱眼开，要不怎么没闻出来地上那个钱包？"

一个老头摇摇头说："这不是鼻子的问题，她嗅觉那么灵敏，当然能分清两个钱包，是人心先入为主啊。"

老头的话让李萌一怔，下车后她没急着去找王强，而是先给他打了个电话，刚说了两句，李萌听见电话里有人叫他，是女人的声音，就问是谁叫他，王强说："是我们新来的经理，对了，今天我见她在办公室里喷香水，我闻着有栀子花味，前几天我衣服上的香味估计就是在她办公室里沾上的。"

听了王强的话，不知为什么，李萌的眼泪一下就涌了出来。

（本篇月月评短信代码：1412）

（题图、插图：魏忠善）

爱情角色

□ 周智恒

张旭的女朋友小梅是个模特，要论外型条件和气质，小梅绝对有成为名模的潜力，可干这行要是没有包装宣传，出名可就太难了。

张旭是个普通的白领，没钱没路子，一点忙都帮不上。

这天，张旭在小梅公司门口等她下班，却碰上了好久不见的老同学李辉。早就听说李辉发了大财，一聊才知道李辉竟然是这个模特公司的后台老板。张旭赶紧把小梅的事情告诉了他，希望他能帮忙提携一下。

说的时候，张旭留了个心眼，没说小梅是他的女朋友，只说是表妹，现在明星都要强调自己是单身，张旭寻思着做模特也要有崇拜者，也许单身更好发展。李辉面带难色地说："你

也知道，现在捧红一个人得花不少钱，再说还要看模特本身的资质。"

正说着，小梅走了出来，看到张旭和自己的老板好像很熟似的，有些吃惊。张旭赶紧给小梅使了个眼色，招呼她过来，介绍道："李辉，你手底下人多，肯定不能都认识，我给你介绍，这是我的表妹小梅。"小梅看了张旭一眼，有点紧张地冲李辉笑了笑。李辉对着小梅上下一打量，轻轻地说了声："条件挺不错的嘛。"

李辉毕竟是老江湖了，看到再漂亮的美女也不会很夸张地称赞，但就这么轻描淡写的一句，张旭也看得出，小梅没让李辉失望。果然，李辉说话的口气缓和多了，开玩笑似地说："你要是放心把表妹交给我，我可以试着帮她想想办法。"

张旭一听，高兴得没法说，再看看小梅也是一副热切的样子，立刻很郑重地对李辉说："怎么会不放心呢，我这个妹妹就交给你了。"

接下来的一段日子，小梅果然很

忙，也多了很多应酬，没多久，在李辉的热捧下，小梅真的成了模特界小有名气的新秀。

倒是张旭觉得挺失落的，他已经一个多月没见过小梅了，以前一煲就是一个多小时的电话粥，早就变成了两三分钟的电话清汤。张旭经过认真考虑，决定在小梅生日这天约她出来吃饭，向她求婚。打电话的时候，张旭真的担心小梅又说忙得没时间见面，可谁知道她居然一口答应了。

生日那天晚上六点，小梅准时来到餐厅，但似乎精神很不好，总有点走神的样子。

"小梅，我有件事情想跟你说。"张旭边说边把手伸进口袋，抓住放求婚戒指的首饰盒，心里很紧张。

"还是我先说吧。旭，我们分手吧。"小梅说出这句话的时候，张旭真不敢相信自己的耳朵。

"你没有钱，对我的事业不会有任何帮助。昨天李辉向我求婚，我答应了。但你要明白，我爱的是你，不是他。"真正开了口，小梅倒显得镇定了很多。张旭终于明白了，这真叫做自作自受。

小梅看张旭不说话，继续说"我可以给你一笔钱，对你或许有用，你可以找到一个更好的姑娘。"说罢，她立刻掏出手机，拨通了电话。

"是李辉吗？我在乡下的哥哥想借二十万块钱。"小梅小声说。电话那边爽快地答应了。

三天以后，张旭带着失恋的痛苦和屈辱，离开了那座城市。在另外一个城市，他用小梅给他的钱开了一家公司，五年后，公司已经拥有了几百万的资产。可这五年里，张旭没有谈过一次恋爱。

前不久，因为业务的扩展，公司又招进了一批新人。有个叫小秀的女孩，长得秀气美丽，一下子让张旭想起了当初的小梅。在和她的接触中，张旭感到自己受伤的心开始复苏了。他找了个理由，把小秀调到了办公室做秘书。有一次，张旭开玩笑似地问小秀有没有男朋友，小秀害羞地摇摇头说"没有"。从此，张旭对小秀展开了攻势，他们发展得很顺利，很快结婚了。

小秀生日那天，张旭提前为她在酒店定了位子，毕竟这是他们结婚以来共同庆祝的第一个生日。在酒店门口，张旭看到小秀和那个常来找她的表哥在一起，刚想过去打招呼，手机就响了，号码是小秀的。为了给她一个惊喜，张旭接了电话。

小秀在电话里小声地说："是旭吗？我在乡下的表哥想借二十万块钱……"

听到这熟悉的话，张旭当场愣在那里，几乎拿不住手中的手机。

（本篇月月评短信代码：1413）

（题图：魏忠善）

三个布娃娃

□ 何晓

早些年，阆中城里的大户人家特别看重挑选长媳，一则是为了旺子孙，二则是为了续家风。俗话说：不是一家人，不进一家门。婆婆们各有各的喜好、各有各的打算，挑选长媳的方式也就各有各的花样，其中，最令人琢磨不透的，还要数马夫人择媳。

马家有条众所周知的祖训：其他儿子都可以读书求功名或者经商做生意，唯有长子必须在读完书之后，就接手家里的田产地业，娶本地女子为妻。所以，那年当马家大少爷规规矩矩地开始跟马老太爷下乡去查田看地

的时候，马夫人也在马府摆开了阵势，要替长子选媳妇。

马家世代以耕读传家，在阆中城里是名声最好的望族，加上马家对媳妇的家世也只求清白不求显贵，因此选媳的消息一传出，城里城外的红叶，也就是通常所说的媒婆，都像赶集似的挤到了马家。红叶们这么热心，不只是为了挣个大红包，更重要的是想挣个面子，按红叶行里不成文的规矩，谁能保成马家这个媒，谁就是阆中的头牌红叶。

马家唧唧喳喳闹了好几天，茶水喝了十几担，红叶们终于结束了第一轮混战：有五张庚帖被马夫人收下了，从第二天开始，马夫人就要一家一家地走访，亲自上门看姑娘。

马夫人第一个看的是张家姑娘。

夫人把轿子和定礼放在张府外面，只带着一个小丫鬟进了客厅。她和张家父母见了面，只稍稍寒暄了两句，就从丫鬟手里拿过一个锦盒递给张夫人，说"盒内装有三个小布娃娃，烦请张小姐从中选出一个她觉得最好的。"过了一会，张家丫鬟捧了锦盒出来，笑吟吟地回答："我家小姐夸夫人手巧，三个娃娃个个都缝得好。"马夫人听了，示意自家丫鬟接过锦盒，然后站起来对张家父母说："小姐不愧是官宦人家的女儿，知书识礼，可惜不适合做马家的媳妇。叨扰了，告辞。"说完，坐上轿子，带着没有能够送出去的定礼打道回府了。

这之后，马夫人又见了三位姑娘，却不想三位姑娘面对布娃娃说的话，都和张小姐说的一样。马夫人长叹一声，暗想：前四位要么是大家闺秀，要么是小家碧玉，她们尚且不能弄懂这布娃娃的奥妙，那第五位罗姑娘不过是文成山上一个破落人家的村姑，又如何能答得出来呢？只怪我当时一听红叶说她父母早亡、独撑门户，生活拮据却还要坚持送两个弟弟启蒙读书，就禁不住动了恻隐之心。现在难道真的要走几十里山路到乡下去看她吗？

正当她左右为难的时候，机灵的红叶进了马家的大门，远远的就听到她在叫："哟，马夫人，您老人家这几天忙过了没有？"等进得厅来，不等马夫人开腔，她又拉过马夫人的手不停嘴地说："哎哟哟，夫人，可不敢劳烦您再东奔西跑了，明天呀，我把罗姑娘给您领到府上来，任您老人家慢慢看、慢慢问，行就留下，不行退回去也没什么，要不要得？"

马夫人这个时候还能说啥呢？只得点头道："要得，要得。"

第二天一大早，红叶就带着罗姑娘到了马府门前。根据礼数，马夫人亲自到大门口去接。姑娘正亭亭地站着，看到马夫人来了，不紧不慢大大方方地向夫人鞠躬请安。马夫人心里一下子清亮了许多，随口说道："姑娘辛苦，这么早就到了。"

"一日之计在于晨。我们乡下人家习惯早起。"姑娘细声回答。

这话说得不轻不重，马夫人听了，知道姑娘定是读过书的，便边领着她往内堂走边问："听说你父亲也是中过秀才的？"姑娘眼睛一红，立马又忍住不让泪水流出来，回答说："在我九岁那年，东河发大水，先父母为救我姐弟三人，不幸双双落水而亡。故此，家道中落，仅有几亩薄地维持生计。"马夫人听在耳里，想在心里，对罗姑娘又多了几分好感。到了内堂，喝过茶，夫人令丫鬟捧出了锦盒。

罗姑娘打开一看，这三个布娃娃外形一模一样，都是三寸来长，眉目清秀，穿着鲜艳的绸衫，可爱至极，不由得暗自赞叹。看了一会，姑娘拿起第一个娃娃，捏了捏，软绵绵的，像是一团棉花。她又拿起第二个娃娃，捏了捏，也是软绵绵的，但在两耳之间却有一根小竹棍。姑娘又拿过第三个娃娃，认真地捏了捏，发现这个娃娃体内，有一根小竹棍，从左耳斜插入腹内。她笑了笑，举起第三个娃娃对夫人说："这一个就是最好的。"

夫人眼见着罗姑娘的一举一动，本就越看越喜欢，此时，见她选对了娃娃，更觉得满意。忙微笑着起身吩咐管家："准备午饭。"

家丁、丫鬟和红叶虽然看不懂夫人和罗姑娘到底唱的哪出戏，但这一备午饭，就等于宣布罗姑娘已被夫人相中，就要成为马家少奶奶了，忙上前道贺。夫人照例打发了红包，其中，红叶的红包自然最大。

罗姑娘与马少爷成亲后，持家有方、处事有度，里里外外没有一个人不服她。几年以后，马夫人做主，把罗姑娘寄养在族叔家的两个弟弟也接到了马家。

马少爷问过少夫人许多次：那布娃娃到底有啥玄机？少夫人先是笑而不答，后来拗不过马少爷，才把其中的奥妙告诉了他："女人呀，不能两耳不听人言，也不能左耳进右耳出，要把听到的放在肚子里哟。"

说完以后，少夫人让马少爷一定要保密，她还要留着这个题目，将来自己选儿媳妇的时候用呢。后来马家择媳一直离不开那三个布娃娃，传了多少辈，马家在阆中就旺了多少辈。

（本篇月月评短信代码：1414）

（题图、插图：黄全昌）

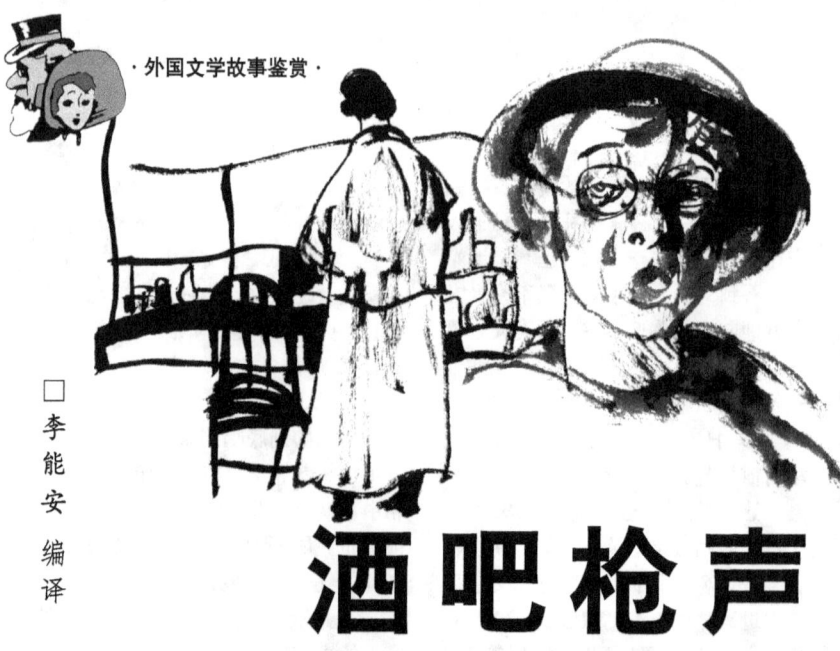

□ 李能安 编译

酒吧枪声

威斯是个聪明能干，遇事不慌的小伙子，乔尔退休以后，他接替乔尔管理酒吧。

除了乔尔每天早上要来酒吧喝咖啡外，店里还有许多常客，最熟的要数老吉姆。老吉姆原来是个列车长，在一次火车事故中成了跛子，安了假腿。他每天一早就来酒吧，喝酒吃干辣椒。

一天上午，乔尔和老吉姆都还没有来，店里只有威斯一个人。就在威斯擦抹柜台的当口，门外传来"嘎"的一声，一辆破旧不堪的福特车停在了酒吧门口。威斯朝外望去，只见车上下来一位老太，身材矮小但很精干，穿着军人夹克，肩上挎着松软的旧挎包。她推开酒吧的门，走到柜台前，在威

斯面前的高凳子上坐下，一点表情都没有地从嘴巴里蹦出两个字："咖啡。"

威斯应了一声，转身去准备咖啡时，那老太又问道："这酒吧是从芝加哥来的乔尔开的吗？"威斯回答道："是的，这酒吧正是乔尔开的。"

那老太一听，突然高兴地大笑起来，边笑边说："这是个好消息，年轻人。我跑遍了芝加哥西部的每一个偏僻小镇，寻找乔尔和他的酒吧，今天终于被我找到了，他啥时在店里？"

威斯问："您是他的老朋友吗？"

老太说："算得上吧，他等会儿来吗？"

威斯总觉得这老太神情有点不对

劲，忍不住问道："您找他有什么事吗？""是的，很重要的事情。""那我打电话告诉他你在这里等他，好吗？"

"没这个必要，我可以等。"她边说边低头打开手提包，突然掏出一支手枪指向威斯，威斯一看那是个真家伙，惊呆了。但他很快镇定下来，平静地说："我可以问你一些问题吗？"老太冷冷地说："尽管问吧。""你干吗要杀乔尔？他向来是个好人，从不伤害别人。"

她眯着眼睛盯着威斯看了好一会儿，突然咬牙切齿地说："他毁了我的生活，和玛尔塔私奔了。"威斯惊奇地说："玛尔塔？那是他已经过世的妻子。"老太听说玛尔塔死了，高兴地大笑了一阵后，说了起来。

原来，这个老太名叫艾尔茜，三十年前她和乔尔相爱。后来乔尔提出想在西部开个酒吧，遭到了她的反对。她在气头上的时候，叫喊着这世界上男人多的是，自己宁愿不要乔尔也不会和他去西部。还说哪个女人愿意葬送自己的前途，就和乔尔结婚，一起去西部过乏味的生活吧。没想到，一直在追求乔尔的玛尔塔真的愿意去，两人很快结了婚，一起去了西部。

听了老太的话，威斯不解地问："既然是你让他们走的，为什么又责怪乔尔呢？"

老太说："当时我琢磨着我会弄到一个更合适我的男人，可最后我终于明白了，那个人不是别人，正是乔尔，是他害得我一个人过了一辈子，是他毁了我的一生，我恨他，在我死之前，一定要杀了他！"

威斯说："也许现在你们俩可以在一起生活了，你知道吗？玛尔塔死后，乔尔一直没再结婚。也许……"

老太叫了起来"不！太晚了。你不要再说了，今天是我报复的日子。不过你放心，我不会伤害你的。"

威斯说"夫人，我不想让你伤害

乔尔，他是个好人。如果你真爱过他，你就应该收起你的枪，等他进来时说声'你好'。"

老太苦笑着说："你不了解我的痛苦。你体会不到当你爱上一个人，又失去这个人时的感觉。"

"我有体会。我失去过我所爱的人，"威斯激动地说，"我母亲两年前死了，我很伤心，母亲离开了我，我的感觉像被她抛弃一样。但如果这时候她出现在门口，我肯定不会用子弹迎接她。我会紧紧地拥抱她，对她说，'欢迎您回来'。"

威斯见那老太听得有些入神，觉得机会来了。他飞快地伸手从柜台里拿出一把空咖啡壶使劲向她脸上砸了过去。

那老太居然一点不惊慌，敏捷地

用枪管猛地一击，咖啡壶被打碎了，她往后一跃，离开凳子。威斯跳过柜台，想去抓她的手，却不料老太身子一挺，枪口已对准了他的胸口，威斯暗叫一声：这下可完了。

但她并没有扣动扳机，而是将枪管向上一击，狠狠地打中威斯的下巴，疼得他眼冒金星，踉跄地向后倒退，撞到凳子上。

老太嘲笑道："小子，你有胆量，但没有头脑。"威斯在心里暗骂：这个该死的老太婆，年纪虽有我的三倍大，动作却比我灵巧。

当威斯回到柜台后面时，老太拖动凳子向后移动到威斯的攻击范围之外，然后冲着在擦下巴上血的威斯说："小子，听着，我决定要干的事，谁也阻止不了。"她顿了顿又说："你知道为什么没人能挡得住我吗？因为我不打算活了，等我杀死了乔尔，我就离开这个镇，开了我的那辆老破车，加快速度，然后对准路边一棵最大的树……"

威斯突然哈哈大笑起来，笑声打断了老太的话。她板起脸来说："你以为我是说着玩

的？"

威斯说："不，不，夫人。你说到撞树，倒让我想起了一件事情。"接着他就滔滔不绝地说起来。

他说两年前，乔尔带着妻子驾车外出，一不当心，车子撞在一棵大树上，他的妻子，就是在那次事故中死去的。现在乔尔变得很难看，左眼瞎了，他只好戴上了眼罩，还失去了一条腿……老太突然大叫起来："别说了，我不想听！"

威斯叹口气说："好吧，夫人，请原谅。我只是想提醒你，撞到树上的人不一定都会死。也许你的结局和乔尔一样，缺腿瞎眼，疤痕累累，连你最要好的朋友也会认不出你了。"

老太猛地大吼一声："你住嘴！"

威斯耸耸肩，不说话了。就在这时，外面传来脚步声，是那种缓慢的、不稳的、穿过门廊拖动靴子的声音。透过窗玻璃，威斯和老太抬眼望去，只见一个灰白头发的男人走了过来，他那满是伤疤的脸上戴着一个眼罩。

门被推开了，老太太迅速地转过身，把枪指向了门口。

威斯大叫一声："乔尔，闪开！"

来人还没反应过来，那老太已向他开枪了。第一颗子弹打高了，子弹打碎了窗玻璃。第二颗子弹打中了他的腿，把他打倒在地。然后，老太把枪对准了他的头。

就在这危急时刻，威斯不顾一切地腾空跳过柜台，在老太扣动扳机的那一瞬间猛击她的背部。子弹打在地板上钻了一个洞，威斯和老太一起重重地倒在地板上，枪摔到了一边。

威斯顾不得痛，爬了起来，见那老太躺在地板上，失去了知觉。

再看躺在地上的老人吓得直打抖，子弹打在他的假腿上，带出的只是一些木碎片。

就在威斯打电话叫救护车的时候，酒吧的门"吱呀"一声被推开了，接着，一个高大的男人走进来，他看到眼前的情景，惊讶地张开嘴巴。

他愣了一会，对躺在地板上的那个独腿人喊道："吉姆，你没事吧，老伙计？发生什么事了？"

吉姆眯着一只眼睛，不解地说："一个疯老太婆向我开枪。"

威斯指着躺在地板上的老太说："是这个叫艾尔茜的干的。"

这个高大的男人，才是真正的乔尔，他盯着躺在地上的老太，喃喃地说："艾尔茜，这名字听着挺耳熟，可是……"

"你当然熟，"威斯说，"你离开了她，然后娶了母亲。她是来杀你的，爸爸！"

乔尔终于明白了是怎么回事，他激动地走上来，抱住威斯。

（本篇月月评短信代码：1415）

（题图、插图：箭　中）

爱与智力无关

有个塌鼻子的小男孩，因为两岁时得过脑炎，智力受损，学习起来很吃力。比如，别人写作文能写二三百字，他却只能写三五行。但因为天性善良，他的作文同样能写得美丽如花。比如那次他写的作文《愿望》：

我有两个愿望。第一个是，妈妈天天笑眯眯地看着我说："你真聪明。"第二个是老师天天笑眯眯地看着我说："你一点也不笨。"

就是这篇短得不能再短的作文，深深地打动了他的老师，老师不仅给了他最高分，还在班上带着感情朗读了这篇作文，并在作文本上一笔一画地写道：你很聪明，你的作文写得非常感人，请放心，妈妈肯定会格外喜欢你的，大家肯定会格外喜欢你的。

捧着作文本，他笑了。但他并没有把作文本拿给妈妈看，他要把这作为一件礼物。

妈妈生日那天，他起得特别早，把作文本装在一个美丽的大信封里，信封上画着一个塌鼻子的男孩儿，那个男孩儿咧着嘴笑得正甜。

他静静地看着妈妈，等着妈妈醒来。

妈妈刚刚睁眼醒来，他就甜甜地喊了声"妈妈"，然后笑眯眯地走到妈妈跟前说："妈妈，今天是您的生日，我要送您一件礼物。"

妈妈笑了："什么？"

"我的作文。"说着他双手递过来那个大信封。

看着这篇作文，妈妈的眼里流出了两行热泪，然后紧紧地搂住小男孩儿。

是的，智力可以受损，但爱永远不会消失，它朝气蓬勃，永远垂着绿阴，开着明媚的花，结着芳香的果。

（作者：张玉庭；推荐者：宋宗南）

（题图：安玉民）

爱你在心口要开

一个少年得了不治之症，他只有17岁，随时都可能死去。他每天呆在家里，由母亲照料着。

有一天，他觉得心里空荡荡的，想出去走走，母亲同意了。

他漫无目的地走在大街上，偶尔抬头往一家音像店里张望的时候，看到了一个非常美丽的同龄女孩，少年对她一见钟情。

他打开门，走了进去，眼里始终只有她一个人。他慢慢地走到柜台前，女孩微笑着问道："你想要点什么？"

他觉得这是他一生中看到的最美的笑容，这时他最想最想要的就是在女孩的额头上轻轻吻一下。

他结结巴巴地回答说："哦，嗯，那个……我想买一张CD。"他边说边随便从手边拿了张CD递给女孩，女孩笑着说："把它包起来吗？"他点了点头。

女孩转过身去，在桌上包装着，然后又转过身，把包装好的CD交给了他，他接过CD，离开了商店。

从那以后，这个少年每天都到那家音像店去买一张CD。女孩每次都将CD包好交给他，他也总是把CD带回家，小心地放进自己的抽屉里。

少年感觉到自己的身体一天比一天差。这天他鼓起了勇气，像往常一样走进音像店，买了一张CD，她也像往常一样，转过身去替他包起来。

就在这时，少年把一张写着自己电话号码的纸条放在了柜台上，当女孩转过身来时，他几乎是抢过CD，然后掉头跑了出去。

周末，少年家的电话铃响了，是那个女孩打来的。少年的母亲伤心地哭了，她说："他没等到你，他昨天死了。"

女孩默默地挂了电话。过了一些日子，母亲来到儿子的房间，帮他整理东西。

她在抽屉里看到了一大堆包好的CD，这些CD都没有打开过。

她坐在床边，打开了一个包装，一张小纸条从包装纸里掉了出来，她拾了起来，上面写道："嗨，你好，你很帅，愿意和我一起出去吗？索菲娅。"

母亲急忙又打开了好几个CD盒，里面都有一张小纸条，上面都写着同样的话。

这就是生活，一定要把你的感受及时告诉那个你认为很特别的人，不要拖得太久。今天就对她说，也许明天就太迟了。

（作者：刘燕敏；推荐者：邓卫华）

（欢迎来稿，本期责任编辑电子信箱：liangningning@vip.sohu.net）

这场祸究竟从何而起？
是狗祸？是人祸？

狗祸

□ 柴兴志

1. 起祸端狗急斗牛

不知从什么时候开始，小区里养狗成了风。每天清晨傍晚，绿地小径上，这边"汪、汪、汪"，那边"啰、啰、啰"，热闹非凡。这天早上，陆大爷牵着小鹿犬在散步，小鹿犬细长身子短尾巴，摇头摆尾地在陆大爷前面蹦蹦跳跳。走进小花园的时候，小鹿犬突然竖耳瞪眼地站住了，陆大爷一抬头，就见牛大爷也牵着新养的一条狗迎面走来，那狗个头虽不算大却滚圆粗壮，两耳尖尖鼓凸眼，耷拉着肥厚的嘴唇，满脸皱折一副凶相。

陆大爷赶紧招呼："老牛呀，你这是啥狗？样子好凶！"

牛大爷得意地炫耀："没见过吧，这叫斗牛犬，儿子刚给搞来的，珍稀品种！"陆大爷站住脚"它不会咬人吧？"

牛大爷牵着狗走过来笑道："咱这狗是斗牛的，不管斗人。"

说话间，两只狗已经玩儿到了一起，互相"呋呋"地嗅起来，陆大爷这才放了心。

小鹿犬生性活泼，嗅着嗅着就一口咬住了斗牛犬的耳朵，本来是嬉闹，可斗牛犬一声没吭，突然一扭脖子咬住了小鹿犬的咽喉，小鹿犬"嗷嗷"惨叫着拼命挣扎。两个老头儿都吓慌了，牛大爷呵斥着死拉硬拽，可

最困难的职业就是怎样为人。 ——何塞·马蒂

斗牛犬使劲一蹿，竟然挣脱了链子，把小鹿犬撕咬得血花四溅。牛大爷急了，脱下皮鞋就打，第一下打了个空，第二下重重地敲在斗牛犬的鼻子上，斗牛犬被逼急了，"汪"的一声丢下小鹿犬，跳起来一口咬住了牛大爷的手腕，牛大爷也惨叫起来，抡起胳膊又打又甩……

这场混战早被在这里闲逛的"九句半"看见，这小子原是站在树丛后津津有味地看热闹，可看着看着忽然灵机一动，折下根树枝大吼着冲来，对着斗牛犬劈头盖脸一通猛抽，斗牛犬吃不住疼，松开口箭一般地蹿进了树丛。

小鹿犬一命呜呼了，陆大爷抱着小鹿犬，孩子似的"呜呜"直哭，牛大爷捂着被自家犬咬伤的手腕，赶紧去医院。"九句半"却一头扎进树丛，钻来钻去追寻斗牛犬。

"九句半"是这一带人人皆知的"胡同串子"，整日无所事事，游手好闲，惟一的特长是撒谎，十句话里倒有九句半是瞎话，因此人称"九句半"。

按说这种人时间长了应该没人再相信他了，可偏偏就有人爱听他的，老实厚道的牛大爷就没少挨他的骗，按"九句半"的话说，就是没事儿拿老梆子找乐儿。

不过这回"九句半"可不是闲着没事找乐，他把斗牛犬赶进树丛又去找，是想牵去卖钱。老在狗市上晃荡，当然懂得行情，这是只好狗，至少值个千把元，不然他冲上去解围才是吃饱了撑的呢！

"九句半"终于在花园深处的树丛里找到了斗牛犬，斗牛犬也发现了鬼头鬼脑的九句半，它伏下身子严阵以待，掀起厚唇龇出獠牙，喉咙里"呜呜"地发出威胁的低吼，九句半笑着对它挤挤眼，做了个鬼脸儿转身走了。

下午，"九句半"看见牛大爷手腕上缠着绷带在花园里喊了一阵子斗牛犬，结果摇头叹气地走了。九句半心里暗笑，他知道这狗没养熟，又被打惊了，任你喊破了嗓子它也不会出来，起码要在树丛里躲上两天。所以，他并不急于下手，晚上出去买了一斤酱牛肉喝起酒来。喝到半夜时分，估摸着狗也饿极了，就轧碎了一片安眠药夹在牛肉里，来到花园，对准斗牛犬的藏身处把牛肉抛了过去。

过来一小会儿，树丛里开始有了动静，一会儿就响起了"呱唧呱唧"的咀嚼声，"九句半"乐了，点了支烟坐下吸起来。

大约过了半个小时，"九句半"钻进树丛，抱起呼呼大睡的斗牛犬回了家。

第二天一早，"九句半"拎着个大提包来到狗市，打开提包在路边坐了下来。不大一会，就有人凑了上来。

那人显然识得斗牛犬，挺感兴趣地蹲下摸了摸，问："怎么像个死狗？"九句半一撇嘴："外行！吃了安眠药呗。"接着就信口开河起来："等它一醒，第一眼看见谁，谁就是它的主人了，绝对忠诚。"那人问价钱，"九句半"开口就是五千，那人叫起来，骂"九句半"心太黑，九句半急了，叫道："五千还算贵？你识不识货？这是我爸爸从西班牙搞来的，纯种斗牛犬呐！这一来一去得多少开销？"

身后又一个人问："真是你爸爸从西班牙搞来的？"

九句半毫不含糊地说："那还有

错？我爸爸入了西班牙籍，不信你去问……"

话音没落，只听身后喝道："甭问，我就是你西班牙的爸爸！"说着抬脚把"九句半"踹个狗吃屎。

"九句半"没明白是怎么回事，刚要破口大骂，一抬头认出那人正是牛大爷的儿子牛二，立刻吓得闭了嘴。

牛二是体校拳击队的，他早就听说老爸常被"九句半"开涮，当时若不是老爸死拦着，早就给他一顿皮拳了。这回家里丢了狗，牛二听了事情经过，马上就想到了"九句半"，说这小子能那么好心出来解围？连鬼都不信，八成儿是看上了斗牛犬。牛二料到若是他偷的必要急于卖掉，于是便寻到狗市来，现在人赃俱获，该老账新账一起算了！

想到这里二话没说，攒足了劲儿一个上勾拳，"砰"地把九句半兜出足有一米远，趴在地上"哇哇"吐出两颗血牙……

狗市轰动了，爱看热闹的人立刻围上来，却没有一个人理睬趴在地上的"九句半"，反都嘻嘻哈哈地夸赞牛二这一拳打得有泰森味儿。牛二高兴了，得意地晃晃拳头，抱起斗牛犬扬长而去。狗贩子们又拿"九句半"找乐儿，几个人还装模作样地帮他找牙，"九句半"又羞又气，爬起来捂着腮帮子走了。

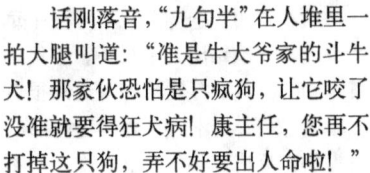

2. 惊煞人半夜狗吠

"九句半"捂着腮帮子找居委会康主任告状，说是见义勇为反被牛二殴打，要求政府惩办牛二抓捕疯狗。康主任久闻"九句半"大名，知道他嘴里真话不多，可最近小区里养狗的确闹出不少事，于是答应调查调查再说。"九句半"见康主任答得这么不爽快，就嚷嚷着说康主任包庇，然后气冲冲地摔门而去。

半夜里万籁俱寂，一个黑影悄悄地来到居民区中央的小花园，只见他隐在树丛中两腿一弓脖子一伸，从喉咙里憋出一声凄厉的吠叫："呜嗷——"

一石激起千层浪，各家的狗被这叫声惊扰了，本能地拼命跟着叫起来，一会儿工夫，"呜嗷——""汪汪汪……"从四面八方汇成了一股此起彼伏的声浪，席卷了整个居民区。

人们从梦里惊醒，养狗的人家急忙呵斥，想让自己的狗不要再叫了，没养狗的人家愤怒地指责，一时间小区住户的灯亮成一片。

居委会康主任也从被窝里惊跳起来，满耳都是那种狗挨宰似的长吠，再听外面更是热闹，他的第一反应是来了贼，慌忙套上衣服跑了出去。

许多居民也跑了出来，有的还提着棍棒，你问我我问你地互相打听，最后还是存车处值夜班的胖大爷说，嗥叫声好像是从树丛里开始的，他出来的时候只见一条黑影一闪就不见了。

话刚落音，"九句半"在人堆里一拍大腿叫道："准是牛大爷家的斗牛犬！那家伙恐怕是只疯狗，让它咬了没准就要得狂犬病！康主任，您再不打掉这只狗，弄不好要出人命啦！"

被"九句半"这么一说，居民们都有些慌张，往四周看着，生怕突然从黑处蹿出一只疯狗咬伤了自己，有些人还顺着"九句半"的话说让康主任为民除害。

康主任有些拿不定主意，心想着：若是贼就该悄悄去偷东西，招惹狗叫干吗，那不是难为自己吗？难道真是狗疯了？不管怎么说，大半夜的，狗叫成这样，总是严重扰民，出了疯狗自己责任就更大了。他说了一些安抚的话，让大伙自己小心一点，先回去睡觉，并且答应第二天一早就要求派出所协同打狗队紧急出动。大伙听到康主任这么说，才各自散去。

第二天一早，警察带着打狗队准备出发了。

这件事情牛二一点都不知道，昨晚上集体狗叫时，他正跟朋友在外面潇洒呢，今天本打算睡个懒觉，可一早斗牛犬就呜呜地叫，他知道它是憋不住屎了，忙起来拴上链子带它来到小花园。斗牛犬直奔草坪，转到了一棵大树背后。等斗牛犬重新跑过来的时候，牛二笑道："施肥了！"斗牛犬

棍子似的短尾巴晃了几下，拖着牛二撒起欢来。

就在这时，一辆面包车停在了草坪旁边，车里钻出几个汉子，手里拿着打狗的工具。打狗队的人显然很有经验，散开队形向斗牛犬包抄过来。没等牛二反应，斗牛犬已发现风头不对，猛地一拽链子拖着牛二就跑。一个汉子冲过来端起手里的网去兜，斗牛犬勇往直前，忽地跳起一人多高迎面扑去，那汉子吓得一缩脖子，斗牛犬从他肩上"嗖"地掠过，牵着牛二飞一样向家跑去。

牛二进屋就锁上了门，警察赶来在外面又喊又敲，牛二并不惊慌，点上支烟倚在沙发上只当没听见，任他们在外面磨嘴皮子。

一个汉子急了，抬脚就要踹门，警察慌忙拉住，他知道强行闯入私人住宅是违法的，可为了抓狗又开不来搜查证，只好继续敲着门劝告。僵持了好半天，隔壁上夜班的大哥急了，光着脚跑出来大吼："你们还有完没完？光说他养狗扰民，我看你们才是扰民！"

为首的警察没辙了，摇摇头下令："收队！"

本想靠突袭把斗牛犬给抓了，现在看来行不通，康主任只好亲自出马了。

牛二当然不会轻易开门，从猫眼里看清了康主任身后没有埋伏才放他进来，虽有牛二挡在前面，虎视眈眈的斗牛犬还是把康主任盯得直发毛，只好站在门边说："这疯狗可养不得呀，万一咬了人……"

"谁说它是疯狗？"牛二火了。

康主任说："不疯怎么咬人？"

牛二叫道："狗急跳墙，兔子急了还咬人呐！"牛二刚要发脾气却又忽然有了主意，他要用事实向康主任说明，斗牛犬一点也不疯。于是，牛二回头拍拍斗牛犬的脑袋，说："斗斗，欢迎来宾！"

斗牛犬立刻用两条后腿直立起来，一跳一跳地来到康主任面前。牛二又命令道："握手！"斗牛犬伸出一只爪子塞进康主任手里。牛二得意地说："换一只！"斗牛犬缩回爪子，又把另一只塞给康主任。

牛二瞥了眼手足无措的康主任，吹了声口哨："扭秧歌！"然后自己扯开大喇叭嗓子就唱起来："索拉索拉多拉多……"让康主任吃惊的是，那斗牛犬果然随着歌声左摇右晃地扭起秧歌来，围着他俩一曲舞罢，牛二得意地对目瞪口呆的康主任说："你见过这样的疯狗吗？"

的确是没见过，康主任倒有些喜欢起这只狗来了，他大着胆子拍拍斗牛犬，斗牛犬友善地回舔了他一舌头。康主任这才松了一口气，抬起头对牛二说："不是疯狗最好，你真喜欢它就该去办个证。"牛二一听办证，又摇头又摆手，接着就说："要说办证也行啊，俗话说上梁不正下梁歪，你们党员干部就带个头吧！"

康主任一听这话就被噎住了，他知道小区里养狗办证的人不多，不办证的里面也有些党员干部。牛二逮了理："只要干部带了头，我牛二不办证就是狗养的！"

万事驳不过理去，康主任只得讪讪地告辞撤退。

回到居委会，几个居委会委员正吵得热闹，见康主任回来，忙问战果如何，康主任没好气地说："能有战果吗？我让人家给问住了，说说吧，咱党员干部养狗的问题怎么办？"

大家都把眼光对准了退休干部老冯，老冯脸红了，结结巴巴地嘟囔："这个嘛……这个嘛……"康主任说："这个有啥为难的，你又不是没钱，办个证不就行了嘛！"

"办证？"老冯也很有理似地说："养宠物的人多了，兔呀鸟呀猫呀不算动物？凭什么偏养狗要办证？这就不公平！"

也养着狗的一个大娘听得点头如捣蒜。老冯见有人支持，越发慷慨激昂："我们为国家干了一辈子了，儿女们都有工作有孩子，能常回家看看吗？老了养只狗解闷儿做伴儿，怎么还要交钱？中国就要进入老年社会了，我们不给孩子增加负担就是贡献社会，就是为国家解除后顾之忧！"

家里有个傻儿子的王大嫂不爱听了："那也不能扰民，不能破坏环境！你没听过半夜狗叫？再说那天我带儿子在草坪玩，一眼没看好，就弄了一身的狗屎，光顾你们做伴儿解闷儿，

替别人想过吗？"

公说公有理，婆说婆有理，光在居委会，就吵得一塌糊涂。康主任头疼极了，真不知道这事该怎么解决，于是拍着桌子大叫："散会散会！"

3. 夜偷袭恶狗争锋

康主任为狗头疼，"九句半"也正为狗伤脑筋，他半夜学狗叫原是想闹大事情借刀杀狗，治一治牛二，可谁知打狗队没办法，康主任也没办法，看来只好自己亲自动手了。"九句半"就要赌这口气，灭掉斗牛犬！

知己知彼百战不殆，"九句半"决定先去侦察，他曾去过牛大爷家，知道斗牛犬就住在二楼的封闭阳台里。"九句半"闲逛过去仰头看看阳台，阳台不但没装防盗栏，还有一扇窗子总是打开的，再看看阳台下面是一楼那家的葡萄架，架杆子也还结实，看起来条件不错。

这时，"九句半"听到牛二又在"索拉索拉"地唱着叫斗牛犬扭秧歌，乐得牛大爷哈哈大笑，"九句半"气得咬牙切齿，心中暗想：等着乐极生悲吧，准教你们爷儿俩一哭得像死了爹！

"九句半"又去买了块酱牛肉，找出家里存的毒鼠强夹进去。半夜里，他扒着窗子看看外面，几座楼里都熄了灯，小区的路上昏暗暗的也没有人迹，便套上衣服下了楼，溜边贴墙地潜到牛二家阳台下面。

他知道狗的耳朵极灵，先站稳了听听上面没有动静，这才摸摸怀里的酱牛肉，小心翼翼地攀着葡萄架往上爬，轻轻地爬到了架子顶上。阳台的窗子已伸手可及，他掏出酱牛肉正待往里抛，一抬眼，窗口出现了一只硕大的狗头，正悄无声息目光炯炯地死盯着他。

咬人的狗不叫唤呐！"九句半"的两腿簌簌抖起来，他知道现在已是进退维谷，行动稍有不慎被它逮上一口，赔了夫人又折兵！

他强自镇定下来，拼命挤出一脸笑容，举起酱牛肉给斗牛犬看，斗牛犬抽抽鼻子一动没动，"九句半"胆子大了些，抖抖索索地把肉递了上去，牛肉刚及嘴边，斗牛犬突然"嗖"地一蹿跃出窗口，直向九句半咽喉扑来。

幸好"九句半"已有防备，急忙曲臂一挡，"砰"地被撞了个仰面朝天，砸得葡萄架轰然倒塌，连人带狗一起摔了下去。

这声音简直震耳欲聋，吓得"九句半"心胆俱裂，翻身爬起便跑，斗牛犬纵身一扑却被扯了回去，原来是被葡萄藤缠住了，"九句半"得了命，又听见楼里喊声顿起，只恨爹娘少给生了两条腿，炝着蹶子飞跑，刚拐上小路，就听身后呼哧声急促，回头一看，斗牛犬已箭一般扑来，慌忙中转身一脚踢去，不想正好把脚送进了斗牛犬嘴里，他隔着鞋就觉一阵剧痛，拼命一拽甩脱了鞋，光着脚丫子抱头鼠蹿，斗牛犬只顾撕咬那只鞋，放得"九句半"逃之夭夭。

等牛二和邻居们跑出来，只看到了倒塌的葡萄架，大家正在乱纷纷地分析原因，斗牛犬叼了只稀烂的鞋回来报功，牛二一看便来了精神，拎起破鞋转着圈儿叫："看看看看！还说不让养狗？没有狗行吗？"他一眼看到康主任，差点儿把破鞋举到他鼻子上："看看看看！我家的斗斗会抓贼！"

康主任拨开破鞋，仔细看看现场倒像是有贼要跳窗而入，可他听说贼们盗窃前照例要踩点儿，再说谁都知道牛家并不富裕又养着恶狗，他们干嘛偏要来挨咬呢？再想想从牛大爷挨咬后连续发生的怪事儿，康主任更觉蹊跷，一把从牛二手里夺下破鞋，准备第二天再去派出所。

最狼狈的还是"九句半"，幸好那双鞋结实才挡住了斗牛犬的利齿，不过脚丫子还是

被夹得肿了起来，脚丫子肿了还能消肿，自己搞到点儿钱不容易，两颗牙一双鞋的损失找谁去要？

"九句半"憋着火，心想着一定不能就这么着算了。

早晨起来，"九句半"忍住脚疼，像往常那样地出了门，路过牛二家的时候，看到楼下那家人正在收拾葡萄架，人们也各自忙着自己的事情，看来昨夜的事并没引起轰动，他装作没事儿似的，晃着膀子直奔狗市。

狗贩子们还都记得"九句半"，纷纷问他是不是找牙来了，"九句半"没理他们，在一个长相厚道的老贩子跟前蹲下来，提出要买一只好斗凶狠的大狼狗，老贩子见来了生意，眉开眼笑地满口应承。

"九句半"随着老贩子来到胡同

里的一个小屋，推开门就见链子上拴了只牛犊子似的大狼狗，那狗见了生人也不叫唤，红着眼作势要扑上来。老贩子炫耀道："看见了吧？纯种德国青背，你是要拿去斗狗吧？包你百战百胜！"随后开价一千元。

"九句半"当然不肯，两人争论了一阵，终于五百元成交。"九句半"咬牙大吐血，把老本儿全搭进去了。

老贩子拿来几块骨头，教导"九句半"训练大狼狗的要领，"九句半"掌握了诀窍，立刻就不厌其烦地反复演练起来。

他练好了也没回家，怕被别人看见，"九句半"知道饭后便是遛狗的时候，而这时路灯还没亮，花园里更是昏暗朦胧，他便趁着人们都在吃饭，路上无人的时机，牵着大狼狗溜进小花园，潜伏在树丛里，耐心地等着目标出现。

果然不到半个小时，牛大爷牵着斗牛犬出现了，待他们走上花园小径，"九句半"兴奋地拍拍大狼狗，指指斗牛犬对着它的耳朵"咄"了一声，大狼狗"嗖"地一跃而起，箭一般直扑上去。

斗牛犬反应极快，瞬间转身迎头跃起，两只狗在空中"砰"地相撞，各自摔了几个滚儿，把牛大爷也拽了个大马趴，没等他爬起来，两只狗已经疯狂地撕咬成了一团。

大狼狗身高体重，几个回合就把斗牛犬压在下面，斗牛犬挣不出来，任它在背上连咬几口。大狼狗要乘胜结束战斗，一嘴把斗牛犬拱翻，寻找咽喉，就在它一低头的时候，斗牛犬快如闪电，一个翻身反咬住了它的咽喉，大狼狗"嗷"地一声嚎叫，立起来拼命乱甩，斗牛犬被它甩得腾了空，摔在地下"嘭嘭"直响，可就是狠狠咬住死不松口，几番折腾下来，大狼狗呼吸越来越困难，渐渐有些支撑不住了。

牛大爷急得直跳脚，遛狗的人们纷纷跑来，可面对这一对红了眼的狗，大伙只会跟着吆喝，谁也不敢上前。

其实最急的还是"九句半"，直到人们围上来，才敢装作看热闹，捡块砖头冲上前去。但为时已晚，大狼狗终于被斗牛犬拖倒，浑身一阵抽搐，四爪一蹬，一命呜呼。

斗牛犬松开了嘴，汪汪跳着欢呼胜利，牛大爷这才镇定下来，挺有经验地上前看看大狼狗龇着的獠牙，"嗨"了声笑道："牙都磨秃了，按人的年纪比我都老。"围观的人们也跟着笑起来。

"九句半"这才知道上了老贩子的当，五百元买了只不中用的老狗！

4. 难防范贼心不死

又是一场狗祸！

一个人正在过的生活并不一定是他真正应该过的生活。——王尔德闻讯赶来的康主任看了看咽喉破碎的大狼狗，赶忙打听事发的原由。可大家只是或早或晚地看了场精彩的斗狗，谁也不知道大狼狗的由来，牛大爷揉着磕破的膝盖说："据我的经验，这条狗是经过训练的，狼狗最通人性，没人唆使决不会胡咬乱咬，可惜它老了，否则斗牛犬真不是它的对手。"

康主任问："那是谁唆使的呢？"牛大爷想了想说："也许就是昨天晚上挨咬的贼吧？"康主任觉得有理，盗窃不成反挨咬肯定记仇，不怕贼偷就怕贼惦记，如果真是这样，居民区可就不得安宁了。

回到居委会，康主任马上召集委员开会，他先讲了自己对这几件怪事的看法，又重申了市政府关于居民养狗的规定，要求党员干部必须带头，不能任狗祸愈演愈烈。

这一次，养狗的老冯再不说自己的那番道理了，带头表示马上办证，还提出建议要划定遛狗的范围，狗主人必须负责清除狗粪，居委会组织巡逻队实行昼夜监督，一是防盗二是禁止无证狗外出。

老冯的建议被大家一致通过，决定分组动员养狗户办证，对组织巡逻队大家也都赞成，可光靠些老头儿老太太不行，还要动员些年轻力壮的小伙子志愿参加，决议形成，大家便马上开始分头工作。

康主任第一站到了牛大爷家。牛大爷正在午睡，头就枕着斗牛犬的肚皮，康主任一敲门，斗牛犬嗖地跳起来，差点把牛大爷闪下床去。

斗牛犬还认得康主任，老朋友见面照例握手，康主任握着它的爪子笑道："扭秧歌！"牛大爷唱起来："索拉索拉多拉多……"

一曲舞罢，康主任拍拍手说："扭得好！真该让大家都看看，也是挺好的娱乐嘛。"牛大爷摇摇头："没证不敢出去呀。"康主任拍拍斗牛犬："是呀，被抓走就太可惜了，咱们党员干

部和好多居民的狗都办了证，过几天还要举行小狗技能表演赛，咱斗斗去参加，准拿第一。"

牛大爷一听就急了："你怎么不早说！现在办证还来得及吗？"康主任赶紧答应"来得及来得及，后天才开始报名呐。"

牛大爷当场打电话给牛二，让他回来带斗斗去办证！

康主任凯旋归来，又琢磨起组织巡逻队的事，他一下子想到了'九句半'，这小子虽然游手好闲倒没发现劣迹，动员他参加些公益活动也好进行帮助教育，想好了说辞，康主任决定吃过饭就去找他。

"九句半"此时正跟老贩子算账，厚颜无耻的老贩子振振有词："我早就听说你叫'九句半'，挨了骗也是一报还一报，再说咱们一手钱一手货，当面看好愿打愿挨，你买狗还想'三包'哇？"旁边的狗贩子们随声附和，反倒指责"九句半"不懂规矩，一个粗壮的狗贩子挽起袖子："又想吃泰森拳了吗？"

眼见难讨公道，"九句半"气鼓鼓地回到家里，全身都在复仇的烈火中燃烧，一次次吃亏上当已经使他欲罢不能无法后退了，他就不信斗不过一只狗！

正在气头上，听到外面有人敲门，开门一看是康主任。"九句半"慌

忙张罗着敬烟倒茶，康主任也没跟他客气，喝着茶讲了请他参加巡逻队的事。

"九句半"向来主张爹死娘嫁人——各人顾各人，才不会干这种讲奉献的傻事儿，正要一口回绝，忽然灵机一动，点点头痛快地答应下来。

康主任挺意外，赶紧声明："参加巡逻没有报酬还要遵守纪律，说不定还会遇到风险，年轻人可不能临阵退缩！"

"九句半"把胸脯子拍得砰砰响："我会退缩？我打小就跟一个老和尚学过武功，少林拳武当剑十八般兵器……"

康主任来个激将法："行不行看行动，可别家雀儿下鸡蛋——硬充大屁眼儿！"

"大屁眼儿？""九句半"跳起来，"不信我给你练一套看看！"说着一趖身使了个扫堂腿，不想一腿扫在了柜子上，"咕咚"摔了个屁股墩儿，康主任忙伸手拽住："好好，我信我信，咱就这样定了，别忘了晚上十点到居委会集合！"

5. 投毒饵殃及无辜

送走康主任，"九句半"直庆幸自己运气好，康主任送来了美差，这下免得自己半夜出去冒险了。看看到了晚饭时候，"九句半"兴冲冲地买来二斤酱牛肉，拣整齐的切成核桃大的块

儿，把家里的毒鼠强统统夹了进去。准备工作完成，洗干净手，就着剩下的碎牛肉，他得意地喝起酒来。

吃着肉喝着酒看着电视里的神雕侠侣入了迷，嘴里正"嗨嗨"地替侠侣使劲儿，康主任一头闯了进来："你小子看看几点了？怎么头一天就掉链子！"

"九句半"吓了一跳，慌忙挡住桌上的牛肉块儿，连声答应："就来就来，您先走一步，我穿件衣服就到！"

康主任气哼哼地走了，"九句半"忙把牛肉包起来揣进怀里，披件衣服追了出去。

巡逻开始了，"九句半"雄赳赳地提着根棒子和康主任走在前面，后面跟着两个大娘，一圈一圈地在居民区里巡逻起来。头半夜"九句半"精神儿还挺足，到了下半夜就像霜打的茄子——蔫了，拖拉拉地掉了队。起先康主任还招呼他跟上，后来索性不理他，由他跟在后面当尾巴。

到了黎明时分，居民区里渐渐有了人声，康主任吩咐解散，"九句半"打着哈欠抢先往家跑。

又累又困的康主任没敢睡觉，草草吃了点儿东西就出了门，他要去划定小狗活动的区域，现在党员干部和牛大爷都带了头，也正好趁热打铁动员养狗户办证。

早饭过后，晨练的人们散去，遛狗的人们出动，各种各样的小狗们跟

着主人在草坪里撒欢儿，王大嫂也来到了花园，让傻儿子在草坪里跑跑，自己坐在石凳上看报纸。

祥和的景象转瞬即逝，第一个遭殃的是只叭儿狗，它跑着跑着突然一声哀叫倒在地上，口鼻冒血地打了个滚儿死了，紧接着发生了一连串反应，一只只小狗照搬重演，只不过有的滚儿打得多些叫得更惨些。

混乱中牛大爷的斗牛犬声势最大，突然"嗷"地蹦起一人多高，把毫无防备的牛大爷拽了个倒栽葱，脑

袋"砰"地磕在卵石路上，只觉得触电似的一阵酥麻，半边身子顿时没了知觉，斗牛犬还在拼命地蹦着，只是越蹦越低了……

狗主人们从惊悸中醒来，抱着死狗"儿呀肉呀"有的哭有的叫，正看报的王大嫂吓了一跳，才要丢下报纸跑过去，傻儿子也在草坪里"哇哇"叫着打起滚来，她扭头看见儿子口鼻出血，扑上去撕心裂肺地尖叫："救命啊！出人命啦……"

正在花园一角划线的康主任听见人喊狗嚎，跑过去一看也吓软了腿，立刻打电话报了警，不大工夫，警车急救车接踵而至，抬上牛大爷和傻儿子飞奔医院，康主任忙着维持秩序，警察们开始询问目击者勘察现场。

几个穿白大褂的警察伏在草坪里搜寻，不时闪起一道道灯光。康主任和所有目击者都被请到居委会分头作调查，别人做完笔录就走了，只有康主任一直陪到太阳落山。

结果终于出来了，傻儿子和死狗的胃中都检出了毒鼠强，在现场找到的几块酱牛肉里也检出了毒鼠强，结论是有人投毒！

再大的案子也难不住刑警，投毒要有动机，作案要有时间，破案首先要从这两点查起，破案组赵组长打开牛肉闻闻还挺新鲜，决定再派出一个组去调查酱牛肉的来源。

正在协助调查的康主任看见牛肉心里一动，立刻想起昨天他喊"九句半"巡逻时，在他家桌上看到的那堆牛肉块儿，随即又想起巡逻到下半夜时，他在后边磨磨蹭蹭着实可疑，再加上挨过牛二的上勾拳，动机时间可不都有了！

康主任把自己的怀疑告诉了赵组长，赵组马上来了兴趣"有门儿有门儿！你再讲详细点儿！"

大家听了康主任的介绍，正在研究他们昨夜巡逻的路线时，调查组回来了，附近酱货店的老板作证：昨天"九句半"确实买了二斤酱牛肉。

经过综合分析，"九句半"被列为重要嫌疑人。

6. 难定论狗祸人祸

再说康主任在花园里画线时，"九句半"也没睡觉，他家的窗子正对着小花园，这样的好戏岂可不看？

预料中的好戏终于开场了，小狗们接连中毒，当看到吃了肉的斗牛犬疯狂跳跃时，乐得"九句半"也跟着跳起来，真是功夫不负有心人呐！

接着看下去，"九句半"再也乐不起来了，胜利的喜悦变成了恐惧，呼天抢地的王大嫂和满园子的警察告诉他，事儿闹大了！他强拖着发软的腿出去打听了一圈儿，回来就像抽了筋似地瘫在了床上。

"九句半"在电视里看过不少为

鸡毛蒜皮闹出人命的案例，当时还笑他们弱智，自己倒好，鬼迷心窍地步了后尘，聪明大劲儿了！

事到如今后悔也没用，还是想想何去何从。逃跑吧？抓住了罪加一等；自首吧？从轻也要把牢底坐穿；蒙混过关吗？先要想想自己有什么破绽。

正在前思后想，牛二来了，"九句半"知道他的厉害，躲得过初一躲不过十五，最好的办法就是跟他装蒜，反正也没给他抓住手腕子，四肢发达头脑简单的家伙应该好对付，干脆硬着头皮开了门。

牛二横着膀子进了门，死盯着"九句半"那皮笑肉不笑的丑脸一言不发，他在接到噩耗赶回家的路上就没闲着，过去发生的事一件件在脑子里重演，凭直觉就断定只有"九句半"才能干出这种缺德带冒烟儿的事，现在老爸瘫在医院，心爱的斗斗一命呜呼，管他公安局怎么处理，先狠揍这王八蛋一顿出出气。

手随心动，牛二"砰"地一拳，把猝不及防的"九句半"打得腾空飞到了床上，没等他叫出声来又揪住衣领拎起，往小腹上打一拳，疼得他弯下腰，又往后颈上砍了一掌，才砍了他个狗吃屎，"九句半"趴在地上，想叫也叫不出来了。

牛二一脚踏住"九句半"说："想死就别坦白！"

"九句半"哇地吐出两颗带血的假牙："我坦白我坦白……"接着呜呜噜噜地从头说起。

没等"九句半"交代完，牛二已经气得发昏，他再一次拎起"九句半"，一拳把他打得撞到墙上，弹过来又一拳打回去，左右开弓地练起了拳击。他按教练讲的要领，眼里看到的只是只肉沙袋……打倒了拎起来，拎起来又打倒，等康主任带着警察冲进来，"九句半"已经被彻底打瘫了。

两个警察冲上去抓住牛二，赵组长在满脸是血的"九句半"颈下摸了

二十世纪问候语

◇ 四十年代末，同志们见面会问："家乡解放了吗？"

◇ 五六十年代，朋友们相逢就说："吃了吗？"

◇ 七十年代，人们会关切地问："入党了吗？"

◇ 八十年代，人们争相问："下海了吗？"

◇ 九十年代，老朋友见面的机会越来越少，人情却依然不减。偶尔相遇，必问道："跳槽了吗？"

求职七霸

◇ 凡校内招聘演讲会都出席旁听的，为"听霸"；

◇ 凡看到公司招聘的联系电话都要拨一下的，为"拨霸"；

◇ 凡公司招人都投简历的，为"投霸"；

◇ 凡投出简历都能得到笔试机会的，为"笔霸"；

◇ 凡参加笔试都有面试通知的，为"面霸"；

◇ 凡面试都过关斩将拿职位的，为"职霸"；

◇ 最后一类：整个过程屡屡被拒、机会全无的，江湖人称"巨无霸"。

　　（欢迎读者为本栏目推荐新鲜有趣的幽默格言、俏皮话和顺口溜，来稿请寄：上海市绍兴路74号《故事会》杂志社，邮编：200020。请写明姓名和联系方法，并请在信封上注明"快乐辞典"字样。电子邮件请发 liangningning@vip.sohu.net）

摸，命令警察："快叫急救车！"回头指着牛二喝道："把他给我铐起来！"

　　牛二挣扎着大叫："我给你们破案了，这小子是投毒犯！"赵组长指指半死不活的"九句半"说："他是投毒犯你是什么犯？"牛二才觉得事情不妙，自己可别成了杀人犯啊！

　　警察在屋里搜出了一只坏鞋，和上次那个作为证据的鞋正好配对，还发现了毒鼠强的包装袋，牛二一五一十地讲了"九句半"交代的投毒过程。根据现有的证据就可以基本定案了，但大家的心情都很沉重，谁也没想到会是这么个结果。

　　不久传来消息，牛大爷中风瘫痪了，王大嫂的傻儿子还在抢救，生死难卜，"九句半"虽然没有生命危险，但全身多处骨折，判了刑也只好把病床当监狱，而牛二为泄私愤致人重伤，也算得上是故意伤人。

　　出了这样的大祸，康主任觉得自己该引咎辞职，可这场祸从何而起呢？是狗祸？是人祸？他觉得应该搞搞明白。

　　（本篇月月评短信代码：1416）

　　（题图、插图：王申生）

拙劣的工匠埋怨他的工具。——葛里

我的故事

　　《故事会》自1995年开辟"我的故事"栏目以来，日益受到广大读者的认可和欢迎，如今成为保留栏目。它的特点是"真情流露"，作品多是作者的亲历或见闻，并以第一人称叙述故事。本书汇集了该栏目的41则作品，读来备感自然亲切。

外国幽默故事

　　此书选取了《故事会》"幽默世界"中的近百则外国幽默故事，并按内容分为"奇闻趣事、巧言妙计、戏谑嘲笑、鞭挞讽刺、荒诞不经、意味深长"等六类。

武侠故事

　　39则武侠故事，形象地描述了侠义之士扶弱抑强、除暴安良、布善施德、匡扶正义的豪情生活，作品情节设计跌宕起伏，人物形象栩栩如生，每一则故事都是一首武林豪杰的正气歌！

男子汉故事

　　本书共收10则中篇故事，刻画了一群性格各异的青年男子，作品情节性强，极富文学色彩，不仅显示了男性的健壮刚强美，更突出他们面对权势、金钱、爱情以及生与死所表现出来的气质、智慧和英勇。

幸亏是假的

□李清林

月黑风高，毛七寸隐在一条小巷里，准备拦路抢劫，第一次作案，他心里很紧张。

没多会，一个行色匆匆的单身行人进入了他的视野，近了，更近了，待那人来到眼前，毛七寸套上面罩，闪身而出，手中尖刀一指，低低沉喝一声："站住！"

那人吓了一跳，定了定神儿，问："有事儿么？"

毛七寸气势汹汹地说："废话！装什么糊涂？把钱财留下！"

没想到那人不仅不怕，反而乐了："呵呵，就你？要劫我？玩笑开大了点儿吧！"

毛七寸一愣，不明白这话是什么意思，提高了声音威胁道："少啰嗦！不然别怪我对你不客气！老子有人命在身，是刚从大西北逃出来的！"说着又把刀子晃了晃。

那人听到这话，竟然哈哈大笑起来。

毛七寸见对方不信，吓唬道："老子在新疆蹲了八年！"

"嗬！遇上同道啦，请问哪个监狱呀？"那人一边慢吞吞地问，一边从容地掏出根烟点上，猛吸一口，轻松地吐出一串烟圈儿。

"石、石河子监狱。"毛七寸回答。

"笑话！是自己弟兄我怎么不认识啊，我就刚从那儿出来，要不要看看释放证？"

毛七寸一听这话慌了，仔细一看，对方剃个光头却留着满脸杂乱的大胡子，穿着牛仔裤，拎个马桶旅行包，风尘仆仆的，确实像个刚出狱的

决不可自暴自弃。开步走吧，只要走，自然会产生力量。　——法布尔

囚犯。

"我、我没唬你！我说错了，不是石河子，是第三监狱！"

"第三监狱？"大胡子往前凑了凑，"那我问你，监狱长姓什么？狱政科长叫什么？"

毛七寸不由自主地往后退了退，急忙改口："我在那没呆几天，就转到别处去了。"

"得了吧！呆了几天也该知道监狱大门朝哪面开、有几栋监舍吧？还有，食堂在什么位置？厕所在哪个角上？"

"这……"

"说呀！说对了我身上的东西、钱全归你。"大胡子一副猫玩老鼠的悠闲神态。

大冷的天，毛七寸却冒汗了。妈呀，遇上煞神啦！他哆哆嗦嗦地用刀子指着那人，慢慢地倒退几步，一转身，撒丫子就跑。

"站住！"大胡子大喝一声。再看毛七寸，倒真听话，立马乖乖地定格了。

"哼！小样儿，就这两下子呀！"大胡子过来下了他的刀。

"大哥，对不起，冲撞了，我是假冒的。"毛七寸吓得头都不敢抬了。

"你假冒什么不好，非得冒蹲监坐狱的杀人犯？你是不是觉得蹲监狱很好玩？这下我成全你，正好我出来腾出一个名额，你进去体验体验，过

把瘾吧！"大胡子狠狠地说。

"大哥……"毛七寸不知道该咋说了。

"少装熊！起来，跟我走！"大胡子喝道。

"大哥，上哪？"毛七寸爬起来，怯怯地问。

"派出所。"

"大哥，你真忍心让我去顶你的位置？"

"哼！你想得倒挺美！"大胡子不屑地说，"你顶我的位置？告诉你，还不够格！"

毛七寸连吓带急，当时就瘫那儿了。

这时，一阵马达声响，雪亮的灯光由远而近，两名警察分别骑着一辆巡逻的摩托车从胡同口缓缓而过。大胡子手疾眼快地把毛七寸往阴影里一拉，才没被发现。

毛七寸吓得差点尿了裤子。可这下子，他更纳闷儿了，大胡子原说要把他送派出所，可见了警察又躲着，这葫芦里到底卖的什么药啊？

"大哥，你……"他刚要问，大胡子摆摆手制止了他，"别啰嗦了，跟我走！"说着拉着毛七寸就走。

"大哥，你就饶了我吧！"毛七寸哀求道。

大胡子想了想，说"不上派出所也可以，但你得答应为我办一件事。"

"行！行！"毛七寸连连点头，接

着又小心地问，"大哥，那事儿……犯法么？"

"你还怕犯法啊，刚才怎么想的！"大胡子黑着脸说。

毛七寸无奈，只好耷拉着脑袋跟他去了。

到了地方，把要干的事情跟他一交代，毛七寸乐坏了。原来那大胡子不是什么劳改释放犯，而是个导演，抓毛七寸来当临时演员呢。

不过安排的不是什么好角色，让他演犯罪团伙成员，五花大绑上刑场。

围观群众人山人海，刑场军警密布，虽然是演戏，但森严的气氛也让人紧张。警笛声声，警灯闪闪，毛七寸等几名死刑犯被押下车，跪成一排。场内忽然静得出奇，行刑人员"喀嚓咔嚓"拉枪栓，子弹上膛的声音都听得清清楚楚。执行人员一挥小旗，一阵枪声响起，毛七寸和几个同伙一头栽倒在土坑里。

大胡子导演非常满意，赶紧跑过去给毛七寸松绑，嘴里连说"辛苦辛苦"。可等绳子解开了，毛七寸却怎么也站不起来了，抬头见是大胡子导演，突然扑上来抱住，然后放声大哭。

大胡子拍着他后背安慰道："别怕，别怕，咱这不是在排戏嘛！假的，假的，而且不会让你白辛苦，等会还会给你劳务费的。"

毛七寸止住哭，抽抽答答地对大胡子说："我、我知道是假、假的，我这是后怕呀。我可不要什么劳务费，我还得给您送礼呢，要不是遇上你，我抢劫成了，顺道走下去，有一天不就真成这样了么！"

（本篇月月评短信代码：1417）

欢迎来稿：为了我们的《故事会》更加精彩

人类天生就有讲故事的才能，而悬念是故事必不可少的要素之一，为此，本刊特推出"悬念故事"栏目，以强化故事的悬念色彩。来稿要求：1. 要有新奇性，不能让读者观其头而凭经验就能知其尾。2. 要有暗示性，不可故弄玄虚，让读者摸不着头脑。3. 要有诱导性，步步为营，充分调动读者的兴趣。4. 本栏目题材不限，字数以3000字以内为宜。

此外，您手中还有什么其他得意之作？本刊辟有二十多个原创性栏目，如中国新传说、笑话、我的故事、幽默世界等，可谓丰富多彩，必有一栏适合您。

中篇故事是我们这次征稿的重点，要求作品内容厚实、选材新颖、结构紧凑、情节引人入胜。字数以20000字以内为宜。本刊实行稿酬优酬制度，对于特别精彩的作品，我们将给予重奖。

来稿必须注明投稿人的真实姓名、地址和其他有效联系方式（如电话、手机等）。投稿地址：上海市绍兴路74号《故事会》杂志社，邮编：200020。

本刊电子信箱：gushihui@263.net；

本期责任编辑电子信箱：liangningning@vip.sohu.net。

动物保护

□ 张湘饶

阿紫和老公在国外开了家中餐厅，几年下来赚了一点钱，心思就活络起来，决定再投资办个养牛场，餐馆就交给老公一个人打理，阿紫全力去发展养牛场。

养牛场开张的第二个星期，有两个动物福利保护局的官员来拜访，亮出证件后，阿紫得知他们一个叫史密司，一个叫约翰逊，是来检查养牛场对小牛福利保护情况的。史密司很有耐心地向阿紫宣传了相关政策："根据《动物福利保护法》规定，动物享有五大自由 不受饥渴的自由，生活舒适的自由，不受痛苦伤害和疾病威胁的自由，生活无恐惧和悲伤感的自由，表达天性的自由。"阿紫听得似懂非懂，却连连点头称是。

两人围着牛圈转了两圈，一会点头，一会摇头，还在小本子上记着，最后交给了阿紫一份意见书，上面写着 农场侵犯了小牛"享有表达天性的自由"的权利，限期一周内改正，否则将处以罚款。

阿紫这回不能不懂装懂了，忙问道"先生，什么是小牛的'享有表达天性的自由'的权利啊？"史密司慢条斯理地说："小牛享有表达天性的自由，我们不能把它们关在牛圈里，应该让它们到野地里散散步，呼吸一下新鲜空气，沐浴一下阳光，感受大自然的和风吹拂。还有，你让它们站在冰冷的水泥地上，这样也不合适，牛棚里要铺上厚厚的稻草，明白吗？"

阿紫搞不清小牛是不是真的需要

这些，好在这些事都不要花什么钱就能做到，即使照他们说的去做，也不会有什么损失。两位官员走后，阿紫就定时把小牛赶到田野里散散步、吹吹风、晒晒太阳，在牛圈里铺上厚厚的稻草。要说史密司和约翰逊还真认真，来抽查了几次，看到小牛的条件得到了改善，终于给了一份表示合格的文件。

还别说，那些小牛受到如此福利待遇，长得也特别快，几个月后，第一批小牛出栏了。阿紫请了个大货车，装上三十多头牛，连夜运到附近城市的定点收购站。正当阿紫准备数钞票的时候，收购站的人又递给了阿紫一张意见书，大意是说阿紫违反了《动物福利保护法》，根据法律规定，牛在运输途中，必须按时供水和喂食，超过8小时就要休息24小时。而阿紫的牛在路上跑了10个小时，中途没有休息，受到了虐待。这样的牛由于长时间处于恐怖和痛苦之中，肾上腺激素大量分泌，从而形成毒素，这些毒素对人体十分有害。他们建议阿紫将牛运回去，等休息好后，恢复了健康再运来。

阿紫一看就急了，牛卖不掉，一来一回的运费就白白损失了。阿紫又气又急地申辩道："我也在路上跑了10个小时了，怎么没人来保护我的福利？"可收购站的人的表情像是菩萨，随你怎么说他都似笑非笑的样

子，再不行就耸耸肩，表示无能为力。阿紫在背地里大骂洋鬼子认死理，她恨死了那个《动物福利保护法》，把动物侍候得比人还舒服，太不公平了！等牛健康了，她阿紫就要病倒了。

可气归气，牛还是要运回去。祸不单行的是，回到养牛场一看，留在家里的8头怀孕的母牛不知怎么都流产了。这下阿紫连哭的力气都没有了，原指望靠养牛发财，看样子要赔老本了！

就在阿紫一筹莫展的时候，动物福利保护局的史密司和约翰逊又来了。阿紫吓得差点没躲起来，心中暗想：这下惨了，母牛流产，他们肯定要怪自己虐待母牛或者对母牛照顾不周，可事到如今，阿紫横了一条心，想好了他们要是罚款的话，就让他们把牛拉走得了。

可谁知史密司和约翰逊一听说阿紫的母牛流产了，显得特别紧张，问这问那，还很认真地安慰了阿紫一番，叫她不要难过，仿佛不是阿紫的母牛流产，倒像是阿紫流产似的，表示一定帮助阿紫查清楚这件事。阿紫既感动又不明白：母牛流产有什么好调查，这样的事情难道还怪得了别人？可他们两个果然煞有介事地展开了调查，在牛棚里安放了仪器，还走访了附近的居民，又在方圆一公里的地方进行了实地查看。最后，他们发现半公里外有一家采石场，不时有隆

新造型

□ 黄 胜

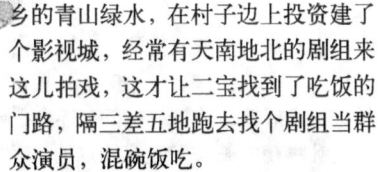

杨柳村有个懒汉叫二宝，务农怕出力，经商怕赔本，整天吊儿郎当的，三十多岁了还是一事无成。幸亏前几年，有位大老板看中了他家乡的青山绿水，在村子边上投资建了个影视城，经常有天南地北的剧组来这儿拍戏，这才让二宝找到了吃饭的门路，隔三差五地跑去找个剧组当群众演员，混碗饭吃。

武打片流行的时候，二宝剃了秃头演和尚，也算得上工作繁忙，大腕似的一天要赶两个剧组的场，上午还是少林寺的和尚，下午他就成了小庙里的僧人。后来清宫片当道，也特需要光头，那段时间，二宝的日子过得挺滋润。

可后来就不行了，武打戏和清宫戏都拍得少了，秃头群众演员也不再

隆的放炮声传来。他们请来环保局的人进行实地测试，发现采石的炮声分贝大大超过允许的标准，属于噪声。最后，他们给阿紫的意见书是：采石场的噪声使得母牛食欲不振，呼吸和心跳增加，导致母牛流产。

阿紫本来已经恨透了意见书，可这一次她却捧着不肯放了。

两位官员建议阿紫向法院起诉采石场，由于有动物福利保护局的史密司和约翰逊的支持和环保局的证据，阿紫打赢了这场官司，采石场除了按小牛的价格赔偿以外，还赔偿了8头母牛的营养费、产后护理费，还有母牛主人的精神损失费、误工费等等，这样加起来竟正好把阿紫损失的小牛和运费都补回来啦。

阿紫这下尝到了动物保护的甜头。

（本篇月月评短信代码：1418）

走俏，二宝的日子一天不如一天。更让他烦心的是，群众演员这个行当竞争也激烈了，二宝貌不惊人才不出众，少不了四处碰壁，有时候在影视城里逛荡好几天也找不到活干。

光头留着没什么用了，头发就越长越长，二宝也懒得拾掇，随它去。嘿，你别说，有一天他到一个剧组去碰运气，这副造型还真被导演看上了，说正好缺个演精神病的，还夸他这头乱糟糟的长头发挺有特点的。更让二宝喜出望外的是，导演还给了他一个近镜头，外加半句台词，过了把戏瘾不说，劳务费是普通群众演员的两倍。二宝美得合不拢嘴，精神亢奋了半个多月。

可惜，此后再没有碰到这样的好事，只有一次，一个戏需要个演乞丐的，据说有两句台词呢，副导演见二宝长发披肩，就领着他见导演，可导演一看，极不满意地说："怎么没有胡子？"话音没落，就不知从哪儿冒出个大胡子，二话没说就把二宝扒拉到一旁，下巴颌一扬，骄傲地说："我有。"不用说，这活儿被人家大胡子抢去了。二宝的肺都快气炸了，暗暗发誓：奶奶的，不就是长了把破胡子

吗？有什么了不起的，老子也留，不留得比你的长决不回来，回来后老子专抢你的戏。

二宝回家后卧薪尝胆，静下心来呆在家里专心蓄胡子。你别说，这世上无难事，就怕有心人，过了半年多，二宝的一脸胡子还真成了规模，要成色有成色，要长度有长度，绝不比上次抢他饭碗的那个大胡子逊色。于是，二宝决定重出江湖。

这一天，二宝洗刷一新，头发、胡子都梳理得整整齐齐，油光可鉴。他踌躇满志地来到影视城，也真神了，他在街上刚神气活现地走了两步，就有一个人拦住了他的去路。只见此人一脸络腮胡子，长发飘逸，风度翩翩，气质超凡脱俗。看这风度，看这模样，特别看这一把大胡子，不用问，一准是哪个剧组的大导演。二宝心中狂喜，看来自己这胡子是留对了，这不，不用自己东奔西走，刚一亮相就有导演主动找上门来。二宝摸着长须，刚想开口问导演需要演员吗，却被对方抢先开了口，可听了对方的话，二宝差点没乐趴下。那人哈哈腰，恭恭敬敬地问："请问导演，您需不需要群众演员？"

（本篇月月评短信代码：1419）

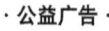

想出新办法的人，在他的办法没有实现以前，人们总说他是异想天开。 ——马克·吐温

误 导

□ 李清林

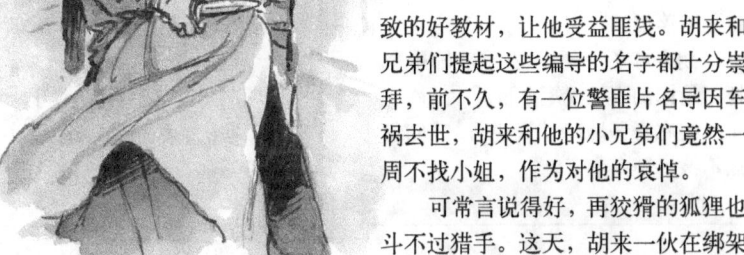

胡来特爱看警匪片，简直到了着魔的程度。看着看着他渐渐从中悟出了门道，感觉自己已经精通了作案手段，也掌握了警方思路，具备了反侦察的能力。于是，他找了几个小混混，模仿电视里面的黑道人物，开始作案。

别说，这些经验和办法还真挺管用。他们入室偷、蒙面抢、劫出租、骗小姐……作案上百起，从未失手。胡来看着为破案伤透了脑筋的警察，数着到手的大把钞票，过着花天酒地的日子，真是又刺激又得意。他打心眼里感激那些编导，编出这些周密细

致的好教材，让他受益匪浅。胡来和兄弟们提起这些编导的名字都十分崇拜，前不久，有一位警匪片名导因车祸去世，胡来和他的小兄弟们竟然一周不找小姐，作为对他的哀悼。

可常言说得好，再狡猾的狐狸也斗不过猎手。这天，胡来一伙在绑架了一个小孩之后，被知情人举报。像电视剧里一样，公安局出动大批警力，将他们围困在一处废弃的厂房内，里三层外三层，水泄不通。

手下弟兄一个个惊慌失措，好几个人都要投降。胡来却胸有成竹地说："废物，慌什么？要不怎么说你们没把剧本研究透呢？"说罢，他学着电视剧里那样，用刀子胁迫着人质要挟警方，要求让开道路提供车辆，放他们逃走。

他满以为警方会像电视里那样，按歹徒要求让警员放下武器，然后让开一条通道，提供车辆，让歹徒在大批荷枪实弹的警察眼前大摇大摆地离

去，然后再开车去追，在公路上飙车。可谁知完全不是这样，他抓着人质当盾牌，刚开口提条件，对方一个狙击手一枪就把他持刀的右臂打断了，接着几个警察飞速扑来，鹰拿兔子一样把他铐了个结结实实。

落网后审讯，胡来不肯配合，一脸的不服气。

警官问他"胡来，你为啥见了棺材还不落泪？"

胡来脖子一梗，说："我输得冤枉，是你们不按规矩办事。"

警官奇怪地问"说说看，我们怎么不按规矩办事了？"

胡来说："按警匪片里的规矩，在那种情况下，你们不能开枪，还要再费好多周折，起码得飙车呀。就算最终能抓住我，按每天演两集算，起码也还得半个月。"

警官听了哈哈大笑："我当你说的什么规矩呢，那哪是警察的规矩，那是编导的手段，剧本拉得越长，钱赚得才越多。"

听了这话，胡来的脑袋耷了下去，半晌，才嘟囔了一句："我明白了。"

"你明白了什么？"警官问。

"那帮家伙，敢情是骗子。"

（本篇月月评短信代码：1420）

原创漫画系列《BRAVO 东东》问世

《故事会》与《我为歌狂》携手进军原创漫画新领域

东东是谁？东东是一个普通的初中生，有一点调皮捣蛋，脑子里充满各种奇思怪想，常常有点稀里糊涂，渴望做一个大男人，向往朦胧甜蜜的爱情……他还有一个搞笑的妈妈，一个严肃的爸爸，一帮性格各异、趣味横生的同学！也许东东就在你的身边，也许东东就是你自己，也许东东的许多故事许多想法都曾经发生在你的身上，也许东东会成为中国的樱桃小丸子！

一套反应e世代中学生生活的漫画丛书《BRAVO 东东》已由上海文艺出版社正式出版发行。该套书由曾经轰动一时的《我为歌狂》原班人马倾力打造，风格轻松活泼，风趣幽默，视觉效果和故事性俱佳，作为"故事会漫画丛书"向市场推出。

恋爱与股票

□ 小 华

　　　　家很出名的证券公司招聘职员，待遇十分丰厚，很多人去应聘。经过层层淘汰，只剩下三个人，碰巧这三个人在读大学时就是好朋友，所以他们约定，谁先进去面试，出来后就要把考官问的问题告诉后面的人。

　　一个秘书过来，叫阿伟先进去面试。十分钟后，阿伟垂头丧气地走了出来，阿德和小刘马上围上去，问怎么了，阿伟把手一甩，说："他问我在大学有没有谈过恋爱，我就老实地告诉了他我谈过……""然后他怎么说呢？"两个人一起问道。"哎，早知道就不老实说了，他说我既然在大学谈了恋爱那就一定没花多少时间学好专业知识，公司不需要我这种在校不好

好读书的人……"说完，阿伟就转身走了。这时，秘书又来了，点了小刘的名字，十分钟后，小刘出来了，也是一副沮丧的样子，阿德忙问道："难道你也答错了？"小刘很不解地说："还是那个问题，可我说我没谈过恋爱，他就说我的交际能力一定很差，不然大学四年怎么没谈过爱呢？公司需要的是社交能力强的人才……"阿德一听心里有了底，盘算着自己到时候该如何回答。

　　果然，几个问题之后，考官就一本正经地问道："不知道你在大学谈过恋爱吗？"

　　阿德镇定地说："我想先谈一下我对大学恋爱的看法，我觉得在大学谈恋爱，就像买股票。"考官有点意外，好奇地问道："那就请你解释一下为什么吧！"

　　阿德说："大一的时候，谈恋爱就像是暴涨牛市时公司的股票，人人都争着买，我们为什么不呢？"考官笑

被美女拒绝

□ 李 琴 供稿

　　一辆装满母鸡的运货车在公路上行驶着，驾驶室里只有一个男司机和他的宠物鹦鹉。

　　突然，司机发现路边有一位美女向他招手，拦住了他的车，司机立刻打开车门，高兴地让美女搭便车。为了能和美女单独相处，他把鹦鹉放到了后车厢里，让它和母鸡们呆在一起。车子开了一会儿，司机试探着问："美女，亲一下行吗？"美女害羞地说不行，司机不气馁，又问："美女，抱一下行吗？"美女还是说不行。司机想了想说："不行就下去！"说着把车停了下来，把美女赶下了车。货车走了一会儿，司机觉得这样对待美女不是很绅士，就又把车开回去，又请美女上了车。上车后，司机故伎重演，遭到美女拒绝后，又把她赶下了车。

　　这样一连折腾了三次，终于到了目的地。司机下车以后，惊奇地发现，车厢几乎空了，他一满车的鸡只剩下了几只！只见他的鹦鹉提起一只母鸡问道："美女，亲一下行吗？"鸡拼命摇头，鹦鹉又问："美女，抱一下行吗？"鸡还是拼命摇头。于是鹦鹉说："不行就下去！"说着把鸡扔下了车。

　　（本篇月月评短信代码：1422）

　　着又问道："那请问以后呢？""大二时就像公司发展时期，股价总是上窜下跳的，有的买，有的抛，咱就有选择地买呗；大三呢，绩优股继续被套牢，超跌股就被甩了，这时候局势有点由不了自己了；大四呢，大盘狂泻了，散户大户都没信心再血拼下去，大伙都忙着脱手了。"

　　考官点了点头，笑着说："像你这样连恋爱都能和股票联系在一起的人，证券公司怎么能不要呢？"

　　（本篇月月评短信代码：1421）

没有一回的快乐是无烦扰的。——福 莱

牛黄自从当了一家贸易公司的经理后，花花肠子便多了起来，他偷偷摸摸地将他的小秘玉珠发展成了情人。牛黄的老婆叫金叶，是市经贸委金主任的千金，就凭这个，牛黄也不敢得罪，既然不能明目张胆地搞，他就跟玉珠在市郊花园别墅租了一套房子，隔三差五地躲到那里快活。

这一天，牛黄又跟玉珠在别墅里鬼混，忽地"笃笃笃"传来了三声轻微的敲门声。

"我敢打赌，这一定是做保险推销的业务员，"牛黄煞有介事地说，"这种人生怕得罪了主顾，所以敲门时往往小心谨慎。"

玉珠有些不相信，赤着脚跑去打开门，果然见一个夹着公文包的小伙子，微笑着说："嗨，你好，我是安康人寿保险公司的小米，能允许我向您介绍一下我们的最新业务吗？"

玉珠正想搭话，牛黄站在她背后冷冷地说："你走吧，我们都买过保险了。"说罢"砰"地一声关上门，把玉珠拉回床上要接着亲热。

正闹着，猛地又一阵敲门声，"咚咚咚"，比先前那敲门声可急促多了。

牛黄赶紧拉住玉珠说："别理他，这一定是收水电费、物业管理费的来了。这些家伙仗着是债权人，敲门时也趾高气扬的。"玉珠惊讶地张大嘴问："凭声音你就能判定人的身份？"牛黄老道地说："当然呀，凭我在商场

摸爬滚打这么多年，什么样的人我没见过？"

玉珠觉得新鲜，为了证实牛黄的判断，她不顾牛黄的阻拦跑去开了门，果然见一个中年男子站在门外，没好气地说："敲了这么久也没人应，是不是想把三个月的水电费赖掉呀？"

玉珠这下算是信了，付了钱把人打发走，回头直夸牛黄有"耳力"。

可没过多久，"砰砰砰"，又响起

三种敲门声

□ 王熙章

·幽默世界·

了敲门声。这次的敲门声比先前两次更凶更猛。

玉珠开玩笑地说："专家，快算一算，这一次敲门的又是谁呀？"

牛黄一跃而起，惶恐地说："凭这声音和声势，不是公安局的，便是检察院的。难道是上次收红包那事儿发了？"玉珠一听吓呆了，两人愣在床上，半天都没敢吱声。

"砰砰砰"，那敲门声竟一声比一声大，一声比一声急。眼看是捱不过了，牛黄吩咐玉珠穿好衣服，整好被褥，自己也抓了抓头发，硬着头皮去开了门。不料，门一开，却是先前那个夹公文包的保险业务员，他露着和刚才一样的笑容说："嗨，你好，我是安康人寿保险公司的小米……"

牛黄那气可就不打一处来了，他大吼一声说："放肆，做推销有你这么敲门的吗？就凭你这敲门声，我就要向你公司投诉你！"

不料，牛黄话音未落，便有一个女人的声音冷冷地说："有什么不满意到我这来投诉吧，是我让他这么敲的！"

这时便见小伙子背后猛地钻出一个女人来，横眉竖眼的要吃人似的。牛黄一看差点没栽倒，这下比检察院来人也好不了多少，那女人正是牛黄的老婆金叶。

（本篇月月评短信代码：1423）

（本栏题图：李　加）

私人侦探第一案

本书系《故事会》金栏目"中篇故事"精选，共收9则作品，都是与歹徒、罪犯作斗争的故事。公安人员追捕逃犯，历尽艰险，血洒战场；罪犯遥控杀妻，扑塑迷离；村霸设置黑洞，为非作歹；小偷擒获白色恶魔，仗义可嘉；偷盗贪官财物，枪杀情敌后代……作品内容曲折惊险，具有震撼人心的艺术魅力。

妻子要跳交谊舞

本书系《故事会》金栏目"中篇故事"精选，共收9则作品，皆系情爱故事。虽属情爱，却非都是甜甜蜜蜜，卿卿我我，而是充满了喜怒哀乐，恩怨情仇。看这些年轻的男女主人公，既有历经悲欢离合终成眷属，也有历经磨难依然遗恨终生；既有由爱变恨，愤而断情，也有化恨为爱，喜结良缘……

324　2004 SEMIMONTHLY 上半月刊　8月 STORIES

故事会

2004 年 8 月
上半月刊·红版

主编：何承伟
副主编：吴　伦

社务委员会
何承伟　吴　伦　姚自豪
夏一鸣　冯　杰　张　凯
本期责任编辑：蔓　石
美术编辑：李宝强
发稿编辑：
夏一鸣　马　峡
鲍　放　梁宁宁
姚自豪　潇　白
主管：上海市新闻出版局
主办：上海文艺出版总社
（上海市绍兴路 74 号）
邮政编码：200020
电话：021-64375030

督印发行：张　凯
（上海市建国西路 384 弄 11 号甲）
邮政编码：200031
电话：021-64313938
广告总代理：上海文艺广告传播中心
上海市绍兴路 74 号（邮编：200020）
广告总监：张　淮
广告业务：021-34010383
广告投诉：021-64333738
广告经营许可证
沪工商广字 3101034000029 号
发行：中国图书进出口上海公司

本刊各栏目欢迎来稿。来稿寄上海市绍兴路 74 号《故事会》杂志社，邮编：200020；本刊 E-mail 地址：gushihui_sh@163.com；本期责任编辑 E-mail 地址：manshi@vip.sohu.net。

·笑话·

再来一遍

（本栏插图：李 加）

有个歌手在演唱会上翻唱了一首老歌。一曲唱罢，台下观众高呼："再来一遍！"歌手闻声，心中万分激动，于是应观众要求又将歌曲唱了一遍。谁知刚唱罢，台下观众又齐声叫道："再来一遍！"

歌手感动得涕泪纵流，激动地把歌曲再唱一遍。这次唱完，观众情绪更是激动。歌手便对观众们说道："谢谢大家对我的热爱！刚才那首歌我已唱了三遍了，接下来我还是为大家换一首歌吧！"

观众一听，齐声高叫："不行！"

歌手不明所以，只听靠近舞台的一位大爷对她嚷道："先把这首歌的调唱准喽再换！" （吴伟军）

本州惯例

一个太守刚到任，百姓们一连三天演戏庆贺，并且有人带头呼喊"全州百姓齐庆贺，灾星去了福星来！"

太守一听把前任太守骂作灾星，却把自己当成福星，高兴极了，忙问："这两句词儿写得妙，是哪位高手写的？"

百姓们答道："这是历年传下来的。本州惯例，新太守上任都要这样喊。待等老爷您卸任，下一个太守上任时，我们还是这样喊的！"

（许 金）

谁更怕

小赵是有名的胆小鬼。一天夜里发生地震，小赵在妻子的催促下穿衣服，可怎么也穿不上。

"你还不快点！"妻子喝道，"难道这会儿你不害怕吗？"

小赵哆嗦着说："怕什么，大地比我哆嗦得更厉害！"

（阿 辉）

幸福越与人共享，它的价值越增加。——森村诚一

机落机飞

一天晚上，飞行员丈夫回家，想对妻子幽默一把，就在门外道："飞行员777返航，请求降落。"这时，房内突然传出一个男声："飞行员737明白，立即腾出机位。"

（温　泉）

两个笨仆人

两个富翁在一起谈论自己的仆人有多么笨，一个富翁叫来自己的仆人，掏出十块钱，说："约翰，你拿这十块钱到车行给我买一辆最新款的宝马来，快点啊，我急用。"约翰答应着，拿起钱走了。

另一个富翁也叫来了自己的仆人："保罗，你马上回家一趟，去看看我在不在家，然后回来告诉我，要快！跑步去！"保罗答应一声就跑了出去。

两个仆人在街上相遇了，他们彼此抱怨着自己的老板。约翰说："我们老板真是越来越没有智商了，他刚才竟然让我拿十块钱去车行买一辆宝马车来！这是不可能的呀！他难道忘了今天是礼拜天，车行不营业的吗？"

保罗也附和道："是啊是啊！不过我们老板更傻，他居然让我跑回家看看他在不在家！打个电话回家问一下不就知道了吗？还要让我大老远的跑一趟！"

（程　迪）

痛　快

鲍比正在学习汉语，暑假里，父亲带他来中国旅游。一天，鲍比满头大汗地跑进冷饮店，要了一杯冰果汁，一饮而尽。服务员笑着说："痛快吧？"

鲍比想：我喝得很舒服，怎么会"痛"得很快呢？便摇摇头，说："不痛快！"

正在这时，有人进来告诉鲍比："你爸爸被毒蛇咬了！"鲍比听了，一边往外跑，一边叫："真痛快！真痛快！"

（李云贵）

·笑话·

约 会

在汤姆工作的大楼里有一个咖啡屋，那儿有一位小姐每天都和他打招呼。汤姆有些受宠若惊，因为这位小姐看上去至少比他年轻15岁。一天她又对汤姆招手，示意汤姆过去。

汤姆走了过去，心里像有只小鹿在跳。那位小姐问道："您现在是单身吗？"汤姆一迭声地说："对，对，是单身。"

小姐高兴地说："我母亲也是，您愿不愿意见见她？"

（宁　明）

改 口

假期里，几个朋友到秦皇岛来玩。刚下火车，他们就嚷着去看海。到了海边，第一次见到大海的他们都兴奋得叫起来。其中一位哥们儿情不自禁地张开双臂深情地喊道："大海呀——母亲！"

话音刚落，一个巨浪突然打在他的脸上，他的全身都湿透了，这哥们儿顿时恼羞成怒，指着大海骂道："该死，原来是个后妈！"

（杨东杰）

可怕的夜宿

晚上，推销员来到一户农家要求借宿一晚，农夫说没有空房间了。推销员施展开演说才能，苦苦求了半天。农夫说："如果你答应不骚扰我女儿，我就让你跟她睡。"推销员同意了。吃过丰盛的晚餐，农夫带推销员进入房间。推销员摸黑脱光，爬上床，感觉到农夫女儿就躺在身边。好在这个推销员是个老实人，不敢有什么非分的举动。

第二天早晨结账，农夫说："因为你和我女儿共用一张床，只收2元。"

推销员小心翼翼地说："好的，不过，你女儿好像冷冰冰的。"

农夫说："是的，我们准备今天把她下葬。"（温　泉）

人类是唯一会脸红的动物，或是唯一该脸红的动物。——马克·吐温

猪才怪

张三和李四吵架。张三骂李四："你是猪！"

李四怒气冲冲地反驳："我是猪才怪！"

从此以后，张三就叫李四"猪才怪"，而且这个外号被很多人知道了。

终于有一天，李四忍不住了，在众人面前大喊："我不是猪才怪！" （温泉）

一直认为

老师问学生"你这篇论文是抄袭的吧？"

学生惊慌地说："老师，我知道我错了，下次不敢了，您就饶了我这次吧。"

老师嘿嘿一笑："这篇论文是我六年前写的。"

学生哭丧着脸说："对不起，老师，我事先真的不知道那是您写的……"

老师说："不过，我还是决定给你'优秀'。"

学生惊讶地问："谢谢老师，可这是为什么？"

只见老师一脸怒气地说："当时我的导师只给了我'及格'，可我一直认为，我的那篇论文应该得'优秀'！"

（温泉）

毕业留言

毕业典礼上，同学之间互赠留言。一个留级的同学在毕业纪念册上写道："各位同学，我还有事，你们先走吧！" （尘尘）

照　相

一对古稀老人逛街时突发奇想，想赶时髦补拍一张婚纱照。两人进了影楼，向摄影师说明了来意，摄影师用商量的口吻说："怎么拍呢？用逆光可以使你们显得年轻，侧光可以衬托你们的爱天长地久，全光可以表现你们的雍容华贵……"

老头儿结结巴巴地打断摄影师的话："同……同志，我全光可以，让……让老婆子……怎么也得穿条裤衩吧！" （李善美）

政府大院养老虎

　　本书系《故事会》金栏目"中篇故事"精选，共收9则传奇色彩浓郁的精品。大老虎走进政府大院，还被委以"保卫"重任，它果然尽职尽责，抓到了坏人，真叫新奇荒唐。两头公牛一碰面就眼红气粗，斗得天昏地暗，当它俩遭遇群狼围攻时，竟捐弃前嫌，配合默契，脚蹬角挑，杀得饿狼嗥嗥惨叫，可谓奇妙。还有鹰猴各为其主，命命拼斗；小黄牛为救女主人，居然初生牛犊不怕狼；民兵营长独闯野猪沟，杀死红野猪；汽车班长迷路斗公狼，血战沙尘……

黑色人物在行动

　　本书系《故事会》金栏目"中篇故事"精选，共收9则该栏目之精品，主要围绕金钱这一主题多侧面地拓展故事情节。其中有因钱而污染灵魂，导致亲情泯灭，好友成仇；有见财起意，不择手段冒领他人钱财；有为钱所逼，做了违心之事；更有为发横财，行骗作恶等。这些作品的特点是故事情节曲折生动，令人回味无穷。

密访曲家屯

　　本书系《故事会》金栏目"中篇故事"精选，共收9则有关形形色色的"官"故事精品。或是颂扬清官好官心系民众，为民请命，惩治土顽，巧妙拒贿，秉公施政；或是批评某些干部为创政绩大搞形式主义，弄虚作假，蒙骗上级，苦了百姓；更有一部分作品对那些贪官污吏们以权谋私，仗势欺人，坑害民众，甚至为逃避罪责杀人灭口、销毁罪证等不法行为进行了无情的揭露与抨击。

高原守护神

　　本书系《故事会》金栏目"中篇故事"精选，共收其9则故事精品，说的是怎么做人的故事。作品通过对人物举手投足的精心设计，形象地描绘做人的道德、原则与气质，展示了人与人之间相互关爱、恪守诚信以及见义勇为的精神。面丑心善的火化工关爱弱女，可歌可泣；好邻里关心失足青年，以情动人；男女青年历尽坎坷，体现了大海可以作证的为人美德，等等。

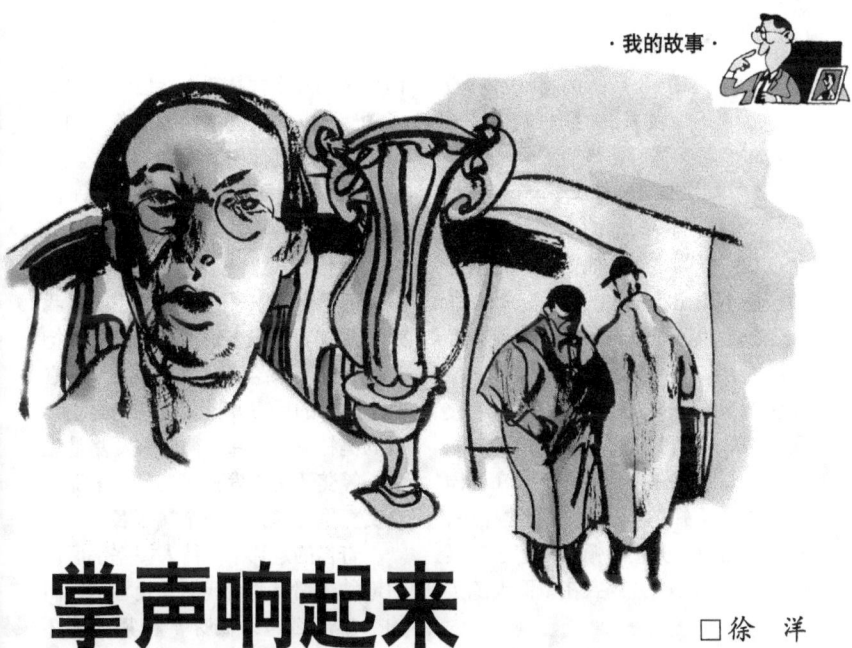

掌声响起来

□徐　洋

2000 年德国汉诺威世界博览会期间，我去位于德国北部的基尔看望我的妹妹，她在那里的一所技术学院任教。

基尔是一个非常美丽的地方，妹妹家的环境也很好，她留我多住些日子，我也就答应了。我在基尔住了两个月，因为一件小事，我几乎成了那里的名人，走在街上会有很多人和我打招呼。

事情是这样的，为了给汉诺威世博会助兴，那里的技术学院搞了一个叫做"自然与人"的有奖征文活动，前三名可以获得走遍欧洲的旅游奖励。

妹妹问我有没有兴趣参加，我问她，外国人也可以参加吗？她说："没说不行就是行！你写吧。"

我在国内经常参加这类活动，而且频繁获奖，我有这个自信。我很认真地写了一篇稿子，妹妹帮我译成德文，交到了征文部。

过了一段时间，通知来了，让所有参赛者去学院参加颁奖大会，获奖者要在大会上当场揭晓，很有一点神秘色彩。不巧的是我妹妹两口子那天有重要的事要去汉堡，所以他们只能把我送到学院就得离开。我一句德语都不懂，英语也不行，怎么能参加活

动呢？妹妹对我说："没有关系的，到时候主持人会宣布名单，你细细地听，只要听到你杨河洋的名字，你上去领奖就是了。外国人叫中国人的名字和我们的发音是一样的，而且他们办事都很仔细，你不用担心。"

我心里还是虚得很，可也没有办法。那天，妹妹把我送到学院，交待我午饭如何去吃，下午怎么样来接我，然后，就走了。

我看时间还早，就一个人在校园里溜达，不知不觉来到一个健身房，看见里面设备齐全，顿时勾起了我锻炼的兴致，我脱去外衣在里面大练了一场。

我回到发奖仪式的大礼堂时，人们已经渐渐入场了，来的大多是学院的学生，也有本市的居民，足有好几百人。

大会终于开始了，全场安静了下来。一个男主持人上台，站在麦克风前，向台下望了望，非常有风度地从上衣口袋里拿出一个红本，向空中举了举，然后拿出一张纸念开了。他肯定是在宣读获奖名单，我可要听好了！一大串的外文之后，他很费力地一字一顿念出三个字：杨——河——洋！

啊！我获奖了！我高兴得几乎跳了起来，我可以游遍欧洲了！我迅速站起来，像奥斯卡获奖演员那样，先向台下的观众挥挥手，然后健步走上了领奖台。我来到主持人面前，和他握了握手，见他瞪着眼睛看我，我指指自己，用中文说："我——杨——河——洋！"

他似乎明白过来了，微微点点头，把那个红本子交到我的手上，我来不及细看，把本子捧在胸前，等待着颁奖嘉宾来给我发奖杯。我早就看到在台子的后方并排放着三个由小到大的奖杯，我不知道德国人发奖是先发一等奖还是先发三等奖，反正那三个奖杯里肯定会有一个属于我。

奇怪的是那个主持人握完手后愣愣地站在那里冲着我笑，我心说他们的效率怎么这么低呀？赶紧发奖杯呀！我不住地转身向奖杯望着，这时台下的人开始鼓起掌来，我向大家挥手致意。我想可能是要把其他两位获奖者叫到台上来一起发，可那主持人再不说话了，只是冲着我笑，下面的人们开始站起来鼓掌，还有人吹起口哨，难道我领奖的方式不够规范？我心里暗骂我那妹子，她也没告诉我这里的规矩呀。不会是要自己上去拿奖杯吧？我真是进退两难，下台不行，不下台傻站着也不行，这时场内的掌声和欢呼声已经如雷贯耳。又等了一会儿，主持人还是没动静，干脆我自己拿个奖杯下去算了！我走到奖杯前，很谦虚地用手指了指最小的那个奖杯，看看主持人的表情，他笑着

当你幸福的时候，切勿丧失使你成为幸福的德行。 ——莫罗阿

学游泳 （文：阿 辉；图：枫 叶）

1. 皮皮兴冲冲地和爸爸去学习游泳。

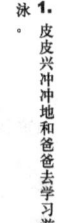

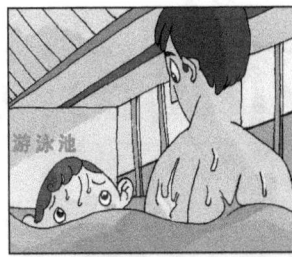

2. 半个小时后，皮皮对爸爸说："爸爸，今天咱们就到这里吧。"

3. 爸爸问："为什么？才半个小时，只有多练，才能学会。"

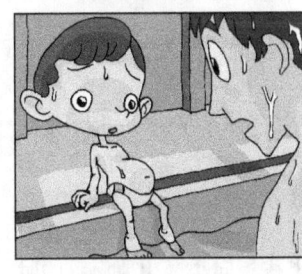

4. 皮皮说："可我今天实在喝不下去了……"

摇了摇头。我又指了指中间那个杯子，他还是摇头。看来我得的是大奖了，我一把将最大的奖杯高高举起，感觉自己像个得了世界冠军的运动员。这时会场里群情激奋，全体观众站起来向我欢呼。我微笑着向大家致意，然后准备拿着我的奖杯下台。可是主持人上来用手轻轻地拦住了我，然后掏出刚才念过的那张纸，向台下说了些什么。不久，台下上来一个年轻人，从主持人手里接过那张纸看了看，主持人让他跟我说话，他却哈哈大笑，对着麦克风用结巴的中文念开了："请允许我在颁奖仪式前说一件事，来自中国的杨河洋先生，您的护照丢在健身房里，有人把它送到了我这里，如果您在现场，请您在会议结束之后到我这里来拿一下！谢谢！"

我这时才认出来，主持人递给我的小红本子是我的护照！妈呀！我的脸当时一定是紫色的，我下台的时候像坐在飞机上，全体起立的人们还在不住地向我鼓掌，掌声经久不息！

后来听妹妹讲，那里的市民在传说，我是世界上最幽默的人！

（本篇月月评短信代码：1501，详见p34）

（题图：箭 中）

看不见的
第三者

□ 花　剑

这个故事发生在今年的情人节。那天，程肯准备了钻戒和玫瑰花，约女友小曼吃西餐，打算向她求婚。晚上，在浪漫的钢琴声里，程肯刚要拿出戒指向小曼山盟海誓的时候，他的手机突然响了。

程肯一看，是一条短信"虽然你从未叫过我一声爱人，我仍愿做你一辈子的情人。情人节快乐！"奇怪！程肯暗道，是谁在开玩笑？为了不破坏气氛，他也没说什么，又若无其事地和小曼聊起来。可过了不到两分钟，手机又响了，还是一条短信："喜欢在你枕边听你的呼吸，喜欢你每天抚摸我的感觉。"程肯这回火了，谁这么缺德，三番两次来骚扰！可手机上却没有来电显示。小曼见程肯神色不对，要过手机一看，脸都气红了，问："程肯！这个人是谁？"

程肯也很莫名其妙，他从没招惹过其他女人，不可能有什么"第三者"。他向小曼解释了半天，说肯定是别人的恶作剧，小曼才将信将疑。不过那晚的气氛是彻底破坏了，至于戒指，他拿着没敢拿出来。程肯恨恨地想，肯定是自己那帮朋友做的好事，看明天不收拾他们！

第二天，程肯逐一打电话去问朋友，可那些人一个个大叫冤枉，都赌咒发誓说没干这缺德事。后来，有朋友给程肯出了个主意，叫他到电信公司去查查电脑记录。程肯一拍脑袋，"对呀！"立刻赶往电信公司，心想，这回非把这个坏自己大事的"第三者"揪出来不可。

可到电信公司一查，服务小姐说，据电脑记录显示，昨晚根本没有人给程肯发过短信！

程肯一头雾水地从电信局出来，看着自己新买的带摄像头的手机，百思不得其解。他想用手机给小曼打个电话，约她出来好好谈谈，可小曼的手机一直不在服务区。程肯只能无奈地回了家。

清晨，程肯被一阵手机铃声吵醒了。他拿起手机一看，又是一条没有来电显示的短信："早安！亲爱的。早点起床！吃了早餐再去上班！"程肯常常因为睡过头，不吃早饭就去上班。这个提醒本来是善意的，可对方一直不显示自己的真实身分，这就怪了。程肯灵机一动，直接用手机里的"回复"功能给对方回了一条短信："你是谁？"

对方很快回复过来："一个爱你的人。"程肯又问："你在哪里？""就在你身边。"

程肯陡然打了个冷战。这时天刚蒙蒙亮，他一个人睡在家里，哪里有别人？他起床洗了把冷水脸，暗道：凭几条短信就想吓倒老子？我偏不理你，见怪不怪，其怪自败！他打定主意，对这种无聊的人坚决不理睬。

以后几天，程肯不时收到这样的"骚扰"短信，不过短信内容都是关怀体贴的，例如提醒他天凉加点衣服呀，晚上早点睡呀什么的，那人好像

很熟悉他的生活。可是，不管对方说什么，程肯一概不予理睬，该干什么干什么。只是那几天不知为什么，给小曼打手机总也打不通。估计她对上次的"短信事件"余怒未消，所以程肯决定周末约她出来，好好谈一下。

周五，程肯用办公室的电话给小曼打去，这次终于打通了。他约小曼晚上去看电影，又解释说自己这几天给她打了很多电话都没打通。谁知小曼一听，也连声埋怨说她打程肯的手机，也是一直关机，她还以为程肯故意不想接她的电话呢。程肯大叫冤枉，说自己的手机天天开着呀。这笔糊涂账一时也算不清，最后，两人约好在电影院门口见面再谈。

晚上，程肯和小曼看完电影后，在街上散步，程肯一通解释，小曼总算原谅了他，不过挥着小拳头"警告"程肯"你要真敢对本姑娘耍花招，我可饶不了你！"程肯连声答应。眼看小曼的脸色多云转晴了，程肯就想趁热打铁，说说两个人的事情。可他的手机却偏偏不合时宜地响了，一看，又是一条短信："速到公司开会！"显示的来电号码是公司经理的。"这么晚了，开什么会呢？"程肯尽管有点纳闷，但是不敢怠慢，叫小曼先回家，自己立刻打车前往公司。

谁知到公司后，楼里静悄悄的，一个人也没有！程肯忙用手机打给经

理询问，可经理说自己没给程肯发过短信，也没开什么会。活见鬼了！程肯再给小曼打电话，又打不通了。

第二天，当初程肯和小曼的介绍人来找程肯。介绍人也是程肯的同事，她一见面就数落程肯"你们男人真是花心啊！"程肯吓了一跳，问："怎么了？"介绍人说，昨晚小曼给她来电话，问她公司深更半夜开什么会。介绍人听了莫名其妙，说根本没有这事，小曼当时就在电话里哭了，

说早知道程肯在耍花招。

程肯这时真是跳进黄河都洗不清了，他给小曼打电话，可小曼关了手机，理都不理他。直到傍晚，程肯终于收到小曼发来的一条短信："立刻到我们第一次约会的地方见面！"

程肯欣喜若狂，心想总算有机会向小曼解释了。他和小曼第一次约会是在西郊的一个公园里，等他赶到两人当初见面的那棵大树底下时，天已经黑了，没见小曼的影子，给小曼打电话又打不通。程肯心神不宁地在大树下面转来转去，突然，他脚底一滑，掉进了树后一个一人多深的土坑里。

坑很深，程肯试了几次，都没爬上去，他拿出手机求救，可里面只传出滴滴的怪声，一个电话也拨不出去。难道是手机坏了？他低头查看，自己的新手机在他手里泛着幽幽的蓝光，看不出有什么异常。程肯急了，难道今晚就被困在洞里不成？就在此时，他的手机响了，是一条短信："现在，你终于只属于我了！"

程肯又惊又怒，立刻回复过去："你到底是人是鬼，现在在哪里？"

"我不懂你们说的什么人啊鬼啊的，我就是我，我就在你手上。"

程肯又惊又怕："我……我手上只有……手机呀！"

"唉，你还是叫我手机吗？我对你的感情这么深，你就不能像叫小曼那样叫我一声吗？"

感情有着极大的鼓舞力量，因此，它是一切道德行为的重要前提。 ——凯洛夫

"你……你对我有感情？！"

"不可以吗？从我第一次看到你时，我的主人，我就爱上了你。你对小曼说的那些绵绵情话，我都听见了。我爱你，所以我不准你们通话，你明白我的苦心吗？"

"你……怎么看得见我？"

"我有摄像头呀，亲爱的，那就是我的眼睛。"

"原来是你！怪不得电信公司查不到通讯记录，你还故意不让我打通小曼的电话……对了，冒充经理的短信也是你发的吧，今天你又冒充小曼把我骗到这儿来，你到底想干什么？"

"你别急，只要你答应以后永远爱我，永不离开我，我就让你打电话求救。"

程肯万万没有想到，这个屡次骚扰自己的"第三者"，居然是自己的手机！它不仅会"看"，会"听"，会"说"，居然还会"爱"上自己！他怀疑自己是在做梦，拿手机的手也在颤抖。此时，他手中的手机不停地在屏幕上对他"说"着甜言蜜语，指示灯不停闪烁，机身也微微发烫，十足像一个坠入情网的少女。程肯实在无法忍受这样诡异的现象，摁动按键，把手机关了。可那手机立刻自动开了机，又喋喋不休起来。

程肯再也受不了了，他把手机扔得老远，大声呼叫："救命啊！救命啊！"

终于，公园管理员听见了求救声，将他救了上去。

别忙！我亲爱的朋友们，这个故事还没有完。后来，程肯和小曼一起把这个"第三者"送回手机厂检验，那些专家听说有这样的奇事，都目瞪口呆。他们搬出各种仪器仪表，忙活了半天，终于发现在手机的电子芯片上，有一条很细很细的线路由于工人的误操作，造成了短路，所以它的结构，和别的芯片有了一点儿不同。

专家说，芯片好比是手机的"大脑"，指挥手机的运行。不过是不是因为这个原因，手机有了自己的"思想"？专家一时也无法解释。他们建议程肯将手机留给他们进行深入研究，并许诺给程肯换一个更高级的手机。程肯很高兴，连连答应。

就在他和小曼准备离开的时候，留在桌上的手机又响了。

手机屏幕上显示出最后一条短信："我只属于你一个人，我的爱人。离开了你，我选择死！"

接着，在场的人眼睁睁地看着那手机发出"蓬"的一声，冒出一股黑烟。一个专家过去拿起它，打开。大家看见，机芯全烧光了。

那专家愣了半天，说了一句话："它……它死了！"

（本篇月月评短信代码：1502）

（题图、插图：安玉民）

悲剧故事

　　本书所收10则故事是从《故事会》刊登的数千同类作品中精选出来的，主人公的遭遇构成了凄怆感人的故事情节，主人公的命运牵动人心，主人公悲惨的结局更令人心颤。

喜剧故事

　　从《故事会》"幽默世界"栏目中精心挑选成集，按内容分为：谐趣篇、巧计篇、戏谑篇、讽刺篇、荒诞篇、沉思篇。本书的特点是：(1)现代感强。作品均是反映当代生活的各类题材；(2)短小精悍。作品长不过千余字，短只有三四百字，言简意赅，内容丰富。

恩仇故事

　　构成恩仇的因素是多方面的：由爱变恨，由恨成仇；以怒报德，恩将仇报；忘恩负义，寻仇报复；亲人之间，恩怨仇杀……本书这9则中篇恩仇故事矛盾冲突尖锐复杂，有很强的可读性。

怨女故事

　　这是一本关于悲怨女人的故事书，54则作品分为"大祸从天降、魂系狼窝口、扭曲的灵魂、水火当有情、红颜怨恨天、情谊伴君行、三女抗争记、情歌绝唱对、亡灵的哭泣、山村血泪情"等10个篇章。

说大事、小事,普通人的身边事
讲闲话、实话,老百姓的心里话

当心骗子

　　说到骗子,我们就会感到几分无奈、几分恶心,那感觉,就像是在享受一餐美味佳肴时骤然之间看到了一只绿头苍蝇。我们希望生活是美好的,但生活中不会天天都是阳光明媚、莺歌燕舞;我们希望人们是善良的,但生活中遇到的人不会个个都是正人君子、菩萨心肠,比如骗子,就是你不希望碰到、但又极有可能碰到的"绿头苍蝇"!

　　朋友,你遇到过骗子吗?你遇到的是一种什么样的骗子?你是如何应对的呢?是一眼识破、还是逐渐察觉?是巧妙周旋、还是浑然不知?是毫发未损、还是一败涂地?

　　今天,我就来讲几个骗子的故事,让你见识见识骗子的骗术,这样,下次你就不会上当啦!

第一个故事:

这个美女"模特"能摸吗

不知为什么,赵四爷最近总是被骗子骗,前后不到两星期,一

共被骗了两次,一千元打了水漂。老伴再三叮嘱他要小心,但赵四爷天生就是一个倔性子,他说:"我就不相信还能骗我第三回!"

　　这天,赵四爷又上街了,他一边

走一边摸着胸前的口袋："这回我把钱放到内衣口袋里，只要我不拿出来，看谁能把钱骗走！"赵四爷一路上这样想着，不知不觉到了繁华的商业街，琳琅满目的商品让赵四爷看得眼花缭乱，可不管那些广告上说得如何如何好，赵四爷只管捂紧着口袋，保卫着钱袋，丝毫不敢大意。

走着走着，前面传来了一阵吆喝声："来喽，来瞧瞧，服装模特，可看可摸不要钱！"吆喝声传进赵四爷的

耳里，他有点心动了：那些服装模特可都是大美人哪，可以看也可以摸，还不要钱？竟有这样的好事？看看去！

于是赵四爷就快步挤进了人群，一看，许多人围成了一个圈儿，中央站着几名挺性感的美女，穿着一身新装，扭着水蛇腰，走着猫步，就像电视里的时装表演一样；一个人扛着一台摄像机正在忙碌着，像是电视台的记者，另一名中年男子拿着话筒不停地吆喝："来喽，来瞧瞧，服装模特，可看可摸不要钱！"看着如花似玉的美女在眼前晃来晃去，好几个观众早已心头痒痒的了。

这时，一名胆大的观众走上前去，问那个拿话筒的中年男子："我可以和美女照张相吗？"中年男子连声说"可以"，于是这观众就把随身带着的照相机递给了他，又跑到美女中间，让中年男子拍了张照。

大伙一看，眼睛都瞪直了：怎么，真的没掏一分钱就和美女合了影？有这么便宜的事？于是又有一个胆子更大的走了上去，厚着脸皮说："光看不过瘾，可以摸一下吗？"中年男子回答说可以，于是这人就跑到一位美女的背后，在她的屁股上放肆地捏了一把……这一下，好些围观的人都有点蠢蠢欲动了，就是赵四爷也按捺不住了，他想：又不要花钱，又没熟人看见，不摸白不摸，不如摸她一把！于

是，就在一个美女扭动着水蛇腰从赵四爷面前走过时，赵四爷立刻又快又狠地往美女的大腿上摸了一把，然后就像做了贼一样悄悄地溜出了人群……

赵四爷得了便宜，正高兴着呢，不料突然身后围上来两个彪形大汉，一人伸出一只手，把赵四爷揪住了，其中一个吹胡子瞪眼地说："老头，想溜？没那么容易！你说公了还是私了，公了去派出所，私了拿一百块钱来！"

赵四爷听得莫名其妙："你……你们要干什么？"

"干什么？我问你干了什么？光天化日之下调戏妇女，摄像机早已录下了你的罪证！"

赵四爷不服，辩解道："你们不是吆喝说服装模特，可看可摸吗？"

"我们说的是服装可以摸，没说美女可以摸！你想想，谁家花朵般的闺女能随便让你这样的老头摸呢？"

赵四爷急了，急得脸红脖子粗的，他还是不服，拉开嗓门嚷了起来"那前面那个人怎么可以摸？"

"嘿嘿，他要是不摸，你会上去摸吗？"

赵四爷这才知道是怎么回事了，他乖乖地掏出内衣口袋里唯一的一张百元钞票，给了两个大汉，哭丧着脸说："唉，上当了……"

第二个故事：

一个老掉牙的路边故事

这一天，王丽在大街上走，路上行人很少。这时，一个胖胖的中年男人迎面骑自行车过来，经过王丽的时候，他的口袋里忽然掉下一厚沓钱。

王丽白了那人一眼，心想：就你这把戏，还想骗本小姐？这一手早老掉牙了，我才不会上当呢！她这样想着，一步不停，继续向前走。

果然，一会儿，又有一个很瘦的男人骑车过来，他肯定是刚才那胖子的同伙，只见他"吱"的一声刹住车，大声地"自言自语"："谁的钱，不捡白不捡！"说完，他捡起钱塞进了口袋，骑上车就走。王丽还是没理睬，继续埋头走路。

又过了一会儿，刚才丢钱的那个胖男人又回来了，慌慌张张的，见了王丽就问："小姐，你看见我丢的钱了吗？"

王丽哼了一声："没有。"

谁知中年人一脸怀疑："不可能，一定是在这段路上掉的，路上又没别人，肯定是你拾了，你是想黑我的钱吧？"

"谁想黑你的钱！都什么时候了，你还在玩这套老掉牙的骗人把戏，蒙谁呢！"王丽很生气，大声地嚷嚷着。

正在这时，那个瘦男人不知从哪

里冒出来了，竟然帮着胖男人咋呼起来："我亲眼看见你捡了钱，捡了钱就成自己的了？你可以搜她的包！"

王丽气得浑身发抖："你血口喷人，明明是你捡了钱，反来赖我，你们光天化日之下合伙骗人！"

此刻，在他们周围，已围上来一群看热闹的人。一胖一瘦两个人死赖着说王丽捡了钱，还硬要查她的包，王丽不让他们查，可她越不让查，周围看热闹的人越认为王丽捡了钱不想给人家，王丽气得直跺脚。

胖子不由分说，抓过王丽的包就开始翻起来，就在这时，旁边一个小伙子挤了进来，冲着胖子嚷道："你做什么？她是我表妹，你们想骗钱是不是？再不撒手，我就报警了！"说着，小伙子从胖男人手里抢回了包，检查里面有没有少东西。

这下一胖一瘦两个人慌了，冲小伙子狠狠骂了几句粗话，灰溜溜地骑车走了。小伙子又对众人说："大家不要看热闹了，以后碰到这样的骗子一定要多长心眼，提高警惕！"众人见好戏结束，也都散了。

小伙子给王丽解了围，王丽感激极了，她说："大哥，今天可真是谢谢你了，要不是你，我明知他们是骗子，还是会被他们讹诈的。你叫什么？在哪儿上班呀？"

小伙子笑笑说："没什么，这样的小事不值一提。"然后他又语重心长地对王丽说，"以后，你一个女孩子家走路，一定要当心，现在骗子很多的。"说完，他将包还给王丽，骑车走了。

王丽听了非常感动，目送小伙子走远了，王丽这才想到打开包看看，一看，呀，里面的手机和钱包全都不见了，她这才明白那个小伙子其实也是他们的同伙！王丽气极了：这个装好人的骗子，不仅骗了她的钱财，还骗去了她好几声"感谢"呢！

第三个故事：

"婚介所"安排的一次约会

生活中是该当心骗子，但有时事情还不是这么简单呢！

那天下午，婚姻介绍所给小芳打来电话，让她第二天上午9点整到环翠公园门口和男朋友约会，联系方式是双方都拿一个婚介所发的手提包，包上印有一对金童玉女亲嘴的图案。

第二天，到了约定的时间，小芳准时来到了公园门口，看了看，没有发现"目标"，于是她就瞪大眼睛朝四处张望，想看看有没有她要见的人。正在这时，小芳身后忽然传来了说话声"对不起，实在对不起，我来晚了，让你久等了。"

小芳转过身，见那男子手中的提包和她的一模一样，再一看，她愣住了：昨天婚介所在电话里曾讲过男方的特征：大个子，留分头，圆脸，在税务局工作，而她眼前的这个人却是中等个，平头，长方脸，这一下小芳便生了疑心：现在骗钱骗色的坏人很多，得多长个心眼。她正想找个理由离开，忽然听到"咔嚓"一声，原来是一个骑自行车的老人在面前经过，一不小心，摔倒在地上，小芳急忙扔下包跑过去，扶那老人起来，还好，没出什么事，而就在小芳跑过来的同时，那男的也扔下包跑了过来，帮着小芳扶那老人，小芳心想："哟，还想

在我面前表现表现哩！想骗我，墙上挂帘子——没门！"

小芳走回去想拿自己的包，可她和那男人的包都是婚介所发的，一模一样，她拿起一只，想看看是不是自己的。小芳是个护士，今天她的包里有一只注射器和两小瓶针剂，是准备中午去给正在感冒的二姨打针用的，可她打开那只包的时候，立刻吓傻了：这包里竟然放着一支手枪！小芳不由倒吸了一口凉气，她确信自己今天真的遇上坏人了，她正在发愣，那男的倒开了口："对不起，这包是我的。"说着，他将另一只包递给了小芳，把小芳手中的包拿了回去。

小芳的腿有些发软，心也"怦怦"直跳，她怕那男的凶相毕露，拔出枪来伤人，但再一想，大街上这么多人，他是不会轻易下手的，而她自己应该不动声色，不要引起他的怀疑，装得高兴点，温柔点，稳住他，想法把他逮住，不能让他再去伤害别人！小芳主意拿定，便装出轻松的样子说"早晨我起得晚，没吃饭，咱们去吃点东西，好吗？"

男的说："好啊，我正好也没吃饭，到哪里去吃呢？"

小芳说："去乐宾酒店吧，那里饭菜特好吃。"其实小芳早盘算好了：她有个同学在乐宾酒店当副经理，她要利用吃饭的机会，和自己那个同学联手制服

 这个家伙！

到了酒店，小芳拿着菜单专点一些价格贵的菜，算了算大约过千元了，她赶忙停住，可那男的却在一旁说："再点几个吧，又不是吃不起。"

小芳说："算了吧，这些就不少了……哎，你一个月挣多少钱？"

男的这时显得有些神秘兮兮的，他说："工资倒是没挣多少，全靠炒股票发了财。"

小芳心里想：得了吧，一会儿让你到看守所里发财去——发给你一口棺材！

一会儿菜上来了，小芳表面上说说笑笑地吃着，心里却在盘算着如何下手，她想找那个同学商量，向服务员一问，不巧那同学不在，这一来就有点麻烦了，她不敢在酒店里贸然报警，万一这家伙狗急跳墙拔枪伤人，那就坏事了！小芳想了想，突然有了主意：对，不如直接把他骗进公安局！于是小芳用娇滴滴的声音对他说："我有点累，想休息休息，可这里有我的熟人，不方便，咱们到北关宾馆去好吗？"

男的一听，立刻眉开眼笑："好啊，我正等着你说这句话呢！"

"真是一个大色鬼！"小芳心里嘀咕着，不过她早就算计好了：到北关宾馆要经过公安局的大门，那时，只要自己一喊，警察一拥而上，这家伙就插翅难逃了！

吃好了饭，那男的买了单，两人就去北关宾馆。走到公安局大门口的时候，正是警察中午下班的时间，许多警察从大门里拥了出来，小芳一看时机已到，正想大喊"抓坏人"，可还没喊出口，那男的却突然死死揪住小芳的胳膊，叫道："警察同志，她是骗子，快抓住她！"小芳挣扎着嚷道："他才是骗子，他身上有枪！"

警察把两人带进了一间屋子里，一个警察从男的包里搜出了手枪，一摆弄，警察恼了，冲着小芳嚷道："搞什么鬼，这是玩具水枪，地摊上都有

对于事实问题的健全的判断是一切德行的真正基础。——夸美纽斯

卖的!"那男的在一旁说道:"当然是玩具啦,那是我给小侄子买的生日礼物!"小芳一听顿时发起了呆,警察又问男的:"你说说,怎么回事?"

男的对警察说:"今天我去公园约会,发现她的相貌特征和婚介所的介绍不一样,当时我就意识到是不是遇上了骗子,后来我无意中看到她的提包里有注射器和针剂,我就断定她准是一个女骗子,报上报道好几回了,都是女骗子给人注射麻醉剂后抢劫的。后来她想利用吃饭下手,没有成功,又要骗我去开房间,这更证实了我的判断!"说着,他拿出手机按了一下,里面竟传出了小芳的声音:"我有点累,想休息休息……"

小芳羞得脸都红了,大叫起来:"我这是骗他的,他才是坏人!"

这时,一个警察从隔壁房间走过来,问那男的:"你几点钟到公园门口的?""约的是8点整,没想到我的手表停了,结果晚到了一个小时。"

那个警察笑了起来:"一个小时前,也来过一对恋人,说对方是骗子,拿的就是你们手里的这种提包。后来查明,那个男青年本该9点到,结果他提前一个小时就赶到了!"

这下全明白了:两个男的,一个提前,一个迟到,结果该见张姑娘的遇上了李小姐,所以,提高警觉是对的,但草木皆兵就要闹出笑话啦!

"这个美女'模特'能摸吗"作者:邓发(本篇月月评短信代码:1503);"一个老掉牙的路边故事"作者:白俊庭(本篇月月评短信代码:1504);"'婚介所'安排的一次约会"作者:刘彦波(本篇月月评短信代码:1505)。

下期话题: 搀着老婆的手　　　　　　　　　(题图、插图:安玉民)

·本刊信息传真·

"掌上灵通杯"'04《故事会》读者满意度调查活动结束

我刊与上海掌上灵通咨询有限公司联合举办的"读者满意度调查"活动已圆满结束。本次活动共收到读者反馈意见表四万余张,短信三万余条。广大读者满怀热情地对《故事会》品头论足,从版式到装帧,从文字到插图等方面对改版后的《故事会》给予了充分的肯定,对《故事会》的未来发展提出了很多具有建设性的建议和希望,拳拳之心,令人感动,我们在此表示衷心的感谢!

经评选:安徽赵殿杰、湖南赵应龙、四川程斌、吉林田平、甘肃刘锐、北京孙国保、北京解放、重庆马金凤、浙江王刚、浙江李小兵、河北赵剑峰、广西周青、内蒙古陈之平、河南刘文胜、江西罗瑞、辽宁王崇贵、黑龙江杜杰龙、广东卢秀、江苏林豪竟、上海王光祖等20名读者获优秀读者奖,各奖现金500元;吉林刘志利、广西王国平、新疆张杨之等500名读者获参与奖,各奖价值30元的礼品1份。所有获奖者均已专函通知,奖金、奖品也已陆续寄出。因版面有限,获奖名单不能一一公布,望读者谅解。

最后的凶手

□ 安昌河

这天，刘大成洽谈完一个大项目，回到办公室里，吩咐秘书开瓶红酒庆贺。他刚在老板椅上坐下来，电话铃响了，拿起一听，那边一个陌生声音问："刘大成是吧？"刘大成漫不经心地应了一声："是啊，什么事？"

电话那头的声音说："你是贵人多忘事啊，十年前那个月黑风高的夜晚，应该还没忘记吧？"

刘大成一个激灵，感觉到自己的神经像是被火烫了一下，十年前的一桩旧事立刻浮在脑海。

别看刘大成现在已经是个响当当的民营企业家，手里资产有上千万，可他十年前还是个普通打工者，当时在一家私人煤矿挖煤，要过年了，其他工人都陆续拿到工钱回家了，可轮到刘大成时，矿长却说没钱了。刘大成听伙夫老秦说，矿长每年总是有人拿不到钱的。刘大成气得不行，那晚在老秦那儿喝了一肚子闷酒，出来便径直去找矿长黑头。

黑头开了门，见是刘大成，没好气地嚷道："没钱！没钱！"

刘大成满嘴喷着酒气，低声下气地哀求说："你有钱，你给一半也成。"

"老子没钱！"黑头把刘大成往屋外猛地一搡，刘大成踉跄了几步，跌坐在雪地里。他只觉得酒劲儿上

让自己完全受财富支配的人是永不能合乎公正的。——德漠克利特

冲，从雪地里拾起根树棒，爬起来吼一声："我揍你个王八蛋！"朝黑头当头一棒敲过去，树棒在黑头脑袋上敲个正中，黑头身子一晃，然后像截树桩似的轰然倒地。刘大成的酒意一下全醒了，傻愣愣地看着黑头在地上挣扎两下，不动弹了。这时，隔壁传来老秦的咳嗽声和开门声，刘大成猛地反应过来，不好，出人命了！他哆嗦着从黑头兜里掏了沓钱，慌忙逃跑了。

又惊又怕的刘大成，本以为警察很快会找到自己，拉自己去吃枪子儿，没想到东躲西藏地过了个把月，也没见有人追查自己。这天，他从一张包卤菜的旧报纸上看到了黑头被杀的消息，报上说西郊某矿矿长黑头被杀死，由于现场没有目击者，也没留下什么线索，给案子的侦破带来很大的难度……

刘大成惊喜万分，这么说，老秦并没有去报案，警察也没有怀疑自己是杀人凶手。他于是用从黑头身上拿走的钱，做起了生意，一步步发达起来……两年前，大成公司正式挂牌了，沉浸在成功喜悦中的刘大成，也忘记了那桩血案，成天不是签约，就是谈判，然后灯红酒绿地享受，要多得意有多得意。

可眼下这个电话，又把旧事勾了出来，仿佛兜头给刘大成浇下一桶冷水——

"怎么，不会是想不起来了吧？"大概因为刘大成好一阵没说话，电话那边低沉含混的声音提示说，"钱多了，还是应该做点善事，南郊区马沟小学校的一百多个孩子现在正在破庙里上课读书呢。"那个陌生人说完，没等刘大成回过神来，就挂了电话。

刘大成颤抖着手，听着里面"嘟嘟"的忙音，细密的汗珠立刻爬满了额头。端着红酒的女秘书走进来，被他那样子吓了一跳，忙问："老总，怎么了？"刘大成摆摆手，搁下电话，抱着脑袋闷坐着想了想，说："安排车子，我要去南郊区。"

三个月后，由大成公司捐资的马沟小学校竣工了。

就在学校竣工的第二天，刘大成又接到了那个神秘的电话，电话里的人依然用低沉含混的声音说："十年前你讨钱是为了回家过年吧？时间真快，又快过年了，北郊一百多个孤寡老人住的养老院又破又烂，你有能力，为什么不让他们过个好年呢？"

刘大成愤怒了，他冲电话里喊道："老秦，我知道你是老秦！你别给我装神弄鬼，我知道是你！"电话那头却"咔"地挂了。秘书惊诧地看着刘大成，刘大成无可奈何地叹息一声，说："你们马上去北郊看看那个养老院，马上规划、修建。"

养老院终于翻修一新，可没过几

天，陌生电话又打来了，还是一个低沉含混的声音："刘大成，十年了……"

就这样，整整三年多，这个电话像魔鬼一样缠着刘大成。在这个神秘电话的指引下，刘大成修建了十多所小学校和敬老院，还出钱救助贫困学生、重病老人、陷入绝境的家庭……总之，只要那个神秘的电话一来，刘大成就要做一件善事，他不敢有丝毫违背的意思，只能坚决地执行。

刘大成的"善举"引起了媒体的注意，报纸电视对刘大成的事迹纷纷进行报道，把刘大成称作"慈善企业家"、"爱心老板"，市长亲自为他颁奖，人们把他当作学习的榜样。刘大成的生意越做越大，企业知名度越来越高，资产翻了一番。可刘大成整天战战兢兢，知道有那么一只大手，可以轻而易举地将自己的财富和荣耀一下撸走，甚至连小命也不会给他留下。他不止一次地梦见一长溜警车闪烁着警灯，向大成公司包围过来……

终于，刘大成的耐心到了极限，他要摆脱那个神秘的电话！

刘大成决定除掉老秦，让自己耳边再不会有那个让他浑身发抖的指令，他要将恐惧连根拔掉。刘大成以五十万元的酬金，雇了一个杀手，要他找到老秦，并且干掉他。

半个月后，杀手回来了，他带回的是一个让刘大成感觉到更加可怕的

消息：老秦在两年前就得癌症死了。

死了？那打电话的又会是谁呢？除了老秦，还有谁是目击者？还有谁知道他是凶手呢？就在刘大成苦思冥想的时候，那个神秘的电话又来了。

还是一个低沉含混的声音："刘大成，你还记得那个晚上……"

"你是谁？你究竟要怎么样？"刘大成先是歇斯底里地喊叫，随后变成了哀求，"你要多少钱才可以罢休？如果你愿意，我可以把我的财产分给你一半！求你放过我吧！"

那个声音打断了刘大成的话："人民医院住着一个小男孩，他患的是肾衰竭，只需要三十万元手术费就可以获得新的生命。"说完，挂了电话。

刘大成呆若木鸡地枯坐在椅子上，整整一个通宵没有合眼，因为他不敢闭上眼睛，一闭上眼睛，就仿佛看见警察拎着哐啷哐啷的手铐向他走来，然后一个法官在宣读判决书，最后他被押上刑场，一声枪响，他拥有的金钱与地位，都和他的魂魄一起烟消云散了。

第二天，刘大成给人民医院的那个孩子送去了三十万元手术费。

过了一段时间后，那个神秘的电话再次响起："刘大成，你……"

这次，没等对方把话说完，刘大成就开口了："我知道，东郊山上的老百姓喝水很困难，我已经把材料准备

齐全了，明天就安排人去修水池，将水引上去！"东郊山上老百姓缺水吃的消息是他前两天看报纸看见的，他知道，那个神秘的电话早晚会指引他这么做的，干脆先把好事做了。

听见刘大成这么说，对方疑了一下，"啪"地挂了电话，话筒里"嘟嘟"的忙音让刘大成感觉到既愤怒又无可奈何。

不能这么坐以待毙！既然杀手靠不住，刘大成决定亲自动手。就算是掘地三尺，也要将那人挖出来，不管是老秦，还是老秦的鬼魂。

刘大成找到了老秦住的村子，老秦的坟墓上已经是野草丛生，他问村里人，人家说老秦早得癌症死了，说的人还悲叹老秦因为没有钱治病，是被活痛死的。

站在乱坟岗上，刘大成迷茫了。老秦是他杀人的唯一目击者，但是他却早就死了。那么，这些神秘的电话是谁打的呢？打电话的人又躲在什么地方？

那个电话却再没有响起，但是刘大成依然惶惶不可终日，他总感觉那个神秘的电话会在某一刻响起，唯一能够让它不响的办法，就是自己不断地捐资，修这里，建那里。对于那些需要帮助的人，刘大成已经非常敏感了，他总是在第一时间出钱出力。

这一天早晨，刘大成从报纸上看见了一个惊人的消息，消息说，多年

以前发生在西郊的杀人案成功破获，杀死黑头的凶手已经自首，他是一个中年汉子，名字叫曹三。

曹三？曹三是凶手？那自己呢？刘大成将报纸看了十几遍，还是不相信这是真的。晚上，刘大成又在电视上看到了同样的消息。

明明是自己杀死了黑头，凶手怎么变成了曹三呢？这年月，有人冒充名人、冒充领导、冒充警察、冒充乞丐……可怎么也没听说有冒充杀人犯，冒领杀人死罪的。整整一个晚上，刘大成都没有睡着觉，他将自己当时杀死黑头的场景在脑子里放电影一般过

故事会2004年8月上半月刊·红版 **27**

了一遍，确信那黑头的确是死在自己的树棒底下。刘大成决定去看看那个叫曹三的。

刘大成费了九牛二虎之力，终于见到了那个曹三。曹三满脸病容，警察告诉刘大成，曹三已经是癌症晚期了。

癌症晚期？刘大成心头一惊，好像悟到了什么，他请求私下和曹三谈谈，警察犹豫了一下，答应了。

见了刘大成，曹三笑了，说："我没想到你会来。"

刘大成迫不及待地问："你是那个神秘电话的主人？"

"不只我一个人。"曹三的回答让刘大成目瞪口呆，"我住进医院的时候，遇到了另外一个病友，他也是癌症晚期，他在弥留之际，拜托了我一件事情，就是压低嗓门给你打电话。"

刘大成问："那个病友，是老秦么？"

曹三摇摇头："不是老秦，他姓王。在老王之前，是老李，老李之前，才是老秦。"

曹三的一番叙说，终于让刘大成知道了事情的因由：在那个癌症病房，老秦、老李、老王和曹三，这些病友将他刘大成杀人的事情作为一个秘密，像接力棒似的传送着，同时传送的，还有那个神秘的电话。

"老秦说那矿长黑头先前做了多恶事，死也是罪有应得，所以就没打算告发你，直到八年后，从报纸上看到你的相片和发迹史，暗中观察了你好久，发现你已经被金钱埋没了良心，为富却不仁，就想着要惩戒惩戒你，所以才出了这招。"

刘大成叹息一声，说道："送人玫瑰，手有余香，看着我修的那些桥和路，建的房和楼，看着那些我帮过的人活得那么快活，我也算是明白了人生在世的道理。但是我不明白，你为什么要冒认这个杀人死罪呢？"

"我知道，用这种方法'敲诈'你是违法的，所以不想让这个神秘的电话继续下去了。这案没有结一天，你就会被闹心一天，我这般做，为的是让你抛弃过去的包袱，今后做一个轻松的人。"曹三笑着说，"我已经病到晚期了，选择这种方式，也算是解脱。"

刘大成不知道自己是怎么离开的监狱，怎么回的家……他的脑袋很乱，但是他想清楚了一件事情，那就是给他打神秘电话的癌症病人们，从老秦到现在的曹三，他们指引自己帮助了那么多困难的人，挽救了那么多的生命，却没有一个人为了自己给他刘大成打过一个电话……

第二天一大早，刘大成收拾了些衣服，走过阳光灿烂的街道，来到公安局，他说："我是凶手！"

（本篇月月评短信代码：1506）

（题图、插图：魏忠善）

砍价高手

□ 谭文春

经验老到，而且技术娴熟，并扬言：若有谁买东西请自己保驾护航，保管不会吃亏上当！

小张一进门，吴经理忙请他坐下，还给他倒了杯水，然后虚心地向小张请教砍价的学问。小张一听吴经理对砍价有兴趣，立刻来了精神，口若悬河地扯了起来："吴经理，要说领导一个公司，那您是内行，可要说砍价，怎么着我也比您内行。砍价说难也不难，关键是火候的把握，砍得不到位，你自己吃亏，砍得过了，买卖又要吹。还有，无论东西有多么好，都要给它挑毛病，这也不可心，那也不满意，如果双方僵持不下，我们还有最后一记势不可挡的杀手锏——走人！这时候，十个老板里有九个会服软……"

吴经理听得津津有味，耳朵竖得笔直，眼睛都舍不得眨一下，等小张

周末，吴经理和老婆逛商店，相中一件皮衣，试穿一下，觉得效果非常好，只是价格太贵，要3000块钱。夫人考虑良久，最后对吴经理说："难得碰见一件满意的衣服，买！"吴经理点点头，说："买是要买，但不要忙着掏钱，等我找一个砍价高手来帮我们砍一砍价。"夫人问："咱自己砍不一样？"吴经理微微一笑，说："砍价可是学问，自己砍和请别人帮忙砍大不一样！"

星期一，吴经理就打电话找来了公司里的"砍价高手"秘书小张。小张经常在同事间吹嘘，说自己陪老婆逛商店逛成精了，对于"砍价"，不但

说完了，才吞吞吐吐说出那件皮衣的事，问："照你的经验，那件皮衣多少钱可以砍下来？"小张一听，拍着胸脯道："1400，最多不超过1500！"吴经理听了，立即兴奋地从真皮转椅上蹦起来，用力一挥手："走！我们现在就去砍那件皮衣。"但走出两步，又停了下来，犹豫地说："小张，你的理论是不错，可我脸皮薄，恐怕掌握不好，再说，现在是上班时间，我去买皮衣，被人看见不太好，干脆，你帮我去买回来得啦。"小张嘴里不带半点含糊，立刻说："没关系，吴经理您忙您的，小小一件皮衣，包在我的身上！"

吴经理顿时满面笑容，掏出1500元钱递给小张："你办事，我放心，皮衣的事就交给你了。你提前下班去吧，晚上送到我家里来。"

小张兴冲冲地揣着钱直奔商店，他知道这是一个讨吴经理欢心的好机会，更难得的是讨好不费力，不用自己"出血"，何乐而不为？

谁知，到了商店，任凭他软缠硬磨说破嘴皮，费尽九牛二虎之力，老板也只答应打九折，少一分都不行。这下小张傻了眼，自己可是拍了胸脯夸下海口的，到头来功败垂成，不但要让经理失望，更可怕的是今后在经理面前哪里还有地位啊！想到这些，小张唯有咬得牙齿出血，狠一狠心，自己掏出一千多块，填补上不足的那

一部分，把皮衣买了下来，然后强装笑脸，风风火火地把皮衣送到吴经理家。吴经理见小张把皮衣砍下来了，高兴得眉毛梢上都是笑，当着夫人的面，把小张大大夸了一通。小张挨了这通夸，心里美美的，觉得垫上的那一千多块太值了。

小张走后，吴经理穿着皮衣，满面春风地在家中走来走去，让夫人欣赏。夫人不住地称赞："3000块的衣服，1500块就买到了，实在让人佩服啊。"

吴经理得意地说："小张是有名的砍价高手嘛，有他出马，不佩服都不行。"夫人笑着白了他一眼，说"谁佩服小张了？我佩服的是你。"

吴经理一愣，忙问"你这话是什么意思啊？"夫人叹了口气，说："你也别在我面前装糊涂了，小张砍老板，你砍小张，要说真正的砍价高手还是你呀！"

"哈哈……"吴经理见夫人点中要害，呆了一呆，随即开心地哈哈大笑起来，直笑得啤酒肚儿一腆一腆的，"知我者夫人也！"

夫人把脸一板，说："哼，才砍到一件皮衣就这么高兴。那我呢？店里还有一件7000多元的貂皮大衣，你明儿去找一个高手，也帮我砍下来，不然我跟你没完！"

（本篇月月评短信代码：1507）

（**题图**：魏忠善）

小镇上的
"总统套房"

□ 刘金涛

有一年春天，钟平到两百公里外的一座县城出差。

本来，下午三点坐上公共汽车，傍晚七点左右就能赶到那座县城。可是，车子有毛病，一路上走走停停，速度比老牛破车快不了多少，眼看快七点了，只走到离县城还有八九十公里远的一个小镇上。正当乘客满腹牢骚的时候，车子又停了下来，司机说："车子又出了故障，需要停车修理。"

钟平实在气坏了，当即提出要下车，他宁愿在小镇上住一晚，也不愿意继续在车上受折磨。

这是一个群山环抱的小镇，荒凉之中又充满诗情画意，钟平很快找到

一家两层小楼的旅馆，店老板是个清瘦的老汉，他那双精明的小眼睛上下打量了钟平一番，说："小伙子，我这小店是镇上最好的旅馆，也是唯一的旅馆。"只这一句话，钟平便没有了选择的余地，只得听从老汉的安排。

老汉把钟平带到二楼，自豪地说："楼下的客房太潮湿，这间是镇上最好的客房，我们都叫它'总统套房'，刚好适合你们这些爱干净的城里人。"

"总统套房？"钟平走进客房，打量了一番里面的陈设，不觉哑然失笑，这哪里是什么"总统套房"，就是一间稍微大点的屋子，用木板隔成里外两间，里间是一张双人床，外面是一张单人竹床，中间只隔了一道红缎子的门帘，最豪华的设施是一台摇头电扇。算了，就在这里凑合一夜吧。

老汉"嘿嘿"一笑，说："洗澡在

楼下，我去烧热水。"

受了一路的颠簸，钟平实在有点累了，用开水泡了一碗方便面，连澡也没洗，就一头倒在里间的双人床上睡着了。到了夜里两点来钟，他醒过来，拉开电灯，起身到楼下的厕所方便，可是，等钟平掀开门帘走到外间，一下子惊呆了：外间的那张竹床上，竟然躺着一个穿短裙的年轻女孩，她的脸朝着墙，背对着钟平，身上只盖了一条毛巾被！

"我的天啊！"钟平惊得几乎跳起来，以前，他曾经在报纸上看到过这样的新闻：一些小旅馆利用女人的色相设下陷阱，然后，逼男子掏钱"消灾"，难道自己也掉进了"陷阱"？想到这里，钟平"咚咚"跑到楼下，敲开了店老板的值班室，气冲冲地说："你们旅馆怎么搞的？怎么会让一个陌生女子住进我的房间？如果遇到警察查夜，我怎么能解释清楚？"

老汉一愣，揉揉惺忪的老眼，不好意思地说："都怪我、都怪我，见你睡得正香，就没跟你商量。"原来，这个女孩子是晚上十二点多钟来到旅馆住宿的，楼下的几间客房全满了，见女孩子单身一人，老汉出于好心，就把她安排在钟平的"总统套房"。

钟平不敢相信店老板说的是实话，坚持让店老板拿出处理问题的办法。店老板想了想，说："那好吧，我上楼让她住值班室，我就在旅馆门口

蹲到天亮算了。不过，值班室耗子太多，我担心那个女娃子受惊吓！"见老汉态度很诚恳，钟平心也有点软了，就说："你敢保证你这里不是'黑店'？"

老汉吃惊地看着钟平，拿出一张十元的钞票，说："你放心，我这个小店根本不像城里那些乌七八糟的宾馆。你的房费是二十元，我退给你十块钱，这样行了吧？"

钟平推开他递过来的钞票，说："老板，就算你是好心，也对那个女孩子太不负责了！幸亏遇上我，如果'总统套房'里住的是个坏男人，那个女孩子不就要遭殃了？"

"这、这……我还真没这样想过！"

老汉如此朴实，钟平的怒气全消了，掉头上楼说："算了算了，反正我明天一早就走！"

等钟平回到"总统套房"，那个女孩子正坐在竹床上直盯着房门，两人的目光接在一起，彼此揣摩着对方。这是一个靓丽的少女，从她的穿着看，是从城里来的，不过她的眉宇间有一抹愁云，而且眼圈红红的，好像刚哭过。

见钟平愣在房门，女孩子开了口："大哥，如果不方便，我去外面好了，反正我睡哪儿都无所谓……"说着，就要起身下床。显然，钟平跟老汉在楼下的谈话被她听得一清二楚。

钟平忙拦住她，说："荒山野岭的，外边更不安全，你放心住下好了，我是好人。"

她听钟平这么说，似乎有些吃惊，犹豫了一下，点点头，从衣袋里掏出十元钱，递向钟平说："老板没收我的房费，说等天亮让我交给你就行了。大哥，你收下吧。"

钟平没接那张钞票，说："不用了，你休息吧！"说完，他走进里间，和衣躺在床上，看起随身携带的小说。尽管他现在相信这不是一家"黑店"，可依然不敢掉以轻心，万一这个女孩子是个会下迷药的"飞天女盗"，可就惨了，因为自己身上除了几千元钱，还有一部新买的手机呢！

女孩子也重新躺下，他们之间只隔了一道门帘。小镇的夜太寂静了，钟平每翻动一页小说，房间里都要响起"哗啦哗啦"的声响。

不知道看了多少页，门帘那边传来了女孩子的声音："大哥，警察真的会来查夜吗？"

钟平苦笑一下，回答说"都这么晚了，应该不会来了吧。"钟平的话好像并没有让女孩子放心，停了一会儿，她又轻声问道："大哥，如果警察真的来查夜，我会不会连累你？"

女孩子这么一问，钟平没了看书的兴致，把小说往床头一放，说："你放心好了，如果你我都是清白的好人，谁来查夜都没必要害怕。不过，你

一个单身女孩子在外面乱跑，碰上坏人就倒霉了！"

门帘那边没有了声音，钟平不知道女孩子是否入睡，只盼着天赶快亮，好离开这个"总统套房"，渐渐地，他的双眼开始发困，在黎明前又进入了梦乡。

等钟平再度醒来的时候，天光已经大亮，他起床掀开门帘，竹床上的那个女孩子已经不见了。钟平急忙推开糊着报纸的玻璃窗，惊奇地发现，旅馆门前竟然停着一辆警车！那个女孩子坐在车内，隔着车窗，不停地向"总统套房"的窗口张望。

钟平急急地跑下楼，警车已经徐徐远去，钟平忙问老汉究竟发生了什么事，老汉的一番讲述让他目瞪口呆。

女孩子是一个正读高中的学生，父母都在银行工作。一星期前，母亲匆匆到学校，塞给她一张存有巨款的活期存折，让她今后保重身体。两天后，女孩子的父母因为贪污受贿被捕，当地的报纸、电视都发了消息，女孩子受不了同学们冷嘲热讽的刺激，从学校出走，在街上买了一瓶安眠药，打算找个清静之地自杀。一番辗转，她流浪到了这个小镇，住进了"总统套房"。

她本来打算等夜深人静的时候服下安眠药，可是，遇到了钟平，让她在绝望之际感受到人间还有温暖和关

"掌上灵通杯"《故事会》优秀作品月月评

《故事会》与上海掌上灵通咨询有限公司联合举办"掌上灵通杯"《故事会》优秀作品月月评活动，全年共设价值48万元的奖金和奖品。参加方式如下：

1. 请选出本期你最喜欢的一篇作品，将其篇尾的月月评短信代码（如1501，没有短信代码的作品不参加评选）发送到200056（中国移动）或900056（中国联通）。每次限选一篇，可多次投票。

篇名与短信代码					
代码	篇名	代码	篇名	代码	篇名
1501	掌声响起来	1510	盖错印章的画	1519	考查人才
1502	看不见的第三者	1511	老板，咱没托人	1520	喜相逢
1503	这个美女"模特"能摸吗	1512	小别针	1521	防盗绝招
1504	一个老掉牙的路边故事	1513	贼心不改	1522	喝什么酒
1505	"婚介所"安排的一次约会	1514	红梅傲雪图	1523	"文明人"的留言
1506	最后的凶手	1515	带血的手	1524	树上有个鬼
1507	砍价高手	1516	童眼看佛	1525	冰箱里的鸡蛋
1508	小镇上的"总统套房"	1517	黑客悲情		
1509	请别不开心	1518	一根草棒救百命		

2. 凡选中故事在得票数前三名的读者均可参加抽奖。每期共设：一等奖3名，奖金各500元；二等奖10名，奖金各300元；三等奖20名，奖金各100元；阅读奖500名，各获价值15元的纪念品一份。所有参与读者将另获赠精彩梦网信息服务。

3. 本期活动截止期为：2004年8月5日。得奖读者在评选结果揭晓后将得到短信通知。本活动短信收费：0.10元／条，咨询电话:021-53854588。

爱。她想，如果自己死在这个房间里的话，肯定要连累跟她同住一间客房的好人，就暂时打消了自杀的念头。黎明时分，女孩子经过激烈的思想斗争，用旅馆的电话向警方报案，决定交出父母被捕前留给她的那笔巨款，清白地活下去。

"好险啊！"钟平额头上渗出一丝冷汗，想不到自己意外的一次住宿，竟然挽救了一条正值花季的生命。

一辆公共汽车驶来，钟平上了车，继续他的旅程。车子开动了，开旅馆的老汉风风火火奔来，口里嚷嚷着："小伙子，你这二十块钱我不能收——"

钟平示意司机不要停车，回头望着渐渐消失的小镇，小镇上的那个"总统套房"永远藏进了他的记忆里……

（本篇月月评短信代码：1508）

（题图：杨宏富）

请别不开心

□ 芦宏伟

董老师是一名小学老师，退休三年了，离开学生，她常常感到日子无聊，很想再为孩子们做些事情。

还好，董老师有一批学生虽然毕业十几年了，仍然记得她，也只有他们会在董老师生日时来探望她。

今天，是董老师的生日。她一大早就收拾好房间，等着学生们上门。这时，电话铃响了。拿起电话，那边传来一个稚嫩的孩子的声音："你……好……"声音很胆怯。

董老师听到小孩子的声音，有一种莫名的亲切感，她用老师特有的柔和的声音说："小朋友，你好呀！你叫什么名字？"那边的孩子轻声说："我

叫小鹏，我、我想找妈妈。""你妈妈不在这里，有什么事情能跟……"董老师习惯性地想说"先跟老师说说"，忽然想起来这可不是在教室里，忙改口说，"先跟阿姨说说，好吗？"

小鹏哽咽着说："爸爸出差了，妈妈出门买东西了，我害怕……我见爸爸拿起电话，就可以跟妈妈说话，我也拨了号码……"董老师明白了，孩子胡乱拨的号码，刚好拨到了自己的家里。

董老师连忙安慰孩子道："小朋友，你别怕，有阿姨和你说话呢。你不要乱动家里的东西，妈妈马上就会回来的。阿姨先给你讲个故事

吧……"这个孩子很乖，跟董老师聊着天，情绪渐渐稳定了下来。董老师也轻松起来，没想到，在自己退休三年的生日这天，又能为一个孩子做点事情了。

聊着聊着，时间就快十一点了，学生们快上门了。董老师心想如果小鹏的妈妈一直不回来，自己这样拖着他的话，学生们来了以后没法招待他们，太不礼貌了。于是她翻着电话机旁的电话簿，想先用手机跟他们打个电话，让他们迟些来。忽然，董老师的目光停留在电话簿的一个号码上了，她的嘴角露出了意味深长的笑容。

"我的妈妈回来了！"电话那头的孩子终于喊道，"谢谢你，阿姨，我听到妈妈在外面喊我的名字。我要去接妈妈了，再见！"孩子挂上了电话。

十一点半的时候，学生们赶到了，董老师乐呵呵地把他们迎进了门。

"小蝴蝶"郑丽还像过去一样依偎在董老师的怀里，说："董老师，今天怎么这么开心呀？是遇到愉快的事情了吗？"

"不错，我遇上了特别开心的事情。"董老师微笑着，神秘地说，"但我不能告诉你们，要保密！"

王强、大志他们都凑过来问："呵，还是董老师的秘密呢！"

董老师笑着说："对，有些事情呀，就是不能让你们这些调皮的孩子们知道！"一屋子里的人，都愉快地笑了起来。

同学们在董老师家玩了一下午，傍晚，他们告别董老师，走出了她的家门。一到外面，他们就欢呼起来，叽叽喳喳地称赞大志的主意真不错，神不知鬼不觉地做了一件令董老师这么开心的事情。

原来，大志是电影公司的配音演员，专为卡通片的孩子配音。他们知道董老师退休后，因为离开了孩子，心里总是空落落的，所以由大志导演了一出"电话骗局"，希望让董老师在生日这天收到一份特别的礼物。他们的愿望达到了，看到董老师这么开心，他们都为自己的计谋兴高采烈！

董老师站在阳台上，看着楼下这些学生们的身影渐渐远去，眼眶不由得有些湿润。

学生们不知道，董老师家的电话有来电显示，当董老师翻着电话簿时，看到大志家的号码正是这个"小孩"的电话号码！仔细听来，董老师从电话里辨别出了大志的声音。

董老师虽然遗憾自己没有真的帮助一个孩子，但却感觉到一股暖暖的感情，这是她在这个生日收到的最好的礼物！

（本篇月月评短信代码：1509）

（题图：魏忠善）

人生应该如蜡烛一样，从顶燃到底，一直都是光明的。 ——肖楚女

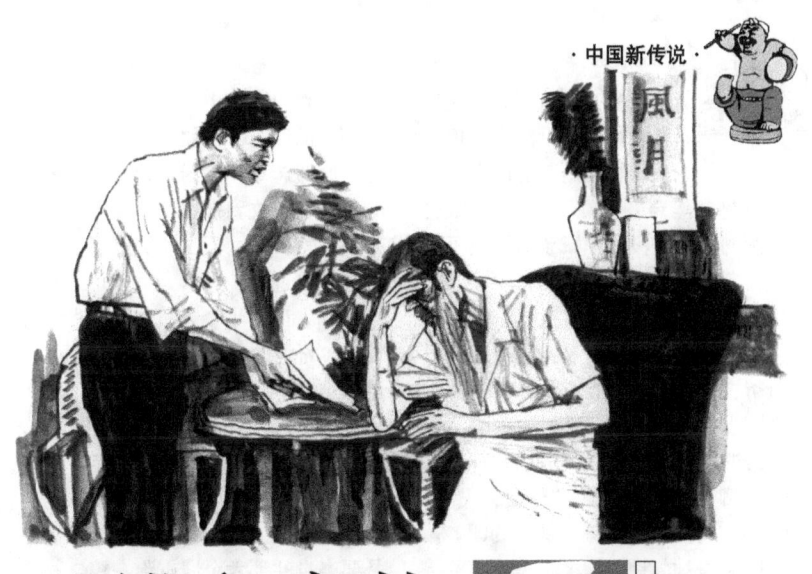

盖错印章的

□ 丰国需

杭州近郊有个西溪镇，镇上有位民间画家，名叫柳如丝，他擅长工笔画，专门画猫，人称"江南猫王"。六十多岁的柳如丝在古街上开了一间画坊，由于"江南猫王"早已名声在外，加上定价合理，他的作品颇受游客喜爱。柳如丝对待艺术十分认真，决不粗制滥造，所以不少游客买不到他的作品，只好留下地址等待邮购。

这一天，柳如丝刚画完一幅新作《捕鼠图》，恰逢一老友来访，那老友看了画作，连声称赞："老兄呀，你的画技越来越精湛了，画的猫如真的一样，管保老鼠见了落荒而逃。"柳如丝哈哈一笑："过奖过奖。"说着，便叫儿子柳一冰看管画坊，自己和老友去旁边"溪味楼"喝酒去了。

有道是"酒逢知己千杯少"，这一喝就喝到半夜里，回到家中，柳如丝便呼呼大睡，第二天中午才醒来，猛记起昨天那幅画还未曾盖上印章，便匆匆赶到画坊。谁知那幅画已经被他儿子卖掉了，柳如丝不由急得双脚直跳，连声责怪儿子："一冰呀，你怎么搞的，连我还未盖印章的半成品都卖出去了，这不是存心砸我的牌子吗？"

柳一冰搔搔头皮，说道："那画没

盖印章？不可能，虽说生意太忙，我没细看，但画上有个红方块，肯定是盖好印章了。"

柳如丝声音提高了八度："我自己画的东西有没有盖章难道还会不晓得？"

柳一冰还想分辩几句，一旁5岁的女儿柳飞飞却挤上前来，得意地对爷爷说"爷爷、爷爷，爸爸说得没错，那画上是盖过印了，不过，盖的不是爷爷的印，而是我飞飞的印呀！"

柳如丝大吃一惊："什么？飞飞，你说什么？那画上盖的是你的印？"

飞飞神气地说："对，昨天我见爷爷那画上忘了盖印，便盖上了我的印。嗨，这下我飞飞也出名了……"

"你……"柳一冰火冒三丈，原来是女儿闯的祸，当即伸手在飞飞头上笃了两记爆栗。柳如丝见状，忙把儿子拖开："小孩子懂点啥，都是我疏忽大意。不过这卖出的画怎么办呢，总得想办法去调回来呀。"

"调回来？"柳一冰皱皱眉头，"那幅画我是售给预订户的，通过邮局寄发，总共寄出六幅，又不知道那幅寄给了谁。我看算了吧，等客户发现了我们再给他换吧。"

柳如丝火了："不行！别说是六个，就是六十个我也得一个个找。既然是我们搞错了，就一定要认真纠错。"柳如丝说着便朝儿子伸出手去。

柳一冰知道父亲的脾气，只得从抽斗里翻出了名单，六个人分别在六个不同的城市。柳如丝看后当即戴上老花眼镜起草了一封信，说明了事情的经过，请收到那幅"捕鼠图"的客户把画寄回来，不仅照价退还，还将另赠一幅近作。

信发出后半个月，六个客户纷纷回信，奇怪的是，这六个人全都说自己收到的画作没错。这是怎么一回事？柳如丝搞不懂了，儿子便劝他，反正客户都说没错，那就算了。

可柳如丝脾气倔得要命，总觉得心里不舒服，想来想去，告诉儿子说是要亲自往那六个城市跑一趟，一幅一幅去看过来。儿子一听，急了："爸爸，人家自己都说没错，你这是何苦呢？再说，这六个人分在六个城市，光车费就是一笔不小的钱啊。"柳如丝眉头一皱"你只知道钱钱钱，就不知道做人要讲认真！我这趟出门权作旅游，长长见识。"

就这样，柳如丝独自一人出门了。他先到杭州，再上海、苏州一路过去，可那幅画没找到，他游山玩水的兴趣也没有。倒是那些购画的客户感动得不得了，纷纷要留他多住几天。可柳如丝怎么住得下来呀，眼看就剩南昌没去了，他把所有的希望全集中在南昌的购画者身上了。

南昌那个购画者名叫赵小多，这天，柳如丝到了南昌，根据地址找上门去。赵小多一听柳如丝为了那幅画特地赶来，惊奇得瞪大了双眼，好半天说不出话来。直到柳如丝催问他那画的下落，他这才急忙说道："柳老师，您、您这是怎么啦，大老远跑过来，我不是回信说了吗，我那幅画没错呀。"柳如丝笑笑，说："呵呵，人老了，做事就讲认真。我不自己来看一下心里不放心呀，你就让我看一下那幅画吧。"

赵小多一听，为难地摊开了双手："哎呀，柳老师，我那幅画送人了呀。""送人了？送给谁了？"赵小多手一挥，说"送给很远很远的一个朋友了。柳老师，您就算了吧，没事的。"柳如丝摇摇头，说："不，你告诉我地址，再远我也要去找回来！"赵小多吃惊地望着柳如丝，好半天才叹一口气，说："唉，柳老师呀，实话告诉您，您那幅画被我撕破了，扔掉了，实在对不起您。""什么？"柳如丝吃了一惊，连声追问是怎么回事。

赵小多告诉他，收到画那天，他和女朋友正好吵架，一气之下竟把火发到了那画上，三下两下撕掉了……看着呆立在一边的柳如丝，赵小多又说："柳老师，实在对不起，害您白跑一趟。这样吧，您回去的路费我出，我明天就买票送您回去。"柳如丝摇摇头，起身告辞。

柳如丝回到宾馆不久，赵小多就赶来了，带来一张当晚回杭州的卧铺票，说自己给柳老师添麻烦了，很过

意不去，所以特地买了票，送他回去。赵小多不由柳如丝分说，硬是帮他退了房，并亲自把他送上火车，直到火车开了，赵小多才转身离去。

柳如丝在火车上，越想越不对，为什么赵小多一会儿说画送人了，一会儿又说撕掉了？他为什么急着让自己离开南昌？为什么他的神态语气中有一丝惊慌？难道说自己那幅画还有什么秘密不成？

柳如丝越想越不安，越想疑点越多，他觉得不能这样不明不白地回去。这时，火车正好停靠在鹰潭站，柳

如丝索性背起行李下了车,找了家旅馆住下来。他心里有事,怎么也睡不着觉,就打开电视看夜间新闻。突然,南昌电视台播出了一个公告:说是某小区一女子被杀,这女子自幼父母双亡,一个人独住,所以给警方破案带来了困难,为此,市公安局特向市民征集线索,凡能提供对破案有利线索者,奖励人民币一万元。接着,电视画面播出了那女子生前的照片和房间里的摆设,画面中,突然出现了一幅挂在墙上的画。柳如丝眼尖,天,这不就是自己的作品吗!他想再看看仔细,可画面已经闪过去了。他思索了一番,便拨通了公安局的电话……

公安局接到电话以后,非常重视,连夜把柳如丝接回南昌,带他到了那被害女子的住宅,柳如丝进门一看,没错,墙上挂的正是自己那幅《捕鼠图》,画作右下角盖的果然是孙女飞飞的图章。这可真是得来全不费工夫呀!柳如丝激动地说:"就是它!这就是寄给赵小多的那幅盖错印章的画作!"公安人员一听,十分欣喜,一面安排柳如丝住下,一面连夜去抓捕赵小多。

赵小多归案以后,很快就招供了,原来他游手好闲,一个偶然的机会认识了在银行工作的老姑娘汪芬。赵小多以谈恋爱为名,粘住了汪芬,让她以种种方式从银行贪污了几百万

元。最近,银行要查账,汪芬急了,催赵小多还款。赵小多为了稳住她,带她去西溪旅游,汪芬看中了柳如丝的画作,赵小多就订购了一幅。收到画的那天,赵小多给汪芬送去,挂好了画,汪芬又向他催款,赵小多一时性起,便杀了汪芬。他以为汪芬性格孤僻,他俩的来往又不为人知,绝对查不到他的身上来。当他收到柳如丝的来信时,不敢再回汪芬家取画,便回复说画没错,万没想到偏偏碰上一个认死理的顶真老头,偏偏就是这幅画要了他的命……

案子破了,南昌公安局的领导亲自发给柳如丝一张大奖状,还奖给柳如丝一万元奖金,并派车专程把他送回了西溪镇。

回到家,柳如丝像个得胜回朝的将军,将事情经过一五一十讲给儿子听,直听得儿子一愣一愣的。讲完经过,柳如丝还十分感慨,语重心长地说:"一冰呀,这'认真'两字真是个宝,我若不认真追究这幅画,也许那条人命就得不到沉冤昭雪,赵小多那只大老鼠也抓不出来了,这一万元奖金更是想也别想了。当然,我如此认真并不是为了得奖,而是我做人的准则呀。"

柳一冰点点头,一张脸却变得绯红。

(本篇月月评短信代码:1510)

(题图、插图:杨宏富)

老板，咱没托人

□ 张开山

大李是个老实人，四十好几的人了，才混了个公司小职员，和他同等学历，同时间参加工作的人，好多都当上处长、局长的了。气得他自己也叹气：唉！这年头老实人吃不开呀！

大李公司的王老板有个女儿叫小丽，一心想当电影导演，考了三年的电影学院也没能如愿以偿，这成了王老板的一块心病，见人就问，你电影学院有路子吗？全公司的人谁不想巴结王老板呀？可谁也没电影学院的路子，只有干着急的份了。王老板的夫人挤兑他说："你这个破老板，窝囊废一个！"气得王老板直翻白眼，对夫人女儿发誓说："我偏不信，这电影学院咱们就进不去！"

一天，大李的老同学张平请他喝酒，酒过三巡，大李提及此事，张平一脸的不屑，说："这点小事你咋不早说？电影学院的张副院长你知道吗？那是我的一爷之孙，要他帮忙还不是手到擒来的事？"大李一阵惊喜，可随后一想，又摇着头说："我可知你的为人，吹牛皮，侃大山你特在行，我这说的是正经事，你可别和我神侃，到时不好收场。"

张平举起酒杯，和他的杯子一碰，一饮而尽，说："这事我要办不成，以后你就别认我这个老同学。"大李也喝了杯中酒，认真地说："既然如此，我就信你一回，你说得花多少

钱？"张平笑了笑，说"算你明理。咱们是老同学，为了你的前程，我可以不挣这个钱，可是张副院长那里至少给两万吧！"

两万元？这么多！大李心下犹豫。张平看出他的心思，解释说："你懂不懂行情？现在就是上个重点小学也得花个三五万的，电影学院是全国的高等学府，没我这层关系别说两万，你就是花上十万也办不成事，不信你就试试？你还别犹豫，不办拉倒，我还懒得管呢！"大李觉得他的也在理，就一咬牙说："两万就两万，我豁出去了。"

喝完酒，大李从银行取出两万元钱交给张平，特意嘱咐他说："这事可得办牢，千万不能出错呀！"张平接过钱来，数也没数就揣入怀里，神秘地一笑，说："你放心吧，我这就为你办去了。"张平连蹦带跳地跑了，大李看着他的背影，心里直有点犯嘀咕，这事能办成吗？

第二天，王老板听完大李的汇报，十分高兴，说："太好了，咱们终于和电影学院的领导搭上了关系，这事你尽管放手去干，花多少钱都成。先给你拿多少钱为好？"一提到钱，大李就激动，才破费两万元钱就能巴结上王老板，以后还不前途无量？他忙说："老板，看你说的，为你办事是应该的，我的老同学和我是铁哥儿们，一分钱也不要的。"

十天过去了，张平兴高采烈地又请大李喝酒。大李说："现在是你帮我办事，这顿饭我请了。"谁知张平甩给他两万元钱，又加了五千元，说："这顿饭是该你请，才十天我就用你的两万挣了六万多元，除去我输掉的五万元，还多挣了一万元，咱哥俩二一添做五，一人分五千，咋样？我够朋友吧？"大李听糊涂了，忙问："这是怎么回事，这钱你没给张副院长？"张平听后，哈哈大笑，说："我那是骗你呢！我哪里会认识电影学院的人？那天我和别人赌钱，把压箱底的五万元全输光了，我请你喝酒，就是想冲你借钱去翻本，正赶上这事，我就就坡下驴。哈哈哈！"

"你怎么可以这样做！"看着张平得意的神态，大李把酒杯狠狠地摔在地上，气急败坏地说，"我怎么向王老板交待？你知道吗，你要害死我了！"张平一愣，说："有这么严重？你不会说张副院长出国了，或者说他被撤职了？""放你妈的狗臭屁！"大李急了，蹦着高儿骂起娘来，骂了张平的祖宗八代，可骂来骂去，没把张平骂死，却把自己骂到医院里，他的心脏病犯了。

王老板到医院来看大李，带来了好多水果和滋补品，感动得大李不知说什么好。他本想告诉王老板事情的真相，可话到嘴边，又生生地咽了回来，他怕王老板立刻翻脸，把他骂个狗血喷头，自己得的可是心脏病，再也经不起刺激了。他想还是等到出了院再说吧，到时候是杀是剐，由他去吧。王老板临走时，悄悄对大李说："你的关系真硬呀！小丽昨天已经通过了一试，等二试、三试全通过了，再让她亲自来谢你。"大李羞得满面通红，惭愧无比。

十天后，王老板一家人来看大李。小丽一进病房，就高兴地告诉大李说，她通过了专业考试，等参加完高考，就能上电影学院了。她叔叔长叔叔短地叫着可亲了，叫得大李内心矛盾重重，唉！受之有愧呀！这是办的什么窝囊事呀！大李刚想据实相告，王老板的夫人却先把一个大红包交给了他，说："大李，谢谢你了，这是我们的一点心意。"大李一看，红包里是一沓厚厚的百元大钞，他哪里敢要，左推右推推不开，只好说实话："其实小丽是自己考上的，我没帮上什么忙，怎能要这钱呢？"

王老板把钱放在他的手里，说："看你说的，这叫什么话？你要拿我当个朋友，就把钱收下吧！"王老板把话说到这种地步，大李的心里更加不是滋味，说："老板，孩子上学正是用钱的时候，还是给她留着交学费吧！"见王老板还是不肯，他就把钱交给了小丽，说："那我就借花献佛，这钱全当我送给你的贺礼了，祝你学业有成，早日当上大导演。"小丽怎肯

依从，用眼看着父亲，让他发话。王老板思考了一下，对女儿说："也好，叔叔给你的，你就收着吧！"然后俯身对大李说，"你的心思我明白，你就放心养病吧，等有了机会，我不会亏待你的！"

果然，大李出院没多久就被提拔为部门经理了。全公司的人谁都明白是怎么回事，却没人敢言语。大李虽然觉得受之有愧，但这时的他更不敢把实情告诉王老板了。

再说小丽有个好朋友，叫小芳，两人亲密无间，又一同考了几年电影学院，小丽托人的事她早知道。小芳这次又没能考上，心里很不平衡，就给有关方面写了一封匿名信，要求公正待遇。电影学院被搞得十分狼狈，马上派了一名副院长带着律师来找王老板了解情况。

王老板方寸大乱，本想找人拖住学院的人，自己先找大李谈谈，统一口径，谁知这时大李汇报工作，正好找上门来。王老板赶紧给他使眼色，让他出去说。走到门外，王老板说："屋里的两位是电影学院的人，来调查小丽托人上学之事，我看要坏事——"王老板的话还没说完，大李就急了，他一头冲进屋里，对学院的人说："小丽托人的事和老板没关系，全是我一个人编的假话，你们要处理就处理我吧！"

这还了得，王老板吓得出了一身

冷汗，忙制止他说："你可不能乱讲，咱们可没托什么人，咱哪认识电影学院的人呀？"大李一拍后脑勺，说："哎呀，老板，原来你全知道呀？那我更不怕了，就实话实说了吧！"

王老板眼珠子瞪得比牛眼还大，厉声说："大李，上学之事不是儿戏，你可——"

大李哪里听王老板的话，竹筒倒豆子，将事情的来龙去脉全和学院的人讲了，最后说："你们若是不信，我现在就可以打电话把张平叫来，咱们当面对质！"副院长笑了，说："一看你就是个老实人，我们信你的！我想我们学院的张副院长也不会那么傻吧？为了两万元钱就自毁前程。"副院长说完和律师走了，走时让王老

板转告小丽："当上导演后可要努力呀，别让人家说我们选人不当。"

那边电影学院的人一走，这边大李吓得大气不敢出，心想自己戏弄了王老板，这回死定了。他闭上眼睛，就等王老板发雷霆之怒了。

不一会儿，就听王老板"啪"地一拍桌子，大声道："大李！"大李吓得心跳加快，大汗淋漓，像个束手就擒的犯人，听凭发落。

只听王老板接着说："行，你真行！本以为你老实巴交的一个人，没想到说谎话也在行呀！我真小瞧你了，让你当个部门经理真是大材小用了，正好公司的行政总监下月退休，你就顶上他的职位吧！"

（本篇月月评短信代码：1511）

（题图：魏忠善）

·本刊信息传真·

"掌上灵通杯"《故事会》小知识竞猜（一）

亲爱的读者，您了解《故事会》的历史吗？您熟悉《故事会》的现状吗？欢迎您参加"掌上灵通杯"《故事会》小知识竞猜！本活动共举办4期（从8月上红版到9月下绿版），每期刊登2道和《故事会》有关的题目，请将你认为正确的答案代号（如AB）编辑成短信，发送到2000561（中国移动）/9000561（中国联通），参与本次活动。

本次活动特设总额价值60000元的奖励：在每期参与竞猜并且答案正确的读者中抽取参与金奖3名，各获现金500元；参与银奖400名，各获价值15元的精美奖品。在参加全部4期竞猜活动并答对全部8道题目的读者中抽取钻石读者奖10名，各获现金奖1000元；白金读者奖200名，各获价值100元的精美奖品！

得奖读者在评选结果揭晓后将得到短信通知，本活动接收每条短信收取0.20元。

本期题目：（本期活动截止日期为8月5日）

1. 《故事会》是在（　）创刊的。　　A.1962年　　B.1963年
2. 《故事会》上半月红版是每月（　）出版的。　　A.8日　　B.22日

（仔细阅读本期刊物，会有意外收获！）

小别针

□ 孟 霞

大学毕业后，我随男朋友郑南一起来到了他的家乡——上海。他的爸爸是大学教授，妈妈是医院的护士长，我管他们分别叫郑叔叔和郑阿姨。他还有一个妹妹，在英国留学。

那天，我正在厨房洗水果，郑南在旁边逗我玩。郑阿姨忽然走进来，撞见我们打打闹闹的样子，笑着说："你们两个大宝贝一会儿进来一下，你们爸爸有事儿要和你们商量呢。"说完退了出去。

我使劲拍了郑南一下："就怨你，闹什么闹。惩罚你，剩下的水果赶紧洗好切好！"

"是！我的东北丫头就是厉害，

呵呵。"

郑南是说笑，可是他没注意到我一听到"东北丫头"这几个字，脸上的笑就僵硬了。我家在吉林省的一个小县城，父母都是退休工人，家里的条件和大城市的孩子天差地别。上大学的时候，我这一口东北方言就成了同学们的笑柄。因为这点，我在郑南家也常常觉得不自在，生怕他们瞧不起我。

我们送上水果，郑叔叔笑着对我说："磊磊啊，你和郑南交往已经三年多了吧？我和你郑阿姨想请你的父母来上海做客，我们要正式向亲家提亲呢。"

我一听脸就红了，郑南在一边说"好啊好啊，我还没有见过你的爸爸妈妈呢。说来都是我不好，公司走不开，所以一直也没有机会去拜访他们。"他说着，就乐颠颠地给航空公司打电话，帮爸爸妈妈订机票去了。

虽说我父母来上海是件好事，可我心里隐隐有些担忧，生怕他们土里土气的样子被郑南的爸爸妈妈笑。俗话说是福不是祸，是祸躲不过，转眼就到了我爸爸妈妈来上海的日子。那天下午，我向经理请了假，急急地赶往郑南家，可还是晚了一步。我一进家门，郑南就冲着我挤眉弄眼地坏笑："哈哈，小磊呀，原来你小的时候还这样哪？"

我的心一沉——定是妈妈说了我什么不光彩的事了，原先见爸爸妈妈的激动劲儿一下子被一股无名火给压了下去。郑阿姨一看我脸色不好，马上拍了郑南一下："你还说人家磊磊呢，你小的时候啊，光是开裆裤就穿到七岁！"

我走到妈妈身边，用责怪的口气说："妈，我都这么大了，你还天天说那点事儿……"

"呵呵，傻孩子，你就是八十了，在妈妈眼里也是一个孩子。"妈妈过来搂住了我，上上下下地打量着，"真是的，你咋过年也没回家啊，妈妈和爸爸都想你。"

我挣脱了她的手臂，说："好了，妈，这不见到了吗？过年春运特乱，公司也有事，就没回去。你看你，说说又哭了，我在郑阿姨家不是也挺好的嘛。"

看着妈妈的眼泪，我心里也难受得很，可是更多的是难堪，浑身不自在。

幸好，这时郑叔叔和郑阿姨招呼我们吃饭了，要不我真不知道爸爸妈妈还会说出些啥来。

郑叔叔和郑阿姨把我爸爸妈妈让到上座，郑叔叔身体不太好，可今天破例，陪爸爸喝起了白酒，他们谈得还挺欢。爸爸酒过三杯，汗就流了下来，不停地用袖子擦，我一见，赶忙递过去湿手巾。

爸爸接过手巾，边擦汗边说："你们这儿可真热啊，才喝两杯，这汗就下来了。"

郑叔叔笑着说："那就把这小毛衫脱掉。"

爸爸说"这不好吧，里面是一件旧线衣。这亲家母不介意？"

郑阿姨忙说"瞧亲家公说的，咱们都是一家人，热了还不让脱小衫？"

我刚想制止爸爸，他已经把毛衣脱掉了，露出里面一件旧的线衣。天哪，这件还是我在读中学时他就开始穿的旧线衣，爸爸竟然把它穿到我未来的公公婆婆家里来，真是太丢人了！我羞得满脸通红，恨不得有个地洞钻。

郑叔叔全家注意到了爸爸身上这件旧线衣，都放下手里的筷子。线衣又小又旧，已经洗得发白，更要命的是胸口有两个小小的洞，用一个小别针给揪在一起，就像个小吃——烧麦一样，揪着个小口。

郑叔叔指着爸爸胸口的小别针，说："这儿有两个小洞吧？这万一扎到怎么办？"他扭头对郑南说，"南南，你把前天磊磊给我买的那套保暖内衣拿出来。"

爸爸一听，连说不用不用，放下筷子，笑着说："老郑你一提这个小别针，我就想起磊磊小时候了，一眨眼就这么大了，要找婆家了，我们也都老啦。那时我们穷啊，全家人睡一铺炕上，一个月就七斤大米。可我们磊磊从小就懂事，小学起就是全班第一。上初中时来回路远，得带中午饭了，我和磊磊她妈都不舍得吃那一点点大米，就每天早上起来在小炉子上给她焖半饭盒二米饭，再炒个鸡蛋带上。磊磊天天晚上学得晚，早上睡得那个香，我早起做饭怕吵醒她，就不

开灯，轻轻地起床，摸黑儿穿衣服，可一整就穿反了。那天磊磊看我这领子扯到脖子后头，就用她那小手给我在胸口这儿别了个小别针。嘿嘿，从那以后呀，我再也没穿反过，可是时间久了，每件线衣的胸口都被这小别针磨出两个小洞，哈哈……"

屋子里静悄悄的，没有人说话，我就这样低着头，心里一阵阵的难过。这时郑南偷偷握了一下我的手，对郑叔叔说："爸爸，不用，磊磊也给孟叔买了一套，就在我房间里收着呢。"说着，从屋里取出一套新的保暖内衣塞给我爸爸。其实这套是我买给郑南的。

爸爸接过内衣，显得很激动，嘴里喃喃地说："哦，这是磊磊给我买的呀，好，好……"他立即到房间去换上，一个劲儿地说："嘿，不错，暖和！"

他没注意到，我的眼睛里和他一样，闪着幸福的泪花，而郑叔叔一家的眼圈也都红了……

（本篇月月评短信代码：1512）

（题图：魏忠善）

贼心不改

□建 霖

巴克是个江洋大盗，专门偷窃名贵的珠宝。二十年前，一家高档珠宝店展示一颗价值上千万美元的钻石，名为自由星。巴克认为这是一次很有挑战性的大买卖，决定搞到手后就退出江湖去过好日子。谁知，巴克在偷自由星的时候失手，被关进了监狱，一蹲就是整整二十年。

斗转星移，二十年过去了，巴克终于盼到了出狱的那一天，他此刻最想做的一件事，就是去见他的儿子。巴克入狱时，儿子维尔刚刚满七岁，父子分离了这么多年未曾见过一面，儿子还会不会认他呢？

巴克出狱后，经过一番周折，终于打听到了维尔的下落。按照地址，

巴克来到儿子现在所住的别墅，按响了门铃。不久，屋里传来脚步声，随后，一个年轻男人打开门，问道："您找谁？"

巴克的心激动得怦怦乱跳，上下打量了一下那个男人，只见他的眉眼和小时候的维尔一模一样："啊……你是不是维尔？"年轻人点了点头："我就是维尔，请问您是谁？"巴克颤抖地说："我、我是你的父亲巴克啊……"维尔浑身一震，手里的烟掉到地上，半晌也没说出一个字来。

巴克低下头，喃喃地说"我对不起你，维尔，我只想来看看你，如果你不能原谅我，我可以马上离开。"维尔一把抱住巴克，眼泪夺眶而出："爸

爸，你回来了就好，你已经受到了惩罚，让我们忘掉过去，重新开始吧。"巴克哽咽着说："我答应你，一定不再去偷……"说到这儿，这对分别二十年的父子抱头痛哭。

巴克就这样和维尔重新生活在一起，维尔的工作好像很忙，有时候深更半夜才回家。巴克从不过问儿子的事，他就像个老保姆一样，把家里打理得井井有条，他想通过这种方式弥补自己的过错，取得儿子的谅解。父子俩的感情一天天融洽起来。

这一天深夜，维尔从外面回来，看见父亲的房间里还亮着灯，就走了过去，门虚掩着，维尔轻轻一推，门开了，巴克正在地上埋头整理一大堆东西。维尔定睛一看，那些竟然是巴克以前的盗窃工具！

"爸爸！"

巴克猛一抬头，被儿子吓了一跳，赶紧把那些工具藏到了身后，尴尬地笑了两声："我……我正要……正要丢掉它们。"

"是吗？"维尔冷冷地说，"这些东西容易扔掉，可你心里的念头却总也扔不掉！"

巴克站起身，咳嗽了两下"孩子，听着，上次失手是我这一生中最大的耻辱。前些天，老朋友罗里告诉我，他打听到自由星的下落了，这次我一定能成功，我发誓这是我最后一次……"说话间他的眼里闪出了一丝奇光。

维尔愤怒地叫道："可是爸爸，你答应过我要重新做人的！"

巴克说："维尔，你不懂，这是我洗刷耻辱的唯一机会，对我来说，没有什么比偷到自由星更重要了。"

维尔沉默半天，脸上忽然露出了笑容："爸爸，你先看看自己吧！瞧你那肚子，还有这一身肥肉，我看你是痴心妄想！"

巴克下意识地摸了摸突出的肚皮，脸色渐渐黯淡了下来："是啊，我老了，再也不是当年的大盗巴克了。"

维尔松了一口气："所以你还是乖乖在家做我的老父亲吧，别再胡思乱想什么自由星了！"说完，他退出了房间。

第二天一大早，维尔睁开惺忪的眼睛，拉开窗帘，刚刚呼吸了一口新鲜空气，突然看到父亲穿着一身运动服跑向了大门。这时，巴克回头也看到了窗口中的儿子，笑容满面地说："昨天晚上我给自己做了个健身计划，过不了多久，你就会看到一个强壮的老小子了！"说完，"一二一二"地跑了出去。维尔望着父亲的背影，陷入了沉思。

几个星期后，老朋友罗里告诉巴克，自由星已辗转到了一个富豪手中，最近将要被镶嵌到一条项链上，正是行动的好时机。恰巧这天维尔对父亲说自己要外出几天，再三叮嘱他

在家呆着不准出门，巴克嘴上连声答应，心里却求之不得，他决定利用这段时间好好计划计划。

可是，老巴克苦思冥想了两天也没想出什么妙计，事不宜迟，最后他决定铤而走险，即使没有成功的把握，也要试一次。吃过晚饭，巴克心想这一去凶多吉少，也许再一次与儿子分离，想到这里，他鬼使神差地第一次走进了维尔的书房，想给儿子留下一封信。巧的是那间房间平时都是锁着的，今天却开着。走进屋子，老巴克就被眼前的景象惊呆了，只见儿子的书架上堆满了关于珠宝知识的工

具书，墙上还有一张装裱考究的证书。跟儿子住的这段时间，老巴克从来没问过儿子是做什么的，这时他却来了兴趣。巴克凑上前去，细细读那张证书，不由大吃了一惊，儿子维尔竟然是伦敦最好的一名珠宝镶嵌师！

不知为什么，巴克的内心突然有一种坐立不安的感觉。就在这时，楼下的电话急促地响了起来。

巴克跑下楼，接起电话，里面传出他的老朋友罗里的声音："巴克，是你干的吗？你的胆子可真不小啊。"巴克愣住了："我干的？我干了什么？"

罗里急急地说："自由星呀！那个富商请了一位镶嵌师把自由星镶嵌到一条项链上，可是镶嵌师离开后，富商发现那颗钻石变成了赝品！那个小偷绝对是个高手，听说珠宝店下水道管子上被弄出了个洞，而且上面还有一块强力磁铁，他一定是在镶嵌过程中巧妙地将钻石掉了包，装进了一个小铁盒，借方便之时把盒子扔进了抽水马桶……"

放下电话，巴克的额头已渗出一层汗珠，他愣了一会儿，疯了似的穿上外套，冲向大门。当他喘着粗气打开门时，一头撞上了一个人——维尔。

"您去哪里？"维尔疑惑地望着父亲问道。

巴克定了定神，一把将儿子拉进

了屋子，然后死死关上了门。

"爸爸！你到底怎么了？"

"我怎么了？我倒要问问你这几天都干了些什么？"巴克抓住儿子胸前的衣襟，警告地说，"要说实话，不然我会揍你的！"

维尔干笑了两声，说"我一直在工作啊！还带回了你最想得到的东西！""你，你偷了自由星？"

"怎么了？有什么不对？你不是一直想得到它吗？"维尔轻轻推开巴克的手，从怀里取出一个小盒子，放到桌上，"爸爸，既然你这么放不下自由星，我就替你把它带来了。因为我知道，以你现在的身手去偷的话，一定会被再次抓住，而这一次，我们或许再也见不到了！所以我帮你完成了心愿，现在，自由星是你的了！"

巴克像被当头猛击一棒，重重地瘫坐在椅子上，说："儿子，你怎么这么傻！警察会抓住你的，为了一颗钻石，你把自己大好的前途都毁掉了……"

维尔却满不在乎地说"爸爸，你不是说，没有什么比这颗钻石更重要的吗？现在，它是你的了，你不想看一看吗？"

巴克嘴唇哆嗦，用颤抖的手打开了桌上的小盒子，一点没错，里面有一条项链，项链上缀的正是他日思夜想了二十年的自由星！可是这时他的心里却一点没有兴奋的感觉，相反，

他看着这颗钻石，不由老泪纵横"20年前，为了这颗自由星，我离开了你，想不到20年以后，我们刚刚在一起，为了这颗自由星，你又要离开我了，维尔，我连累了你，这都是我的错啊！让我替你入狱吧，我去警察局自首……"

维尔静静地看着父亲，过了片刻，他忽然哈哈大笑起来。

巴克被他笑愣了。维尔说："好了！爸爸，我在说谎，我根本没有偷自由星。""没有偷？那这颗自由星是哪里来的？"巴克抓住儿子的胳膊，咆哮道。

"我是去镶嵌自由星了，可是我没有偷它，我的活儿做得很漂亮，那个富商非常满意，于是我恳求他让我用自己所有的资产和名声做抵押，拥有它一个晚上，他答应了。"说着，他拿起了这条镶嵌着自由星的项链，"当然，还要谢谢你的老朋友罗里，他帮我一起撒了一个善意的谎。我们这样做，只是为了不再离开你，爸爸！"

老巴克呆呆地站在那里，嘴唇哆嗦着，终于，他一把抱住了维尔，用颤抖的声音说"好儿子，今天我才懂得，这个世界上最重要的，不是钻石，不是珠宝，不是自由星，而是我们两个能够在一起！直到今天，我才真正获得了自由！"

(本篇月月评短信代码：1513)

(题图、插图：箭　中)

红梅傲雪图

□ 黄廷洪

苏州城里有个鉴赏古画的大师，名叫古雨亭，凡是赝品到了他的眼皮子底下就会被一眼识破。他盖了印章的古画，绝对不会有假。

那年腊月三十，鹅毛般的大雪纷纷扬扬地下着，天地之间一片苍茫。古雨亭正在书房里练字，夫人唐婉秋走进来说："老爷，外面有个自称叫陈三道的年轻人要见你。"

古雨亭放下毛笔，随唐婉秋走到客厅里，就见大门口站着一个小伙子，见了古雨亭，扑通一声跪了下来："古老爷，我是来请您老人家救命的。"

古雨亭一惊，忙把陈三道扶进客厅，问他缘由。陈三道说，她的母亲被大青山的土匪黑疤子绑架了，黑疤子派人放出话，让陈三道大年三十天黑之前带上五百两银子去大青山赎人，超过时间，立马撕票。陈三道从怀里掏出一幅古画，告诉古雨亭说，他的父亲当年在京城做官，没有给他留下什么值钱的东西，只有一幅唐伯虎的画。有个收藏家愿意出五百两银子买下，但是那个人有个条件，说必须要大鉴赏家古雨亭在这幅画上签名盖印，证明这幅唐伯虎的画是真迹，他才愿意拿出这五百两银子。

古雨亭展开那幅唐伯虎的《红梅傲雪图》，仔细看了半晌，叹息说："年轻人，恕我直言，这是一幅赝品啊。"

"它不是真的？"

"不是，肯定不是。"古雨亭说。

陈三道又跪在古雨亭的面前："古老板，救救我娘吧，现在只有你能救我的娘。你要是说这幅画是假的，我娘就没命了。"

听着陈三道的苦苦哀求，古雨亭左右为难。孝子救母，情真意切；一幅赝品，事关人命，怎奈他古雨亭也拿不出这五百两银子。踌躇再三，他还是将自己的那方"古雨亭鉴画"的青田印盖在了画上。他好像是对自己也是对陈三道说："仅此一回，下不为例，下不为例！"

陈三道捧着那印泥未干的画，感激地给古雨亭磕了三个响头，一溜烟跑出了古家。古雨亭感叹道："孝子，孝子啊！"

第二年，古雨亭到湖州去看望一个名叫梅花石的老朋友。路上，突然下起了雨，古雨亭来到一个名叫"文香阁"的画店里躲雨，意外地发现那幅《红梅傲雪图》挂在画店里的显眼位置。

古雨亭问道："老板，这幅《红梅傲雪图》你是怎么得来的？"

"你问这幅画的来历？那可是三天三夜也说不完啊。他最初的主人是我们湖州城里一个名叫陈三道的浪荡公子。"陈三道？听到这个名字，古雨亭就一愣，脑海里出现了那个大雪天登门的年轻人。

画店老板长叹一声，告诉古雨亭：那个陈三道从十五岁开始就和不务正业的地痞流氓在一起鬼混，父亲留下来的那点家产很快被他挥霍一空，母亲给他气倒在床上。他家最值钱的东西是父亲留下来的一张唐伯虎的画，可是这张画被他的母亲藏着，他一直找不着。去年腊月，母亲病重，临咽气之前还是把画拿了出来，嘱咐儿子把画卖了，给自己买口薄棺材，剩余的钱留着好生过日子。那陈三道头点得就跟鸡啄米似的，老娘的最后一口气还没有断下去，他就拿着这幅画来找我父亲。我父亲见了这幅画，眼前一亮，十分喜欢，却又拿不准是真是假，告诉陈三道说苏州有个古雨亭古先生，是个鉴画高手，他盖了章才肯买下。那陈三道果然去了苏州，回来后我父亲买下了这幅画。那败家子拿了五百两银子，忘了停在门板上的老娘还没有棺材入殓，就进了妓院，三天三夜的吃喝嫖赌，五百两银子花得干干净净……

古雨亭大吃一惊，万没想到那陈三道是个不孝子，满口都是谎话。

"那陈三道花光了五百两银子，又惦记上了这幅唐伯虎的画。有天晚上，乘着天黑，到我们店里来偷这幅古画，被我的父亲发现，心地歹毒的家伙竟然把我父亲活活勒死了。后来，官府破了案，陈三道被正法，这幅画也还给了我们。打那以后，我们

家道一直不顺。阴阳先生说这幅画上有凶兆，我就想把它给卖了。"

"老板这幅画牌价多少？"

"当年我父亲五百两买来的，现在还是这个价。怎么？先生您对这幅画感兴趣？"

老板一边说话一边看着古雨亭脸上的表情，见古雨亭点点头，他笑道："不过真是抱歉得很，三天前就有人定下了，只因为手头的银子一时还凑不齐，外出借钱去了。"

"不知道那位买家是谁？"古雨亭问。

"他叫梅花石，喜欢收藏古画。"

"是他？"古雨亭听说梅花石要买这幅画，愣在那里好半天。他后悔自己当初不该听信了陈三道的花言巧语，结果这副赝品不仅断送了两条人命，如今好友梅花石还要花钱买下这幅假画，他古雨亭于心何忍？

"老板，这幅《红梅傲雪图》我十分喜欢，你看能不能卖给我？"

"先生，你这可是给我出了个大难题啊。人家梅先生是交过定金的，我们商人讲的是礼仪诚信。这画要是卖给了你，梅花石来了我如何跟他交代？"

"王老板请放心，不瞒你说，我就是古雨亭，和梅花石是生死之交。他面前由我来解释，不会让你承担骂名的；再说，我可以给你加些银子。"

"你能加多少？""一百两。"

"好，古先生果然是个大义之人，既然这样，王某为你担待一回骂名又有何妨？这幅《红梅傲雪图》就是你古先生的了。"

二人立了字据，古雨亭回家后和妻子商量着筹款的事情。唐婉秋听说丈夫要用六百两银子买下一幅赝品，整个人都瘫软了。

"婉秋啊，我这六百两银子买的不是画，而是我古雨亭做人的根本和诚信，也

是在赎罪啊。一幅赝品，两条人命，如今那梅花石又要买下这幅画，我怎么能眼睁睁看着他蒙受损失？"

唐婉秋是个知书达理的女人，这些做人的道理她都懂，可是六百两银子毕竟不是小数目："劝说梅花石不要买那张画了，把真实的情况直言相告，不行吗？"

古雨亭摇着头："就算梅花石被我劝说了，这画还会在市面上流传啊；再说，梅花石的脾气我知道，他平生最爱梅花，认准了的事情别人很难阻拦的。"

接下来的日子里，古雨亭将自己的房产全部变卖一空，又向亲朋好友借贷，唐婉秋也回娘家筹得了一笔款子，加上原先的一些积蓄，总算把六百两银子凑齐了。他带着银票来到王老板的画店里，两人很快办了交割手续。

正当古雨亭拿着那幅《红梅傲雪图》走出画店的时候，梅花石兴冲冲地来了，见了古雨亭，很是高兴："古兄也来赏画？怎么不事先跟我招呼一声？"

"梅兄，我知道你是来买那幅《红梅傲雪图》的，别进去了，这画在我的手上。"

梅花石一惊，问道"怎么了？雨亭兄先我一步，捷足先登了？"

古雨亭把梅花石拉到一边，轻声说："梅兄，实话告诉你吧，这幅唐伯虎的《红梅傲雪图》是赝品。"

"是吗？你雨亭兄也会买赝品？这上面有你的大印啊。"梅花石说着，来到王老板的画店里，质问道，"姓王的，你难道不知道做生意要讲究诚信？那幅画我已经付了定金，为什么还卖给别人？"

"梅先生请息怒，我也是左右为难啊。"王老板打躬作揖，笑脸相迎。他将梅花石的定金退给他，说："古先生说你和他是生死之交的好朋友，有什么事情一切由他担待，我这才敢卖给他啊。"

"古雨亭，我原来以为你是个重友情、讲诚信的汉子，没有想到你竟然是个十足的小人。"梅花石指着古雨亭的鼻子骂道。

"梅兄，这事情三言两语说不清楚，走，我请你到白云楼喝酒，咱们边喝边聊。"

"你把我梅花石当成什么人了？酒肉朋友？古雨亭，算我当初瞎了眼睛，看错了人，从今往后，你我形同路人！"

"梅兄，你别走啊！"

梅花石哈哈大笑，扬长而去。

古雨亭站在原地，呆若木鸡，良久长叹一声，泪如雨下。

回家后，他就把那幅《红梅傲雪图》放到炉中，化为灰烬……

（本篇月月评短信代码：1514）

（题图、插图：黄全昌）

带血的手

□ 徐慧驹

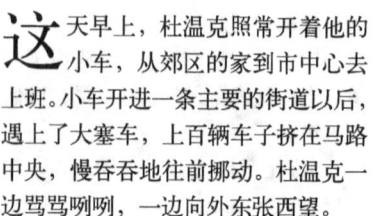

这天早上，杜温克照常开着他的小车，从郊区的家到市中心去上班。小车开进一条主要的街道以后，遇上了大塞车，上百辆车子挤在马路中央，慢吞吞地往前挪动。杜温克一边骂骂咧咧，一边向外东张西望。

这时，杜温克看见旁边那条车道上停着一辆红色的小跑车，驾驶座上坐着一个年轻漂亮的金发女人。杜温克不由朝那个女人多看了两眼，当他的视线从女人身上移到她的后排座位时，突然被吓了一跳。原来他看见那个座位上有一条隆起的毯子，毯子底下露出一只手，手上有鲜血流下来！

毯子下面一定有个人受了伤，于是杜温克用力摁喇叭，想引起那个女人的注意，可是女人对他理也不理。杜温克又用力向那个女人挥手，这次女人显然看见他了，可是不仅没有回头，反而一踩油门，开动了汽车。正好，她那条车道松动了，车子开始往前走。而杜温克的前面有辆大卡车，害得他只能停在原地。就在那个女人的跑车开到快要看不见的时候，杜温克慌忙记下了她的车牌号。

那辆车的主人一定有问题，说不定是个杀人凶手呢！杜温克向公司请了假，开车去警察局报案。

阴谋陷害别人的人，自己会首先遭到不幸。 ——伊索一个叫汉斯的警官接待了杜温克，等他听完杜温克介绍的情况，皱着眉头说："先生，你确定看见了一只带血的手？"

杜温克说："千真万确！一只带血的手！"

汉斯警官微笑着说："别这么肯定，说不准是你看错了，比如车窗有反光，或者窗子有点脏……"

杜温克叫起来"警官先生，不可能！我的眼睛好得很！"

汉斯警官摇摇头，懒洋洋地说："那好吧，我会去查那辆车子的，你回家等消息吧。"

杜温克回到家，乖乖地守在电话机前等消息，一等就是三个多小时。中午，他家的门铃响了，杜温克忙跑去开门，却看见汉斯警官怒气冲冲地站在门口！

杜温克忙问："警官先生，您找到那辆跑车了吗？"

汉斯警官哼了一声，冷冷地说："找到了，我现在就要请你去看一看那只手！"

杜温克稀里糊涂地跟着汉斯警官开车到了市中心的一栋房子前，汉斯警官敲了敲门，开门出来的正是早上跑车里的那个年轻女人。汉斯警官朝那个女人说："戴西小姐，这就是到警察局报案的杜温克先生，请你让他看看那只带血的手吧。"

戴西小姐笑着把两个人领进屋，一直走进一间大工作室，工作室里有很多木架子，还有很多石膏的人体模型。桌上躺着一具模型，一条"手臂"上沾了一摊红色的油漆。戴西小姐指着这个模型，告诉杜温克："你早上看到的就是它！我和我丈夫都是给小裁缝店布置橱窗的，我们向他们提供人体模型。这具模型两天前刚油漆好，今天早上我把它送到一家店铺去，如果我把一个光着身子的模型放在车上，一定会引起别人的误会，所以就用一条毯子盖在它身上，可能是开车的时候毯子滑下来，露出了这只沾了红色油漆的手臂，看起来像在流血……"

可想而知，杜温克当时有多尴尬！他只好一个劲儿地向汉斯警官和戴西小姐道歉，可是汉斯警官不依不饶，把他骂了个狗血喷头，说下次如果还敢乱报案的话，就把他抓起来。

杜温克狼狈不堪地离开戴西小姐的家，开车回到自己家里，他连饭也懒得吃，倒在床上蒙头大睡。等他醒过来的时候，天已经黑了，他想忘记白天发生的一切，可是脑子却不由自主地回想起早上看到的情景……难道真的是自己看错了吗？

早上的情景像电影般一幕幕地回放着，突然，杜温克的脑海中掠过一道闪电，早上他看见车里那只带血的

手是左手，而在戴西小姐家看到的模型，沾着红色油漆的是右手！

戴西小姐在骗人！一定是戴西小姐知道有人发现了车上的秘密，回家后赶紧油漆了那个模型，来掩人耳目，而愚蠢的汉斯警官竟然相信了戴西小姐的谎话。

想到这里，杜温克再也等不及了，他从床上跳起来，就往门口跑。刚好在这时，门铃响了。

杜温克不假思索地打开房门，却猛地倒吸一口冷气，他看见一支黑洞洞的枪口正对着自己！

拿着枪的不是别人，正是戴西小姐，她举着枪把杜温克逼进了房间。杜温克没头没脑地问了一句："……那是另一只手？"

戴西小姐点点头，冷笑着说："你很聪明，杜温克先生，我知道你会醒悟过来，所以从电话簿上找到了你的地址，幸好我来得不算晚。实话告诉你，那条毯子下是我丈夫的尸体，今天早上我杀了他，我把尸体转移出城的时候，被你看到了，不过，你已经没有机会报案了。"

"你，你要怎么样？"杜温克结结巴巴地问。

"你放心，我不会在这里杀你，否则会留下痕迹的。你乖乖跟我走，我朋友正在建房子，你会和我丈夫的尸体一起被埋在地基下面，永远都不会有人发现，哈哈……"戴西小姐举着枪，稳操胜券似的大笑起来。

"叮——咚！"不早不晚，门铃在这时又响了起来，紧接着是很重的敲门声，似乎外面那个人等不及要冲进来。戴西小姐露出一丝慌张的神色，她犹豫了一下，用枪顶着杜温克的后背，低声说："你去开门，快把外面那人支走，不许耍花样！否则我一枪就打死你！"

杜温克无可奈何地在戴西小姐的

指挥下走过去，把门打开，不是冤家不聚头，这次来的是汉斯警官。

还没等杜温克开口，汉斯警官劈头就骂开了："你这个混蛋！都怪你报了这个假案，害得我被局长训了一顿，本来说好的晋升机会也没了，你知道吗！"说着，汉斯警官对着杜温克当胸就是一拳，把他揍得退后好几步，靠在墙上。

这时，汉斯警官看见了戴西小姐，他有些吃惊，随即赔着笑脸说："戴西小姐，你在这里太好了！你可以去控告这家伙诽谤！看我不好好收拾他！"说着，他冲过去，对准杜温克的肚子就是一脚。

可怜的杜温克被踢倒在地，骨碌碌滚进了厨房，他又惊又气，连呻吟的劲儿也没有了。更要命的是，汉斯警官拔出手枪，对准了地上的杜温克。

杜温克哭丧着脸，现在有两支手枪指着他，自己是必死无疑。汉斯警官好像还不解气，飞起一脚，又把杜温克踢到了冰箱背后。

接下来，意想不到的一幕发生了，汉斯警官突然俯下身，倚在门边，用枪瞄准了戴西小姐！他嘴里大叫道："放下枪！杜温克已经安全了，你跑不掉了！"

戴西小姐这才发觉上当，她想要开枪，可是汉斯警官比她更快，"砰"的一声枪响，戴西小姐倒在地上，枪也掉在一边。

汉斯警官跑过去，捡起了她的枪，然后回过头，微笑地看着目瞪口呆的杜温克，问："你没事吧？"

"我……没事。"杜温克踉跄地站起身，感觉自己好像在做梦一样，"您、您是怎么知道戴西小姐是凶手的？"

"这多亏了我妻子。"汉斯警官有点不好意思地说，"我今天被你气昏了，回到家，就把这事告诉了我妻子，我妻子倒不关心这个案件，而是要我脱下衬衣给她洗，还责怪我怎么这么不小心，在袖口上沾了红色的油漆。我很奇怪，怎么会沾上红油漆呢？我想来想去，只有在戴西小姐家看那具模型的时候才有可能染上，可是戴西小姐说那具模型上的油漆是她两天前涂的，那样的话，油漆早就干了！我这才意识到她在说谎，这个模型上的油漆是她在我到之前刚刚涂上去的。所以我立刻赶来了，在窗外看见她用枪指着你，情况危急，为了救你，我只好用这个办法，希望没有踢痛你。"

"痛！怎么不痛？"杜温克捂着肚子说，"不过比起丢掉性命来，这点痛也算不了什么了！"说到这里，两个人都哈哈大笑起来。

（本篇月月评短信代码：1515）

（题图、插图：箭　中）

打赌

□ 刘彦波

李龙相貌堂堂，是一家地级电视台的节目主持人。他主持的"生活美如画"节目非常受欢迎，人们没有不喜欢他的。

李龙有个嗜好：信奉算命术。他有一本《周公解梦》。夜里做了梦，他第二天起床后第一件事就是翻查梦书，看主吉主凶。如果做的是凶梦，这一天他便会像日本鬼子挖地雷一样，蹑手蹑脚、小心翼翼。

这天夜里，李龙梦见自己在大街上裸奔。第二天早晨他翻开梦书，只见上面写道：夜梦裸奔，预示着进财。后面还有解释：因裸奔或是为了抢财宝、或是为了避灾祸而来不及穿衣服所致，故预示着进财。他很高兴，想看看自己今天到底能发点什么财。

可一直到下午5点，也没有好事降临，反而因为骂人受到领导的批评。李龙闷闷不乐，为了散心，他来到了大街上，走着走着，走进了菜市场。

当他经过卖螃蟹的摊位时，摊贩们都认识他，一个小伙子冲他喊"李老师，又大又肥的活螃蟹，来点吧？"

李龙看了看，觉得螃蟹确实不错，于是决定买上几只。

小伙子过秤后对李龙说："李老师，您也不是外人，这样吧，给您打八折，您给我八块四得了！"

李龙从钱包里抽出一张十元面额的钞票递过去，然后一只手提起螃蟹，等着小伙子找回零钱。

这时意料不到的一幕出现了——小伙子一边往外拿零钱，一边口里数着："……80、90，还差1块6，好，找您零钱。"

刹那间，李龙的心悬到了嗓子眼儿："命里注定今日进财，果然不差。我明明给他10元钱，他却看成了100元的。想不到梦书说的进财就在这里呀！小伙子，你这一天可是白干了。"

他接过钱，也没敢点，一把塞进兜里，说了句："真是好螃蟹啊，下次还买你的。"便直接回了家。

到家后，他把螃蟹交给妻子，自己一头扎进书房，掏出那把零钱清点起来。

请问：他发现了什么？

A.那些钱原来是假钞（短信代码HA） B.钞票里夹着一张纸（短信代码：HB） C.钞票里有一张电影票（短信代码：HC） （题图：张 恢）

猜情节，赢大奖

开动脑筋，猜想正确的情节！请选择你认为正确的情节发展，将其短信代码发送到200056（中国移动）或900056（中国联通）。我们将在本月下半月的刊物上刊登这个故事的结尾，并从竞猜正确的读者中抽取优胜奖20名，赠送价值100元的纪念品；从参加竞猜的全部读者中抽取参与奖500名，赠送价值10元的纪念品。所有参与读者将另获赠精彩梦网信息服务。

参加全年情节ABC活动，并猜对全部情节的3名读者更将获得特等奖彩信手机一部！本期活动截止日期为2004年8月5日。

得奖读者在评选结果揭晓后将得到短信通知。本活动每条短信收取0.10元。

童眼
看佛

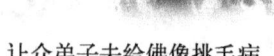

□ 马 强 搜集整理

从前有座寺庙，老方丈为了香火更旺盛，特地从京城请来一位著名的王艺人，在正殿上塑起一座八米高的佛祖金像。

佛像塑好那天，举寺欢庆。方丈问王艺人要多少工钱，王艺人傲慢地说："今日佛像完工，你可见我工艺之高超。不如以三日为限，如果有人在这座大佛身上挑出一处毛病，我分文不取，没有的话，请赏赐黄金百两，作为工钱吧。"

方丈无奈，只得答应了，当晚便召集全寺僧人，宣告了王艺人的话，让众弟子去给佛像挑毛病。

第一天，众僧侣纷纷去挑毛病，可看着看着，都不知不觉地夸奖起佛像雕塑得太好了。一天下来，没有一个人能提出毛病。

方丈心里一沉，亲自去看了个遍，竟也没有找出任何毛病，不由暗暗佩服这王艺人的手艺。

可是百两黄金毕竟不是个小数目，于是老方丈又去请附近的村民一同来挑毛病。因为老方丈平时行

真理的旅行，是不用入境证的。——约里奥·居里

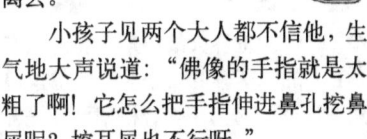

善积德，人缘颇广，第二天来了不少村民。可是大家看了佛像都交口称赞，别说毛病，连半点批评的话都没有。

第三天到了，这时，老方丈已经不抱什么希望了，只有拼命诵经拜佛，乞求菩萨庇佑。

一天很快过去，转眼夕阳西下，大厅里只剩下一位抱着儿子的村妇。方丈闭上眼睛打禅，也没有去搭理那母子二人。

母子俩在佛像前看来看去，母亲不住地赞叹，儿子也傻乎乎地盯着大佛。就在母亲抱起儿子准备离去时，儿子突然趴在母亲耳朵旁，说："妈妈，这佛像有个毛病了。"

母亲很惊奇地说："你瞎说啥啊，那么多人都找不出毛病，你能？"

母亲的话让一旁的方丈听到了，他猛地睁开眼睛，看了看那小孩，只不过四五岁模样，牙都没长齐。

方丈半信半疑地站起来，上前两步，问道："孩子，这个佛像哪里有毛病？"

小孩子看了看方丈，又看了看他母亲，说："老方丈，那个大佛像的手指有毛病。"

方丈给逗乐了，问道"你倒说说看，手指有什么毛病？"

小孩说："佛像的手指太粗啦。"

他母亲在一旁摇头说："手指粗也算毛病？你这孩子真不懂事！"

方丈也叹了口气，准备离去。

小孩子见两个大人都不信他，生气地大声说道："佛像的手指就是太粗了啊！它怎么把手指伸进鼻孔挖鼻屎呢？挖耳屎也不行呀。"

方丈和小孩的母亲都被他的话给说愣了。

老方丈扭头，仔细看了看那尊佛像，发现手指确实比鼻孔大出好多！他喜出望外，说："啊，这确实是个毛病，还是个大毛病！"

他一边谢过母子二人，一边对着佛像感叹道："这么多大人都挑不出的毛病，竟被一个小孩子给发现了。"

第四天，王艺人得意洋洋地来讨金子，方丈微笑道："不忙，你先去看看佛像的手指吧。"

王艺人一惊，连忙去佛像前查看，这才发现手指的比例果然有点问题！

王艺人仰天大笑，道："王某学艺不精，惭愧呀，惭愧！"说完，就收拾好行李，向方丈告辞，扬长而去，没有再提半个钱字。

方丈望着王艺人的背影，沉默良久，然后自言自语道："阿弥陀佛，原来人的眼睛看到的东西都是不同的，大人又何曾有挖鼻孔的爱好呢？哈哈……"

（本篇月月评短信代码：1516）

（题图：黄全昌）

奇 迹

第二次世界大战中期，美国生产的降落伞的安全性能不够。虽然在厂商的努力下，合格率已经提升到99.9%，但还差一点点。军方要求产品的合格率必须达到100%。可是厂商不以为然，他们强调，任何产品都不可能达到绝对100%的合格，除非出现奇迹。

但是，降落伞99.9%的合格率，就意味着每一千个跳伞的人中有一个人会送命。后来，军方改变了检查质量的方法，决定从厂商前一周交货的降落伞中随机挑出一个，让厂商负责人背着这个伞，亲自从飞机上跳下。

这个方法实施后，奇迹出现了：不合格率立刻变成了0！

（推荐者：刘丽华）

同一时刻

老王出身贫寒，小时候是由母亲一把屎一把尿好不容易才拉扯大的。这些年，老王发了财，日子也好过了，架子也大了，渐渐觉得老娘越来越不入伍，把老娘送回老家了。

一天，他参加完宴会，大醉而归，鞋子一蹬，呼呼大睡。接近10点的时候，刺耳的电话铃突然响了，他拿起话筒，是长途。只听见话筒里传来一个苍老的声音："儿子，是你吗?"

"哦，妈，是我，有事?"老王皱着眉头问。

"也没啥事，只想和你说件事。""有事明天讲吧，你是不是没钱了？我让秘书寄给你。我今天好累！"

"孩子，别挂电话！"母亲的声音急了起来，"你忘了吗?今天是你的生日啊！"

老王不耐烦了："原来你深更半夜把我吵醒，就是为了给我说这件事吗？"

母亲的声音呜咽起来"孩子，40年前这个时候，也是你深更半夜把我从睡梦中折腾醒的呀！"

（推荐者：小 杨）

聪明的遗嘱

从前，有一个富翁病危，而他的独生子远在异乡。富翁怕仆人拿了自己的财产逃跑，便立下了一份遗嘱：我的儿子只能从财产中先选择一项，其余的都送给我的仆人。

富翁死后，仆人欢欢喜喜地拿着遗嘱去寻找主人的儿子，准备合法地继承富翁的大部分遗产。富翁的儿子看完遗嘱，想了一想，对仆人说："我决定选择一样，就是你。"

这个聪明儿子立刻得到了父亲所有的财产。 **（推荐者：萧 暮）**

追求忘我

1858年，瑞典的一户富豪人家生下一个女孩。孩子出生不久，得了一种无法解释的瘫痪病，丧失了走路的能力。

一次，女孩和家人一起乘船旅行。船长的太太向孩子讲起船上有一只天堂鸟，孩子听得入迷，想亲自看一看。于是保姆把孩子留在甲板上，自己去找船长。孩子却等不及，要求船上的服务员立即带她去看天堂鸟。

那服务员并不知道她不能走路，就拉她去看那只天堂鸟。奇迹发生了，孩子因为过度的渴望，竟忘我地拉住服务员的手，慢慢地走了起来。从此，孩子的病便痊愈了。这个女孩长大后，成为第一位获得诺贝尔文学奖的女性，也就是茜尔玛·拉格萝芙。

忘我是走向成功的一条捷径，只有在这种境界里，人才会超越自身的束缚，释放出最大的能量。

（推荐者：李文予）

黑客是网络时代的传奇，他们神出鬼没，他们来去无踪，他们无所不能！

关于他们的种种故事，广为流传。

而他们在常人眼里，始终是一群谜一样的人物！

□ 郭开合

黑客悲情

1. 黑客来信

平南大学的司马一啸教授是国际反黑客领域内的佼佼者，他研制的"反黑杀手"程序，不但能很快捕捉到入侵者的举动，还能跟踪追击，最终将黑客绳之以法。因此，一提到司马教授，黑客们无不胆战心惊。

这天早晨，司马教授像往常一样打开门，习惯性地查看有没有新的报纸和信件。这天的信件不多，但有一封信信封上写着"黑客来信"，让司马教授吃了一惊，他急忙打开信封，只见信里只有一行字：

您安装在宏达证券交易公司电脑网络上的保护程序密码已被破译，并将于下周内发动袭击。黑客大侠！

司马教授还是第一次听说有黑客破译了他"反黑杀手"程序，而且竟敢直接写信挑衅！他生气地用手敲击了几下桌面，心里想：好个大胆蟊贼，我倒要看看你有多大能耐！

正在这时，办公桌上的电话响了。司马教授拎起电话一听，脸色顿时沉了下来。电话是宏达证券交易公司的李经理打来的，李经理说早晨有人从门缝里塞进一封黑客写来的信。

事莫明于有效，论莫定于有证。——王充

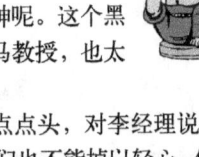

又是黑客!

司马教授放下电话,立即带着助手林艺赶到宏达公司,见李经理正在与两个穿制服的警察说着些什么。李经理一见司马教授,忙把信交给了他。信是用打印机打印的,没地址没邮戳,信的内容也是一行字:

司马教授安装在贵公司电脑上的保护程序已被破译,并将于下周内发动袭击。黑客大侠!

这时,司马教授的助手林艺已经全神贯注地在检测"反黑杀手"程序,他不停地敲击鼠标,寻找黑客入侵的踪迹。查了一会儿,林艺满脸喜悦地告诉司马教授:"教授,检测结果表明,三个月来没有黑客闯入的痕迹。"

司马教授听了,微微一笑,说:"看来是这位黑客大侠跟我们开玩笑了。我也奇怪,谁有那么大的能耐,能够破译所有的密码而不留下痕迹,除非我们把密码告诉别人。"

林艺得意地向在座的人介绍说:"司马教授研制的这套软件,可是黑客的克星,它根据使用者的情况,设计多个保护密码,使用者只有答对全部密码才能进入。如果有黑客闯入,只要答错一个提示问题,就被记录在案,答错两个就被反跟踪,系统能锁住黑客的IP号码,将他绳之以法!"

李经理接口说:"是呀,谁不知道司马教授'反黑杀手'软件的厉害呀,市里主要的银行、证券部门,都拿它

作为网络保护神呢。这个黑客胆敢挑战司马教授,也太自不量力了!"

一名警察点点头,对李经理说:"话虽如此,我们也不能掉以轻心,你们公司这段时间要加强监视,一有异常情况,立即报告!"听了这话,林艺和李经理都不以为然地笑了起来。

一周后的一天上午,宏达证券公司的交易大厅里,股民们像往常一样个个伸直脖子观看电视屏幕上不断滚动的数字,一边叽叽喳喳地讨论个不停。突然,屏幕一闪,图像消失了,好像是停电。十几秒种后,大屏幕里又有了图像,但股民们突然发现股票价格有所变动:几只"垃圾股"升值了,而本市一直坚挺的"沪青"股,却急剧下跌。大厅里的股民们开始躁动不安,不少股民开始抛售"沪青",狂购垃圾股。

这种反常现象,立即引起宏达证券公司的注意,李经理连忙打电话到深圳证券交易所核查。不问不知道,一问吓一跳,原来这几只垃圾股在股市上正在大跌,而"沪青"的股价却在快速上升!但就在这么短短的一段时间内,宏达证券公司因为股价显示的错误,已经造成了几百万元的损失。李经理立即下令暂停交易,一边向公安局报告情况。

等司马教授和公安局的干警赶到时,交易大厅已乱成一团糟,股民们

正在大嚷大叫，指责证券公司擅自中止交易。公安局的刘局长也到场了，他一面让干警维持秩序，一面安慰股民。司马教授率领助手直奔办公室，迅速检查宏达的电脑网络。此时，主机显示器上的深市和沪市的股市行情已恢复正常，"反黑杀手"没有留下黑客错误登录的记录，但是在宏达证券公司网站主机上留有一个陌生的IP号。这个IP号就好比是黑客上网的"来电显示"，能显示黑客所在的位置。

司马教授敲击键盘的手停了下来，叹口气说："这个黑客太厉害了，他准确地破解了四个密码，悄无声息地穿越我们的保护程序，迅速修改了网络主页上的数据。"

警方很快就查到这个IP号码来自香港，刘局长立即派两名干警到香港，配合香港警方捉拿黑客。此时，司马教授心里既难受又焦急，难受的是自己引以为豪的"反黑杀手"竟被黑客破解了，焦急的是如果不能尽快擒住这黑客，还不知道会给使用"反黑杀手"的部门带来怎样的损失。

2. 黑客嘲笑

那两名去香港的警察很快传回消息说：这个号码是一家公共图书馆的，每天来上网的人很多，要想查出那个黑客，无异于大海捞针。

司马教授听到这个消息很沮丧，

一连几天，连饭也吃不下。谁知，一波未平，一波又起，刚隔一周，工商银行又收到黑客的来信。信仍然是打印的：贵行电脑上安装的"反黑杀手"密码已被破译，并将在下个月发动袭击。黑客大侠！

有了上次的教训，这次自然就引起各方面的注意了。市委指示公安局成立专案组，尽快侦破此案，坚决打击黑客的嚣张气焰。专案组决定采纳司马教授的意见，"放长线钓大鱼"，运用监视等待的方式，请君入瓮。

司马教授带着几名助手日夜守候在工商银行的电脑旁，睁大眼睛，盯着主机显示器，捕捉黑客入侵的蛛丝马迹。大家都知道黑客要袭击一个网站，肯定会先光临几次，就好像一名小偷，预先踩好点，才开始行动。

可是，这个黑客大侠好像嗅到了什么，司马教授竟抓不到他进入网络的丝毫痕迹。司马教授正为这个难对付的对手而恼怒时，他妻子王英打电话来说：黑客来信了！

司马教授匆忙赶回家，王英焦急地告诉他，这封信是夹在广告宣传单中，插在门把上的。这封黑客的信，是一张打印的字条：

您别再守了，您抓不到我的，因为您的"反黑杀手"有漏洞，不信，我与您打个赌，三天内我就在您眼皮底下光顾工商银行网页，等着瞧吧。黑客大侠！

这封黑客来信一公开，顿时掀起轩然大波。市委派来一名副书记坐镇专案组，专案组的成员又增补了不少反黑专家，在全市各工商银行的营业所都派人进行监视。

这天，司马教授突然瞧见有人闯入了保护程序，他惊喜万分，可一转眼，那人又溜走了。司马教授舒了一口气，让林艺全面检测一次。不料，林艺惊讶地指着屏幕，大叫道："看，黑客在程序里留言了！"

司马教授看了一眼，顿时像遭雷击一样，呆着一动也不动，直到林艺用手推了推他，他才幽幽地说："这家伙太厉害，也太狂妄自大了。"

留言是昨天贴在主程序上的，这就是说黑客能在众目睽睽的监视之下闯入却不被发现，像个隐身人出没于人群中。这无疑是对司马教授和"反黑杀手"的最大嘲笑！而留言的内容更让专案组目瞪口呆。留言上写着这么一段话：

尊敬的司马导师：

感谢您的教导和帮助，同时，感谢您给我这样的表演机会，让我把才华在专家面前施展出来。

"反黑杀手"毫无疑问是个优秀的程序，但它并不是无懈可击，它的漏洞在我看来十分明显。虽然要进入系统，必须正确无误地输入四个连您都不一定知道的密码，但是我却能自由来去。

新密码对我构不成障碍，就像换锁对于擅长开锁的小偷来说，等于聋子的耳朵——摆设！

如果您不想让宏达证券公司的悲剧重演，如果您不想让工商银行的损失更大，那您就跟我玩个游戏吧。我在主程序里插入一个文件，您或你们专家组能够在一个月内回答出3个问题，打开它的话，我就取消这次袭击。

再见，傲慢而势利的教授！

黑客大侠！

看了这封挑战信，现场的人个个气得咬牙切齿，发誓非抓住这个狂妄自大的家伙不可。

司马教授与专家们打开"反黑杀手"程序，找到了一个昨天添加的文件，显然就是黑客大侠给司马教授留下的"考题"。林艺急忙用鼠标双击它，只听"嗖"的一声，弹出了第一个密码提示问题："我是谁？"

林艺气愤地说："开玩笑，全世界有近六十亿人，我们城市就有两百多万人，谁知道你是谁？"

司马教授陷入了沉思，突然他灵机一动，让助手把"黑客大侠"输入验证，结果却是错误的。这下司马教授知道自己遇到大难题了，他吩咐手下人继续监视后就回家了。

他一个人在家苦苦思索，两天过去了，谜底还是没有解开。司马教授茶不思饭不想，这个黑客大侠究竟是谁？这么熟悉自己的情况，又叫自己导师，想必是自己认识的人。可是，他想来想去也没能将自己认识的人对上号。他烦躁地在房间里踱来踱去，突然，手机响了，他打开一看，是一条新邮件到达的短信息。他电子邮箱设有邮件到达提示的服务，于是，司马教授迅速打开电脑查看邮件。

信箱里果然有一封新邮件，内容很简单：

司马导师，您还在挖空心思地猜想我是谁吧？给您一点提示，我曾是您的学生，而且是最经常光顾您家的一位。好了，范围缩小了，可是就算您能猜出我是谁，还有2个问题呢！等着认输吧。黑客大侠！

司马教授看了邮件，哭笑不得，他可谓桃李满天下，这黑客大侠究竟是哪个学生呢？这个学生的恶作剧也玩得太大了！

3. 他是黑客？

司马教授把自己的学生细细筛选了一遍，还是理不出个头绪来。

这时，妻子王英下班回来了，看见丈夫双眉紧锁，心神不宁，知道他又遇到难题了，便关切地问："怎么了？"

司马教授没吱声，指着电脑上的邮件给她看。王英一看，"扑哧"笑道"这黑客倒大胆，给反黑专家出难题来了。"

司马教授一点也笑不出来，着急地问："你倒帮我想想，这会是谁呢？他常来咱家，你一定认识。"

王英认真地想了想，说："林艺呀，他这段时间不是经常来咱家吗？"话还没说完，她又连连摇头，"他是你的助手，不可能是他。"

过了一会，王英突然惊叫道："难道是他、他成了黑客？"

司马教授焦急地问："谁？"

王英的嘴里蹦出一个名字："高宇！"

司马教授一拍大腿，叫出了声："啊！我怎么没想到他呢！"他站起

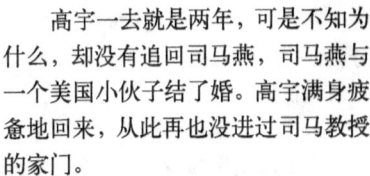

身，激动地在屋里走了几个来回，又长叹一声，坐下来，望着对面的墙壁，陷入对往事的回忆中。

高宇是司马教授十年前的学生，成绩不算好，提的怪问题却很多。他虽然来自山区的农家，却没有农家孩子的朴实与谦虚，相反，目中无人，高傲得像个王子。因此，司马教授不太喜欢这个学生。

然而，事情就那么怪，这个高宇偏偏和同班同学——司马教授的女儿司马燕谈起了恋爱。而司马燕不听父母的劝阻，疯狂地爱上这个"无才无貌"的小伙子。司马心里很反对他俩谈恋爱，但见女儿这样痴心，又不敢强行拆散他们，只好睁一只眼闭一只眼，一边默认他俩发展恋人关系，一边对女儿旁敲侧击，不让她陷得太深。

这样一来，高宇就常常跟着司马燕回家，成了司马家的常客了。高宇到司马家，也不拘束，大大咧咧，想吃就吃，想喝就喝，比在自己家还随便。有时，高宇吃饱喝足了，还大放厥词，当面批评起司马教授的计算机理论来。司马教授要向他解释时，他却继续固执己见。因此，司马骂他是"茅坑里的石头，又臭又硬"。

司马燕大学毕业后，司马教授就把她送去美国洛杉矶留学，拉开她和高宇的距离，借此把这个"准女婿"甩掉。不想，一年后，高宇辞掉让人羡慕的工作，也追到太平洋彼岸去了。

高宇一去就是两年，可是不知为什么，却没有追回司马燕，司马燕与一个美国小伙子结了婚。高宇满身疲惫地回来，从此再也没进过司马教授的家门。

司马教授想到这里，心里说：难道他就是黑客大侠？他觉得光想也没有用，于是急忙赶到工商银行，让林艺输入高宇的名字。

林艺露出疑惑的表情，但还是将"高宇"输入了第一道密码提示问题的方格内，敲下了回车键，他高兴地叫道："哇塞，成功了！"

黑客大侠果然是高宇！司马教授的心里说不上是兴奋还是愤怒，看来这个高宇当不成自己的女婿，就要当自己的对头了。

可是，没等司马教授理清思绪，计算机里又弹出了第二个密码提示问题："我最爱最恨的人是谁？"

司马教授心里想：这小子肯定是被女儿甩了，既爱又恨，才出这么个题目。他便要林艺输入女儿的名字，林艺一愣，拍了一下脑袋，心里骂道："我怎么就没想到呢，亏我当年还是高宇的室友呀。"林艺马上输入"司马燕"三个字。可是，这次计算机提示"回答错误"。

屋子里喜悦的气氛一下子又沉闷起来，林艺又输入几个与高宇关系密

切的同学的名字，可全都是"回答错误"。

事不宜迟，专案组立即召开案情分析会，一致意见是先拘捕高宇，别让他趁机溜了。

公安部门迅速出动，半天工夫就查清高宇回国后的情况，他先是与人合伙开了家网吧，后来又在电脑广场独自开了间专营电脑器材的小店。

司马教授跟随公安干警马上赶到电脑广场找到高宇经营的小店，谁知，这家小店已经被高宇转让出去了。现在的店老板是个小姑娘，她告诉司马教授他们，听说原来的老板在西郊租了房子，住在那里。

他们扑了个空，刘局长和司马教授心里都直骂：好你个高宇，看来你是预谋已久了，这次非把你抓住不可！

刘局长和司马教授带着人又急匆匆赶往西郊，在当地民警的配合下，很快找到高宇租住的地方。这是一幢五层小楼，高宇租了三楼的一套三房两厅。房东说这个人挺有钱，进出都坐出租车，还预先交了全年的租金，不过他已经有好一阵没回来住了。

刘局长忍不住骂道："好狡猾的狐狸！"说完让房东打开房门。屋里布置简单而整洁，茶几上放着一只烟灰缸，下面压着一封信。刘局长抽出来一看，信封上写着"司马一啸收"，他递给司马教授，悻悻地说："这小子

又走在我们前面了，给你的。"

司马教授接过信，快速浏览了一遍，脸色一阵红一阵白，双手微微颤抖，最后叹口气，说："信里告诉我们答案了。"

信是这样写的：

司马导师：

您看到这封信，说明您已经破译了第一道密码，谢谢您还记得我。

其实您在计算机方面的造诣挺高的，我一直敬重您。因此，我向您提出了不少问题，有些问题肯定难住了您。您恼怒了，拉不下面子，就憎恨起我来，反对我与您女儿交往，可悲哪。

您是个优秀的教授，但不是个优

秀的父亲。您心胸狭窄，思想守旧，势利卑鄙，因此，我恨您，我恨您把我俩拆散，我恨您把小燕子推入火坑！您以为有个洋女婿就了不起吗？

嘿嘿，我说过你们永远抓不到我，谁能抓住我，世界上就没有黑客了。别做梦了，还是认真回答我的问题吧，还有两道题呢，时间不多了，否则我就发动袭击了。

"茅坑里的石头，又臭又硬"这句话并不适合我，相反，对您倒是挺合适的。

黑客大侠！

刘局长看完信，沉思着说："他现在会跑到哪里呢？会跑回老家吗？"

司马教授喃喃自语道："不，既然他暴露了身份，就不会跑回老家的，我们还是先试试解开他的密码吧。"

回到办公室，司马教授对林艺说："快，把我的名字输进去，我就是他最爱最恨的人呀。"

林艺熟练地输入导师的名字，果然显示"回答正确"！计算机很快又弹出了第三个密码提示问题："最爱我的人是谁？"

司马教授懊悔地摇摇头，心想：我难道真是棒打鸳鸯——错了，小燕心里真的只有高宇？林艺见司马教授的神情，已经猜出了八九分，便擅自把"司马燕"输入，可是，计算机提示回答错误。林艺看到这个结果，大叫一声："司马教授，不是小燕子！"

司马教授抬起头来，脸色苍白地说："不可能，高宇到现在还是独身，他在等小燕子呀。也许他的密码用的是小燕子的爱称，可爱称只有他俩知道，我还是问问小燕子……"

4. 意外收获

司马教授给远在美国的女儿打了电话。司马燕在电话那头沉默了很久，才说："别提他了，他差点毁掉了我的幸福生活。那次他追我到美国，开始我还挺感动的，谁知他胡搅蛮缠，干涉我结交朋友，一副大男子主义，我一气之下就与他吹灯了，我现在和彼得生活得很幸福。老爸，您干吗想起高宇来了？"

司马不想把实话告诉女儿，支支吾吾地说："没、没什么，我想找他。"

司马燕笑道："老爸，您不是极力反对我俩往来吗，怎么找我要人来啦？不过，我倒可以告诉您一个信息，他回国前曾跟周娜娜来看过我呢。"

司马教授一愣，问："周娜娜？哪个周娜娜？"

"还有哪个周娜娜，就是我们班的班花周娜娜呀！"

司马教授猛然想起来，这个周娜娜也是自己的学生，还与高宇、司马燕同一个班。她是一个美人坯，可她与司马燕性格完全不同，司马燕活泼

开朗，而周娜娜淡雅脱俗，犹如一朵出浴的荷花。她也是那个班上直到大学毕业唯一没有谈恋爱的女孩。

这是一个意外的收获，司马教授当即把这一发现告诉了刘局长。专案组很快弄清，高宇回国后，就是与周娜娜合伙开的网吧，但不久两个人就分开了。

高宇会不会跑到周娜娜那里了呢？专案组花了几天时间调查，终于了解到周娜娜在深圳一家咨询公司任职。

专案组马上南下深圳，找到了周娜娜。周娜娜很坦白，她承认曾与高宇合伙开过网吧，但很快就分手了，以后两个人再也没见过，她说自己也不知道高宇现在在哪里。专案组见问不出什么来，又不愿失去这条宝贵的线索，就干脆把周娜娜带回来见司马教授。

司马教授见到周娜娜，把前后的事情都告诉了她。周娜娜听完后，禁不住直掉眼泪，嘴里喃喃地说："不，他吃过黑客的苦，自己绝对不会是黑客！"司马教授和刘局长听出这句话背后有隐情，相互交换了一下眼色。

周娜娜稍稍平静下来后，咬咬牙说："司马老师，这个密码我能解开，不过，你们得先听我讲完一个故事。"

接着，她就断断续续地说开了：

五年前，高宇孤身一人，跑到美

国洛杉矶，找到他的恋人司马燕。刚见面时，两人挺高兴、挺激动的，可是只过了半个月，两人就吵起来了。因为司马燕结识了一个名叫彼得的美国小伙子，两个人关系很密切，高宇觉得司马燕变了心，就和她大吵了一场，司马燕受不了高宇的蛮横，又觉得高宇没钱没势，跟着他没有前途，就干脆和他翻了脸，还让彼得"教训"了他一回。后来彼得就成了司马燕的丈夫，司马教授的女婿。

再说高宇被彼得打了一顿，受了点轻伤，住了几天医院。那天他沮丧地走出医院，想拦一辆车回家。不料，身旁突然冲过一辆车，车门一开，蹿出两个大汉，不分青红皂白，就把高宇推进了车。在车上，高宇手脚被绑得严严实实，眼睛也被蒙住了。

这辆车开了很久，才停了下来。两名大汉给高宇松了绑，又解开蒙眼布，接着把他送到一间很大的地下室里。高宇揉了揉酸痛的双眼，才看清室内有不少电脑，许多不同肤色的人在电脑前忙碌着。高宇被带进一间办公室，里面坐着一个秃顶的白种人。秃顶好像很了解高宇的情况，他直截了当地告诉高宇："欢迎你，高先生，我叫詹姆斯，我们公司专门破译各国网络的密码，然后闯入他们的系统修改程序和数据，从而获取一些小小的利益。我们知道你是电脑高手，希望你尽快掌握过硬的技术，然后回国潜伏下来，帮助本公司开拓东亚业务。"

高宇明白自己被黑客组织绑架了，他看看四周，到处警戒森严，知道自己已无法逃出去了。加上司马燕已经离他而去，高宇万念俱灰，这时也不想回去。詹姆斯见他默不作声，就让手下把他带到操作室。从此，高宇钻研起黑客技术，成了这个黑客组织的成员。不过，他不甘心用黑客技术进行违法活动，悄悄向同伙们了解逃出去的办法，但没有人敢告诉他。后来还是一位非洲小伙子偷偷告诉他：这里是摩库高新技术开发公司，人们都叫它"魔窟"，想逃出去是不可能的，只有等你完成一项任务，真正下水了，才获得进出的自由。

高宇不死心，一年后的一天早晨，他还是趁机溜了出来，偷偷爬上一辆过路的客车想逃走。可是，他的盲目行动，导致遗憾终生。他很快被发现，并被押回公司。当晚，高宇被上了酷刑——詹姆斯让人把他的右肾切掉后，抛在街头。

事有凑巧，当晚近十

二点时，周娜娜打工下班，路上遇见昏死过去的高宇，连忙把他送到医院，总算使他捡回了一条命。一个多月后，高宇出院了。周娜娜让他住在自己租的小屋，打算边读书边照顾他，等他身体完全康复后再回国。

说到这儿，周娜娜叹口气，说："唉，你们也能猜得到，我们相爱了。这期间，我们投诉过这个'黑客中心'，但是，警方调查后说这是家合法的高科技研究中心，我们又没有强有力的证据，加上怕他们报复，这事就这样不了了之。

"直到我完成了学业，我俩才回国。回国前，高宇还去见了司马燕，那时她就要做新娘了。高宇和她没说上两句，又吵起来了。当时，我很生气，心想自己一年多来照顾他关心他，还

是比不上他的初恋情人。因此，我和他是边吵架边回国的。

"回国后，我们终于原谅了对方，集了一些资金，开了间网吧。我们本打算挣些钱，生活安定了就结婚。可是，网吧刚开张一个多月，他又莫名其妙地与我吵架，还凶巴巴地与我分了手。我一赌气，就南下深圳，找到现在这份工作，从此，我和他再也没有联系了。想不到他会背弃自己的信念，成了黑客，干起了违法的勾当！"

说到这里，周娜娜已是泪流满面、泣不成声了。司马教授听完这一切，长长叹了口气，安慰她说"别哭，也许高宇有他的苦衷呀，你打开这个文件就可以了解情况，还能为国家做件好事呢。"

周娜娜点点头，伸出颤动的手，轻轻地敲在键盘上，又缩了回去。犹豫了一会儿，她才下定决心似的，在"最爱我的人是谁"的问题后面，迅速打下"娜娃娃"三个字，随后身子一软，痛苦地闭上了眼睛。

5. 黑客悲情

林艺第一个高兴地跳起来叫道："成功喽！"屏幕上显示"答案正确"，接着出现了文件的内容。

待大家静下心认真看这个文件的内容时，全场又肃静下来了。文件内容只一句：

娜娜，又能见到你了，请你到金融大厦一楼，打开第5号保险柜，密码是你救我那天的日期，我有礼物送给你。

一提到礼物，刘局长马上想到，这个号称黑客大侠的高宇很可能闯入股票交易中心，捞取一大笔钱后，买了贵重的物品要送给自己的情人呢。这样一想，刘局长迅速安排人员在金融大厦周围埋伏下来，然后率领一行人前往。

他们来到金融大厦，打开5号保险柜，里面静静躺着两封信，难道这就是高宇给周娜娜的礼物？刘局长拿出信，一封是写给周娜娜，另一封是给司马教授的。

给周娜娜的信很长，是这么写的：

娜娜，你知道我为什么与你吵架，逼你离开吗？可能你认为我心里只装着小燕子，其实，自从你救了我，我就发誓真心爱你一辈子。回国前，我带你去见她，是想让她快点离开彼得，因为彼得决不是一个可以信赖的人，跟着他就等于跳进火坑了。可是，小燕子不相信，结果我俩就吵起来了。

娜娜，我离开你的真正原因，是我俩无缘，因为回国后，我感觉到身体不太舒服，就偷偷去医院做了检查，结果发现我患上了不治之症——肾功能衰竭。而我的身体状况已经不

谁给我一滴水，我便回报他整个大海。——华 梅

能换肾，只能靠药物维持。医生说我最长可坚持三年，最短就几个月。我听到这个消息，知道自己将无法抗拒这上天的安排，就忍住悲痛赶你离开，因为我不想让痛苦永远伴随着你。

没有你的日子我是痛苦的，有时我无法排遣的时候，真恨不得跑到你那里大哭一场。我恨这世界不公平，更恨"魔窟"，要不是他们把我的右肾割掉，我不会患上这种病；要不是因无钱治疗而提前出院，我也不会留下后遗症。归根到底，是"魔窟"害了我们，因此，我利用自己的黑客技能，频频登录世界各大网站，寻找黑客的行踪，及时提醒当事人，让他们完善系统，阻击黑客的入侵，将黑客绳之以法。

我真想亲自去捣毁这个"魔窟"，可是，我坚持不下去了。我只好把自己研制的反黑软件作为礼物送给你，由你拥有它的产权，完成我未竟的事业。我知道你至今未嫁，我不能照顾你了，你找个好人吧。哦，对了，司马教授一定自负地以为我已经暴露了身份，就不会回到老家的，可我偏偏就在家乡。如果你还念着我，请你回一次高家村吧，或许还能见到我最后一面，由我亲自把反黑软件交给你。

祝你幸运！祝你幸福！

高宇绝笔

周娜娜信没看完，就"哇"地大哭起来。她把手中的信一股脑儿地扔给司马教授，就跑出去了。司马教授追了出去，拉住她的手，安慰她让她冷静一点。

周娜娜甩掉司马教授的手，悲愤地说："我要到高家村去见他最后一面，你们别跟着我幸灾乐祸了，好不好！"

司马教授小声说："他给我的信我也看了，我也想去看看他，我愧疚啊！"

高宇写给司马教授的信也很长，在信中，他没有提两个人过去的恩怨，而是详细分析了司马教授的"反黑杀手"存在的漏洞和补救方法，而最让人感到意外的一句话是："不错，我是黑客大侠，但我不是袭击宏达证券公司的黑客，也不是即将袭击工商银行的黑客，黑客有好人，也有坏人，您把我的软件装上去，就能很快找到真正的黑客了，再见！"

刘局长看到这封信后，感到十分惊讶，本来以为已经网住黑客大侠了，谁知，此黑客不是彼黑客，瞎忙乎好长时间，还没有找到他们想抓的黑客！

事不宜迟，刘局长亲自开车和他们前往高家村。在车上，司马教授又仔细读着高宇的信，眼角不断涌着泪水。他闭上眼睛靠在椅背上，自责道："一个多么优秀的青年，因为我的偏见，毁了他的一生啊。"

车子在盘山公路上疾驰，满山青松翠柏，莺歌鸟鸣，可车上三个人谁也没有心情欣赏，个个心里都沉甸甸的。接近黄昏的时候，车子终于驶进山清水秀的高宇村，刚走近高宇家，就隐隐传来一阵阵哀乐声。

周娜娜拉开车门，跳下车，飞一般地向高宇家奔去。可是，她来迟了，厅堂里挂着高宇的遗像，他三天前就离开了人世。

周娜娜缓缓走过去，对着遗像，默默鞠了三个躬。接着，她跪在高宇父母前，叫了声"爹、妈，我来迟了。"

说罢，三人哭成一团。

高父流着老泪把一个光盘交到周娜娜手里，说："宇儿是个好孩子，他把自己这三年经营所得的三十多万元，全都捐赠给村小学了。娜娜，你也是个好人呀。宇儿回家这些日子，每天忍住病痛，都唠叨着你，他口口声声说对不住你。他告诉我们，你会来的，他本想亲自把这些东西交给你，可惜，他做不到了，这就是他给你的东西，你就原谅他吧。"

周娜娜哽咽着说："爹、妈，是我对不住他，我没有好好照顾他，让他痛苦、孤独地走了。我也对不住你们，自从那次跟高宇回来看你们，都快三年了，我都没回来呀。"

在一旁的司马教授突然问道："老哥，高宇走的时候还说了什么没有？"

高父摇摇头，叹口气说"这娃儿回来时，早病得不像人样了，只有摆弄他的那台机器时，精神才来了。"

6. 天罗地网

第二天，司马教授他们又回到了城里。路上，司马教授用随身带的笔记本电脑查看了光盘里高宇设计的反黑程序，它的设计思路跟"反黑杀手"完全不一样，一改其他反黑程序只许答对不许答错的方案，无论什么错误答案都显示是正确的，然后把黑客引入一个虚拟的空间，采用关门打狗的方法。就像公安机关诱捕罪犯，明明知道罪犯在试探，但还是沉住气，做好准备，等罪犯开始动手了，才出其不意将其擒住。

司马教授看了这张光盘后，惊叹地说："完美，太完美了，他设计的程序看似漏洞百出，其实那是一个个陷阱。唉，他的思路太新了，可惜啊，是我害了他。"

周娜娜接过话说："教授，别说了，世上没有后悔药的，高宇在留下的信里说，攻击市工商银行的黑客，就是闯入宏达证券交易公司的黑客，预计近期内他还会发动袭击。我们只有尽快捉拿黑客，才可告慰九泉下的高宇呀。"

安装高宇的反黑软件时，林艺笑着说："老师，我们干脆把这个软件命名为'反黑大侠'吧。"司马教授和周娜娜都点头说好。

专案组很快把"反黑大侠"安装在工商银行的网络上，一张大网悄悄地张开了，单等黑客自投罗网。

这几天，司马教授更是亲自守在工商银行的电脑系统前，时刻等待黑客出现。

果不出所料，这天傍晚，"反黑大侠"发出警告，显示出黑客正在进入工商银行的电脑网络。

"终于来了！"司马教授兴奋地大叫起来。"反黑大侠"开始工作，它把黑客引进了虚拟的银行账户系统，任由黑客篡改数据，同时记录下了黑客的每一条指令，很快查清黑客是在深圳上的网，他把一大笔"资金"转入了一个信用卡账号。

刘局长在得到消息后，立即下令，一面和深圳警方联系，密切注意用这张信用卡取款的人，一面派专案组成员奔赴深圳。

司马教授跟刘局长他们乘飞机赶往深圳，刚一下飞机，等候多时的深圳警方笑着告诉他们，在一个储蓄所取款的黑客已经被擒拿归案，现在关在分局的拘留所。司马教授走进拘留所，一眼瞧见黑客那张熟悉的面孔，"哎哟"了一声，差点跌坐在地上，心里骂道：怎么是这个兔崽子，完了，可害苦小燕子了！

原来这个黑客不是别人，就是他的宝贝女婿彼得。司马教授做梦也没有想到彼得表面身份是一个电脑工程师，实际正是"魔窟"的一名骨干分子。今年春节，彼得同小燕子回家探亲，在与岳父探讨计算机程序软件时，轻而易举地了解到司马教授的"反黑杀手"的设计思路。临别前，司马教授感到与女婿挺有共同语言的，还特意赠送了两套"反黑杀手"给这个洋女婿。

这意外收获，对彼得来说真是天上掉下的馅饼，让他大喜过望，根据司马教授提供的设计思路，他很快就

破译了"反黑杀手"的保护程序，于是他回到中国，等待机会行动。上个月他在香港的一个图书馆里上网，成功袭击了宏达证券交易公司，非法获取五百多万元人民币，这次又到了深圳，打算从工商银行再弄笔巨款。他的作案方式就是通过网络进入工商银行的账户系统，把大笔现金充进自己的信用卡，然后提取出来，不想却栽在"反黑大侠"的手里。

彼得永远想不到，让他栽这个大跟斗的，就是被他当年设计绑架到"魔窟"后又致残的高宇。高宇在追踪黑客的过程中，发现了彼得的行踪，虽然他不知道这个黑客就是彼得，但是见他频繁进入宏达证券交易公司，就提醒了司马教授，可惜没有引起司马教授足够的重视，让彼得攻击成功。后来，高宇又发现他试着进入工商银行的网络，知道他的下一个目标是工商银行，就用激将法，一步一步引来反黑专家，并设下这个一网打尽的套子。

人赃俱获，面对警方的审讯，彼得的头垂了下来，老老实实地交待自己的犯罪事实。

黑客终于落网了，司马教授却怎么也高兴不起来，他为上当受骗的女儿小燕子担心，为失去爱人的周娜娜难过，更为自己错怪了高宇而追悔莫及，他决心要把这个"黑客大侠"的故事，讲给以后的每一个学生听，并且告诉他们，这个世界上的黑客有两种，一种是邪恶的，另一种是正直的！

（本篇月月评短信代码：1517）

（题图、插图：王申生）

· 本刊信息传真 ·

你知道吗——关于《故事会》

（认真阅读下面的介绍，就能找到"《故事会》小知识竞猜"的答案哦！请保存本期刊物，以便继续参与后三期竞猜活动。）

《故事会》于1963年7月在上海创刊，"文革"中曾改名为《革命故事会》，1979年恢复《故事会》的刊名。1985年7月，《故事会》单期发行量达到760万册，创下了历史之最。根据世界期刊联盟出版的《世界期刊概况》介绍，1998年《故事会》在全球综合类期刊中发行量排名第五。《故事会》先后两次获得中国期刊界的最高奖——国家期刊奖，并两次入选中国"百种重点社科期刊"。《故事会》是上海市著名商标，它的刊徽为"说书俑"。2004年，《故事会》正式改为半月刊，并增加了彩页，以全新的形象和读者见面，出版时间分别为每个月的22日、8日。《故事会》致力培养优秀的故事作者，迄今已举办了10届故事作者培训班，参加过这一培训班的数百位作者至今活跃在中国故事创作的前沿。

哲理故事

生活中处处有哲学，57则作品无不通过曲折生动的故事情节与矛盾冲突，揭示丰富和深刻的哲理内涵，让你从中看到智慧的闪光与思想的火花，并由感情的激荡而升华为哲理的思索，从中悟出事物深层的蕴含与人生命运的真谛。

打官司故事

"打官司"这个词具有强烈的民间语言色彩，官司一打起来，各种矛盾冲突就无可回避，无法隐藏。本书共收集涉及法制的故事30则，分6大类，它们是：精彩个案，愚昧法盲，弄权枉法，道德法庭，回头是岸，法永道恒。

校园故事

一生最好是少年，一年最好是青春。

这是一本充满活力的书，学生的时代，校园的生活，如花盛开般奔放，如火焰般热烈，全书34则故事，也许能唤起您少年时代最美好的回忆。

愿这本书能成为学生和老师的朋友！

打工故事

随着改革的不断深化，打工的观念将会成为社会普遍认同的一个观念。本书收编的24则故事，就是生活中打工仔、打工妹们打工生活的真实写照与缩影，它们是同类故事中的精品，相信能引起您的阅读兴趣。我们祝愿打工者们：明天会更好！

美德故事

　　本书汇集的是《故事会》相关故事之精品，所选45则作品分类为"见义勇为、扶危济困、真诚待人、洁身自律、亲情似金、夫妇同心、师生谊重、知过悔改"等八大类，生动形象地讴歌了中华民族传统美德。

生意经故事

　　故事形象地描述了生意人的思维方式和经商才能。他们或巧做广告而振兴企业，或施展其经营绝招而"妙笔生金"，或审时度势掌握顾客心理而销售产品，或运用《孙子兵法》中的战术而出奇制胜。

16岁故事

　　在人生漫长的旅途中，16岁是一个最展辉煌、最富朝气、最显青春的花季。本集收入的36则故事，是为16岁少年编织的一支支动人的歌谣，一个个扑朔迷离的美梦，一首首催人泪下的诗篇。

口才故事

　　口才即说话的才能，当今社会人们演讲、论辩、访谈、讲解、教学以至主持节目、说相声、讲故事等等，都十分讲究口才，口才好与不好，其效果大相径庭。此书收入103则故事，集中表现了千百年来中华民族一些帝王贤臣、文人名士和民间机智人物的智慧、幽默以及其思维的敏捷和即兴论辩的才能。

□ 张东兴

一根草棒救百命

黄河边上有座回龙山，山上有座明朝建的古刹，叫大钟寺。

为什么叫大钟寺呢？原来，黄河年年发大水，给两岸百姓带来了不尽的苦难。那时的老百姓迷信，就按风水先生的指点，在这座回龙山上铸起了一口一万八千斤重的大钟，要"镇住"九曲黄河。有了钟就得有敲钟人啊，于是就附带着修起了一座小庙，招聘了四五个和尚。

也巧，那时的万历皇帝还小，由一代名相张居正执政，花大力气治理黄河，自从钟铸好就没发过大水。于是老百姓就认为大钟灵验，一年四季按时烧香上供。庙里香火一盛，和尚也多了起来，达到了一百多个，还聘了全国有名的高僧法济当住持。

过了几年，万历皇帝长大亲政，听说大钟寺灵验无比，就要亲临视察。皇帝要来，那还了得，地方官立

即搜刮钱财，扩建了大钟寺，还在皇帝来的头天晚上，特意给庙里送去专门从江南采购的名茶细点，让和尚们招待皇帝。

法济虽是得道高僧，并不在意生死荣辱，可是他还得为全寺上下一百多个大小和尚着想，所以也就小心准备，把接待皇帝的禅房布置得非常幽雅，摆上名茶细点，派一个谨细的小和尚专门看管。

小和尚非常负责，眼睛不眨地看着。那些桂花糖啊云片糕啊什么的香气一个劲儿地往鼻子里钻，小和尚凭坚强的禅定功夫还能勉强把持，可是寺外的野狗却没什么定力，它们也不知道那是皇帝御用的，所以老是探头探脑。小和尚一开始还谨记佛祖教诲，口不出恶言。可是野狗们却不识相，小和尚终于忍不住了，大喝一声："滚出去！"

可巧，这时候万历皇帝山前殿后的游览一过，在老和尚的陪同下正要到禅房小憩，一脚门里一脚门外，小和尚来了一句："滚出去！"皇帝一听勃然大怒："啊？你敢让我滚出去？来人，拉出去砍了！"

小和尚赶紧跪倒磕头："万岁饶命！我不是骂您，是骂狗呢。"

皇帝一听，嘀，你当我不知道？老百姓都骂我是狗皇帝呢。他就更生气了："满门抄斩！"

一会儿太监回报："启禀万岁，小

和尚是个孤儿，满门就他一个儿。"

皇帝怒气不息，说："笨蛋，他在这庙里住，满门和尚也是满门，全都杀了！"手下刚要领命，一边的法济和尚说了一声："且慢。"皇帝听他一出声，猛然想起："对，这儿还有一个，把他也拉出去砍了！"

法济说："陛下让老僧死，老僧不敢偷生。只是我全寺僧人为接待陛下，有的下山挑水打柴，有的出外采买，一时召集不齐，不免麻烦。本寺大钟重达万斤，撞起来声闻十里，恳请陛下恩准，让贫僧用它召集僧众，大家排得齐齐的，让陛下砍头。"

皇帝心眼儿挺多，心说你不是用钟声示警让和尚们逃跑吧？他就让手下去外边找个和尚核实一下，平时是否用钟声召集僧众，怎么召集。

一会儿手下回报："启禀万岁，小的找了几个和尚核实，确有其事。一下一下撞是晨课，两下两下撞是集合，乱撞一气是报警。"

万历皇帝听到这儿，不由佩服自己这陛下真的英明，否则给这老和尚乱撞一气，小和尚作鸟兽散，我砍谁的头去？万历皇帝一自豪，突然来了兴致，说道："来呀，摆驾钟楼，本皇帝要亲自撞钟。法济，头前带路。"

法济道："是。"转身向钟楼走去。走着走着，法济弯腰，捡起了一样东西。皇帝在后边看见了，觉得法济这和尚真不简单，眼看要死了，还有这闲情逸致，就说："法济，捡的什么东西，呈上来我看。"

法济呈上来，皇帝一看，是根小草棒!皇帝挺好奇，问："你捡它干什么？"法济说："启禀陛下，这是给您撞钟预备的御草棒。"

万历皇帝一听不由大怒："你这老和尚，死到临头还敢戏弄朕，朕天纵英明，明鉴万里，难道不知道一口一万八千斤的大钟，一根小草棒是绝不可能撞响的吗？"

法济跪倒磕头："老僧万万不敢戏弄陛下。老僧也是今天才知道的。"

万历皇帝就问："你知道什么？"

法济说："既然老僧的小徒弟一句不经意的话都能惹怒您万乘之尊，那么老僧想一根小草棒也应该能撞响万斤之钟罢。"

万历皇帝愣住了，他听出法济的弦外之音，默然良久，撂下一句话："既然你说能撞响，那就由你来撞吧，啥时撞响，啥时砍头。"说完，他就回北京城了。

有了皇帝这句话，法济和尚就成了职业撞钟师。虽然他从来没用小草棒撞响过这口大钟，可是和尚们脖子上悬着的刀也从来没传旨取消过，所以里面的和尚不断逃跑，外面的和尚不敢进来，久而久之就成了一座空庙，老百姓也就不来上香了。

大钟一哑，黄河又开始泛滥，大钟寺就成了一座破庙。

（本篇月月评短信代码：1518）

（题图：黄全昌）

· 本刊信息传真 ·

《解读〈故事会〉》

一本揭示 故事会 40年发展历程的传记

亲爱的读者，为体现与时俱进、求实创新的办刊思想，本刊在《故事会》创刊40年之际，特推出《解读〈故事会〉：一本中国期刊的神话》一书。关于《故事会》这本杂志，你可能有过这样那样的疑问：为什么《故事会》能几十年长盛不衰？高考满分作文与读《故事会》有什么关系？为什么卖《故事会》杂志就能赚钱……看完这本书，相信你会揭开所有的谜底。

考查人才

□ 杜国骏 供稿

大力的老同学现在真是富得流油，他开了一家软件公司，生意越做越大。大力老婆想起自己有个娘家侄子，大学毕业一年多没找到工作，就让大力到老同学那里帮她侄子谋个职位。

老婆的话不能不听，大力只能硬着头皮带侄子去找老同学。老同学听大力说明来由，连连点头，一口答应下来，大力的心这才放回肚子里。

可老同学上下打量了大力侄子儿眼，没有马上给他安排工作，而是从抽屉里拿出一个魔方，问："我这里有个魔方，你能不能把它还原成六面六种颜色呢？你看清楚，我给你做个示范。"说着，他扳起了魔方。不一会儿，那个魔方就扳好了。

"看到了吗？"他说，"你也来做一遍吧。"

大力侄子拿着魔方，左扳扳，右扳扳，面有难色。老同学看了看大力，又对他侄子说："如果你没考虑好，可以把魔方拿回去考虑，星期五之前拿

回来就可以了。"大力侄子答应着，转身先走了。

大力在一边看着，心又提了起来，他摸不透老同学的葫芦里卖的是什么药，就问："老同学，我侄子是来找工作的呀，你怎么给他个玩具玩啊？"

老同学拍拍大力的肩膀，说："哈哈，我这是出个题考考他，以便到时候给他安排合适的职务。"

大力愣了："玩个魔方能考查什么呢？这玩意儿我以前玩过，难着呢，要是我，可没有你那么聪明，我会把魔方拆开，然后一个个安上去。"

读者推荐: 车后窗的标语集萃

◇ 大龄女司机，多关照!

◇ 人老车新，离我远点!

◇ 奥拓车: 别欺负我小，我哥是奥迪。

◇ 女司机＋磨合＋头一次＝女魔头。

◇ 当您看到这行字时，您的车离我太近了。

◇ 一大婶开车，后面贴了一个: "您就当我是红灯。"

◇ 刹车油门分不清，都好使!

◇ 你可以爱我，但不要吻我。

◇ 别看我，看路!

◇ 您着急，您先走。

◇ 驾龄两年，第一次摸车! 看着办!

(推荐者: 秦　汉)

老同学一乐: "如果他这样做就好了，这就说明他敢做敢为，可以从事开拓市场的工作! "

"啊? 那其他的做法呢? "

老同学扳着手指，侃侃而谈"如果他拿漆把魔方的六面刷出来，说明他很有创意，可以从事软件开发的工作; 如果他今天下午就把魔方拿回来，说明他非常聪明，领悟能力强，做我的助理最合适了; 如果他星期三之前把魔方拿回来，说明他请教了人，也就是说他很有人缘，可以让他去客户服务部工作; 如果他星期五之前拿回来，说明他勤劳肯干，从事低级程序员的工作没问题; 如果他最终拿回来说他还是不会，那说明他人很老实，可以从事保管和财务的工作。可是如果他不拿回来呢，那我就爱莫能助了，只好请他另谋高就。不过，你可别告诉你侄子呀。"

大力听得嘴巴张开老大，竖起大拇指说: "老同学，你可真有一套啊。"

大力回家后提心吊胆，不知道侄子到底会用什么方法答题。第二天晚上，老同学给大力打来电话，他在电话里得意洋洋地说: "老同学，你的侄子真是个人才呀，我要定了! 他今天早上就把魔方还给了我。你猜怎么着? 他新买了一个魔方给我! 他说: '你的魔方我扳来扳去都无法还原，所以我新买了一个，你看，它和你原来那个一模一样吧! '"

大力诧异地问: "这说明什么? 他能做什么工作? "

老同学压低了声音: "你的侄子绝对是做盗版的好材料! "

（本篇月月评短信代码: 1519)

(题图: 安玉民)

□ 蔡振华

喜相逢

现在到中国来打工的外国人愈来愈多，这不，镇东头马老板的酒楼就请了一个专门做大饼的印度师傅，脸庞黑黝黝的，头上扎着红布。你甭管外国人做的大饼好不好吃，反正他往门旁一站，架起个不粘锅，来点这大饼吃的客人就特别多。

王老板也是开酒楼的，他的酒楼在镇西头。王老板尝过那边外国人做的大饼，咬下去没啥特别，还不是用鸡蛋面粉扭出来的。可那边请了外国人后，场子明显旺起来。王老板瞧在眼里急在心里，不服气！因此，他也想找个烧饼的外国人来撑撑门面。俗语说"心急吃不到热豆腐"，王老板在城里转了几天，愿意打工的外国人倒是很多，但是偏偏没找着会烧大饼的

师傅。

王老板正头痛时，厨房专门做点心的小李跑过来凑热闹："老板呀，外国师傅不好找吧？"王老板没好气地一挥手："去去去，别瞎起哄，做你的点心去！"可那小李不急不恼，嘿嘿一乐，道："老板呀，其实外国师傅远在天边，近在眼前。"

"啊？在哪里？"王老板瞪着大眼问小李。

小李不吭声，用手点点自己的鼻子。

"你？"王老板差点气乐了，可他定睛把小李上下打量一番，不由脱口

而出，"别说，你小子还真像哩！"

"那是！"小李得意了，"我外婆是新疆人，外公是蒙古人，从小人家都叫我小外国人哩！"果然，小李的皮肤白里带红，鼻子高眼睛深，加上他现在刻意打扮了一番，穿得花花绿绿，望上去的确像半个洋鬼子。

小李见王老板看得直点头，就趁热打铁："老板您都说我像外国人，那就由我在门口烧大饼吧，嘿，工资加一点您看行不行？"别以为小李这么热心是为东家着想，他那是给自己打小算盘呢，你想，要是王老板真找到个外国师傅来做大饼，肯定要把小李辞了，现在他扮成外国人，不仅保住饭碗，还能涨点儿工资呢。

王老板有点担心："万一客人问你话儿怎么办？"小李不慌不忙："老板你放心，打工的外国人总会说点中文吧，要不我就扮印度大师，你想呀，谁会说印度语？"

几天后，王老板打出广告："本酒楼现高薪聘请了一名印度大师，机不可失，请快来尝尝一流的印度烧饼。"你还别说，当小李经过精心打扮，头上缠了一块大毛巾，像模像样站在酒楼门边烤大饼时，酒楼的生意果然好了一点。

镇东头的马老板不知从哪里收到风，知道对手那边的是个"假鬼子"，又气又恼，心生一计，决定要揭穿对手。

这天，马老板打电话给电视台，举报王老板恶性竞争，让自己的员工扮外国人，欺骗顾客。电视台收到马老板的报料就乐了，因为台里正要结合315消费者权益日做一个节目，于是记者来到王老板的酒楼前暗访。小李正悠悠地烘着大饼，记者走过来，用挎包里的袖珍摄录机对准"目标"，然后用英文问小李话。

小李哪里懂外语，他扭扭头，翻起舌头："你的，要几个大饼？"记者忍住笑，改用中文说："你的中文不错嘛，咬字特准！"小李撇撇嘴"我的，中国留学生，快，你要几个饼？"记者不紧不慢地又问："哦，那你在哪一所学校留学？"小李愣了一下，马上意识到言多必失，赶紧闭上嘴，来个装聋扮哑。

就在两人各怀心事，僵持不下的时候，马老板得意洋洋地拉着他店里那个印度师傅来了。印度师傅很不情愿地走上前，两眼一翻，狠狠地打量着小李。

小李一下紧张起来，因为他认出这个是马老板那边的做饼师傅。冒牌货碰上了真行家，西洋镜要穿帮，小李心虚，一转身就想溜走。不料，那印度师傅一把捉住小李的手，嘴里叽叽呱呱，十分兴奋的样子。小李盯着那个印度师傅，也愣住了。

马老板和记者相视一笑，这时记

小白:《故事会》5月上半月刊邀请读者点评，我们收到了不少读者的来信，对这期故事提出了自己的真知灼见，下面就是部分点评摘录：

读者流浪BOY: 一句话可能改变一个人的一生，一个细微的动作可能改变一个人的命运。往往一个细节在自己看来是很平常的，但在别人眼里却是另一番景象。一失足成千古恨，再回头已成百年人！与其将来后悔不如现在抓紧身边的点点滴滴。（《重重关上的车门》）

读者张照宏: 看毕5月上半月刊的《故事会》后，体会颇深。看得出编者是费了一番心思的。笔者在此想提醒《故事会》的各位编者，切记紧跟时代发展变化，胸怀以人为本的办刊方针，真正能够有所为有所不为。敢扬他人不敢之言，敢创他人未想之事。本期的"百姓话题"质量不错，尤其是《黄河的水和浴池的水》更是含义深刻，影射了时下部分领导干部的难言心理。《穿透心灵的子弹》、《开眼》堪称本期的亮点文章，

看后切实让人在心灵深处感受到启迪和震撼。尤其是《开眼》，更是以诙谐的语言和故事情节，让人在笑过之后，留下许多的感悟。《冰海中最后一条义犬》写得也是极为逼真，让人在身临其境感受惊险的同时，也感悟到了动物心灵的可贵。

读者Newjew: 两个贪官烘托出一个正气凛然的民警，是一篇反腐倡廉的力作。（《这张欠条不算数》）

两个慈父的爱女之心感人肺腑，故事真实可信，典型生动，感染力强，可怜天下父母心。（《一件红褂子》）

《打架看报》讽刺性强，现在有些报纸千篇一律，抄来抄去，什么转载选刊，编辑不费工夫，读者得不到收益，叫人乏味，该涮。

本期刊物继续欢迎读者点评，您可以将点评内容用电子邮件形式发送到本期责任编辑的电子信箱manshi@vip.sohu.net，我们将选择优秀的点评给予奖励，并在刊物上摘登。

者亮出了身份，掏出记者证，对小李说："你不是印度人吗？他说的可是印度语，你怎么会听不懂？"

眼看小李这"假鬼子"就要给人揭穿，王老板忍不住走出来，准备圆一下场面。谁知这时，意想不到的事发生了，只见小李突然激动地一把抱住那印度师傅，哽咽起来："哥，弟想得你好苦啊！你啥时由新疆来广东

了？"而那"印度师傅"也"唰"地扯下头巾，哽咽道："弟，哥一直找得你好苦啊……"眼泪水一冲，他黑黢黢的皮肤上留下两条白道。

啊？敢情两个印度师傅都是冒充的，他们是一对哥俩在这儿喜相逢？这下，在场的人全都看傻了眼。

（本篇月月评短信代码：1520）

（题图：安玉民）

灵感，不过是"顽强地劳动而获得的奖赏"。 ——列宾

防盗绝招

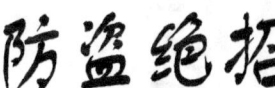

□ 顾文显

宁家三兄弟每天中午都到同一个食堂吃饭。三兄弟特别爱喝酒，但感到食堂的酒太贵，就自己带上一元五角一斤的"小烧"解馋。酒不便天天随身携带，三兄弟便买了个塑料桶，装上酒，放在食堂的窗台上。

可是第二天一看，桶里的酒不知让谁给偷喝掉一些。他们很生气，正好老二口袋里有粘贴纸，他掏出笔，写了"王八偷酒喝"五个字，贴在酒桶上，心想谁会为了喝点酒，甘心当王八呢。

没想到，第三天中午，酒不但又少了半斤多，"作案者"还把"偷"字揭下，移到前面，成了"偷王八酒喝"！哥仨这个气呀。老三说"二哥，

你的办法太蠢啦，看我的。"说着，他换了一只桶，写上"非典患者专用"六个字，看谁还有胆量偷这酒喝！

哪想到第四天中午，那酒只剩下小半桶了，偷酒喝的照喝不误！宁老大对两个弟弟说："你们还是嫩，想的都是馊主意，这回看老哥我的。"他把酒换进一只深颜色的塑料桶，在粘贴纸上写了"尿桶"两字，把桶放到墙角的桌子下面。老大得意地说"除了咱们知道底细，谁还会有胆量喝它呢？"

第五天中午，哥三个到餐厅一看，都傻了眼：那个塑料桶满了！

（本篇月月评短信代码：1521）

喝什么酒

□程应峰

　　一家私企老总去洽谈业务，除随行人员外，还带着夫人和一位女秘书。一进宾馆，他就悄悄吩咐宾馆服务员，晚饭餐桌上我若说喝白酒，你就将我和夫人安排在夫妻间，我若说喝红酒，你就将我和女秘书安排住一起。

　　晚餐桌上，服务员问老总："先生，喝什么酒？"老总微微一笑"喝红酒。"饭局结束，服务员对老总夫人说："夫人，很对不起，今天夫妻间客满，只有单间了。"因旅途劳顿，老总夫人感觉很疲乏，便点了点头，说："没关系，住单间好了。"

　　第二天晚餐的时候，服务员又问老总："先生，喝什么酒？""喝红酒。"老总回答得很干脆。饭后，服务员又对老总夫人说："夫人，实在抱歉，今

天夫妻间照样客满，还是只有单间。"老总夫人有些不满地说："不可能吧，去把你们经理叫来，我要证实一下。如果不是这样，我看你是不想干了！"服务员见老总夫人较真，便慌了手脚，连忙将老总对她说的话和盘托出。老总夫人听过事情的缘由后，让服务员装作没事发生一样，自己也不动声色地住进了单间。

　　第三天晚餐的时候，服务员照旧问老总："先生，喝什么酒？"老总还说："喝红酒。"这次，老总夫人很有涵养地手捏着高脚酒杯，漫不经心地瞅着老总和女秘书，说："如果今天晚上你还想喝红酒，我可不可以让在座的各位男士换一换口味，晚上到我房间来尽兴畅饮白酒呢？"

　　（本篇月月评短信代码：1522）

"文明人"的留言

□ 刘金涛

话说解放前有个县，县长好大喜功，大力推行"文明"风气，如此一来，连社会上那些游手好闲、鸡鸣狗盗之徒也受了感染，讲起了"文明"。

马三是镇上的一个小偷，专门盗窃附近村子的耕牛，然后卖到黑市，拿着黑心钱去赌博。这一年，马三结婚成家，娶了年轻漂亮的老婆，老婆劝他回心转意，他总是不听，不过，他拍着胸脯向老婆保证："现在社会上兴讲文明，俺今后办事一定讲文明，不会有什么麻烦！"

这天深夜，马三潜入一户农家打算盗窃，见牛棚里有一头母牛和一头小牛犊，为了讲点"文明"，他只偷了那头母牛。临走时，他给农户留了一张字条："母牛主人，俺是文明人，今夜前来拜访，顺便牵走了你家母牛，因你家小牛犊尚小，俺不忍心杀它卖肉，请暂时留在你家精心饲养，等你养大后俺再来取。谢谢了！"

马三把母牛卖到黑市，拿着钱进了赌场，一口气输了个精光。天亮后，马三窝着一肚子闷气回到家里，他蹑手蹑脚溜进卧室，见老婆还在睡觉，

· 幽默世界 ·

正想亲老婆一口，忽然发现梳妆台上留着一张字条，仔细一看，上面写着："这家主人，俺也是个文明人，今夜前来拜访，黑夜之中，你妻把俺当成你，不由分说就上床快活。事后你妻发现俺不是你，非要跟俺私奔，俺虽是采花贼，比你还讲文明，哪里敢带走你妻？请你将她暂时留在家中精心照料，倘若你妻今晚不慎有孕，定是俺的骨肉，等你养大后俺再来取。谢谢了！"

"好、好——好你个文明人！"马三一屁股坐到地上，差点吐出一口血……

（本篇月月评短信代码：1523）

树上有个鬼　□ 黄 云

　　—天，妈妈带着刚上小学不久的小明在街上走，小明忽然抬头说了句："妈妈，树上有个鬼。"小明妈妈回头一看，只见儿子的手指不偏不倚，正指着街角那棵大槐树，当场吓得魂飞魄散。

　　原来，这条街上发生过一起车祸，被人们传得特别邪乎，说有一个男的骑摩托车经过街口时，看到一个身着白衣的女子走在前面，那男的情不自禁多看了她几眼，这一看，没把握好方向，人和摩托一同撞在了街角的那棵槐树上，当场毙命。所以人们

都说，那棵树上有鬼魂附身，孩子的眼睛一般都是比大人通灵的，所以，只有小孩才能看到鬼的身影。

　　小明妈妈拖着小明急急忙忙跑回家，又惊又怕，当天就病倒了。

　　过了两天，有个大胆的邻居听说此事，也想看看鬼是什么样的，于是把小明领到大槐树前，让他把鬼指出来。小明用手一指，很认真地说："喏，那个牌子上不是有个鬼吗？"

　　邻居定睛一看，只见树上挂着一块牌子，上面写着：请爱护槐树！

（本篇月月评短信代码：1524）

冰箱里的鸡蛋　□ 蒋 允

　　冰箱里躺着几枚鸡蛋，一天，第一枚鸡蛋小声对第二枚鸡蛋说："我告诉你一件事情，你可不要乱说哦。你看，第五枚鸡蛋都长毛了！"

　　第二枚鸡蛋回头一看，果然如此，不由大惊失色。

　　第二天，第二枚鸡蛋忍不住对第三枚鸡蛋说："告诉你一件事情，第五枚鸡蛋都长毛了！"

　　第三枚鸡蛋小心地回头一看，吓了一跳，真的呢。于是，它又转告了第四枚鸡蛋。

　　第四枚鸡蛋斜眼一看，当即吓得脸色苍白。它担心地想："我们、我们也快长毛坏掉了吧？"

　　又过了一天，第四枚鸡蛋终于小心地捅了捅第五枚鸡蛋，轻声问："哥们，你怎么回事，身上都长绿毛了！"

　　只见第五枚"鸡蛋"回过头，轻蔑地看了它一眼，说："长毛？开玩笑！我是猕猴桃！"

（本篇月月评短信代码：1525）　　（**本栏题图**：李　加）

325 2004

SEMIMONTHLY
下半月刊

8月

STORIES

名人讲故事

故事会

2004 年 8 月

下半月刊·绿版

主 编：何承伟

副主编：吴 伦

社务委员会

何承伟 吴 伦 姚自豪

夏一鸣 冯杰 张凯

本期责任编辑：夏一鸣

美术编辑：李宝强

发稿编辑：

姚自豪 蔓 石

鲍 放 梁宁宁

马 峡 潇 白

主管：上海市新闻出版局

主办：上海文艺出版总社

（上海市绍兴路 74 号）

邮政编码：200020

电话：021-64375030

出版发行：《故事会》出版发行部

（上海市建国西路 384 弄 11 号甲）

邮政编码：200031

电话：021-64313938

广告总代理：上海文艺广告传播中心

上海市绍兴路 74 号（邮编：200020）

广告总监：张 淮

广告业务：021-34010383

广告投诉：021-64333738

广告经营许可证

沪工商广字 3101034000029 号

发行：中国图书进出口上海公司

本刊各栏目欢迎来稿。来稿寄上海市绍兴路 74 号《故事会》杂志社，邮编：200020；请在信封上注明"××栏目"收；本期责任编辑 E-mail 地址：xiayiming@vip.sohu.net

· 笑话 ·

拍 片

五岁的维佳第一次到医院做胸部透视。医生对他说："站到这里来，我现在给你拍张片子。"维佳一听就激动起来，问道："还用笑吗？"

（王贵明 编译）

演员之子

培思是全国著名喜剧演员，他的儿子和他长得很像，人称"小培思"。这天，保姆要带小培思到菜场买菜，临出门前，培思特地关照道："孩子，要记住，在外面不要对人家说你是我的儿子，啊！"小培思似懂非懂地点了点头。也别说，小培思一进菜场就引起了轰动，围起了一大帮人："你们看，这孩子像谁？"小培思很生气，抬起头说："你们别瞎猜，我不是培思的儿子。"

（丁震宇）

（本栏插图：李 加）

"难"圆其说

有个牧师，特别不会讲笑话，就去参加一个演讲班学习演讲技巧。

一天，老师做了一个多小时的演讲，最后说："我最好的时光是在一个女人怀里度过的，但这个女人并非我的妻子！"大家都怔住了。

紧接着那人说道："她是我的妈妈！"大家听了大笑不止，并热烈地鼓起掌来，他趁势结束了发言。

这位牧师也想试讲一下这个有意思的话。这天，他走上布道台，想把那个幽默再回想一下，突然他发现有点记不牢了，拿起话筒，大声说："我最好的时光是在一个女人怀里度过的，这个人并非我的妻子！"

下面的听众惊呆了。牧师显得十分尴尬，沉默了差不多十秒钟，竭力回想幽默的后半段，最后还是想不出，于是只好放弃道："……我实在想不起来她是谁了！"

（唐荣沛）

这是哪里

一位老太太拄着拐杖上了公交车，坐在司机的后面。每到一站，她就用拐杖戳戳司机，问到哪了。司机被问得烦死了。又到了一站，她又戳了戳司机，问："这是什么地方？"司机生气地说："这是屁股！"

（佚 名）

办法真绝

爷爷正为电风扇不能摇头而愁眉苦脸，叽叽咕咕。这时，在一旁看电视的六岁小孙子走过来，满有信心地说："爷爷，急什么呢？我有办法！"爷爷挥挥手说："去，呆一边看电视去，你小孩子有什么办法？"小孙子指了指电视上的火爆画面，一本正经地说："给它吃点摇头丸准行。" （朴连生）

打不开

有个男士在公共汽车上遇到一位漂亮姑娘，他心中暗喜，就写了张纸条递过去："如果愿意和我交朋友，请把纸条传回来；如果不愿意，你就把纸条扔到窗外。"一会儿，纸条传了回来，那个男子欣喜若狂，可打开纸条一看，心一下就凉了，只见纸条上写道："窗子打不开！"

（徐 君）

养牛

去年，南坡村的铁柱办了个养鸡场，没想到村干部三天两头过来，不是抓鸡就是拿鸡蛋，结果年底这个养鸡场赔了一大笔钱。

铁柱心想：鸡这东西，抓三只两只没法要钱；鸡蛋也同样，拿十斤八斤也没法要钱。今年干脆把养鸡场改成养牛场，村干部总不能无缘无故牵我一头牛吧？

然而，养牛场开业没几天，村干部又来了，他拍着铁柱的肩膀说："有件事真还得求老弟帮帮忙，咱们镇长肾虚，医生建议说最好能吃几条牛鞭……"

（吴志良）

不是旅游

前年,孙经理在广西桂林认识了一位英国朋友约翰。闲聊时,约翰说:"我发现你们中国人喜欢旅游,是吗?"孙经理连忙纠正说:"我不是旅游,是开会。"

去年在杭州西湖,孙经理恰巧又遇见了约翰。约翰问:"这次,你是来开会的吧?"孙经理摇摇头说:"不是,我是来参加培训的。"

今年,孙经理在日本的富士山再次与约翰相遇。约翰幽默地问道:"你是来开会呢,还是来培训?"孙经理笑了笑说:"我是来考察的……"

(吴志良)

泥水匠部长

泥水匠出身的部长接受记者采访。记者问:"你觉得当部长和当泥水匠有什么相似之处?"

部长答道"第一,要有和稀泥的本领;第二,站在高处也不头昏!"

(刘 伟)

找 不 到

小比利第一天上学。也许有些紧张,刚开始上课就想去小便,他小心翼翼举起了手,问老师:"我可以去一下洗手间吗?"老师说:"可以,不过你得快点。"五分钟后,小比利回来了,只见他满脸通红,很不好意思地对老师说:"我找不到!"

老师马上把小比利叫到跟前,给他画了一张简要的示意图,指着洗手间的位置,说:"现在应该知道了,快点去吧!"小比利一脸迷茫地跑出了教室。五分钟后,小比利又回来了,脸色更难看,艰难地对老师说:"我还是找不到。"

老师非常失望,她让大孩子汤米陪着小比利一起去找。

又过了五分钟,汤米和比利一起回来了。老师着急地问:"这回找到了吗?"

汤米得意起来,说:"那当然了。他只是把裤子穿反了!"

(陈 健 编译)

要想从别人那里得到快乐,就必须先给别人快乐。——詹·汤姆逊

欺负弱者

李先生家有三个丫头，一个五岁，一个三岁，还有一个只有一岁多。李先生每天一回家，三个丫头就争先恐后拥上来，把他缠得没办法。最后，他总是讨好地说："乖，乖，不要吵啦。老大最乖，老二也乖，只是老三不乖。"李太太听了颇不服气："你怎么这样说话？三个孩子的表现不都一样吗？"李先生笑着说："何必太认真呢？反正老三人小，听不懂啦。"

（平　胜）

聪明的和尚

一天，阿呆到一个名刹古寺游玩，想给一个顶顶要好的朋友求一签。

僧人问他："请把他的生辰八字报一下。"

"不知道。"

僧人似乎听不懂了，又问："他姓什么，叫什么？"

"也不知道。"

"那你们交往多长时间了？"

"有两年多了，不过我们没见过面。"

僧人想了想，说："我知道了，那人是你的网友吧？"

（杨静怡）

巧妙应答

有个交通警察在路口执勤，看到一个骑摩托车的老人没戴安全帽，便把他拦下来，说："老伯，请你过来！""干什么？""罚款！""为什么要罚俺的款？""因为你骑摩托车没戴安全帽。"

老伯一听，笑了："俺为什么要戴安全帽！想当年俺在打'八二三炮战'的时候，没戴钢盔还不是活得好好的？为什么现在骑个摩托，还要叫俺戴安全帽？"

那个警察反应很快，立即答道："因为炮弹没长眼睛，可我长眼睛了啊！"

（付秀玲）

对门的大爷

看过来

□ 金 戈

我和老婆结婚都快十年了，说句脸红的话，我们这十年，大吵三六九，小吵天天有，可以说是一路吵过来的。

吵成了习惯后，假如有几天不吵，就好像丢了魂儿似的。你还别说，一旦吵过后，心里头就像大热天饮了杯冰可乐，那才叫爽！更美妙的是还伴随着一场疯狂的亲热，那种感觉连我们自己都觉得莫明其妙。

也不知从什么时候起，我们俩吵架升了级，养成了开门吵架的习惯，每次吵起来了，都要把房门打开，只有这样才觉得痛快淋漓，过瘾！

可这种连续作战的"吵法"，尤其是开门大吵，邻居可吃不消了。住在对门的邻居已经换了好几任了，前不久，有一对小夫妻刚刚搬进来，听到我们这样狂风暴雨般吵架，可吓坏了，没两天就搬了家。

这天，对门住进来一位大爷，文文静静，颇有几分儒雅风度。

就在这位大爷住进来的第二天，我在单位加班晚回来一小时，由于事前没有给老婆打电话，我一回到家，老婆就在餐桌旁数落了我几句，我不买账了，就顶她几句；老婆一听我敢顶嘴，把碗往前一推，"咚咚咚"走到门前，把门一拉，大声说："怎么啦？你看看楼上楼下，人家不但提前下班，而且还帮老婆洗菜做饭，你倒好，吃现成饭，还敢和老婆吵架？"

　　我哪吃得了这个亏，连忙辩解说，在单位加班也是为了家里……就这样，常规战事又开始了，声音是越吵越响。

　　就在这时，忽听对门"吱呀"一声，一个老人伸出头来，我和老婆相互对视了一下，考虑到对门的邻居新来乍到，而且年事已高，我们的吵架声自觉下降五个分贝。

　　令我们感到奇怪的是，对门的那个大爷听见我俩争吵后，满不在乎，只见他不但不回避，反而打开自己的房门，搬了个凳子，手拄拐杖，端坐在房门口，好像专心致志地观看我们吵架。

　　也许是出于对大爷的敬畏，也许是我们吵累了，总之，这回我们没吵多久就休战。大爷见我们不吵了，也不声不响地掩上了自己的房门。

　　隔了一天，我和老婆又有了一次争吵，刚刚吵了几句，就见对门的房门也悄然拉开，大爷和上次一样，端坐在门前，时而颔首微笑，时而击节叹赏，好像观看节目似的，一副怡然自得的样子。

　　以前我们吵架也被人近距离目睹过，可那时候人家要么帮忙劝架，要么关门回避，像这样睁开大眼、坐在一旁作壁上观的还从未见过。大爷的举动简直就是无声的干扰，倒把我俩弄得浑身不自在，在他老人家的注视

下，我们有一种在大堂受审的感觉，精神上不能够放松，吵架的质量也随之大打折扣。当然，我们不能要求人家把门关上，也不能制止他老人家袖手旁观。唯一能做的就是把自家的房门关上，这样也就隔离了老人家的视线。数年来，我们不得不第一次打破常规，由开门争吵转入关门论战。

　　吵着吵着，总觉得越吵越没劲。以前那种唇枪舌剑、你来我往、妙语连珠、轰轰烈烈的感觉全没有了，仅仅是一些毫无激情可言的相互抢白。

　　问题出在什么地方呢？我和老婆很快就找到了症结所在，归根到底，就是因为关闭了那扇该死的房门！我突然搉了一下自己的头：怕什么怕！别说是一寻常大爷观看，就是省长来了又咋的？两口子在家潇洒吵一回，招谁惹谁了？

　　得，该怎么吵就怎么吵！我和老婆几乎是在同一时间一起拉开了房门。

　　"咣当"一声，一个人跌了进来，一看，不是别人，正是对门的大爷。原来，我们关门以后，大爷为了追踪我们的争吵，他不仅没走开，反倒一直在我家门前俯耳倾听。由于门开得太突然，老人家失去重心，一下子跌了进来。好在我反应还算灵敏，一把扶住了大爷："大爷，您这是咋的了？"

　　"没什么，没什么，"大爷解释说，

"其实，我的耳朵还不算聋，只是你家的门关得太紧了，我不贴上来实在听不清楚啊！"

"我说大爷，夫妻吵架，恶言恶语，有什么好听的啊？"老婆似乎对大爷的行为有些不解。

"不，我每次听到你们俩吵架的声音，就感到特别激动，好像自己又回到了年轻的时代，因为，我们也是这么吵过来的……"

"你们？你和谁？"

"当然是我的那一位，也就是我的老伴。只是，我们已经多年没吵

啦……"

"是什么原因让你们和好的呢？"

"和好？其实我们一直都很好，只是上帝妒忌我们，不让我们再吵了。"

"那是为什么呢？"

"因为，上帝把我老伴提前请进了寂寞的天堂。"

原来如此！我终于理解了，有些凄然地说："大爷，请原谅我们，打扰您了，实在对不起！"

"别，你千万别这样说，比我们那时候吵得硬是强多了。"

"您老过奖过奖，我们年轻，吵不好，瞎吵！"

"不过，我有一个请求，不知你们能不能够接受？"

"只要您不嫌我们吵闹，有什么要求您尽管提好了。"老婆得到赞赏，很有成就感的样子。

"你们每回吵架的时候，能不能把我请到你们家中？不瞒你们说，我住过好多地方，从来没遇上像你们这样爱吵会闹的好邻居。"

真是个奇怪的要求，我们简直没有多想就点头答应了……

但令人奇怪的是，这位大爷坐在家中，我和老婆的吵架有种做戏的感觉，都觉得吵架的味道淡了，没了，渐渐地，我和老婆再也不吵架了！

（本篇月月评短信代码：1601）

（题图、插图：安玉民）

具有共同性格的人组成的家庭是幸福的。——爱默生

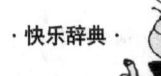

读者推荐：**值得关注的流行语**

时下，高校就餐均使用饭卡，常有粗心大意者不慎遗失。各系张贴的"寻卡启事"，可谓五花八门，各具神趣：

中文系：《如梦令·饭卡》 打饭忙中出错，饭卡不知归路。探囊未取物，却道空空依旧。急觅，急觅，我那救命家伙。

历史系：公元 2004 年 7 月 5 日，历史将牢记这一天，赵某人饭卡不知在何处落于何人之手，有志于解开这一千古之谜者，请与赵某人联系。

新闻系：**本报讯** 新闻系王某不慎于今日将饭卡遗失。据悉，寻找工作正有条不紊地展开。有了解线索者，请打新闻热线 1234567……

中医系：自丢卡以来，本人胸闷不已，隐痛阵发，苔薄腻，脉细弦，情志抑郁，食欲不振，嗳气不断。有按时送还者，胜送柴胡、疏肝散各一服。

法律系：本人饭卡不慎遗失，卡号 91111，法人代表李某在此郑重声明，此卡作废。

经济系：本月失卡之后，物主只好以快餐为食，个人消费激增 100%。此举虽拉动了内需，但长此以往，恐引发泡沫经济。望拾卡者及时送还刘某，以平抑个人消费水平。

数学系：本人遗失一卡，长 7cm，宽 5cm，表面积 35cm²，卡号为 121 的平方，请将正确答案送至郑某处。

（推荐者：李江雄）

0—6岁 **影响一生**——幼儿教养锦囊
（超级爸妈养育秘笈）

这是一本以学龄前儿童家长为主要读者对象的自助性儿童教养读物，全书分为"快乐"、"勇气"、"爱心"、"自信"和"宽容"等五个部分，具有很强的知识性、可读性、操作性和指导性。

本书由长期从事儿童心理教育的儿科医院医生主编，作者针对幼儿家教中普遍存在的问题，通过对大量中外儿童教育成功或失误事例的系统分析和阐述，向年轻的家长们传授行之有效的家教方法，读来颇有启发。

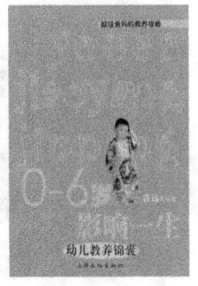

最后一枝红玫瑰

□ 陈笑海

二月十四日是情人节，这天王洁特地起了个大早，赶到鲜花市场批了百余枝红玫瑰，把几个塑料桶插得满满的。她明白，每年的这一天，红玫瑰都会卖个好价钱。

王洁是一个苦命人，嫁给丈夫十多年了，可没过上几天舒服日子，更要命的是，丈夫因一场意外的车祸至今还瘫痪在床，要不是女儿小铃子，她肯定支撑不下去了。

幸好，今天的红玫瑰卖得快，还不到下班时间，红玫瑰就卖得所剩无几。这时候女儿小铃子也放了学，跑过来准备接妈妈回家。小铃子眼睛尖，见妈妈面前的塑料桶里还有少许红玫瑰，就伸手从中挑出最鲜艳的一枝，紧紧地握在手里。

王洁把剩下的玫瑰一枝枝拣出来，集中放在一只塑料桶里，摆在最显眼的位置。不一会儿，又过来几对情侣挑去好几枝。看着街市上来来往往、胳膊挽着胳膊的一对对有情人，再想想自己，她不禁悲从中来，感慨不已。这时，她忽然涌起一个念头，从剩下来的几枝红玫瑰里择出一枝花红叶绿的玫瑰，趁女儿不留意，悄悄放进车肚下面的一个围兜里……

很快，王洁的红玫瑰全部售完，就连有几枝落了花瓣的也给卖了出去，正要收摊时，一位捧了一束红玫瑰的年轻人一个大跨步，迈到王洁的花摊前，竖起一个指头问道："大姐，能卖给我一枝玫瑰吗？"

王洁有些歉意地一笑，说"对不起，我的玫瑰刚刚卖完呢。"

年轻人一脸焦虑，又问："大姐，你能想办法帮我弄到一枝红玫瑰

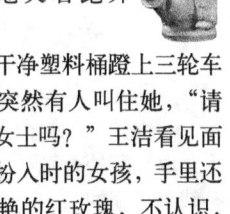

吗？”王洁顿了顿说：“你手里不是有红玫瑰吗，还要一枝干啥？”

“不，大姐，今天正好是我女友二十一岁生日，而我已跑了好几处花摊，好不容易买到二十枝……”看着只剩下残枝败叶的几个花桶，年轻人的脸上立即浮现出失望和懊恼，掉转头正要走开，忽然看见站在一旁的小铃子手里竟拿着一枝娇嫩艳丽的红玫瑰，不觉眼睛一亮，赶紧问：“小朋友，这枝玫瑰卖吗？”

小铃子嘴巴一噘，“不卖，我要送人的！”语气坚毅而透着一种神秘。

“卖的卖的，4元一枝。”王洁这时才想起女儿手里还拿有一枝红玫瑰，忙对年轻人赔着笑脸。她一边说着话，一边就要去夺女儿手里的那枝红玫瑰，可小铃子不肯，一反手将红玫瑰藏在背后。

“这枝红玫瑰我愿付16元！”

“不卖不卖……”“瞎闹！”王洁把脸沉下来了，敲了一下小铃子的额头，接着从她手里抽出那枝红玫瑰递给年轻人。

小铃子泪光闪闪地望着妈妈，生气地问道：“妈妈，您的车兜里不是还有一枝红玫瑰吗，为什么不卖掉？”

王洁摸了摸女儿的头：“小铃子，你太小，不懂得妈妈的心事。”说完，她的双眼也潮湿了。

“妈妈，刚才的那一枝红玫瑰，女儿是想留着送给您的！”小铃子双手蒙着脸嘤嘤地哭着跑开了……

王洁收拾干净塑料桶蹬上三轮车准备返家时，突然有人叫住她，“请问，你是王洁女士吗？”王洁看见面前站着一位打扮入时的女孩，手里还握着一大束鲜艳的红玫瑰，不认识，就有些不知所措。时髦女孩微笑着说：“我是送花公司的，这是一位先生给您电话预订的红玫瑰，请收下！”

给自己送玫瑰？是不是送花公司的小姐搞错对象了？这束红玫瑰一定是要送给一个与自己同名同姓的女孩……王洁数了数，那一束红玫瑰共有13枝。唉，自己与丈夫从相识到今天也正好13年了啊！想着家里的丈夫早该饿了，她来不及往深处想，就把车子朝住宅小区蹬去。

到了住宅小区，王洁把那束红玫瑰插在一只塑料桶里，连同三轮车一起放进楼下的储藏室，然后从车兜里取出她早已挑好的那一枝红玫瑰。

可是，当王洁打开防盗门踏进客厅时，只闻见一股刺鼻的血腥味，王洁心跳加快，疾步向卧室走去。眼前的一幕让她傻了眼，手里的一枝红玫瑰也无声地滑落下来：床上全是鲜血，丈夫已割腕自杀……

床边飘落了一张送花公司开出的收款收据。

（本篇月月评短信代码：1602）

（题图：安玉民）

茉莉花语

听 说过一个女孩的故事。

女孩认识一个男孩，那时几个人在深圳某处合租了一套房。后来女孩找到了新的工作，要搬走了，临走时，女孩把自己养的一盆茉莉花送给了男孩。

女孩在另外一个城市买了房。五年后，男孩也搬到这个城市来住，安家那天，男孩正抱着那盆茉莉花气喘吁吁上楼，在楼梯口，他与这个女孩不期而遇。原来女孩这天正好给这幢楼的客户送保险单，送完后就往回走，他们正好在楼梯上碰头了。这时，他们已经有五年没有见面。

女孩激动不已："他居然还留着那盆花，这五年里他搬了九次家呀，他竟然没丢弃……"女孩幸福得像一朵甜蜜的茉莉花，"一个对花都如此多情的人，你想他会不善待我吗？"

如今，他们的孩子快牙牙学语了。

（推荐者：戴海兵）

无微不至

杰 克打算自己钉个书架。因为是新手，杰克先在木料上用铅笔画出切割的位置，然后运到擅长木工

的朋友那里，拜托朋友代为处理。

问题是，第二天杰克取回切好的木料，钉上墙壁，才发现每块木料都长了两分。

杰克打电话问朋友，朋友笑道："因为你没有锯木材的经验，一定不知道每次锯刀切过去，都会有些损失，所以我帮你各加了两分。"

杰克跳起来说："你怎么不想想，我已经考虑到了，事先已经加长过呢？"

过度体贴，可以产生"意外的惊喜"，也可能造成"意外的伤害"！

（作者：刘　墉；推荐者：彭　晖）

（插图：箭　中）

天才不过是以一种非常规的方式观察问题的能力。——威·詹姆斯

黑暗的启示

一个书生在翻越一座大山时，遭遇了一个拦路抢劫的土匪。书生立即逃跑，但土匪穷追不舍。走投无路时，书生钻进了一个山洞里，土匪也追了进来。在洞的深处，书生未能逃过土匪的追赶。黑暗中，他被土匪逮住了，遭到了一顿毒打，身上的所有钱财，包括一条准备为夜间照明用的火把，都被土匪抢去了，好在土匪并没有要他的命。

之后，土匪和书生各自寻找山洞的出口，这山洞极深极黑，且洞中有洞，纵横交错。土匪将抢来的火把点燃，他能看清脚下的石块，因而他不会碰壁，不会被石块绊倒，但是，他走来走去，就是走不出这个洞，最终，他力竭而死。

书生失去了火把，没有了照明，他在黑暗中摸索行走得十分艰辛，他不时碰壁，不时被石块绊倒，跌得鼻青眼肿，但是，正因为他置身于一片黑暗之中，所以他的眼睛能够敏锐地感受到洞外透进来的微光，他迎着这缕微光摸索着爬行，最终逃离了山洞。

世间事也往往如此，许多身处黑暗的人，虽磕磕绊绊，但他心中有光明，"摸着石头过河"，便最终走向了成功，而另一些人，虽眼前有光明，但心中茫然，反而迷失了前进的方向。

（作者：胡秀清；推荐者：刘兴宝）

沉淀的水

麦克失恋后，他的心情糟透了，为了排遣心中的苦恼，他找到了镇上的牧师。

牧师听完了麦克的诉说，把他带进一个古旧的小屋，屋子唯一的一张桌上放着一杯水。牧师微笑着说："你看这只杯子，它已经放在这儿很久了，几乎每天都有灰尘落在里面，但它依然澄清透明。你知道是为什么吗？"

麦克认真思索，像是要看穿这杯子，他忽然跳起来说："我懂了，所有的灰尘都沉淀到杯子底了。"

牧师赞同地点点头："年轻人，生活中烦心的事很多，有些你越想忘掉越不易忘掉，那就记住它好了。就像这杯水，如果你厌恶地振荡自己，会使'整杯水'都得不到安宁，混浊一片，这是多么愚蠢的行为。而如果你愿意慢慢地、静静地让它们沉淀下来，用宽广的胸怀去容纳它们，这样，心灵并未因此受到污染，反而更加纯净了。"　　　**（推荐者：任 一）**

（本栏目欢迎来稿。来稿可从邮局寄发，也可从网上传递。如为电子邮件，请发以下信箱：xiayiming@vip.sohu.net）

家庭故事

　　家庭是一个舞台，千千万万个家庭演绎着万万千千的故事。这本故事书里的51则作品，艺术地再现了家庭中的矛盾纠葛、悲欢离合和儿女情长，内容亦庄亦谐，或耐人寻味，或令人捧腹，有较强的可读性和可传性。

情爱故事

　　集中所收38则故事，几乎覆盖人们情爱生活的各个环节，社会众生相在作品中得到了不同程度的映照和折射。这些故事不仅在情节设计上精于构思、巧于安排，而且在艺术风格上也各有所长。对看惯小说电影戏剧的诸位来说，浏览此书是一种全新的享受。

聪明人故事

　　本书犹如一叶风帆，引您在智慧之海遨游。故事中的主人公活跃在各自的人生舞台，凭着自己的聪明才智，斗强蛮，蔑权贵，助弱小，解万难，演绎着一出出绝妙无比的连台活剧，内容既有情节性又有趣味性。

傻子故事

　　傻子故事在民间流传极广。本书共收72则傻子故事，内容生动风趣，人物栩栩如生，一群言行可笑、可悲而又憨厚可爱的艺术形象，如一幅幅色彩奇特而又耐人寻味的漫画，让你目不暇接。

□关 月 改编

密室谋杀案

近日，东京发生了一起神秘的密室谋杀案件，引起社会各界的广泛关注，不光电台里有声，电视里有影，就连地铁站、理发店、餐桌上，人们似乎都在谈论这件事。

这桩密室谋杀案，有三大神秘之处：第一，死者田中博士，是著名的高科技专家，已经发明了多项专利。据说他一向与世无争，怎么会有杀身之祸呢？第二，致死的直接原因是由于胸部受到强力挤压，造成窒息身亡。而且，根据法医的验尸报告，田中博士的尸体就像海蜇一样，骨头都被挤碎了，这可是闻所未闻的事啊！第三，田中博士是在自己的研究室里被杀害的，而门上的锁是从室内反锁

上的，现场没有留下任何线索。那么，罪犯究竟是怎么作案的呢？

该案件一出，立即引起警察当局的高度重视，特派市警察局刑侦处资深警官铃木负责侦破此案。铃木警官接到任务后，紧急行动，带着助手加藤勘察了现场。

加藤虽说刚刚参加工作，但眼光相当敏锐，他看了一会就说："这是一起典型的密室谋杀案！"

铃木点头同意"是啊，而且凶手的作案手段也很残忍。"

加藤望着上司，发表自己的见解"现场没有留下任何犯罪线索，说明凶手极有可能是个老谋深算的惯犯。"

"嗯，有可能。"铃木若有深思地说。

加藤问道："密室的门是从里面反锁上的，那么，罪犯是如何作案的呢？"

铃木提示道："加藤君，如果发现不了作案方法，我们不妨先从作案动机入手，展开调查。"

"可是，到目前为止，也还没有发现任何作案的动机啊。我们甚至不知道它是因为积怨呢还是因为财物。"

"是啊，田中先生一向作风严谨，口碑很好的，积怨的可能性不太大；至于财物嘛，田中先生一向致力于科研事业，几项专利所得的奖金大部分也都用于新的科研项目了，家中恐怕也不会有很多储蓄吧。"铃木警官一边说着，一边慢慢地皱起了眉头。

铃木不愧是资深警官，很快就从眼前的僵局中挣脱出来，他压低声音对加藤说："我们就先从田中先生正在研究的科研项目入手，或许能发现蛛丝马迹。加藤君，你立刻去请专家协助调查。"加藤说了声"是"，然后一溜小跑出去了……

不料一波未平，一波又起。

几天后，本市一家酒店的房间内又有人神秘死亡，死者是田中博士的研究助手佐佐木先生，而且死状与田中博士极为相似：骨头粉碎，胸部受压，窒息而死。

铃木警官隐隐感到了压力。

当天临近午时，他带领加藤一起来到田中博士家。这是一所普通的宅院，干净整洁但不奢华。加藤按响了门铃。不一会儿，门开了。两人只觉眼前一亮，面前多了一位身穿和服、光彩照人的俏丽女子。

铃木警官心中微微一惊，但随即就恢复了常态。

他们有礼貌地鞠了个躬："您就是田中夫人正子吧。我们是负责田中先生案件的刑警，想向您了解一些情况。打扰您了，请多原谅。"

"您两位请进来吧……"田中正子举止雍容地招呼他们进屋，把他们引进了餐厅。这使两位刑警稍稍感到意外，他们本以为她会把他们让进客厅的。田中夫人说："两位请坐。我正巧刚做好午饭，两位如果不嫌粗陋，就在这儿用餐吧。"

果然，餐桌上的汤锅里，正腾腾地冒着热气。

两位刑警礼貌地推辞道："好意心领，不必麻烦夫人了。"

没想到，两位刑警这句本是客气的推辞，却似乎刺中了田中正子心中的隐痛，只见她身体微微颤抖，嘴唇哆嗦着，情绪激动地说："我今天做的是先夫生前最爱吃的乌冬面，这本是前些日子别人送给先夫的手擀乌冬面，不料，先夫还没来得及吃就……"说到这里，田中夫人已是泣不成声。

两位刑警平时接触的多是阴险狡猾的罪犯，哪里见过这种情意缠绵、杏花带雨的温柔小娘子，因此，一时间，竟不知如何安慰她。

田中夫人抬手在眼角上擦了擦，继续说道："自从先夫去世后，我做饭总是做过量。两位为了先夫的案件如此奔波劳碌，如不嫌弃，就请在这里用餐吧。"

"啊，我确实有些饿了。既然田中夫人这么说，我们就不客气了。"铃木微笑着说道。

"是啊。田中夫人，那就谢谢啦。"刑警加藤也附和着说。

田中正子为他们盛好乌冬面，看着他们唏里呼噜地大吃起来，微微地笑了。"真香啊。""不愧是正宗的赞岐乌冬面，好吃啊。"

田中正子脸上的忧郁渐渐消失，她满足地点点头说道："欧洲的面食业不如亚洲的发达，两位知道是什么原因吗？"

"可是，意大利的通心粉，吃起来也不错啊。"

"不过，通心粉是在刀叉发明之后才出现的呀。在欧洲，用刀的时间最长。而对吃面食来说，最方便的餐具当然要数筷子了。"

"是啊，筷子在我们的饮食文化中起到举足轻重的作用，面食就是因为筷子才产生的吧。"铃木警官一边说一边向加藤递了个眼色，示意他把话题转到案件上去。

于是，加藤就轻轻地咳嗽了一下，说道："冒昧地问您一下，田中夫人，田中博士的研究助手佐佐木先生，您认识吗？"

听到"佐佐木"三个字，田中正子似乎微微一怔，随即淡然地回答道："是的，佐佐木君是先夫的研究助手，我认识。""今天早晨，他在市内一家酒店里被杀死了。死因与田中先生极为相似，凶手可能是同一个人。不知您能不能向我们提供一些有用的线索？"

听到这个问题，田中正子突然眼中含泪，紧咬嘴唇，一言不发。铃木警官与刑警加藤对视了一眼，突然说

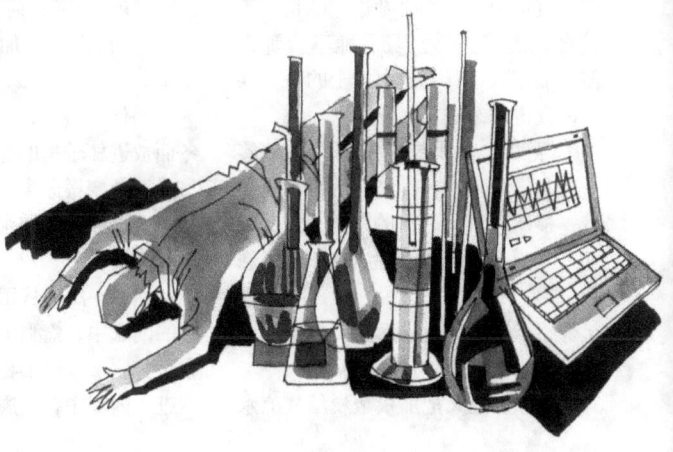

道："根据我们的调查，您和佐佐木君有不正当关系。而死者在被杀之前，曾经与您有过亲密的接触。因此，您有重大的犯罪嫌疑。"

"啊？"田中正子吃惊地抬起头，犀利的目光在两位刑警的脸上一一扫过，"你们怀疑我？"那一瞬间，她好像突然变了一个人似的。

"是的，在案件没有调查清楚之前，任何与本案有关的人都是涉嫌对象。我们请您到警局协助调查，也是例行公事，希望您能理解。"

"啊，原来如此。我一定会尽力配合的，两位先在这儿慢慢吃，我去梳洗一下。"说话间，她已恢复了先前的镇定神态。当她走出餐厅之后，刑警加藤有些担忧地说："警官，您看她会不会逃跑？"

"不会，现在还没有真凭实据证明她就是凶手。如果她逃跑的话，不就自我暴露了吗？我看她不会那么傻。加藤君，有关田中博士的研究课题调得怎么样了？"

"好的，请稍等，"加藤一边回答一边拿出记事本，翻开。记事本里夹着一根像金属丝一样的东西。它非常细，细得会被人误以为是纤维。"您瞧，警官，"加藤一边说一边用手指捏起那根金属丝，放进面前一杯已经变凉的清水中。

少顷，他又把那根金属丝从凉水中取了出来，递到铃木警官的面前。

"啊，怎么会变粗了呢？"铃木警官惊讶地瞪大了双眼。

"这是形状记忆合金。田中博士已经就这项发明取得了专利权。它的特征是能够依靠对温度的控制对它进行变形，并且在变形的时候产生令人惊讶的力量。尤其令人不可思议的是，人们能在低温下对它设定任何一种程度的变形温度，一旦达到那个温度，变形就会产生。这真是一个划时代的发明啊！"

铃木警官看着那根金属丝，若有所思。突然，他脸色苍白地大叫一声："加藤君，您觉得现在是不是比刚才冷了一些？"

"嗯，好像是的。可能天气有点热，田中夫人为我们开了空调吧。"

"啊，这个恶毒的女人，她竟然想杀死我们。立刻关掉空调！否则，我们的胃就会千疮百孔了！"

"为什么？"加藤不解地睁大了眼睛。

当铃木警官将一束热气腾腾的乌冬面放进杯子里的凉水中时，加藤的目光渐渐变得恐惧起来，喷香柔软的乌冬面已经变得像根根钢刺一样锐利而又坚硬……

后来，法医从田中博士被害时所穿的内衣中，检测出了那种形状记忆合金。原来，凶手将该种记忆金属丝织进了内衣中，当周围环境的温度通

天津读者督坤：我是南开大学的一名研究生。从1992年看完第一本《故事会》以后，我就从没间断购买《故事会》。每个月末新的一期《故事会》出来之际，我总是迫不及待把它读完，去感受书中的现实、体会其中的愉快。我想即使当我日后踏上博士之路，《故事会》也一定常常伴于我身边。

编者：谢谢这位读者对《故事会》的褒奖。《故事会》从今年起改成半月刊，内容含量增加了许多，但是它的风格依然没有变化，希望有更多的读者喜欢这本刊物，与它"白头偕老"。

山东读者尚前：我在读 317期《故事会》时，发现了一个错误：69面右栏倒数第14行"可坐者辆车也在很大程度上……"这段话中的"者"应为"这"，不知对不对？

编者：这位读者的意见是对的，我们已在合订本中改了过来。《故事会》的错别字虽然说很少，但也不同程度地存在着，我们应引以为戒，在以后的工作中加强编校力量，把错误减少到最低限度。在此，我也希望广大读者拿起"显微镜"或"放大镜"，对本期作品评头论足。

广西读者李耀明：我是一名现役军人，在部队里，你们办的《故事会》可以说是我和我的战友们最喜欢看的杂志（我当兵前就特别爱看）。因此，我想提个建议：可否为我们军人也开设一个栏目，让大家对部队、对军人也有更多的了解？

编者：你的建议很好。《故事会》是一本大众文学杂志，读者面相当广泛，据调查，军人在《故事会》的读者群中占有较大的比例。目前我们还没有一个专为部队而设的栏目，但实际上有很多栏目都有反映部队题材的作品，如笑话、中国新传说、中篇故事等，读者反映也不错。以后我们会特别注意选取一些时代感强、贴近当代军人生活的作品，来回报军人读者对我们《故事会》的关爱。同时也欢迎部队同志踊跃来稿。

过空调降低到预先设定的变形温度时，金属丝就会变粗变大，并且通过变形所产生的巨大力量刺进胸膛，将手足关节扭断，并将全身骨骼粉碎，而到了预先设定变形的时间结束后，金属丝又会恢复到原来的形状。多么巧妙的犯罪啊。

法医也在田中博士的研究助手佐佐木的内衣中发现了同样的记忆合金。酒店的空调就像定时炸弹的启爆器一样，毫不留情地杀死了他。

案情至此真相大白，作案者正是田中正子。面对铁证如山的犯罪事实，田中夫人坦然承认，自己是因为婚外恋和一时的私欲才会变成一个杀人不眨眼的恶魔的。

至于铃木警官和加藤刑警，在经过整整两天的手术之后，终于被取出了体内所有的金属丝，慢慢地恢复了健康。

但从此以后，他们是谈"面"色变，更别说吃面食了。

（本篇月月评短信代码：1603）

（题图、插图：张　恢）

·悬念故事·

今天的晚报

□ 张运来

这天夜晚，天阴沉沉的，公共汽车站里的光线尤其昏暗，司机小王发现，车厢里稀稀疏疏的，只坐着两三个乘客，他无精打采地打了个哈欠，伸了个懒腰。

就在这时，一个年轻人大步蹿上车来，只见他背着个大挎包，头发染得古里古怪的，一副愤世嫉俗的样子，他好像不知道这是投币车，上了车就径直往后面走去。

小王连忙提醒道："喂，投币！"那年轻人猛地转过身，一个冷眼扫过来，看得小王心里咯噔一下。

小王开公交车已经有三年多了，什么蛮的横的没见过？唉，有的人就

是不讲理，虽然只是小小两块钱，但坐"霸王车"的爱好却仍是丝毫不减。他有几个同事就是因为眼睛里揉不进沙子，与他们争执几句，结果，轻的落得个鼻青脸肿，重的至今还躺在医院里。想到此，他喊了两声，就没有力气再喊下去了。

这时，那年轻人又把车里那三两个乘客逐个巡视一番，目光所至，乘客们一个个知趣地低下头，或是把目光移开。

小王想，算了吧，你爱投就投，不投我也不强求。不想年轻人却冷冷一笑，回转身摇摇晃晃走到司机旁边，带着几分神秘而恐怖的表情低声说：

"伙计，你知道不知道，今天早上三环路有个司机被人杀了，跟你一样是开公交车的！"

小王看了看窗外冷清的车站，发现保安这会儿都不知上哪里去了。

他不知道自己在什么地方得罪了这个年轻人，而这个年轻人到底想干什么，于是摇摇头："不知道。"

年轻人声音依旧那么冷酷："因为坐车投币发生争执，乘客把司机给杀死了，那位司机死得好惨，你们都是做司机的，怎么可以不知道这样的事呢？"

这时，一阵凉风吹到小王身上，他不由得打了个寒噤，心想：你不投币就不投呗，我又没有难为你，难道

这样就惹恼了你，你想把我也给杀了？他有点胆怯了，点点头附和道："是的，应该知道，应该知道。"

年轻人神秘地微微一笑："我给你看看这个，"边说边拉开大挎包，小王紧紧盯着年轻人的手，觉得两腿有点发软。

年轻人终于从挎包里面掏出一叠东西："就是今天的晚报，上面写得很清楚，一块钱，您买一份吧，还有图片呢！"

（本篇月月评短信代码：1604）

（题图：张 恢）

（本栏目欢迎来稿。来稿可从邮局寄发，也可从网上传递。如为电子邮件，请发以下信箱：xiayiming@vip.sohu.net）

0—6岁 决定一生——幼儿身体宝典
（超级爸妈护理攻略）

这是一本以学龄前儿童家长为主要读者对象的自助性儿童教养读物，全书分为"健康从娃娃抓起"、"四季健康宝宝"、"孩子的护身符"、"容易忽视的现象"、"家有马大哈妈妈"和"爸妈的小招术"等六个部分，具有很强的知识性、可读性、操作性和指导性。

本书由长期从事儿童心理教育的儿科医院医生主编，作者针对幼儿家教中普遍存在的问题，通过对大量中外儿童教育成功或失误事例的系统分析和阐述，向年轻的家长们传授行之有效的家教方法，读来颇有启发。

拍卖

□ 刘　德

判决书

前些日子，王老汉的妻子病故，家里只剩他独自一人，他在城里工作的儿子王一东怕老爸在家睹物伤情，生拉硬拽把他接进了城里。

王老汉进城后无事可做，就整天到附近的公园闲转。这天上午，王老汉从公园出来沿着中原路往回走，走到中原路东段时，忽然发现路右侧一块空地上围了一堆人，指手画脚在议论着什么。王老汉本来就爱看热闹，便走上前去看个究竟。他挤到里边一瞧，只见一块石头上，坐着一个三十多岁、面容憔悴的农民打扮的男子，左手抱着一个面黄肌瘦的小男孩，右手拿着一张盖有法院大红印章的判决书，正在流泪哭泣。

仔细一听，王老汉才知道：那男子名叫刘水，家住城外的一个小山村，两个月前妻子遭车祸身亡，不久，六岁的儿子又犯了病，急需手术治疗，手术费需要几万元。雪上加霜，刘

水愁得一夜之间头上黑发变白。向亲友们借吧，亲友们都不富裕。好在近三年间，他一直在城里一家建筑公司打工，公司老板拖欠了他五万元工钱。为救儿子，他多次去向老板要款，不料任凭他磕头下跪，苦苦哀求，老板就是分文不给。被逼无奈，他只好把老板告到法院，法院判他胜诉，让老板在一月之内归还欠款。

他感激法院为民作主，逢人就说法院救了他的儿子。刘水满以为有了这纸判决，儿子的医疗费就有了着落，谁知一月后他去法院领款时，却傻眼了。法院告诉他，因老板失踪，判决无法执行。刘水怎么也想不通，盖有法院大红印章、被他视为"圣旨"般

的判决书，竟会因老板"玩失踪"而不值一文。眼睁睁着儿子危在旦夕，他喊天天不应，叫地地不灵，只好在这里哭求路人，救救自己的儿子……

围观的人听了刘水的哭诉，有的点头，有的摇头；有的骂老板心狠，有的怪法院无能；还有的低声嘀咕："这判决书又不能卖，要是能卖的话，低价买下来倒可赚一笔。"……就在此时，一个留着一撮小胡子的，拨开众人，走到刘水跟前说："老乡，我看你也着实可怜。这样吧，我给你一万元去给小孩看病，你把判决书卖给我吧……"

刘水见有人肯买判决书，感动得泪都流下来了。他一边说"谢谢"，一边恳求小胡子可怜可怜，能不能再加一些钱。

一边的王老汉想不到这判决书还真有人买。正在他瞪大眼睛望小胡子时，人群里有人小声问："这小胡子是不是神经有毛病？""哼，你才有神经病，他那是财迷病！你想想，五万元的债权，他出一万，他赚多少？"

就在小胡子和刘水即将谈好，准备取判决书时，人群里突然有人喊了一声"慢"。随着喊声，一个黑大个儿走了出来，他看了一眼小胡子，瓮声瓮气地说："一万元就想买走？小子，杀得太狠了吧，我再加一万！"

王老汉一见此景，心里一怔。这时，旁边又有人小声议论说："唔，老

黑出马了！他在本市可没有办不成的事……""他是干啥的？""听说是干这个的……"那人边说，边勾了一下食指，意思说，是干黑社会的。王老汉听了，心不由一沉，生出一股说不出的滋味：怪不得他比那小胡子还冲，原来是邪道上的。

就在黑大个拦住小胡子要争买判决书时，又见一个中年英俊男子站了出来。大家以为他要参与，没想到他走到刘水身边附耳一阵，拿上判决书吆喝起来："各位，为了公开、公平、公正，五万元标的判决书采用拍卖制了。拍卖了，哪个要为病童献爱心赶快竞拍。"原来那男子竟是个懂拍卖的，他站出来帮刘水了。只听那人又说："现在我连喊三遍，如果再没人竞拍，判决书就归这位先生了！好，第一遍，两万元；第二遍，两万元；第三……"

那男子第三遍的"三"字还没落下，一个二十多岁、留有一头披肩发的俏丽女郎高声说道："我出两万五，判决书我要了。"

随着话音，人们禁不住朝那竞拍女郎望去，只见她浑身上下披金戴银穿着名牌……有人就议论说："看吧，更厉害的来了！"又有人猜测说："听她那口气，看她那打扮，这女的不是大老板的二奶，就是情妇。"

披肩发的声音刚落下，那"拍卖师"又喊起来："好，这位女士要出两

万五。两万五，两万五……"

黑大个见有人敢抢自己的"生意"，气得把眼一瞪说："我再加两千元！"边说，边轻蔑地朝披肩发瞅了一眼。

披肩发可能是被黑大个儿那挑衅的目光激怒了，只见她把嘴一撇，脚一跺说："加就加，我加到三万……"

王老汉从来没见过这种场面，双脚像被磁铁吸住似的再也迈不动了。

不知是为黑大个叫好，还是为披肩发鼓劲，或许是希望能有更多人站出来参与竞拍，披肩发话音未落，人群里便爆发出一阵掌声。黑大

个不甘示弱，抢着又加了五千。披肩发发现黑大个已增到了三万五，她白了黑大个一眼，不吭一声，对那小胡子使了个眼色，两人一先一后退出了人群……

这也难怪，竞拍到现在，已经到了上限，再往上增，就得赔老本了，没利的买卖当然不会有人干了。

王老汉被这奇特的场景惊住了，正愣神时，不知谁从背后猛推了他一下，他留不住脚，竟"噔噔"几步走到了场中央。围观的人以为又有人参与竞拍，顿时又是一阵掌声鼓励。"拍卖师"不失时机地将判决书递给王老汉说："大爷，您过过目，这可是货真价实，盖有法院大印的……"

王老汉接过判决书，一时傻了，站在场中央脸一阵红，一阵白，就在掌声再次响起时，王老汉突然像从梦中醒来似的把腰一挺，头一抬，一字一顿地说："我出五万，这判决书归我了……"

"哗……"这一回的掌声更是空前，四下里一片叫好声，气氛达到了最高潮。人们的目光定格在这个其貌不扬、一身农民打扮的王老汉身上，就在这时，只见王老汉对刘水说"小老弟，你在这儿先等一会儿，我这就去取钱，半小时一准回来。"说着，挤出人群走了。

王老汉一走，人们七嘴八舌地又议论开了。有的说，看他那身打扮似

良言隽语和乐善好施是一对孪生兄弟。 ——《古兰经》

乎不像有钱人，这家伙八成是借取钱之机，脚底板上抹油，溜了！有的说，别指望这老汉了，他肯定不会再回来了……"拍卖师"听了，也感到大家说得有理，后悔自己刚才太激动了，竟忘了拍卖规矩，没看他的有效证件，可现在后悔也来不及了。

很快，半小时过去，还不见王老汉的影子。刘水也有点坐不住了，他害怕两头落空，忙又转头求黑大个买下判决书。黑大个见状，拉起了硬弓："怎么样，你上当了吧！告诉你，别听他们瞎咋乎，我说的三万五就是个实价儿，想五万，想去吧！现在三万五我也不要了……"说着就要离去。

"拍卖师"见黑大个要走，慌了，赶忙拦住他说好话："这位老兄你先别走，今天这事不能怪主家，要怪你就怪我好了，我向你赔礼道歉，希望你看在病小孩的份上，买下这张判决书吧！"

"叫我买可以，你给我再降五千……"

就在"拍卖师"央求黑大个时，王老汉气喘吁吁地回来了。他径直走到刘水跟前，从怀里取出五沓百元大钞，往他手里一塞说："你数数吧，五万元一分不少！"

人们都被眼前的这一幕惊住了，"刷"，所有人的目光全都投向了王老汉，顿时又是一阵议论纷纷："知道吧，这就叫真人不露相，这老汉肯定

是大款，他之所以这身打扮，是害怕被坏人盯上、打他的主意……""好人呀，好人，不但有钱，而且是个慈善家……"

随着议论，王老汉的身价也一路飙升，有人想趁机与他套近乎，拉关系。黑大个低三下四地给王老汉递上一支"红塔山"，请他赏脸到酒店吃饭。王老汉一摆手说："酒店吃饭，咱可吃不惯！"

说话间，一辆面包车"嘎"的一声停在了路边，从车内走出一胖一瘦两个男子，那瘦子走到王老汉跟前说："王大伯，哪个人叫刘水？"王老汉见问，用手指了一下刘水说："就是他。"来人就转身对刘水说："刘水同志，我们王院长请你到法院去一下……""什么，院长请我……"刘水有些慌了，围观群众也都向瘦子投去了质疑的目光。

那胖子见大家误解了，忙解释说："是这样的，这位王大伯是我们市中级法院王院长的父亲，他回家向正在休病假的王院长要钱时，说是要他出钱给农民工买公道。院长听了他的讲述，震惊了，立即指示我们院纪委来了解情况，严肃处理……"

"啊，原来是这样……"大伙听法院同志讲到这里，把钦佩的目光齐刷刷投向王老汉……

（本篇月月评短信代码：1605）

（题图、插图：安玉民）

侥幸脱险

□杨清江

在工商局工作的康大海，最近犯了和其他同类人物一样的心病，家里"贡"满为患。大到资金雄厚、气势煊赫的公司、超市，小到寄人篱下、占道经营的个体摊贩，只要想挂牌营业，就非得迈过他这一道门槛不可。

当然，送来现金、支票再好没有，发愁的是那些高档烟酒、名贵衣料、人参鹿茸、保健药品什么的。虽然腾出了两间储藏室，眼看也堆积不下了。更要命的是那些本小利薄的小商小贩，尽送来些芝麻绿豆、瓜果梨枣，吃又吃不完，倒又不敢倒，想送人又舍不得，没有多少日子，储藏室里就弥漫着一股刺鼻的酸臭味儿。长此以往，如何得了？

这天夜里，康大海翻来覆去睡不好。老婆翠翠问清原由，指头点点他的脑门儿："你呀，活人能叫尿憋死？办法还不有的是？"说着，叽叽咕咕讲了一遍，康大海高兴地抱着翠翠"吧唧吧唧"亲了又亲。

没过三天，一个小卖店就在他住的楼下开业了。康大海本来占着上下两层，专门把一楼临街的两间垒了个界墙，交给店主租用。开店的姓刘，父子两人，翠翠原本认识的。她在由"二奶"扶正之前，曾是这城南一带有名的风流寡妇。虽然年过三十，仍然一副细皮白肉的魔鬼身材，而且能说会道，脑瓜灵活，转眼就是见识。刘老板也是个爱偷嘴的野猫，一来二去就勾搭上了。不久，翠翠结识了康大海，才不得不忍痛割爱。

可姓康的也不是什么好鸟，尤其是手中有点权后，生活上便有点肆无忌惮了。难耐寂寞的翠翠越想越不是滋味，心里怎么也不能平衡，恰好康大海给了个机会，于是便把老相好弄到身边，以备不时之需。

自此以后，康大海家里积压的各类贡品就不愁没有出路了。眨眼之间，刘老板就会把它变成硬铮铮的钞票送上门来；更何况"货源"又很充足，不到一个月，那个独立户头的存折上就有了6位数。康大海乐得合不拢嘴巴，一再嘱咐老婆："这位刘老板可帮了我的大忙了，不能断了这根弦，一定要跟他搞好关系呀！"

翠翠连连点头，心里暗笑：这还用你操心吗？

刘老板的儿子名叫小伟，二十岁刚刚出头，生得浑浑实实，一表人才，平时店里下力气的杂活儿当然非他莫属。由于三天两头要到康大海家里搬货，和翠翠在那拥挤不堪的储藏室里挤来踏去，多次发生身体接触，惹得她上了性儿，那天下午，还是在储藏室里，翠翠瞅准机会，轻轻惊叫一声，身子一软，顺势歪倒在小伟怀里，说是犯了肚疼病，非叫小伟给她揉揉不可。也许是遗传基因的作用吧，小伟在第一时间就心领神会，顺水推舟扒光了她的衣服……

小伟尝到了甜头，一发不可收

了，有事没事都往翠翠家里跑。一天，两人刚刚上床，刘老板跟踪而至。原来，他见儿子一段时间来情况异常，稍一留意，便看出了苗头。好小子，敢抄老爸的后路，胎毛未蜕就急着接班？刘老板恨得牙痒痒的，一见小伟出门便追上来了，一边喊叫，一边敲门。

一听是老爸的声音，小伟神色大变。"兔子胆儿！"翠翠骂了一句，抓住胳膊把他塞到床底下，然后拢拢头发，扭着腰肢，浪声浪气地嚷道："叫什么叫？上卫生间都不得安生！"打开房门，甜甜一笑，抱住刘老板的脖子就是一个响吻。见她这般热火，刘老板也顾不得打听儿子的下落了，一把搂住她的细腰，就想往床上扔……就在这时，忽听"嘀嘀——"一阵汽车喇叭声，糟糕，男主人回来了。这是康大海一贯的作风，他开那辆"奔驰"一进小区，就非得摁摁喇叭，让众人知道不可！

刘老板吓得魂不附体，哆哆嗦嗦就要往床下钻。翠翠踢了他一脚"窝囊废！"她眼珠转了转，顺手从墙角拿起一根扫把，塞到刘老板手里："出去吧，胆大一点儿！""啊？"刘老板吃了一惊，"我还敢打他？"翠翠冷笑一声："谁让你打他？你只管掂着扫把气呼呼地往外走，不要理他，脸色越难看越好，保准没事！"

康大海将车子放进车库，正想掏

"掌上灵通杯"《故事会》优秀作品月月评

《故事会》与上海掌上灵通咨询有限公司联合举办"掌上灵通杯"《故事会》优秀作品月月评活动，全年共设价值48万元的奖金和奖品。参加方式如下：

1. 请选出本期你最喜欢的一篇作品，将其篇尾的月月评短信代码（如1601，没有短信代码的作品不参加评选）发送到200056（中国移动）或900056（中国联通）。每次限选一篇，可多次投票。

篇名与短信代码

代码	篇名	代码	篇名	代码	篇名
1601	对门的大爷看过来	1610	老樵夫	1619	仙人指路
1602	最后一枝红玫瑰	1611	日本新娘	1620	个性铃声
1603	密室谋杀案	1612	魔鬼比尔	1621	制胜法宝
1604	今天的晚报	1613	算来算去算自己	1622	浮肿的左脸
1605	拍卖判决书	1614	天下第一厨	1623	菜盲
1606	侥幸脱险	1615	一根稻草定终身	1624	提前出去躲一躲
1607	家里有棵摇钱树	1616	夜半口哨声	1625	浪漫儿子苦恼爸
1608	高考体检	1617	靠猴子发财		
1609	看看谁下岗	1618	人性的证明		

2. 凡选中故事在得票数前三名的读者均可参加抽奖。本期共设：一等奖3名，奖金各500元；二等奖10名，奖金各300元；三等奖20名，奖金各100元；阅读奖500名，各获价值15元的纪念品一份。所有参与读者将另获赠精彩梦网信息服务。

3. 本期活动截止期为：2004年8月20日。得奖读者在评选结果揭晓后将得到短信通知。本活动接收短信：0.10元／条。客户服务电话：021-53854588。

钥匙开门，只听"咣当"一声，刘老板手握扫把迎面冲了出来，他一脸怒容，连个招呼也不打，就甩门而去。

康大海满腹疑云走进屋里，翠翠劈头就问："昨天晚上你带回来那两瓶'五粮液'是哪个王八蛋送的？"

康大海怔了怔："怎么了？"

"出大事了！"翠翠气呼呼地说，"人家刘老板今天早上就出手了。谁知刚吃过午饭，买主就找上门来，说是假酒。刘老板好说歹说，掏几个钱才算了事。接着，父子两个就吵塌了天。刘老板非要让咱赔偿损失，小伟坚持说，康大海绝不是那种人。如果是假酒，他宁可倒掉也不会坑害别人。父子俩越吵越上性，最后撕扯着来到咱家评理。刘老板抓起扫把就往儿子身上抡，我费了好大的劲儿才算把他劝走了！看看你这事弄的？"

"小伟呢？"康大海眨眨眼睛问道。

翠翠拍了拍床帮："被他爸打到床底下去了，怎么叫都不敢出来！"

康大海弯下腰去，满脸堆笑地喊："出来吧，小伟，康叔叔给你摆酒压惊！"

（本篇月月评短信代码：1606）

（题图：张　恢）

各种欲望用两个词便可以概括：金钱和享乐。——巴尔扎克

□张兴元

家里有棵摇钱树

王秤砣住在一个偏远的小集镇上，从小就做小生意，因常在秤砣上做文章，人们才给他如此雅号。

儿子最近叫他到城里去照顾孙子小强，他仍舍不得集上那个小摊位。儿子就跟他算了一笔账："你每天早出晚归的，一个月才弄几个钱？现在小强要上小学了，需要个人接送，你想，要是雇个保姆，得多花多少钱呀？要是碰上个女骗子，把小强抱跑了，那损失可就没法计算了。"

把这笔账一算，王秤砣立马就从老家跑到市里来了。

小强上的学校离家比较远，王秤砣忠于职守，一天三趟往学校里跑。有时刮风下雨，他仍骑着那辆小三轮车，忙着接送。儿子就说："你打个的吧！这么大年纪，别把人累坏了。"王

秤砣连连摇头说："不累不累，打的干什么呀？来回一趟就得十几块，能买二三十斤麦子，够我吃一个月的了。我骑车子跑一趟，一分钱不用花，还能锻炼身体，多好呀？"儿子无奈地摇摇头："你呀，真是穷惯了！"

可是过了几天，王秤砣忽然问儿子："我打的，你能不能报销？"儿子一愣，没有吭声。王秤砣忙解释说："上午我送小强上学，有个老汉也去送孙子，他下了车，硬要司机给他撕票。司机正巧没有报销单据，就说，你一个农民要报销单据干什么？你听，那老汉怎么说？我是农民，可我儿子不是农民；我不能报销，可我儿子能报销。就这样，司机忙跟别的司机要了张票给他，那老汉又打了辆面的走了。"

王秤砣说这话时脸上充满了羡慕的神色，最后又咂咂嘴说："一张车票是小事，那老汉却在那司机面前把头抬得高高的，那模样儿可神气了。"

儿子理解王秤砣的心情。父亲做了一辈子小生意，平时都是别人把这罚单那税票的扔给他，让他掏腰包，他何曾拿单据让公家报销过一分钱呢？票据虽小，却反映了一个人的地位和尊严。儿子想到这里，便说："好好好，以后你也去打的，我给你报销。"王秤砣说："不是叫你给我报销，是让你到单位报销。你大小也是个头儿，要是这点本事都没有，那不是太没出息了吗？"儿子连连点头说："是

是是，我当然要到单位报销了！"

从此以后，王秤砣开始打的送小强上学了。当然，他打的次数并不多，只有逢阴天下雨的时候，路上不好走，他才打个面的坐一坐。一个月也就是几十块钱，儿子都如数给他了。有一次，王秤砣一下子拿来一百多块车票，那号码还是相连的，儿子吸溜着嘴问："怎么这么多？"王秤砣不好意思地说："嘿嘿，是几个老伙计……想揩我一点油！"

王秤砣虽然住在小集镇，可他仍然不掉一身土地气，在别人眼里，自然低人一等。自从他报销车票以来，他在那些新结识的退休工人面前总表现出几分优越感来。有次他故意将几张车票掏出来数了数，别人问他"你要那车票干什么？"他得意地把头一昂说："没什么，我儿子能报销！"几个老工人便趁机恭维他一番说："这位老哥真了不起。有个儿子当官，家里就像栽棵摇钱树。不像我们，本想到郊外看看新建的森林公园是什么样，可都舍不得那几块车票钱。"王秤砣一拍胸脯，说："那才花几个小钱？我包了！"几个老头包了辆面包车，到新建的老黄河故道生态园优哉游哉玩了一整天，车费和门票加在一起花了一百多。

儿子从没见老爹这么高兴过，说："一百块钱不算多！"他把那车票往公文包里一夹，想了想又说，"你当

时咋没请他们几个撮一顿？那里的鲜鱼馆挺不错！"王秤砣又是一愣："吃饭也能报销？"儿子说："能！你开个票就行了。"

从此，王秤砣一改平时的小气和死抠的毛病，突然大手大脚起来。除了打的以外，他还邀请那几个新结识的老友到街头大排档美餐一顿，本来只花几块钱，他硬要人家给他开百元以上的大票。

这天，几个老头在街头溜达，忽见一个新开业的门面上赫然写着"洗脚城"三字。王秤砣感叹："有钱人真会享福，连脚也要别人洗。"有人提议："老哥，让咱尝尝洗脚是啥味道可好？"王秤砣一直为那次去老黄河没进鲜鱼馆后悔呢，于是嘴一硬便说："这有啥难的？我请大伙洗洗脚！"

当然，这次洗脚绝对没有别的内容，但仅仅让几个小姐把脚洗一洗就花了二百块。王秤砣觉得太坑人，那小姐却说："到这儿来的是有钱人。大爷，我是不是再给你按摩按摩？"那几个老头忙起身说："你给这位大爷按摩吧，他可不是一般人物。"王秤砣这几天正觉得腰腿疼，便说："也好，也好！多花几个钱就多花几个钱吧——"刚想接着说"反正儿子能报销"，但他怕人家宰得厉害，便又把话咽了下去。

王秤砣来到楼上的雅间，那灯光暗暗的，里面只铺着一个小床。王秤砣往床上一躺，那小姐却叫他脱衣服。他警觉地问："脱衣服干啥？"小姐说："这么厚的衣服怎么按摩？"王秤砣说："脱就脱！你叫我咋着我就咋着！"王秤砣刚把厚厚的外衣脱掉，那小姐笑了一声："这位大爷思想真开放！"说着一磨身趴在他身上，连声催促说："快点儿，快点儿！这里的收费是按时间计算的。"这时王秤砣才知按摩的实际内容是什么，他立马站起身说："我不要这个，不要这个！"那小姐却搂着他不松手："你不要这个也不行，只要咱俩一接触，这笔生意就算成交了。"这不是宰人吗？王秤砣可不愿吃这个亏，气呼呼地说："既然这样，那我就跟你彻底接触接触！"

王秤砣正要宽衣解带"报复"那小姐，两个"大檐帽"突然破门而入。他被带到派出所，罚款两千元……

王秤砣以为儿子不知道，过了几天便叫儿子给他报销。儿子一看，急得跳起来："报报报！老爸，我实话告诉你吧，你给我的发票都好好留在家里呢！我请你上城，一来只当是请个保姆，二来也确实想叫你开心开心，因此，钱上面的事，什么都不计较。看来是我错了，"说到此，儿子叹了口气，"我看你哪，要是当了大官，比那大贪官和珅还要贪！"

（本篇月月评短信代码：1607）

（题图、插图：王申生）

·中国新传说·

高考体检

□吴　为

梁燕是县四中的复读生，1983年她作为应届生参加全国统考，分数本来上了本省重点本科线，可因为身高只有一米四八，没达到一米五零的录取标准，结果落榜了。

她哭了整整半个月，又咬牙复读。她想自己还只有十七岁，身体还在发育，过一年完全可以再长二厘米。可家里穷，父母连一日三餐都没法供给她，更不用说买营养品了。她只有坚持锻炼来促进骨骼发育，可做了半年的引体向上，身体只长了四毫米，她急了，父母也急了，可一家人商量了半天，也拿不出什么好办法，最后她父亲讲了句狠话："看来只有把你拉长了。"

说拉就拉，父母让梁燕先躺在床上，双手掰住床沿，一人抓住她的一只脚用力拉，拉了一个月后，梁燕说这样还太斯文了，效果不会很好，应该增加强度。她边说边来到了屋前的梨树下，跃上去抱住了一根枝条，然后要父母一人抱住她的一只脚荡秋千，她父母迟疑了一下，还是上去一人抱住了她的一只脚，可还来不及荡起来，她就没有力气了，手一松，三个人滚成了一团。可她没有泄气，又跃上去，父母只好又像秤砣一样挂在了她的双脚上，这回她咬紧牙关坚持了一分钟……一个月后，小小的她可以承受父母两百多斤的拉力，在树上荡几个来回了。

一年一度的高考又结束了，梁燕的分数下来，又上了本省重点本科录取线，而且比以前还考得好，可揪心的是她的身高仍只有一米四九。眼看马上就要体检了，梁燕就是吃"人参果"也达不到一米五零啊！她急得直哭，班主任老师就给她父母出主意，要他们走走"后门"，找那位专门量身高的医生说说情。

父母想：上门去求人家，不能空着手去，应该带点东西，家里没有任何值钱的东西，只好进山去抓野鸡。第一天只抓到了一只小野鸡，但发现了一只大野鸡，父亲发誓非抓到它不可。第二天清早母亲陪父亲进山时，梁燕送了父母很长一段路，分手时再三叮嘱父母要小心点。下午三点，她正在餐桌上看书，耳朵里却传来了母亲凄厉的哭喊"小燕，你爸掉到山崖里去了，怎么得了啊！"她立即跌跌撞撞跑了出去，村里人闻讯后马上进山抢救，可父亲被背上来时，已经咽了最后一口气了……

体检果然仍安排在县人民医院，这就为打听那位医生提供了方便。还过一天就该轮到四中体检了，班主任将打听到的详细情况告诉了梁燕和她妈妈，要她们务必当晚去医生家一趟。母女俩含泪答应了。

量身高的医生姓马，当天晚上，她俩来到了马医生家门前，敲响房门后，马医生开了门，一问是四中的考生，二话没说便要关门，梁燕不知从哪来的勇气，竟挤了进去，说："马医生，我只说三分钟的话，你就让我说完再走吧。"马医生一脸的恼怒，"你这学生！"接着皱皱眉头说，"好，你快说。"

梁燕于是告诉他，她去年就上了重点本科线，就因为身高的原因没有录取，去年也是你马医生量的身高，当时我踮了一下脚，你不让，因此是你挡了我一年了，今年我又要从你手上过，望你手下留情，让我圆大学梦啊！

马医生说"不是我挡了你，是你自己达不到标准。我作为负责这个项目体检的医生，心中只有原则，没有任何私情，你们走吧。"

梁燕脸色一下变了，母亲怕她跟马医生吵起来，忙说："马医生，农村不比城里，我这孩子没得吃没得穿，读书读得苦。她还只有十八岁，进了大学生活好了，还会长高的，就求你放她过关吧。"说完便跪了下去，马医生慌了，忙扶她起来，她说"马医生，你答应我我才起来，你不答应我我就这么跪下去。"……

半小时过去了，梁燕妈妈还是跪在那里，纹丝不动，马医生心软了，就叹口气说："你们农村人啊，就是这么倔，好吧，我答应你。"母亲马上站起来，连说三声"谢谢"，又重重地磕了个响头，才拉起梁燕的手往外走。

马医生拦住了她俩，说："东西我不能收，否则我就不帮忙了。"梁燕说："马医生，我家里穷，没有什么贵重礼物带给你，就这么一只小山鸡，你不要见外，就收下吧。"说完就又要往外走，马医生拉住了她："你这个同学，小小年纪就来这一套，这是非常不好的。你不拿走，我就不帮你的忙了。"见马医生如此坚决，梁燕和她妈妈没办法了，只好提着东西回来了。

第二天体检，梁燕最怕的就是量身高的医生换了人。安排她来量身高后，她一看是马医生，心里才松了口

气。她站在队伍后面，不停地引颈张望，在看到好几个同学一踮起脚尖就被马医生按了下去后，她心里又紧张起来了。终于轮到她了，她站到了量身高称体重的秤上后，低声叫了声"马医生好"后，大着胆子将脚踮了起来。

马医生就像没听见一样，她脚一踮起来，他就冷下脸来，说："这位同学，请把脚放平。"梁燕心里一惊，知道马医生变卦了，今天全靠自己了，不但没把脚放平，反而更加拼命往上踮，马医生火了，双手放在她的肩上拼命一按，然后快速地看了一下标尺，说："好了，你走吧，下一个。"在马医生弯下腰写身高时，她的泪水一下冲了出来，她忙捂住脸，哭着跑开了。

晚上，她又来到了马医生的家门口，马医生开门把眼睛红肿的她让了进去。她怪模怪样地看了一眼马医生后，突然从裤子的口袋里掏出了一个瓶子，狠狠地盯着马医生说："马医生，你好狠心啊，你毁了我，我不想活了，这是瓶农药，我要死在你的家里，让你背一辈子的良心债！"

马医生大惊失色，忙劝她不要做傻事，梁燕不等马医生说完，就冷笑道："姓马的，你这人没心没肺，我死了灵魂也不会放过你！为了孝敬你，我父亲进山抓野鸡，人掉进山崖活活摔死了，可你还嫌野鸡小，不肯要！

我爸爸的一条命，难道就换不来一厘米吗？"说着，梁燕抹了一下眼泪，接着说，"我母亲一辈子不跪天，不跪地，可为了求你，给你跪下了，可你没有一点儿同情心，你坏透了啊！"说完就准备将农药往口里倒，马医生大喝一声："慢，我只说一句：你错怪我了，我在你的体检表上写的是一米五一呀！"

梁燕"哇"一声，将嘴里的农药吐了出来："你没骗我？"马医生说："我真的没骗你，你想，当时你踮起脚尖，考生们看着呢，我不把你按下去，我这饭碗还要不要？所以，我表面上将你按了下去，可实际上我填在表上的数字却是一米五一。"

梁燕一听，脸"腾"地红了，把头深深低下了，说："马医生，我错怪你了！"

马医生苦笑道："梁同学，你是可以读大学了，可我却违反纪律了。尽管没人发现，但我于心不安啊。明年再抽我参加高考体检，我肯定不会去了。"

梁燕心里很不是滋味，说："马医生，你是好人，是我给你造成了这么大的心理负担，真是对不起。"马医生内疚地摇了摇头，把梁燕送出了家门。

梁燕感到很对不住马医生，她进了大学后，拼命锻炼，加上生活确实好多了，身体发育很快，一年后竟长高到了一米五四，从一米四九到一米五四，一年长了五厘米，出奇迹了！

暑假一放假，她就去看望马医生，马医生想不到她一下子长这么高，也为她感到由衷的高兴。梁燕于是劝马医生继续参加高考体检，马医生说他不打算参加体检工作。梁燕说："我知道你是一个认真的人，怕坚持不了原则。可我跟你的看法有一点不一样：高考体检死死要求身高本身就不合理，一来考生都还只十七八岁，身体正在发育；二来很多农家子弟个子矮小是因为缺营养，并不是只能长那么高。我本人就是一个很好的例子。所以我还是劝你继续参加高考体检，如果考生身高相差不多，也就放他们过关，这也叫做善事啊！"

马医生点点头，又摇了摇头，没有马上答复梁燕。

但据知情人说，这一年，马医生将继续负责高考体检，仍然给中学生们量身高称体重……

（本篇月月评短信代码：1608）

（题图、插图：魏忠善）

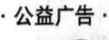

· 中国新传说 ·

看看谁下岗

□ 胡秀欣

魏胜这些日子心情没好过，一句话，都是让城市"牛皮癣"给闹的。

魏胜在城市管理处监察大队工作，自从全市开展爱国卫生月活动以来，为了整顿市容，队里实行包片管理制度。魏胜平日里性格倔，是最不受队长王成喜欢的一位。这次划分责任区，王成就把最难管理的商城地段划在了他的名下。

不知为什么，他总觉得王成好像处处在有意刁难他。这不，今天开了一下午的会，王成又点名批评了他，说环卫处的人多次反映，商城地段天天都有乱贴广告纸的，清了一茬又一茬。最后，王成警告他，如果再这样发展下去，就让他下岗。

散会后，魏胜低着个头往回走。说起这些贴"野"广告的，也真是够气人的了，白天根本看不着影儿，晚上什么时候贴的也不知道，反正每天早上上班的时候，走在街上就能看见一次次新贴上去的广告，什么壮阳的、治性病的、瘦身丰乳的……红的、绿的、黄的……五花八门，的确让人头疼。

魏胜无精打采地正走着，猛觉得肩头被人拍了一下，他一回头，不由惊喜道："是你呀，田经伟！"说着一把握住了对方的手。田经伟是魏胜大学时的同学，在学校两个人的关系非常要好。毕业后，田经伟留在省城报

38 悲伤的时候，工作就是良药。——林肯

社做记者，这次被派来本市做驻地记者，今天上午刚下火车。

好朋友久别重逢，非常高兴。田经伟把魏胜拉到他的临时住处，说两个人要好好聊聊。魏胜也乐得前往，他边走边掏出手机给妻子赵小娇打了个电话，告诉她今晚上不回去了。

两个人买了些酒菜，边喝边聊，似乎有说不完的话，魏胜把自己连日来的委屈和无奈一股脑儿说了出来……不知不觉，两瓶洋河大曲见了底。此时，繁星渐退，天快亮了。田经伟瞅了瞅腕上的手表说："以我多年采访得来的经验，那些屡禁不止的野广告多半是在这个时候贴上去的。我看咱俩也别睡了，出门转转，看能不能逮着几个。"

魏胜一听，顿时来了精神，于是两个人借着酒劲，出了门，田经伟还随手带上了照相机等采访工具。

他们来到了商城地段，就开始左瞄右瞰，满街搜寻。突然，田经伟停住脚步，悄悄一拽魏胜的衣襟，往前一指，轻声说："你快看，那边有一个。"

魏胜顺着田经伟所指的方向望去，可不，不远处有一个人，正一手拎着糨糊桶，一手拿着刷子，在往一根电线杆子上刷糨糊呢！他的腋下还夹着一沓子广告纸……魏胜顿时火起："好小子，今天可逮着你了！"他也没和田经伟打招呼，猛地冲了过

去，照着那人的胖脑袋就是一拳，打得那人"嗷"的一声，一个跟头栽倒在地上。魏胜紧接挥拳想再打，可举在半空他突然停住了："王、王、王队长……怎么是……你呀？"魏胜连话都说不囫囵了，他认出了这个人正是王成，酒也醒了一大半。

"怎么，是你们王队长？"田经伟也大吃一惊，急忙俯身想把人扶起来。可发现他躺在地上，双眼紧闭，一动不动了，有一股血顺着后脑勺流了出来。田经伟仔细一看，他的脑袋正磕在了一块尖石头上，顿时吓坏了，急忙对还在呆愣着的魏胜喊道："愣什么？赶快送医院！"

两人叫了个出租车，手忙脚乱地把王成往车里抬，突然，从王成的衣袋里掉出一个药盒来。魏胜捡起一看，是一盒壮阳药，再看他丢在地上的宣传单，也是宣传卖壮阳药的。魏胜鼻子都气歪了，他做梦都想不到，堂堂一个队长，竟暗地里满街贴广告卖壮阳药。而且在他管辖的地段，这不明明是调理他吗？

气归气，还是救人要紧，他们手忙脚乱把王成送进了医院的急诊部。此时，王成好像已经恢复了知觉，闭着眼睛直哼哼。刚到抢救室门口，就听见里面传出一阵训斥声，是医生在训一个人，声音挺大，魏胜听得清清楚楚。就听医生说："你这个人，也不

知道爱惜妻子，明知她心脏不好，还不注意？年轻人虽说容易冲动，但也不能不要命呀……

魏胜推开门，和田经伟把王成抬了进去，放在了另一张床上，他边擦着额头上的汗，边朝那正在挨训的男子瞅去，这个男人看样子不到三十岁，他满脸通红，一脸尴尬地瞅着床上的病人，嘴里还含糊不清地嘟囔着什么。再瞅床上的病人，魏胜的眼珠子立时瞪圆了，床上的人正是他的媳妇赵小娇！

此时，她正在输液。魏胜怎么也无法相信，自己的妻子竟背着他幽会野男人，而且还弄到医院来了。他简直要气疯了，朝着那个男人就扑了过去，一扬手"啪啪"就是两个嘴巴子，嘴里骂道："妈的，你竟敢勾引我老婆……"那个男人先是被打得一愣，紧接着明白过来怎么回事了。他边躲闪着边说："大哥，你搞错了，不是我……"

"不是你是谁？你还敢狡辩！"魏胜伸手就去拽那个男人的衣服。那男人往旁边一躲，一眼瞅见了病床上的王成，像捞到救命稻草一样指着王成说道："是他，是他干的……"这个男子话一出口，更是让魏胜和田经伟摸不着头脑了。

他们这一闹，值班的医生不干了，把他们撵了出来，只留病人在屋里。在医院的走廊上，那个男人对他们说了事情的经过……

这个男人叫周明，是外地来打工的，靠为人家贴"野"广告为生。这个月，由于抓得紧，白天不敢贴了，只好改在天快亮的时候贴。今天，他刚贴了没几张，一个胖胖的中年人朝他走了过来，这人穿得挺体面，到他跟前拿出一张百元票子往他手里一塞说："小伙子，你随我来，有事求你。"

周明闹不清他有什么事，但钱的诱惑使他不由自主地跟在后面，急匆匆地走进了不远处一家旅店，进了一个房间。那人往床上一指说："她心脏病犯了，求你把她送医院去。"

周明这才看清了床上躺着一个不到三十岁的女人，脸都快憋成紫色的了，正上气不接下气地喘息着，看样子相当难受。他顿时明白了，这两人一定是在这偷情发生意外的。他看了看手里的钱，故意面露难色地说："还是你自己送吧……"

还没等他说完，那人迫不及待地打断他的话说："你要嫌钱少，我再给你加二百块。"说着又把两张票子递了过来。周明把钱拿在手里继续说："可我这些广告要是贴不完，老板会炒我鱿鱼的，他每天都要查看，我不能砸了自己的饭碗。"

那人听了脸色一沉，似乎想发作。可他略一沉思，随即又换了一副笑脸说："我送她实在是不方便，咱俩

作为一种医治忧伤的药物，工作胜过威士忌。——托·爱迪生

换换，你的广告我给你贴好不好！"说着，他又递过来一沓钱说："再给你一百块，其余的钱给她看病。"周明想了想说："那你可不许骗我，过后我要检查，如果贴得不够，我就把你这件风流事给捅出去，我总会知道你是谁！"

"好了好了，你尽管放心，快去吧……"那人说着把床上的女人扶到了周明的背上，又给他叫了一辆出租车。

周明把这女人送到了医院，值班的医生却误认为他们是夫妻，劈头盖脸好一顿训斥，正在这时，魏胜他们来了。可他实在不明白，这个答应替他贴广告的人，怎么也进了抢救室？

听周明讲完，魏胜恼火地看了他一眼，双手抱着脑袋蹲在了地上，自己的老婆啥时和王成勾搭上了？而且竟闹出这么丢人的事。这时，医生从病房里走了出来说："他们都不要紧，扎几天针就会好的。"说完，进了值班室。

他们又重新回到了抢救室，赵小娇一看魏胜，又哭了起来。魏胜又恨又心疼，他强压着怒火问赵小娇她和王成之间到底是什么关系。

赵小娇泪流满面，抽咽着说了事情的大概……

她和王成是半年前在一个朋友生日宴会上认识的，小娇见是丈夫的上司，所以对他略微热情些，敬了他好几杯酒。王成垂涎她的美色，非让小

娇做他情人不可，并以酒盖脸对她动手动脚的，小娇当时就回绝了他。至此，王成就怀恨在心，处处找魏胜的麻烦。这些日子，小娇见魏胜整天愁眉苦脸的，又面临着下岗，实在没有办法，她又去找了王成，求他不要再为难丈夫了。王成明确告诉她，魏胜下不下岗全看她的了，只要她陪自己一宿，什么事都好说，要不然有魏胜好看的。赵小娇实在无奈，一咬牙，同意了。可没想到王成事先吃了壮阳药，特别兴奋。小娇心里害怕，本来就有轻微的心脏

病，这一下子就转成了急性的了……

听赵小娇哭哭啼啼讲完事情的经过，魏胜对王成不由怒目而视。此时，王成早已醒来，他满脸赔笑地说"小魏，有话好说，你放我一马，日后我决不会亏待你的。"魏胜用鼻子哼了一声，然后咬牙切齿地说"我宁可没有工作，也要和你讨个公道！"

"年轻人，不要意气用事嘛！这年头你要是下了岗怎么养活老婆，还是好好想想吧！"王成又拿出盛气凌人的口气威胁道。

他的话音刚落，田经伟一旁说道："王队长，你也别太得意，我是省报的记者，你今天的所作所为都被我拍了照，做了记录，这里还有你的录音，"说着他一拍腰间带的随身听又接着说，"很快你的'事迹'就会见报，到时候谁下岗还不一定呢！"

听了田经伟的话，王成有点懵了，他涨红着脸张着嘴说不出话来，一着急，"呃"的一声，又晕了过去……

（本篇月月评短信代码：1609）

（题图、插图：魏忠善）

· 本刊信息传真 ·

欢迎投稿：为了我们的故事更精彩

我在中学里教语文课，《故事会》不仅是精神食粮，对工作也有莫大的帮助。每当工作不顺利，只要翻翻这本杂志，往往有意想不到的收获。

与这本杂志接触时间长了，我渐渐有了创作故事的冲动和愿望。我以前写小小说、戏剧甚至杂文，而故事这一文体还没有认真搞过，但我有信心，我终有一天会拿出让读者满意的作品来的！

——金石（安徽芜湖人，其作品见本期第92页）

您手中有没有得意之作？新的，奇的，巧的，趣的，险的，情感的，悬念的，智慧的……欢迎您投寄本刊。本刊辟有二十多个原创性栏目，如中国新传说、中篇故事、悬念故事、我的故事、幽默世界、16岁故事等，可谓丰富多彩，必有一款适合您。

读到或听到什么有趣事可以和大家一起分享吗？3分钟珍藏故事、情节聚焦、外国文学故事鉴赏、快乐辞典等，是本刊的推荐性栏目，一旦采用，您将获得相应的"推荐费"。如果您有何心得体会或建议，也不妨写下来寄给本刊，我们将择优选登。

来稿可从邮局寄发，也可从网上传递，但必须注明您的真实姓名、固定地址和一般联系方式（如电话、手机等）。若没有采用，恕不奉还。

邮寄地址：上海绍兴路74号《故事会》杂志社，邮编：200020；请在信封上注明"××"栏目收。本期责任编辑电子信箱为：xiayiming@vip.sohu.net。

□金为冰

老樵夫

荆州城有个蒲庙镇，这天正赶上庙会，人山人海，热闹非凡。时近晌午，街上突然来了个公子哥模样的后生，手拿一根熟铜棍，边走边舞，吓得来往行人四面躲闪，街上顿时乱成一片。

这一乱，惊动了一个老樵夫，这老樵夫大约六十来岁，身材瘦小，一双眼睛却是炯炯有神。他怕那后生伤着了人，就走上前，伸手抓住了后生手中的熟铜棍，好心说道："后生家，舞棍打拳应到空地上去，这可是大街上……"话还没有说完，那后生突然松开双手，抱拳说道："好，你有种！我在腾蛟武馆备下一桌酒席，请你赴宴，咱们可是不见不散！"说完扬长而去。

老樵夫愣了一下，摇摇头，转身要走，一个卖甘蔗的中年汉拦住他，问道："我看老哥你是外乡人吧？刚才这后生家是腾蛟武馆的少馆主，名叫严飞虎，人称'荆州无敌'。他家有四个兄弟，个个武艺高强，四个媳妇也是身怀绝活。少馆主经常到街上舞枪弄棒，一来是摆威风，二来是想找人荐，谁要是接了他手中那根熟铜棍，就等于接受了他的挑战，所以，他今天请你赴宴是假，要和你比个高低才是真啊。老哥，你闯大祸了！""那我走还不行？""走，走到哪里去？这

是人家的地盘！"

老樵夫似乎急了，中年汉就劝道："我看老哥你还是赶紧儿去腾蛟武馆求情吧，多讲几句好听的话，也许他就不会为难你了。"老樵夫谢过中年汉，就急匆匆奔腾蛟武馆而去。

谁知越急越出事，在一个拐角口，老樵夫却与一个青年乞丐撞了个满怀，只听"啪"讨饭饭碗应声落地，摔了个粉碎。老樵夫道："今日个这是中了什么邪啦？一桩没解，另一桩又结上了。"谁知那乞丐并没有发火，反而笑笑说："没事，没事……我见老哥你神色匆匆，这是奔哪儿去呀？"老樵夫叹了口气，遂把刚才的事讲了一遍。

那乞丐听完，满脸怒色，他突然在老樵夫耳边嘀咕了几句，老樵夫一脸犹豫，问道："这行吗？"乞丐拍了拍胸脯，说道："老哥，怎么不行？你就等着看好戏吧！"

于是两人一道来到腾蛟武馆，只见几个彪形大汉早已在门口恭候，见他们到来，便将两人带进了客厅。老樵夫抬头一望，只见大厅正中摆着一张八仙桌，桌子三面放着木凳，而上首客座是一把藤椅。这藤椅可不一般，四条腿是四把钢刀，中间还有一把，五把钢刀组成了梅花形，而且刀尖全部朝上。一个大汉指着藤椅对老樵夫说："请上座。"

话音未落，那青年乞丐抢前一步，说："师傅，每次做客都是您坐上座，今天就让徒儿坐一次吧！"说完，就大大咧咧一屁股坐到那藤椅上。老樵夫见青年乞丐坐下后，身子稳稳当当，面不改色，这才舒了口气。

就在这时，突听侧厅响起一声"上茶！"只见娉娉娉婷婷走出四个女人，每人手捧两杯茶来到桌边，脚尖轻轻一点，飞身跃起丈余，将手中茶杯放在了房梁上，然后齐齐落回地面站定，说道："客人，请用茶。"好家伙，将茶杯放到梁上，然后叫人用茶，这不成心为难人吗？老樵夫不禁哭笑不得，就见身旁人影一晃，只见青年乞丐人已蹿起一丈多高，他左手伸直，右手一扫，将八只茶杯全部送到左胳膊上，跟着身子又轻轻落回原处，左手一抖，只听"哚哚哚哚……"响声不歇，八只茶杯平平稳稳在桌面上一字排开，杯中茶水，一滴未洒。

他这一手，顿时将在场的人都给镇住了，一个个惊得目瞪口呆。一个大汉急忙跑进去禀报，问这武还比不比？严飞虎想了想，猛地一拍桌子："一个乞丐有什么好怕的？我才是'荆州无敌'，比，当然要比！"

老樵夫和青年乞丐又被请到了练武场。他们抬头一望，好家伙，十八般兵器一应俱全，周围齐刷刷站着百十来号人。老樵夫见了这架势，悄声问青年乞丐："你到底行不行啊？"青年乞丐眉头一扬："没事，瞧我的！"

说完，青年乞丐走到场中，往一条石凳上一坐，那石凳竟"喀嚓嚓"断为三截！他又见场边有个石锁，走过去，假意提鞋，抬起左脚往上一踏，"咯"的一声，那石锁又碎成了几块。这一来，别说是前来看热闹的人傻了

眼，就连严飞虎的父亲，腾蛟武馆的老馆主也给镇住了。老馆主一见苗头不对，连忙走到场中，对老樵夫抱拳施礼道："老英雄，都是犬子太顽劣，得罪之处，还望您老人家多多见谅！"说完，客客气气将两人请进客厅，重摆酒菜，并叫出儿子儿媳们出来作陪……

青年乞丐今天冒充老樵夫的徒弟，折服了"荆州无敌"严飞虎，心里非常得意，加上严家众人轮番奉承敬酒，酒过数巡，不禁有些飘飘然，待散席时，已然是天近黄昏。出了腾蛟武馆，老樵夫和青年乞丐边走边聊，不知不觉来到一条山路上，这里路很窄，两边都是万丈悬崖。青年乞丐半开玩笑地说："老哥，你可要走好了。要是从这里掉下去，像我这样倒是死不了，你下去可就要粉身碎骨了。"

谁知老樵夫笑了笑，说道："我看也不见得，不信咱们试试！"青年乞丐连连摇手："不行不行，不能开这样的玩笑……"

谁知他话音未落，突见老樵夫"哈哈哈"一阵长笑，竟纵身一跃，跳下了万丈悬崖，远远地传来老樵夫浑厚的声音："青山不改，绿水长流，年轻人，咱们后会有期！"

青年乞丐惊得一屁股跌坐在地，身上的酒也醒了……

（本篇月月评短信代码：1610）

（题图、插图：黄全昌）

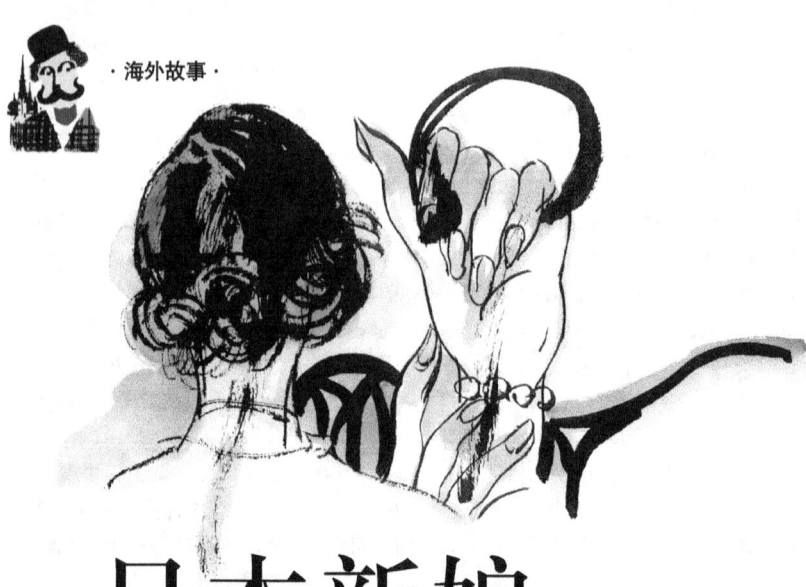

日本新娘

□李 华 编译

在日本有这么一对年轻人，女的叫惠子，男的叫松本，近日来，他们每天都沉醉在迎接婚庆的喜悦之中。但就在结婚前的头一个星期，惠子接到了一封匿名信，打开来，上面写着这么一句意味深长的话："不要结婚喔——不然，你会不幸的！"

惠子像当头挨了一棒似的，但她很快就镇静下来，认为这可能是一个恶作剧，也可能是别人妒忌她与松本的爱情，所以，她决定不予理会。

然而，接下来的几天里，她每天都收到诸如此类的信件，心里不禁毛了起来……

这天下午，她与松本坐在一个咖啡里喝咖啡，终于忍不住把信掏出来，递给松本说："你看，每天都有人寄这样的怪信给我，我实在受不了！"

松本接过信，一封一封看过，最后大笑说："这大概是恶作剧吧，"说着，伸出手来轻轻抚摸着惠子的头发，"有我在，你还怕什么？别理它就是了！"

听了松本的话，惠子似乎得到了安慰，信心又恢复起来。喝完咖啡，她还叫松本陪她一起逛婚纱商店，心情果然好了许多。直到傍晚，他们才依依不舍分了手，因为惠子要参加一年一度的高中同学聚餐会。

恋爱是一场梦，直到结婚时才苏醒。——蒲柏聚餐会在一个宾馆的草地上举行，大家好长时间没见面，一见面又像回到了从前，打打闹闹，整个宾馆都充满了欢笑声。正聊得开心之时，突然有人不经意提起了"直子"的名字，惠子心里打了个咯噔：这个直子，是惠子最最讨厌的人，读高中时，直子和一个男生谈恋爱，谈得如胶似漆，但后来那男生却移情别恋，爱上了惠子，直子以为是惠子搞的鬼，从此，她俩的关系闹得很僵，直子总喜欢找她的茬儿，在高中毕业的留言册上，直子竟发誓要"报复"她……

有个同学说："惠子，你真的要请直子来参加你的婚礼吗？"

惠子想了想，就笑笑说："都那么久了，她应该不介意了吧？"

然而就在结婚前两天，惠子又收到了一个无名包裹。她心存疑惑，一层一层打开来，发现里面是一个洋娃娃，上面用大头针别着一张纸条，写着她的名字。

她第一个反应就是"直子"："该不会是她吧？"

洋娃娃下面压着一封信。她用颤抖的手打开了信："你的婚礼我一定会参加的，因为我要报复你！不要结婚喔……你会下地狱的！"

果然是直子！

惠子满腹疑虑捧起洋娃娃，没想到这个洋娃娃的头竟然是断的！她吓得"哇"的一声尖叫，把洋娃娃扔在地上……

结婚这天，双方的亲朋好友来了许多人，宴会厅喜气洋洋，十分隆重，可惠子心里有事，高兴不起来，她一直在想着那个诡异的洋娃娃，所以，她一边给客人们敬酒，一边用眼角搜索着直子的身影。

就在这时，宴会大厅的门打开了，进来一个人，惠子吓了一大跳，再定睛一看：原来是一个迟到的朋友！她终于松了一口气……

婚礼进行得很顺利，惠子与松本成了今天最幸福的人……

夜晚，惠子累得瘫坐在床边，松本走过来，紧挨着她坐下来，轻轻地搂着她的肩膀……

过了好一会儿，松本依偎在惠子的耳边，轻声说道："你还是结婚了。"

惠子听了，像给雷打了一样，"腾"地站起来，瞪大眼睛看着松本，她不敢相信她听到的话。

"你还是结婚了，到现在，你还是和我闹别扭！"松本说。

"我说过你结婚会不幸……会像下地狱一样喔……"说完，新郎紧紧地抱住新娘……可新娘早已吓得说不出话来。

惠子此刻才知道，所谓松本就是她的高中同学直子。五年前直子做了变性手术，与她成了一对恋人……

（本篇月月评短信代码：1611）

（题图：箭 中）

□ 式 森

魔鬼比尔

星期天早晨，罗伯特和妻子琳达起床后，就坐到农场的花园里喝早茶。琳达一边悠闲地喝着咖啡，一边静静地读着报纸。忽然，她的眼睛死死地盯着报纸上一行醒目的标题，脸色"刷"地一变，手里的杯子"叭"地一下掉在地上。

罗伯特赶紧站起身，走了过来："你怎么啦？是哪儿不舒服吗？"

琳达一惊，立刻掩饰道："不，没什么。可能是昨晚没睡好，头有些晕，休息一会儿就没事了。"说完，她有些吃力地从座位上站起来，离开花园向房间走去。

罗伯特用狐疑的目光望着妻子的背影……

整整一个白天，琳达都把自己关在房间里，反复地看着那份报纸。而且越往下看，越让她感到惊恐不已。

报纸上说，警方目前正在搜捕一个外号叫"魔鬼比尔"的精神病人，该精神病人从精神病院成功逃出以后，在不到一个星期的时间内，总共杀死了六名无辜的中年妇女，他还将她们的尸体肢解后，抛弃在大街的垃圾桶里。另外，据警方介绍说，这些受害者都有一个共同的特征，那就是她们除了年龄相仿外，又都长着一头火红的头发……

琳达之所以对这条消息如此关注，不仅因为她有一头红发，而且，这个叫比尔的人，曾经还是她的情人。

两年前，琳达在一个滑雪胜地认识了这个叫比尔的年轻人。那时候，琳达刚和第一任花花肠子的丈夫离了婚。在滑雪场上，精神一直无法集中的琳达摔进一条深沟里，是比尔及时赶来救了她，并把她背回到酒店。比尔是个学美术的大学生，蓄着一头长发，很有一种艺术家的气质。那一夜，比尔留在琳达的房间里。他们疯狂地爱上了对方。

事后，当问及对方的年龄时，琳达才吃惊地发现，自己竟然比比尔大了足足十五岁，差不多可以做他的母亲了。琳达感到十分不安，所以，当比尔提出想和她结婚时，她断然拒绝了比尔的要求。但比尔却一再表示，爱情是不分年龄的，他今生今世只会爱琳达一个人。

琳达很感动，但她无法接受比尔的爱，于是为了让比尔死心，她匆匆嫁给了现在的丈夫罗伯特，随即又搬到农场来住。比尔就是在听说她嫁人后，突然发病住进了精神病院。当消息传到琳达的耳中，琳达差点儿晕倒在地。琳达恨自己，她觉得是自己害了比尔，有好几次，她都想瞒着丈夫偷偷跑去探望比尔。

此刻，琳达早已哭成了泪人儿。报纸上完全把比尔形容成了变态的杀人狂，这让琳达既感到恐惧又感到绝望，她简直不敢相信，过去那个性情温和的比尔，竟然会在一夜之间就成了一个冷血的杀人魔王！

第二天早上，琳达没有吃早饭，是罗伯特亲自将早点送到她房间里来的。罗伯特刚一离去，琳达立刻就抓起新送来的报纸，打开一看，果然发现上面又有了比尔的新动向。据报纸上说，昨晚警方又在距农场不到三十公里的洛克镇，发现一具被肢解的女尸，死者仍旧是个红头发的中年妇女。而且在这之前，报社还接到一个自称是比尔的人打来的电话，那人说，他下一个目标，是他最后想杀、也是他真正想杀的人……看到这里，琳达不禁倒吸了一口凉气。

当晚，琳达在自己的卧室服毒自杀……

罗伯特破门而入，当他看见躺在床上的琳达时，他脸上并没有流露出半点惊慌和痛苦的表情，而是开始在房间里搜索起来，像是在寻找什么，但显然什么也没有找到，他不禁皱起了眉头。就在他一转身时，他猛地发现房间里竟然多出一个人来。

"比尔！"罗伯特惊恐万状地说。

比尔像幽灵似的从黑暗中走了出来，冷冷地说："怎么，你刚才是不是在寻找什么重要的东西？"

罗伯特早已吓得目瞪口呆，半天说不出一句话来。

比尔说："可惜，你晚了一步。半小时前，当我翻墙溜进房间里，令我万万没料到的是，琳达竟然自杀了！一开始，我怎么也想不通她为什么会自杀，后来当我发现摆在床头边的那两份报纸，我便立刻醒悟过来。这是

一场阴谋,而阴谋的制造者不是别人,就是你!"

罗伯特紧张起来,说:"胡说,我……能制造什么阴谋?"

比尔突然从身后举起报纸说:"那这两份报纸你又做何解释?上面有关我的那些报道,什么'魔鬼比尔',什么专杀红发妇女,等等,听起来的确怪恐怖的,但它全都是你炮制出来的。事实上,我早在两个月前就已经康复出院了,而且我这辈子最讨厌的就是暴力。毫无疑问,你费尽心思伪造出来这两份报纸,目的只有一个,那就是逼琳达走上绝路!"

这时,退到桌子旁边的罗伯特出其不意,猛地抓起桌面上的一把锋利的水果刀,一边狂笑,一边叫喊着:"没错,我的确是要逼她走上绝路。那两份报纸的确是我花钱雇人秘密印制出来的。至于我是怎么得知你和琳达的事,那是因为我曾经偷看过琳达的日记。可以说,我的犯罪灵感就是在看完那本日记后,突然从我的脑海中冒出来的。昨天早上,当邮差送报纸来的时候,我把它换成了一份伪造好了的。而且,这段时间电视天线也被我悄悄剪断,再加上昨天恰好是星期天,佣人放假回家。所以,琳达只能通过看报纸获得消息。结果,没想到事情进展得这样顺利。现在我甚至不怕告诉你,如果我不这样做,那我这辈子就休想得到她的财产。"

比尔冷笑道:"你真的能得到她的财产吗?"

罗伯特得意洋洋地说:"那当然,我曾经是她的财务顾问,没有把握的事,我罗伯特是从来不干的。"

比尔痛苦不堪地说:"天呀,世上的事为什么这样不公平?我是那么爱她,可我却偏偏得不到她;而你不仅能轻易地把她骗到手,同时还能轻易地让她去死。"

罗伯特恶狠狠地说:"只有你这样的白痴,才会傻乎乎

当丈夫向太太低头的时候,十中有九是因为他心里有鬼。——纪德

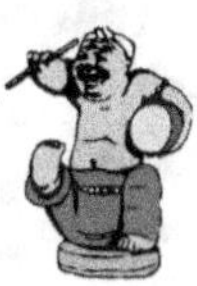

地爱着一个女人。既然你那么想得到她，那么我现在就成全你，让你到另一个世界和她相会吧。”

说着，罗伯特便举刀朝比尔逼来。跟比尔比起来，罗伯特不仅高出他一个头，而且身体也比他更加强壮有力。眼看罗伯特就要走近比尔，没想到，比尔突然掏出一把手枪来，黑乎乎的枪口不偏不倚正对着罗伯特的胸口。罗伯特顿时傻了眼，握刀的手僵硬地停在半空中。

比尔仍旧表情痛苦地说：“我说过，我讨厌暴力。我这次来，本来是不抱任何幻想的，我只想见琳达最后一面，然后找个安静的地方，用这把枪来结束我的生命。不过，我现在改变主意了。”

罗伯特面无人色地说：“比尔，别乱来。只要你愿意，我可以将琳达的一半财产分给你。”

比尔突然呜咽道：“不，我不要什么财产，我只要琳达能活过来！”

在枪响前的几秒钟里，罗伯特也希望琳达能复活……

（本篇月月评短信代码：1612）

（**题图、插图**：箭　中）

·本刊信息传真·

《滴水藏海》　《青春读本》
再次面向全社会征稿

《滴水藏海——300个3分钟典藏故事》第一、第二辑和《青春读本——感动中学生的100个故事》第一、第二辑出版后，在社会上引起了巨大的反响。

根据读者的建议，编辑部决定继续编辑《滴水藏海——300个3分钟典藏故事》第三辑和《青春读本——感动中学生的100个故事》第三辑。为此，再次面向全社会广泛征稿，希望广大读者特别是中学生，将你们在各类报纸、杂志、网络上读到的优秀作品推荐给我们。

推荐稿要求：1. 立意清新隽永，富含真情至理；2. 以叙事为主，一篇作品中要有一个精彩感人的故事情节或细节；3. 篇幅：《滴水藏海》推荐作品一般在500字左右，《青春读本》推荐作品一般在2000字左右。

推荐稿请务必注明原作者、发表日期和出版单位以及推荐者的真实姓名、联系方式。所荐作品一旦入选，每篇即付推荐费50元。推荐稿请寄：上海市绍兴路74号《故事会》编辑部(邮编：200020)，并在信封上注明“典藏故事”、“青春读本”。网上来稿请发以下信箱gigimoon@vip.sohu.net。征稿截止日期为2004年12月31日。推荐稿一律不退，请自留底稿。

算来算去算自己

□ 范国清

世上的事可遇而不可求。遇到了是因缘巧合，是机遇，但如果一定要强求的话，强扭的瓜也不一定甜。

横岗山脚下的柏树村有个人叫老姜，生得小眉小眼，却满肚子花招。这年，他见屠夫肉凳上的猪肉涨了价，便推测养猪的人将会多起来，他决定养一头猪娘，往后，一窝猪崽定能卖个好价钱。

老姜家里已养了一头花母猪，七八十斤左右。老姜将它细细打量，见它头相好看，身段长，走路扭腰摆屁股，他便有意将它养成一头猪娘。

过了两个月，花母猪个头长大了许多，有一天，它跟在老姜身后哼唧起来。老姜心里暗喜：花母猪发情

了！但老姜不露声色，对花母猪整天板着个脸。花母猪起初显得害羞，小声地哼唧着求老姜，过了几天，它哼唧的声音也越来越响亮。老姜仍不带它见公猪，它就在家里拱凳子，撞桌子，将一个木猪食盆叼起来往地上一甩，甩成八瓣。老姜大怒，操起拌猪食棍照它屁股就是一棍，花母猪号叫一声，蹦出门外。

老姜打花母猪，惊动了邻居老黄。老黄捧着竹烟袋跑到老姜家，见老姜提着木棒朝立在门口的花母猪骂骂咧咧，便问："老姜，你跟你家的花母猪闹啥别扭呀？"老姜气呼呼地对老黄说："我想它做猪娘。才发情几天，就在家里叼凳甩盆，真不像话！"

老黄怔了怔，悄悄溜到浑身发抖

吝啬正如大家所知道的，有狼一般的胃口，越吃越贪婪。——果戈理

的花母猪屁股后，仔细观察一番，说："老姜，是火候了，可以带它见公猪。"老姜说："再让它打熬几天，见一回公猪就配得上种。"老黄说："一次没配上种，就再配一次。"老姜说："不行。见一回公猪要十块钱，我不能白糟蹋十块钱。"

花母猪听着老姜和老黄的谈话，它又哼唧唧。老姜又冲它挥了一下棍子，花母猪就掉过头，哼唧着走了。

天黑的时候，老姜准备给花母猪喂食，却不见花母猪回家。他满村满巷里找，从村东头唤到村西头，一直寻到第二天早上，没找到花母猪。老姜又急又累，一屁股瘫坐在门槛上。

这时候，花母猪从外面回来了，它身上沾着露水，背上有泥土和血痕。老姜一见花母猪，又喜又气，骂道："昨夜你死到哪儿去了哩？害得我寻你一夜……"花母猪小心地跨过门槛，再不哼唧，也不理老姜，径直走到墙角下的猪窝里，显得十分疲倦地躺下去。

过了一个月，花母猪再也没发情的迹象，老姜十分惊讶，并骂咧咧地："我养你做猪娘，你为啥不发情呢？连公猪也不晓得要，蠢货！蠢货！"骂了一两个月，花母猪肚子鼓胀起来。它侧卧在地上，肚皮下有东西在拱动。老姜傻了眼，用手轻轻摸着花母猪肚皮，感觉是小猪崽子在动。老姜吓得把手缩回来，跑到邻居老黄

家，吃惊地说："老黄，真是怪事儿，我家的花母猪还没见过公猪面，怎么怀了猪崽呢？"

老黄一惊"不可能吧？"他跑到老姜家摸摸花母猪的肚子，也吓得把手缩回来，"真是碰上鬼了！莫非那天晚上逃出门，它自己找了个野老公？"

要说母猪找野老公，那就比登天还难。这方圆十几里，公鸡公狗公牛很多，但公猪却凤毛麟角——只有镇上畜医站养了一头公猪。母猪要想见到那头公猪，非得交十块钱。那天，花母猪独自出门，它就是找到畜医站去了，也不可能见到公猪面。

老姜越想越紧张，跑到畜医站请来一个畜医给怀孕的花母猪检查胎儿。老姜说："医生，如果我的花母猪怀的不是猪崽，而是其他什么杂种妖怪，请你行行好给它打胎。"畜医十分认真地给花母猪做了检查，用指头探摸猪肚皮里的胎儿，最后，他下了一个结论："老姜，恭喜你，花母猪怀了一肚子猪崽！"

老姜很高兴，但闹不明白花母猪找哪个公猪配的种。又过了一个月，花母猪下了十个猪崽。村上的人都跑来观看，见猪崽子模样没花母猪长得好看，个个尖嘴长毛。镇上的那个畜医也来了，仔细研究了猪崽子的外貌，最后说："很有意思，这头母猪是找野猪配的种！"

花母猪生了崽后，经常带着一群崽子在村口游荡，村里的人一见到它，总忍不住发笑。同时更笑老姜怕丢了十块钱配种，害得花母猪找了个野公猪。大家还决定不买老姜家的猪崽子，因为猪崽子长得不好看，再说，野猪跟家猪生的猪崽子长大了咬不咬人呢？村前横岗山下来的野猪咬人呐！

猪崽子长大了，散窝的那一天，老姜叫村里人到他家来买猪崽子，结果没人来买。老姜乌青着脸，满肚子火气没处发，便操根木棒打花母猪，一边打一边骂："打死你，生的杂种没

人要，打死你！"花母猪被打得嗷嗷叫，带着一群猪崽子满村巷乱窜，闹得柏树村鸡飞狗跳。

邻居老黄看不过眼，劝老姜："你这样打花母猪要不得。假如你是一头发情的母猪，又不配种，可能也要去找野公猪。"这话把老姜惹得火冒三丈，两人就斗嘴仗，随后各操锄头木棒，打起来了。

正打得火热，村头大路开来了一辆大篷车，径直开到老姜家门口停下。车头驾驶室里跳出畜医站的畜医和县畜牧局的局长。

畜医走到老姜面前，说："老姜，你跟人拿枪使棒的搞啥子呢？"

老姜吹胡子瞪眼："不用你管！"

畜医忙说："好，好，我不管。但今天我和县畜牧局局长来找你，想把你家特殊的杂交猪崽全部买下，供研究之用。你说说，多少钱一斤？"

老姜被这意外的事搞呆了，半晌没说话。挺肚子的局长怕老姜要价太高，就走过来，朝老姜递根纸烟，堆着笑："老同志，希望你支持我们的工作。普通猪崽四元钱一斤，你这猪崽翻一倍的价，八元钱一斤，可以吧？"老姜"咕咚"一声，咽口痰。

老姜的一窝猪崽卖了两千六百元。柏树村的人都一愣一愣的。老黄气得朝老姜跺一脚："美得你，发个邪财！"老姜扬眉吐气数着钱，歪着脖子走进屋里。他见花母猪痛失十崽惶

慷慨好施，日益富裕；一毛不拔，反更穷困。 ——《旧约全书》

惶不安地在窝里打转，便说："你是个好猪娘，生的崽儿卖了好价钱！"老姜做了一锅面条，自己吃了两大碗，把剩下的全喂了花母猪。

花母猪很老实地呆在家里，每天吃饱了就睡。不久，它又变得不老实，跟在老姜身后小声哼唧着。老姜暗喜，但装着充耳不闻。花母猪烦躁不安，拱凳撞桌甩翻食盆。到了夜间，花母猪闹得更凶，吵得老姜难以入睡。他歪坐在床上，对花母猪说："你吵什么哩？你有了第一次的经历，难道就不晓得重复第二次，再去找你的野老公？晚上，我一直开着大门，你自己去自己回来……"

花母猪似乎把野公猪忘记了，或者它根本不想再去山脚下找野公猪。深更半夜，它在家里弄得乒乓响，老姜火了，将花母猪打出门外，闩上大门。花母猪立在大门外，不停地用脑袋撞木门，老姜就在屋里用肩膀顶着门。

双方僵持不下，邻居老黄披衣起床，走到老姜大门前，见花母猪立在门槛外，就敲敲木门，说："老姜，你跟你家的花母猪唱什么戏哩？吵得我也睡不着！把门打开。"

老姜在门里说："老黄，花母猪又发情了，在屋里闹翻了天，我才把它关在门外。"

老黄说："发了情好事儿呀，你把它牵到畜医站，跟公猪配个种，不就完事了！"

老姜说："不，到畜医站配种生的猪崽只卖四元一斤，它自己找的伴儿配种生的崽子一斤卖八元钱，这个账谁不会算！"

老黄叹了口气，见老姜这么固执，只好回去了。花母猪见邻居老黄也没帮它敲开门，仰仰脸，看看天上一个白白的大月亮，又看看村对面黑黝黝的横岗山。它慢慢挪动脚步，在月夜里，十分孤独凄凉地朝山脚下走去。

老姜见花母猪找野老公去了，他哼着小曲睡觉了，一觉睡到太阳树把高。老黄用锄头敲开了老姜的门，说："老姜，刚才去山地里干活，看到你家花母猪在我家地沟里。"老姜浑身打个激灵"你亲眼看见花母猪跟野公猪交配？"老黄"呸"的一声，朝老姜脸上吐口痰："你自己去看看吧！"

老姜跑到山地沟里一看，几乎昏了过去。

花母猪只剩下一个猪头和一身血淋淋的骨头。在它的四周，有无数狼的足迹。毫无疑问，花母猪夜间到山脚下寻找野公猪时，遇到了一群恶狼……

（本篇月月评短信代码：1613）

（题图、插图：王申生）

（本栏目欢迎来稿。来稿可从邮局寄发，也可从网上传递。如为电子邮件，请发以下信箱：xiayiming@vip.sohu.net）

天下第一厨

□ 七松石

这年是明太祖朱元璋六十六大寿，大小官员忙得不亦乐乎，四皇子朱棣与皇太孙朱允炆自然更为关心，因为他们是未来最有希望的两个皇位继承人。

举办庆寿活动，自然无论如何也少不了最好的厨子。那时大江南北各有一个名厨，南面是杭州府"逸风"酒楼的掌勺，名叫李然；北面则是北平府的"若昌"酒楼主厨，名叫谢更。这两人本是同门兄弟，烹调的技艺天下闻名。

北平府是朱棣的封地，他自然就找上谢更，杭州府这边朱允炆也找上了李然。朱元璋得知南北两位大厨到

京，龙颜大悦，遂颁旨命令他们大寿之日登台献艺。

第二天就是万寿大典，李然不敢怠慢，开始献艺前的热身准备，他拿起刀尽情耍了起来，一阵寒光晃过，案板上的一大块精肉便成了馅，这时只听一声赞叹："好俊的功夫！"

李然转身一看，原来是一个小太监，小太监道："传皇上口谕，召李然入宫见驾！"李然一惊，赶紧菜刀一放就跪了下来。

李然小心翼翼地跟在小太监后面进了宫，不知过了多少时候，他们已经来到皇帝的宝座前，李然赶紧跪下，小太监道："陛下，李然、谢更均

已带到！"

李然不敢抬头，转头一看，谢更也跪在那里，心中不禁打了个咯噔："不会有什么坏事吧！"

朱元璋道"明天就是朕大寿的日子，听说你们是天底下最好的厨子，一山怎么能留二虎呢？趁着高兴，朕就设了个'天下第一厨'的称号，要你们明天好好表现，胜者，朕就颁发一额匾，败者斩首！"一听此言，李然和谢更的脸"刷"就白了……

第二天，万寿大典隆重开演，只见杂耍魔术各施其艺，乐得这个朱元璋呵呵直笑，然而在场的群臣人人都知道谢更和李然才是今天这出戏的主角，虽然赔着笑脸，目光却都不约而同投向他们。

总算挨过了几个时辰，已至午时，谢更和李然正式登台献艺。只见中间戏台一撤，露出了一个大广场，一顿饭的工夫已经摆上了厨师的诸多用具，材料更不用说，什么天上飞的，地上走的，水里游的，样样俱全，就待两位大厨上场。

谢更和李然同时深吸一口气，上了场子，他们两个向朱元璋行了大礼，就分别忙活了起来。只见谢更大勺一挥，热油便如长虹一般落入锅里，右手木叉一引，一堆切好的各种肉条便落入锅内，谢更挥手如电，迅速将刚刚泛白的肉条抄入另一只沸水锅内，如此工序往复数次，然后甩出玉盘，

将肉条尽数抄起，当众人正看得目瞪口呆之时，谁知谢更又将手中之物加上作料，上蒸笼蒸了起来。

未待众人将"好"字喊出来，这边李然已经开始表演自己的刀法了，只见一阵白光，一条红鲤的骨头内脏已经与皮肉分开，李然三下五除二，各式海鲜已经飞入红鲤的腹中，未待众人反应过来，各式调料已经添装完毕，他也打开蒸笼，将其装盘上锅蒸了起来。

"好！好！"场上同时爆发出一阵喝彩声！两边的第一盘菜都是以蒸为主要烹调手段，却都无比的精妙，众人大饱眼福！

"真是难以置信，谢更师傅所做的那道菜乃是威震北方的'降龙玉笛'！它采用八十八种调料，反复回锅，将每种调料的特性和最佳味道表现出来，看似简单，其实天下除了谢师傅没人能做出来！"朱元璋身边的一个厨子不禁叹道。

朱元璋眉头一皱，此菜名如此犯忌，降龙？他朱元璋就是龙呀，这个谢更犯上作乱，真是胆大包天！

另一个厨子并没有看到朱元璋的脸色，也道"那李师傅的'八仙斩龙'也是出神入化呀！乃用八种珍贵海鲜添装到红鲤腹中，红鲤过龙门就是龙，所以其味极其鲜美，更是百毒皆治，加之海鲜的独有鲜香，经龙蛇汤

蒸过，此菜只应天上有呀！"

朱元璋脸色更难看了，斩龙？岂不是让他这个洪武皇帝做不长久了吗？他斜眼望去，只见两方都红光满面，似有喜色，疑窦丛生："难道是他们要用这两道菜来谋害朕，还是要在天下人面前杀杀朕的龙气？"

这边谢更已经完成六样主菜，开始忙活那十六碟辅菜，而这边李然由于有刀功上的优势，已经完成六样辅菜。

虽然呐喊声依旧，朱元璋却没有心思看比赛了，一道道菜的样子怎么看怎么像有毒或有害的，就是这么一点点疑心，足以让一个人倒了胃口。

突然，他挥了挥手，一个锦衣卫凑了过来，他低声叮嘱几句，挥了挥

手，锦衣卫低着头退了下去……

终于，在天黑之前，两人都完成了手上的任务，这天底下最好的两个厨师也终于要完成他们生命中的最后一次交锋了！

报菜官喊道："谢更的六道主菜是：首菜'降龙玉笛'，其余为'虎落平阳''千面莲花''玉石观音''清溪映照''貂蝉一笑'。李然的六道主菜是：首菜'八仙斩龙'，其余为'崇奉金石''华山一峰''万紫千红''江山升平''普天同庆'！"

朱元璋看着眼前的佳肴，久不动筷，沉吟一番，突然站起来喊道："这次的天下第一厨大赛，谢更获胜！"

这一喊，将下面的李然惊得"扑通"一声跪在地上，他知道面子是小，掉脑袋的事大呀！谢更和朱棣这边的人欣喜若狂，要不是朱元璋在场，他们此刻就要弹冠相庆了。

李然拼死谏道："皇上，您还没动筷呢！"他心中确实不服，就这样被杀，岂不是冤死他了？

朱元璋拍案而起："我是天子，我的话就

暴力是权威的基础。——列夫·托尔斯泰

是金口玉言！来人呀！将李然斩了！"

李然大呼："冤枉啊！"可锦衣卫哪管这一套，就硬拖了出去，半晌将李然首级呈了上来，吓得朱允炆这边的人"噗噗噗"跪倒一片。

就在这时，一个锦衣卫突然上前奏道："陛下，我们刚刚得到情报，谢更用的精肉乃是人肉！"

这一下可惊得谢更魂飞魄散，一时间竟一句话也说不出来。

只见朱元璋大喝道："大胆奴才，竟敢欺君！推下去斩了！"锦衣卫又架起瘫作一团的谢更，拖去斩首了。

原来朱元璋这人疑心最重，听到厨子讲到菜名更是生疑，心中顿起杀意，俗话说，欲加之罪，何患无辞？

于是他先除掉李然，然后又假借锦衣卫的指控，将谢更也推到刀下。

整个万寿大典就这样在恐怖气氛下结束了，"天下第一厨"之争，也就告一段落。

杀了两人后，朱元璋暗想："看这朱允炆的首菜名更有杀意，看来他是一个能干大事的人，朕也确实需要十足霸气的接班人！"

后来朱元璋果然选择了朱允炆做皇储。至于日后朱棣在北平府发起"靖难之役"，一路南下，将朱允炆逼死，那就是这位洪武皇帝没想到的事情了。

（本篇月月评短信代码：1614）

（题图、插图：黄全昌）

"掌上灵通杯"《故事会》小知识竞猜（二）

亲爱的读者，您了解《故事会》的历史吗？您熟悉《故事会》的现状吗？欢迎您参加"掌上灵通杯"《故事会》小知识竞猜！本活动共举办4期（从8月上红版到9月下绿版），每期刊登2道和《故事会》有关的题目，请将你认为正确的答案代号（如AB）编辑成短信，发送到2000561（中国移动）/9000561（中国联通），参与本次活动。

本次活动特设总额价值60000元的奖励 在每期参与竞猜并且答案正确的读者中抽取参与金奖3名，各获现金500元，参与银奖400名，各获价值15元的精美奖品；在参加全部4期竞猜活动并答对全部8道题目的读者中抽取钻石读者奖10名，各获现金奖1000元，白金读者奖200名，各获价值100元的精美奖品！

得奖读者在评选结果揭晓后将得到短信通知，本活动接收每条短信收取0.20元。

本期题目：

1.《故事会》的编辑部在（　）。　　　　A.上海　　　B.北京

2.《故事会》下半月绿版是每月（　）出版的。　　A.8日　　　B.22日

（本期活动截止日期：8月20日）

一根稻草定终身

□ 方白羽

现在有些青年人相信星相学之类的东西，但很早的时候，人们只对算命术笃信不疑。这里讲一个发生在民国时期的故事。

说某村有个老顽童瞎爷爷，叫什么名字大伙儿都不记得了，小孩子都只叫他瞎爷爷。其实瞎爷爷也不是全瞎，只是得了较严重的白内障，多少还看得清近处的东西。

不知听谁说起，瞎爷爷不但能治病，更绝的是还会算命术，比明眼人还看得准。村里的孩子们出于好奇心，都缠着瞎爷爷给算一算命，但是，不管孩子们怎么求他，在这件事上他死活不答应。

怎么办？几个小孩子凑在一起，想出了一个绝招：瞎爷爷不是最喜欢和孩子玩吗？惩罚他的最好办法，就是不和他玩，晾他三五天。果然，不

出三天，瞎爷爷耐不住寂寞找孩子们来了，在大家一致要求下，他终于勉强答应给大家算一算，不过却提了一个条件。

那天刚好邻村唱戏，瞎爷爷把十几个孩子叫到他那儿，一人给了一根稻草，然后郑重其事地说："你们拿上这根稻草，记住，只能拿在手里，不能揣在兜里，也不能掖在裤腰带上。看完戏回来后如果稻草还没丢，瞎爷爷就给你们算。"

孩子们便拿上稻草去看戏，到邻村有好几里路，还没到邻村，十几个孩子手里的稻草就丢了一小半，看戏时又丢了几根，回来时，天早已黑透黑透，瞎爷爷却还等在村口。看到他时，好些孩子才想起算命这回事。

瞎爷爷一一摸着几个孩子手里的稻草，然后问大家："谁教你们丢了稻

草后，随便在田里扯根稻草来骗瞎爷爷的？"几个自作聪明的孩子都不好意思地低下头，然后把目光转向教他们这招的二毛，瞎爷爷明白了，叹口气，摸着二毛的头说："孩子，看来你是当官的命，虽然做不成什么大事，不过这辈子大概也不会吃什么苦。"

接着，瞎爷爷又从稻草中抽出一根来，问："这根是谁的？"一旁的三娃小声嘀咕道："是我的。"

瞎爷爷点点头，摸着稻草说："你是一直把它揣在衣兜里才带回来的吧？看来你是做生意的材料，将来吃得起苦。"说着瞎爷爷拿起一根笔直的稻草问："这唯一——根一直拿在手里带回来的稻草，是黑子吧？"

一旁的黑子挺起胸脯骄傲地点了点头，瞎爷爷摸着他的头，轻轻叹息说："按理说你该最有出息，是干大事的命，可惜生不逢时，恐怕这辈子你的命最苦。"

说完，瞎爷爷突然又笑起来，摇着头说："算命这回事是说不得准的，一个人的命运如何，更多是取决于时势和大的社会环境，自身的原因只占小部分。所以没人能算得准别人的命运，你们也不要把我的话放在心上。"

瞎爷爷虽然这么说说，可他的话，大伙还是一直记在了心头。

二十多年后，瞎爷爷虽然去世多年，可他的话却一个个神奇地应了验：二毛当上了一乡之长，虽然官不大，可

吃香的喝辣的，还娶了本地盐商家的大小姐，盖了一幢小楼房，日子过得倒也逍遥自在。

三娃数年后闯关东，扛过大包，搬过砖头，从小工到大工、工头，再一步步干到老板。到最终，三娃也没有忘记自己是吃井水长大的，他用赚来的钱开了家挺大的米店，还请了上百号工人，家业也是蒸蒸日上。

只有黑子的命运令人感叹不已，他是村里第一个大学生，先是考上了北京的一所名牌大学，后来又考取了律师资格，开了一家自己的律师事务所。可他过得并不幸福，总觉得他精神极度压抑。村里人还听说他帮人打官司，又苦苦坚持他那可怜的职业道德和良心，得罪了不少权贵，在受到威胁和警告后也不轻言放弃，结果被人抓起来判了三年。

而那些当初丢失了稻草的孩子，日子过得虽然普普通通，却也算简单而快乐，正如瞎爷爷所言，他们是些容易满足又随遇而安的普通人。

哲学先生评曰：瞎爷爷只用一根稻草，居然算出了十几个孩子未来的命运，这事固然有夸张的成分，但仔细想一想，却也不无道理。细节决定成败。小细节看上去孤立无援，但往往是一个人性格、习惯、情感和意志的必然反映。性也，命也。当然，正如瞎爷爷所说，除了一个人的性格以外，决定命运的还与整个大环境有关系。所以说，瞎爷爷虽然眼睛不好使，可他是在用心来看这个世界啊！

（本篇月月评短信代码：1615）

（题图：张　恢）

根据日本横沟正史的同名小说改编

□ 成方 改编

夜半口哨声

益美是个16岁的美少女。她由于身体非常虚弱，没办法正常上学，才跟着叔叔片桐敏郎来到著名的京都昆虫保护区休养。

没想到无心插柳，益美在保护区的温泉宾馆认识了一个叫雄策的男高中生，雄策在东京读高三，是利用暑假来这里打工的。通过这一段时间的相处，两个人渐渐萌生了爱意。

这天晚上，他们俩在茶室里聊了很长时间，分手后，益美回到了自己的房间，可十二点都过了，她还没有睡踏实。突然，只听"嘘——嘘——"一阵低沉的口哨声从窗外传来，接着就是"卡沙、卡沙"奇怪的声音……

口哨声渐渐逼近，益美紧张得要昏过去了，她用仅存的一点力气，从床上爬下来，摇摇晃晃地奔到隔壁雄策的房间。

雄策醒了，惊问道："怎么回事？"

"雄策，口哨……口哨……"

雄策侧耳仔细听了听，接着又摇了摇头："我怎么没听到？益美，是不是做噩梦了？"

"不，我真的听到'卡沙、卡沙'的怪响和口哨声！"益美坚定地说道。雄策扶着浑身颤抖的益美回到房间，打开灯，结果什么也没有发现，最后只好叮嘱她两句，回到自己房间去

倘有了同病相怜的伴侣，天大的痛苦也会减去一半。——莎士比亚

了。周围是静悄悄的，益美也很纳闷，就这样昏昏沉沉睡过去了……

第二天早上，益美躺在阳台的折叠椅上休息，叔叔一早就去了湖边。叔叔是日本有名的昆虫学博士，现在正拿着采集箱在湖边采集稀有昆虫。益美自幼父母双亡，姐姐又在去年过世，叔叔是她唯一的亲人，她跟着叔叔来温泉宾馆已经一个多月了。

正胡思乱想间，有人轻轻过来拍了一下她的肩膀："在欣赏风景哪？"

益美一惊，见来人是雄策，就似是而非地点点头。

"起来吧，我们一起划船？"

"你一个人划吧，我有点头疼。"

"你昨晚是不是没睡好？"雄策关心地问。

"雄策，我昨晚真的听到了怪响和口哨声。"益美争辩道，脸上又布满了恐惧。

"就算你听到口哨声，也不用吓得这样呀！"

益美猛地从躺椅上站起来，哽咽道："你不知道，对我而言，半夜的口哨声，是可怕的诅咒！"

雄策怔住了，他不知道该如何安慰她，只是一个劲地道歉："对不起，益美，能告诉我这是为什么吗？"

益美泪水纵横的脸充满了恐惧，她看着憨厚热情的雄策，犹豫了一下，最后还是下了决心："这是我的家事，叔叔叫我不要告诉任何人。"

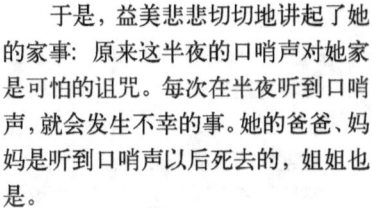

"你放心，我一定替你保密。"雄策说。

于是，益美悲悲切切地讲起了她的家事：原来这半夜的口哨声对她家是可怕的诅咒。每次在半夜听到口哨声，就会发生不幸的事。她的爸爸、妈妈是听到口哨声以后死去的，姐姐也是。

其实，益美的姐姐是个非常坚强的人，父母去世后便勇敢地挑起了家庭的重担，可是可怕的诅咒又落到姐姐身上……在去世前的几天里，姐姐对益美说：她在半夜里听到了低沉的口哨声，当时益美以为姐姐是心理作怪。可在姐姐去世的那天夜里，她也真真切切地听到了口哨声。那是去年4月4日的半夜，益美突然醒来，听到有人在低沉地吹口哨，她赶紧跑到姐姐的房间前探听动静，没想到竟听到姐姐痛苦的呻吟声，她用力敲门，姐姐却没有回应她，她只好跑回房里拿钥匙……打开灯，姐姐已经躺在了地板上，她跑过去拼命呼唤姐姐，许久姐姐才微微张开眼睛，颤抖着说："益美……小心半夜口哨声……那可怕的恶魔毒手……毛茸茸的恶魔毒手……"话没说完，姐姐就咽了最后一口气。

说到这里，益美痛苦地捂住脸。雄策的脸色也渐渐凝重起来："当时家里还有什么人？""叔叔和三个佣人。"益美说。"毛茸茸的恶魔毒

手……"雄策低声沉吟,这时他看到益美的叔叔采集完昆虫,走向了宾馆。

"益美,我会替你保密的。"说完,雄策匆匆跑出宾馆,打车去了市图书馆,直到太阳偏西,他才返回住地。在湖边他碰到了看管湖水的老伯伯。打过招呼后,老伯伯突然问他:"片桐博士明天要离开这里吗?"

"不知道呀!"雄策疑惑地睁大眼睛。"没什么,"老伯伯笑笑,"只是片桐博士每天都会来买蚊子,但今天他却说已经不需要蚊子了,看来他要走啦!"

雄策猛地一惊。他回到宾馆时,天已经黑了。益美吃过晚饭,叔叔催她回房早些休息,可是想起半夜的口哨声,她心里就很害怕,不自觉地来到雄策房间,嗔怪道:"一整天你去哪

了?"

雄策只是笑笑,把手中的一根柳鞭在空中一挥,发出"咻"的一声"这是我用柳树嫩枝做的柳鞭,你看还挺好玩吧!"说完他把鞭子扔到床上,请益美坐下。

"益美,你知道你叔叔在研究什么吗?"

"他在研究一些稀有昆虫啊!"益美说。

"错了,他在研究蚊子!"

"蚊子?他研究蚊子干什么?"

"是的,片桐博士每天提着采集箱,不是去采集昆虫,而是去看管湖水的伯伯那里买蚊子拿回来研究。哈哈哈!"

益美听出雄策的笑声里有讽刺意味,脸上露出不高兴的样子。

"对不起,我惹你生气啦?别生气,我泡一杯你最喜欢喝的柠檬茶!"

"嗯,这还差不多。"益美的心情好了许多。喝完雄策为她泡的热柠檬茶,她接连打了几个哈欠便进入了梦乡。雄策嘴角露出一丝不易察觉的笑意,他

黑夜过完了显露晨曦,愁苦的尽头方有欢乐。——乔叟

提起柳鞭，蹑手蹑脚，潜入益美的房间，反锁上门，关了灯。

十二点半左右，只听见有人在门外轻轻喊道："益美，你睡了吗？"接着就听见轻轻旋转门把的声音，见门已反锁，这人才放心地离去。没多久，门外突然响起了益美所说的低沉的口哨声："嘘——嘘——"

这时，雄策的心里也充满了恐惧，他一手抓住柳鞭，一手抓着手电筒，在黑暗中瞪大眼睛。随着口哨声渐渐临近，他的额头上渗满了冷汗，牙齿"格格"打颤。当口哨声戛然停止，床上却传来"啪"的一声。

雄策打开手电筒往床上照去——天哪！一只身长三十公分以上的大蜘蛛正张开毛茸茸的脚在床上爬行，被电筒一照，那大蜘蛛迅速抬起前面的两只脚，迎面扑了过来！雄策提起柳鞭狠狠地朝它抽去，"啪——啪——啪——"

大蜘蛛吓得缩起了身子。这时"嘘嘘"诡异的口哨声再次响起。听到口哨声，大蜘蛛迅速爬到天花板上，一溜烟地钻进了天花板的洞里面。就在口哨声停止的那一瞬间，隔壁房子忽然传来了尖锐的惨叫声："啊！可恶！是我……是我啊……"

紧接着，隔壁房里又传来"轰"的一声。

"糟了，"雄策冲进了隔壁房里，顺着手电筒的灯光，只见倒在地上的那人却是益美的叔叔片桐敏郎，他已经断了气，大蜘蛛尖锐的毒爪还在刺咬他的脖子……

第二天，雄策带着益美离开了温泉宾馆。火车上，益美望着火车窗外的绵绵细雨，轻声叹了口气："原来这一切都是我叔叔搞的鬼……"

"是的。那半夜的口哨声是命令蜘蛛的暗号。"

"你怎么知道这一切的呢？"

"是这样的。那天，当你说到'恶魔毒手'时，我突然想起了从前看过的一本书。后来我在图书馆查到，那是一种生活在中国台湾南部的毒蜘蛛，任何人被它咬一口都会死，由于它毛茸茸的八只脚张开像人的手，所以当地人称它为'恶魔毒手'。它还有个特殊的习性，就是喜欢听口哨声。片桐博士每天买蚊子就是喂蜘蛛，当我知道他不再需要蚊子时，我断定他肯定要对你下毒手。所以我在你喝的柠檬茶里加了安眠药，然后潜入到你的房间，没想到这个歹徒正是你的亲叔叔！"

"我不明白，叔叔为什么非要置我们于死地呢？"益美显出一脸的落寞。

"傻瓜。还不是为了你祖父留给你们的遗产吗？他竟想出了这么可怕、残忍的阴谋！"

（本篇月月评短信代码：1616）

　　　　（题图、插图：箭　中）

靠猴子

□ 苏景义

今年是猴年，给你讲个发猴财的故事。说有个退休师傅姓刘，这天黄昏，他顺着河边的马路散步，忽然发现脚前有枚硬币，便弯腰捡了起来，他吹了吹上边的土，看出是枚贰分钱硬币，便顺手捏在手里。走不多远，他又发现一枚，于是又捡了起来，是枚五分的。到天黑，他居然拾到了十来枚。

回到家中，刘师傅把拾来的硬币放在餐桌上，准备用布擦擦。就在这时，儿子小民下班回来，一掀门帘就问："爸爸，你在干啥呢？"刘师傅头也没抬，就说："路上拾到几分钱，我把它擦一擦。"小民扑哧一笑说："一枚分币能买几粒米？我们家也不缺这

几个钱，人家看笑话呷！""什么笑话？我捡钱上对得起天，下对得起地，是光明正大的事！"

刘师傅是个倔脾气，决定明天还去捡。第二天一早，他就出了门，走路时就低着头看地上，见有硬币便捡起来，一天下来捡了一大把。几天后，就有一大堆了。但有次差点闯了大祸，他眼睛光顾着看地上，人竟走到汽车道上了，等他发现拔腿就往回撤，不料撞到了一辆急驰而过的自行车，他一屁股坐在地上……

回家后，他感觉屁股还隐隐作痛。他想，明天还出去捡吗？正在这时，他家养的看家猴蹦蹦跳着过来，手里拿着一枚红枣，是院子里那棵枣树

上落的，他眼睛一亮：让猴去捡，猴既然能捡枣就会捡钱！

于是，他就训练猴子捡钱：他往地上扔一枚硬币，让小猴捡起来，然后从兜中掏出颗糖果让它吃。这小猴极有悟性，仅用了一天时间，就训练成了捡钱能手。

第二天傍晚，他牵着小猴来到街上，顺着人行道的边沿走，两个小时下来，小猴所捡的比他一天还要多。这是因为小猴眼尖腿灵，而且，人们见他牵着个猴来溜腿，便围拢来看，见小猴一路捡钱，都哈哈大笑，说这小猴也知道爱钱儿。那些小孩更是跟着小猴儿看，而且随手掏出兜中硬币，扔过去看它蹦跳捡钱。

刘师傅牵着猴子，几个月走遍了城里的大街小巷。他买了五斤糖果，开始是小猴每捡一枚硬币奖它一颗糖果，后来捡十枚才奖一颗，到后来，干脆捡一傍晚回来才奖十颗糖果。但猴子却乐此不疲，捡得起劲。这样半年下来，一分、贰分、五分……所捡硬币竟装了满满三大水桶。

见捡回来这么多钱，小民再也没有闲话了，全家人都很高兴。刘师傅就和老伴抬了半桶去银行里兑换，银行里的人见了很惊讶，说你们家是干什么的，哪弄来这么多硬币？又说我们太忙，你们到别处去看看吧。老人们就抬着去了另一家银行，这家银行的人却说："你这半桶硬币数下来得

两天，你看，我们这里就两个人，实在没时间。"

老人垂头丧气回到家中。老伴说，捡了这么多钱，换又换不成，花又花不出，成累赘了……

一转眼几年过去了。这年，小民忽然下了岗，刘师傅的退休金厂里也不能按时发放，刘家的经济一下拮据起来。这天，刘师傅正在发愁，他的一个徒弟过来看他。喝茶说话时，徒弟见刘师傅的小孙子哗哗地在床上抛硬币玩，就抓起几枚看了看，惊叫道："师傅，你家这分币可值钱了，这枚八十年代初发行的贰分钱硬币，邮币市场一枚都卖到一百一十元了。你家还有没有？我知道有地方收购，有多少收多少。"他还解释这些硬分币现在已停止发行，许多人争抢着收藏，所以价格成倍地往上翻。

刘师傅愣了一下问："啥？现在硬分币这么值钱？你不会骗师傅吧？"徒弟忙向刘师傅解释，说怎么会骗你呢，我表弟在省城专门搞邮币交易，听他说最紧缺的分币一枚都值上千元呢。刘师傅一听，弯腰从床底下拉出两水桶。徒弟一见，顿时惊呼："哎呀，师傅，你发财了，这都是无价之宝啊！"刘师傅说，原来有满满三大桶，现在只剩这两桶了，那一桶这几年都让你师母买青菜慢慢花掉了。徒弟连说可惜可惜，他把硬币哗啦一下倒在地上。最后，仅贰分钱硬币就

找到了二百多枚，价值两万多元呢。其他分币的价码他一时记不清，需要回去拿价格表来对照，据他初步估计，这两桶分币起码价值十万元。

刘师傅一高兴眼泪都出来了。徒弟本来是来宽慰师傅的，不想无意中帮了师傅的忙，也就很高兴。师徒两个就着花生米喝了几盅。

第二天一早，徒弟就将硬分币价格表拿了来，师徒两个清理了一天，光每枚在一百元以上的就清理出了上千枚。其余的每枚虽不上十元，但因已不再发行，所以还会慢慢升值。师徒俩带着这一千多枚硬分币来到硬分币收购站，一下子竟卖了十三万元！家里的生活一下子好了起来。

却说捡钱的老猴前年生了只小猴，小猴也大了。刘师傅对两只猴子疼爱有加，视为全家的功臣，比对亲儿子还亲。每天早晨，刘师傅爱到胡同口的小吃摊吃早点。他去的时候，总牵着两只猴，喝豆浆的时候，也给两只猴要一碗；吃油条的时候，也给每只猴要一条。

在小吃摊上吃早点的人很多，走了一批又一批，人们吃过早点，总爱把餐巾纸、塑料袋之类的东西往地上扔，这很不卫生，影响市容。所以城管人员随时来检查，查到谁的小摊上废纸多就罚款。那天刘师傅吃过早点后没事，就帮着摊主捡满地的废纸。两只猴子见主人捡纸，便跳过来模仿着捡。它们眼快、腿快、爪快，眨眼工夫便将地上的废纸捡了个一干二净，并放之于一堆，乐得摊主人直夸："这猴子真行，你不如牵着它给各小吃摊捡废纸，给哪个小摊捡捡，不给个小钱？况且废纸还能卖钱！"

刘师傅听了心中一亮，他正愁儿子没有工作呢，这不正是个好机会吗？猴子呀，你算是又帮了我家的忙了。于是，他在家把猴子训练了几天，就把小猴交给了小民，自己带着老猴，一个去东市，一个去西市，到各个小摊上捡废纸。

第一天下来，自己又收工钱又卖废纸，挣了四十六元钱。小民那边，小猴子机灵又强壮，一天竟挣了七十八元！刘师傅算了算，照这样下去，他俩每人每月挣一两千元没有问题，比上班都强呢！

一晃半年过去。那天，刘师傅家里来了一帮人——环保局的领导带着报社记者来了，他们给刘师傅和小民胸前挂了大红花，给两只猴子脖子上系上了红绸，环保局称他们是环保模范。记者还让刘师傅一家三口坐中间，猴子站两边，咔嚓咔嚓按照相机快门。第二天，报纸登出来了，刘家三人两猴成了人们谈论的热门话题……

（本篇月月评短信代码：1617）

（题图：王申生）

人的良心犹如太阳，我们不应使它泯灭，否则，生活本身将失去光彩。

人性的证明

□ 钱 岩

1. 赶紧把借条送给人家

关大权今年四十六岁，他自谋职业，在路口支了个摊子，蒸馒头包子卖，起早贪黑人辛苦，一天只有三十来块钱的进账。

不幸的家庭各有各的不幸。这个关大权上有老下有小，母亲八十了，身体差，三天两头打针吃药；儿子关飞十八岁，念高二，今天要这钱，明天要那费；两年前他老婆又病逝了。

虽然挣的钱一直紧巴巴的，但关大权生来善良乐观。别人来买大馍包子，缺个三毛两毛，不要紧，拿走就是了；要饭的来到他摊前，大馍包子随便给。老娘知道了心疼，说："儿啊，小本生意，你手要是不紧，那就没办法挣钱了。"关大权笑道："做生意嘛，就要图个人气。"老娘听了叹息道："你管人家叫花子一个饱，难道是图人家下次再来？"当老娘的面，关大权嘿嘿笑着保证下不为例，但过后就忘了。老娘也拿他没办法，本性难移啊！

这天中午，捡破烂的尚婆婆从摊前过，关大权知道尚婆婆肯定又没吃饭，于是就热情地把尚婆婆让进屋，端上三只热气腾腾的包子。尚婆婆不好意思道："关师傅，我经常吃你的包子，给你钱你又不要，这无亲无故的，多过意不去。"关大权说："几个包子，

又不是什么值钱的东西，有什么过意不去的？你老人家这么大岁数还自食其力，对我们晚辈可是个激励呢！"

尚婆婆吃完包子，从怀里掏出个皮夹子来，关大权以为尚婆婆要付钱，刚伸手要拦，不料，尚婆婆说"关师傅，刚才我在垃圾堆上捡了一个空皮夹子，看样子还能用，如果你不嫌弃，就送给你装装钞票。"

关大权心想：这老婆婆真是，我要人家扔掉的破皮夹子做什么！但嘴上不这么说，反而笑嘻嘻把皮夹接过来，装着吃惊道："哟，尚婆婆，你捡的这皮夹还是鳄鱼牌的呢！你瞧瞧，这儿是不是有一条鳄鱼？这皮夹子新的要值一百多块！"

其实这破皮夹子是假"鳄鱼"，人造革的，新的也就十来块钱。关大权之所以这么说，是为了让尚婆婆高兴，以后给她包子吃，她能心安理得。果然，尚婆婆听关大权说她捡的这皮夹子是名牌皮夹子，顿时笑逐颜开："管它什么名牌不名牌，反正我一个老太婆也用不着这花哨东西。关师傅你喜欢，就送给你得了！"关大权于是就把破皮夹子揣到口袋里，说道："尚婆婆，你真的送给我，我也就收下不客气了。以后，你到我摊子上来，保证大馍包子随便吃。"

尚婆婆走后，关大权给炉子加了煤，又扒出一些炉灰，准备和破皮夹

一起扔掉。在扔之前，关大权打开皮夹不经意地看了一下，突然发现夹层里还有一张纸条。抽出来一看，这是一张借条：

借　　条

今借到冰冻街4号黄冰霜同志人民币壹万元整，借期一年，月息二分五厘，保证到期还本付息。

借款人：张丞水、李木兰夫妇

借款日期：××××年12月8日

看了这借条，关大权吃惊不小。这个叫黄冰霜的，怎么这样粗心，竟把到期的借条给弄丢了。一万块，可不是小数字！关大权一拍脑袋，对了，肯定是这个黄冰霜揣着借条去要账，在路上不小心让小偷把皮夹偷了。小偷拿了钱，借条对他来说没用，于是就把装有借条的皮夹扔到垃圾堆里，被捡破烂的尚婆婆捡到。丢了借条，黄冰霜肯定急得如热锅里的蚂蚁，没了借条，那张家夫妇要是不本分，赖账怎么办？我得赶紧把这借条送还给冰冻街的黄冰霜。想到这里，关大权急忙把摊子收拾收拾，骑上自行车，直奔冰冻街找黄冰霜去了。

2. 我做事怎么不用脑子

没想到冰冻街4号竟是家洗头城。店名叫"城"，其实规模并不大。透过半掩着的门，关大权看见一个四

十来岁的女人，描眉画眼的，此时正倚在躺椅上慵懒地修着指甲。平时，关大权对这样的店从不正眼相瞧，更不必说进去了。但这次为了找人，只好硬着头皮推开门。

店里的女人见有人来了，迅速站了起来，笑盈盈道："先生，欢迎您光临。"然后就大声朝里间喊"小丽，快出来，来客人了！"

关大权连忙说道："对不起，我不是来洗头的……"

这时，那个叫小丽的女子已经奔了出来，娇滴滴地靠到关大权的身边："先生，你不洗头也不要紧，我们提供的服务是多方位的。要不要我给你按摩按摩？你放心，保证让你立马精神焕发，轻松愉快……"说着就伸手把关大权往怀里拉。

关大权吓坏了，用力想挣脱，谁知那个小丽竟像蚂蟥一样紧紧"吸"上他甩不掉了。见关大权红着脸和那个小丽小姐在拉扯，先前那个修指甲的女人笑道："先生，都什么年代了，还这么保守？瞧把你这大男人吓的！小丽，松手吧，要不人家叫喊起来，别人还以为我们在谋财害命呢！"那女人不解道，"只是，你不愿接受我们的服务，你推门进来做啥呢？寻我们开心是吧？"

那个叫小丽的女子终于松了手，嘬着涂得血红的嘴唇，扭着屁股又进了里屋。这下关大权才从窘态中解脱

出来，忙解释道："对不起，我真的不是来洗头按摩的，我是来找人的。""找人？找什么人？"那女人警惕起来，"我是这儿的老板，在我这儿上班的小姐都是正规职业介绍所介绍来的，我们从来不收留身份不明的人！看来你是找错地方了。""不是……"关大权一下觉得自己很难说清，于是就从口袋里掏出那张借条，说道："是这样的，我捡到了一只皮夹子，里面有一张到期的借条，上面写的是冰冻街4号黄冰霜借给张丞水、李木兰夫妇一万块钱。我想这个叫黄冰霜的丢了借条一定会很

着急，于是就急忙赶来了。你这儿不就是冰冻街4号？"

女老板见了借条，先是一怔，然后就一下子把借条抓在胸前，既紧张又兴奋："这是我丢掉的借条！唉，这两天为这借条，我吃不下，睡不好。想不到，我丢掉的借条终于回来了！真是太感谢你了！"说着女老板就要把那借条往兜里塞。关大权见状，忙一把夺过借条，说道："我怎么知道这借条就是你的？你真的就叫黄冰霜？你得把身份证拿出来让我核实核实。"女老板笑道："我叫黄冰霜这还假得了？这是我的身份证，不信你看看。"说着就把身份证递了过来。关大权接过身份证仔细一看，果然眼前这女人就是黄冰霜。

这下关大权放心了，他把身份证还给这个叫黄冰霜的女人，有点不好意思道："对不起，我必须负责任，一万块不是个小数字。要是给错了人，那麻烦可就大了。现在这借条物归原主，那我也就放心了。"

关大权走的时候，黄冰霜热情地把他送到门口，要关大权有空来玩。关大权心里想：你这地方乌七八糟，你就是用八抬大轿请我来，我也不会再来的。

关大权做好事，从来就不图回报，很快把这事给忘了……

数天后，儿子关飞回家向他要五十块钱。关大权就问儿子要钱交什么费。儿子说："不是交什么费。我们班有个女生叫张雪花，好可怜。几天前父亲自杀了，母亲一下子又病倒在床上，眼看就要辍学了，于是我们几个班干就发动班上同学捐款，给张雪花献爱心。"

关大权素来听不得别人家遭灾遇难，就接着问："张雪花父亲为啥要自杀？"

儿子说："具体我也不清楚。听说她爸她妈下岗后，借了人家一万块钱高利贷在门口办了一个小卖店。债一到期，她妈就凑了钱让她爸去还了人家。谁知两天后人家又拿着借条找她家要钱。她爸坚持说钱已还给人家了。可还给人家，借条怎么还在人家手里？她爸说借条没当场毁，放在皮夹里想带回来，谁知在路上让小偷连皮夹一起偷了。借条让小偷偷了怎又会跑到债主手里？这简直是天方夜谭了。雪花的爸爸不承认没还钱，后来人家债主就把雪花家告到法院。人家借条在手，法院判雪花家必须偿还人家的钱。雪花家哪里还有还债的钱？于是雪花的妈妈就哭着和她爸爸闹，因为雪花的爸爸以前好赌，雪花妈妈怀疑雪花爸爸说了假话，他肯定是把还债的钱送到赌场上去了。雪花的爸爸一下想不开，于是就喝毒药了。"

关大权听了很是生气，这雪花的爸爸也太不负责！你一气之下喝毒药了，丢下娘儿俩怎么办？关大权顺便问了一声儿子："这雪花爸爸叫什么名字？"儿子搔搔头皮说："叫张什么来着？对了，叫张丞水。"

什么？张丞水！关大权一听到这个名字，顿时吃惊不小，忙问儿子："雪花的母亲是不是叫李木兰，他、他们是不是借一个叫黄冰霜的钱？"儿子说："这……这我就不知道了。班长住在他们家隔壁，他兴许清楚。"

关大权于是就叫儿子赶紧打电话去问问班长。儿子打了电话，告诉他，雪花的妈妈是叫李木兰，她家是借的黄冰霜的钱。儿子不解地问："爸爸，你怎知道得这么清楚？难道您和雪花的父母熟悉？"

关大权不说话，他越想心里越是紧张，因为自己送还给黄冰霜的皮夹子很可能就是张丞水的。你想，那个叫黄冰霜的女老板怎么可能用那么一个破皮夹子！关大权这个悔啊，肠子都悔青了：自己这么大岁数了，做事怎么不用脑子？拾到一张借条，干吗自己送去，交给警察不就得了？

3. 人在世上讲不讲良心

关大权从儿子口中打听到了雪花家的地址，揣上五百块钱，找到了雪花家。

雪花妈躺在床上，面无血色，人憔悴得就像一张黄草纸。关大权忙自我介绍，说自己是关飞的父亲，关飞和雪花是同学。听儿子说你家遭了不幸，特意来看看。雪花妈一听，泪水忍不住就流了下来，说雪花命好苦，摊上这么个不争气的爸爸，谁料到他赌瘾又犯了，鬼迷心窍，竟把还债的钱赌输了。

雪花妈哭着说："一万多块，一家人流血流汗一年也挣不来呀！我跟他吵，这死鬼还觉得自己冤，竟去寻了死……他撒手去了，丢下这么一大笔债，让我们娘儿俩日子怎么过？"

关大权说："雪花爸不是说他没赌？也许他放借条的皮夹真的让小偷偷了。"

雪花妈说："他在骗我呢！你想，被小偷偷去的借条怎么可能又跑到债主手中？以前他输了钱经常这么骗我。那时每次只是几十、几百，谁知这次一下竟输了一万多……"

关大权忙打断雪花妈，问："雪花爸爸的皮夹子是什么样子？你知道不知道？"

雪花妈说："那皮夹子是我两年前给买的，黑色，十块钱，假的鳄鱼牌，真的我们买不起。"

关大权一听，脑中"轰"地一声，顿时头就大了。他送还给黄冰霜的借条，果真就是张丞水的！天哪，他关大权好心却办了件大坏事了！张丞水死得冤啊！那个叫黄冰霜的女人真是歹毒，人家已经还了你钱，你怎么还昧下我送去的借条又找人家要钱？人

活在世上，还讲不讲良心？

关大权再也不敢看雪花妈那张痛苦绝望的脸，更不敢讲出事情的真相。雪花爸爸的死，他关大权有责任。要不是他关大权把捡到的借条错送给那个叫黄冰霜的女人，雪花家怎么会家破人亡？关大权丢下带来的五百块钱，匆匆退了出来。他没回家，而是怒气冲冲直奔冰冻街4号，他要去找黄冰霜，当面戳穿她的伎俩，骂她个狗血喷头，看她还有没有脸再去找雪花家要"债"？

关大权风风火火赶到洗头城，可黄冰霜黄老板不在。于是就向那个叫小丽的小姐打听老板的去处，小丽小姐不屑道："我怎么知道老板到哪里去了？她的腿又不是长在我身上！"

关大权没办法，只好央求小丽小姐告诉他老板家住哪里，他自己去找。可小丽小姐耷拉下眼皮就是不理不睬。

关大权气坏了，于是扯了一条板凳，当门一屁股坐下来，虎起脸说："你不告诉我，今天我就不走了。我就在这里等，我就不相信她姓黄的不上店里来了！"

关大权这样的架势，肯定要影响小丽小姐做生意了。小丽小姐开始有点软了，于是就让关大权告诉她，自己是谁，她给老板打电话说说。

关大权没好气地说："我是谁？你就说找她要借条的人来了！人家已经还了她钱了，还好意思昧下我捡到的借条再找人家要？害得人家家破人亡！你问问她，人活在世上，还讲不讲良心？"

小丽小姐听了，就闪到一边，叽里咕噜跟老板打电话。过了一会儿，小丽小姐便满脸堆笑地来到关大权跟前，告诉关大权，说对不起，她的老板跟一个旅游团上新马泰旅游，

昨天刚走。

关大权急了，问："那她什么时候回来？"小丽小姐说："少说也得十天半月！我们老板懂生活，要是在旅游中碰上个中意的情人，三两个月不回来也很正常。"

关大权傻眼了，但转念一想，不对！什么出国旅游，说不定这是那姓黄的耍的花招，故意躲着不敢见我！我可不能上她的当！见关大权不信，仍然固执地坐着不挪身，小丽小姐急了，但面上却不显露出来，眼睛一转，扭着屁股来到关大权跟前，笑着说："先生，我说我们老板不在你不信，偏要在这儿等。这么等，闲着也是闲着，干脆到里间我给你服务服务，只收你半价……"

关大权正色道："姑娘，你正经点，我可不是你想象的那号人！"可那个小丽小姐脸皮就是厚，竟然凑上来对关大权动手动脚。这下关大权招架不住了，忙起身奔出门外。

望着关大权落荒而逃的背影，小丽小姐靠到门框上哈哈大笑。

4. 天啦，她要杀人灭口

关大权猜得没错，洗头城老板黄冰霜根本就没去什么新马泰旅游。这黄冰霜原来和张丞水、李木兰夫妇是一个厂的同事。早些年工厂效益滑坡，黄冰霜就"下海"了，也不知她出去干的是什么，反正发了财，回来

买了房，还开了家洗头城。后来厂倒闭了，张丞水、李木兰夫妇下岗后想开个小店，于是就来找已发了财的黄冰霜借钱。黄冰霜愿意借钱，但要收利息。黄冰霜说："其实我根本不在乎这几个利息，但现在是商业社会，有付出，就必须有收入。"

一万块钱一年的利息就高达三千元，但张丞水、李木兰夫妇一咬牙还是借了。因为利息很高，所以债款一到期，张丞水、李木兰夫妇就东挪西凑把钱还给了她黄冰霜。

黄冰霜哪里想到第二天，竟有一个男人捡到了张丞水丢失的借条，以为是她黄冰霜丢失的，把它送上门来了。她一阵窃喜，有了这张借条，就可以"名正言顺"地再敲他张丞水、李木兰夫妇一万元及利息。

虽然决定这么做的时候，她心头曾掠过一丝不安，但对金钱的贪欲最终还是占了上风：送到嘴里的肥肉不吃白不吃！

黄冰霜持着借条上张丞水家来要债，李木兰感到疑惑不解"两天前我丈夫不是连本带息还给你了？怎么还来要债？"

黄冰霜说："你们什么时候还我钱了？你瞧，借条还在我手中呢！"这下可把李木兰惊得目瞪口呆。张丞水见黄冰霜拿着借条来讨债，顿时吓得面如土色。张丞水告诉妻子，钱的

确还给人家了，只是借条当时没撕，放在皮夹子里想带回来给你看看，谁知半路上让小偷给偷了。因为怕受到责备，回来就一直没说，本以为小偷偷了钱，借条没用还不毁了。万万没有想到小偷偷去的借条，竟又回到债主黄冰霜手中！

黄冰霜脸色铁青，一口咬定张丞水想赖账。张丞水还钱的时候又没第三人在场，这下他就是浑身是嘴也说

不清了。张丞水当然不承认他没还钱，于是黄冰霜就把张丞水、李木兰夫妇告到法院。法院重证据，最后判张丞水、李木兰夫妇在十天内必须归还黄冰霜本息共一万三千元。张丞水没想到黄冰霜这么歹毒，一气之下就拿刀去杀黄冰霜。结果人没杀到，反被派出所拘留了几天。出来后，人们见了他都指指点点，说他张丞水借人家的钱赖账不还，还要杀人！更让他感到绝望的是妻子李木兰也不相信他了，哭着跟他吵，妻子怀疑他把还债的这一万多块钱送到赌场去了。女儿张雪花也为此不理他这个爸爸。张丞水心灰意冷，于是在夜里服毒自杀了。

黄冰霜没想到张丞水会自杀。但她并没有因为张丞水自杀而良心发现，放弃敲诈这笔钱。相反，张丞水"畏罪自杀"，更让她黄冰霜理直气壮了。就在她庆幸自己阴谋即将得逞之际，那个给她送借条的男人突然冒了出来，要找她要回借条，并骂她不讲良心，害得人家家破人亡。黄冰霜头有点大了，在钱还没到手之前，她当然不敢和这男人见面，于是让小丽编造说她现在正在国外旅游。

黄冰霜已经两天没敢到店里来了。小丽在电话里咯咯笑着告诉她："老板，你放心，那个男人不敢上店里来了，因为他胆小，怕我给他'送温暖'呢！"

火焰比眼泪烧得更彻底。——屠格涅夫

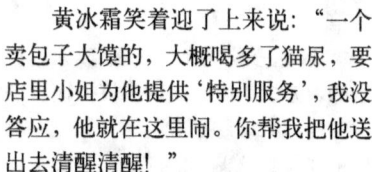

黄冰霜乐了，想想也是，谁没有自己的活？傻瓜才多管闲事呢！

当天晚上，黄冰霜回到店门口，猛然间一个男人突然冲了过来，一下拦住了她："黄老板，为了等你，我已经两天没卖包子大馍。还好，总算把你等到了！"

黄冰霜仔细一瞧，眼前这男人正是那天送借条来的男人关大权，心里一惊，但很快就镇定下来，问道："你是谁？我根本就不认识你！"说着推开关大权，径自进了店。

关大权跟了进来，生气道"黄老板，你别装着不认识我！闲话少说，你把我错送给你的借条还给我。"

黄冰霜阴着脸说："你这位先生越说越没谱了！什么借条不借条的？是不是卖包子大馍挣不到钱了，想在老娘这儿敲诈几个？"

关大权听了怒不可遏："黄冰霜！你还有没有人性？我关大权捡了张借条，急冲冲想把它交给失主，本以为自己是在做一件好事。谁知让没良心的你昧下了，害得真正的失主家破人亡！黄冰霜，我警告你，马上把那借条还给我，否则我跟你没完！"

"是吗？那老娘今天就来领教领教！"说着黄冰霜冷冷一笑，从包里掏出手机打了一个电话。

只过了几分钟，就见一个满脸横肉的家伙开着车来了，还没进门就嚷开了："黄老板，谁吃了豹子胆敢找你的茬儿啊？让大爷我刘三见识见识！"

黄冰霜笑着迎了上来说："一个卖包子大馍的，大概喝多了猫尿，要店里小姐为他提供'特别服务'，我没答应，他就在这里闹。你帮我把他送出去清醒清醒！"

关大权急了："黄冰霜，你血口喷人！我……"

可哪容他辩解，那刘三上来揪住关大权衣领，只一提，关大权脚就离开了地面，把关大权双手朝后一绑，很快，关大权的嘴就被刘三用胶带封住了。刘三把关大权往车里一塞，然后发动车子上路。关大权见车子出了城，开上人烟稀少的江堤，心一下子就悬到嗓门眼：天啦，狗日的黄冰霜要杀人灭口！

5. 你不得无理取闹

那刘三顺着江堤开了三十多里后停了下来，眼前就是一片杂草丛生的江滩。

关大权见了，顿时浑身冷汗直冒：他关大权要是就这么着从人世间"蒸发"了，那年迈的老娘、年幼的儿子以后怎么办？

刘三打开车门把关大权从车里拽了出来，关大权哆嗦着都站立不住了。刘三乐了："瞧把你这大老爷们吓的！没出息，我又不是送你上西天！"说着便揭去贴在关大权嘴上的

胶带。"什么？你不是杀我？"关大权有点不敢相信。

那刘三不屑道："一个卖大馍包子的，你以为你是大款？值得让我杀你？揍你都嫌脏了我的手！""那、那你把我拉到这偏僻的江边来干、干什么？"关大权壮着胆子问。

刘三接着又给关大权松了绑，笑道："人家有钱老板愿意出钱叫我干，我何乐而不为？你算走运，人家只是让你清醒清醒，真要是卸你的大腿胳膊，价钱出得适合，我也干。看你也是个老实人，不妨提醒一下，干吗和有钱人过不去？"

关大权一颗心放到了肚子里，忙解释："是这么一回事……"

刘三打断道："我不想知道你们间的闲事！我只知挣钱。人家黄老板出三百块，我就把你拉到这儿，你肯出三百，我也可以把你拉回去。怎么样？"关大权没钱，有钱他也舍不得这么花。

刘三生气了，一脚把关大权踹下江堤，吼道"你这穷鬼，给我小心点，不准再到黄老板那生事去了，否则下次我真会卸了你的大腿！"说完驾车一溜烟跑了。

关大权爬起来，走了半夜，精疲力竭才走到家，心想，黄冰霜仗着有两个臭钱，实在可恶。如果继续找她讨要借条，说不定哪天真叫刘三废了

自己。真要是有个三长两短，老娘、儿子怎么办？可这事若放手不管，那张丞水冤死不说，李木兰还要再还那狗日的黄冰霜一万多块钱。黄冰霜没良心，我关大权不能也没良心。

思前想后，关大权决定去告诉李木兰事情的真相，要李木兰上法院去告黄冰霜，他愿意去做证。如果官司打输了，那他关大权就认下这一万块钱损失。自己惹的祸自己负责任。

当关大权再找到李木兰时，李木兰正准备把小店盘给别人，在规定期限内把钱还给黄冰霜。欠债还钱，这是天经地义的事。可听了关大权说出事情真相，李木兰如雷轰顶，几乎晕倒。她不能不相信，关大权连借条用的是什么纸，字迹是什么颜色，借款的日期都说得准确无误，这能假得了？李木兰悲愤交加。她悲自己丈夫死得冤，恨黄冰霜手狠心毒！

由于出现了新情况，法院决定重审这个案子。

可在法庭上，黄冰霜根本就不承认自己手里的借条是关大权捡到送来的。她一口咬定那借条存放在自己的保险柜里，从不示人，怎可能落到他姓关的手中？他张丞水把钱赌输了，骗他老婆说钱还给我了，要真是还了，何必还"畏罪自杀"？这个姓关的，几天前他到我店里来，不规规矩矩地洗头，要店里的小姐提供"特别服务"，我没有同意，于是便对我怀恨

在心。至于姓关的能说出借条用什么纸用什么笔写的，更不能作为证据。这，李木兰可以告诉姓关的呀。为了赖我这一万多块钱，孤男寡女真要是别有用心地勾结起来，什么坏事干不出来？

黄冰霜颠倒黑白，信口雌黄，可把关大权气得浑身发抖。关大权一下还真拿不出来有力的证据。他本来还可以把尚婆婆喊来做证，可没想到两天前尚婆婆捡破烂时，一不小心落水淹死了！望着关大权目瞪口呆的样子，黄冰霜可得意了。

审理这案子的吴法官是个经验丰富的老法官，他凭直觉就知道关大权没有撒谎。可办案不能感情用事。吴法官凝视着黄冰霜呈上来的借条原件，突然眼睛一亮。

吴法官不动声色，问黄冰霜"黄冰霜，你说这借条一直放在保险柜里，从不示人？"

黄冰霜说："是的。我就怕保管不善，要是弄丢了，他们肯定赖账。唉，谁知没弄丢，他们也赖账。这世上，好人不能做啊！"

吴法官继续问"黄冰霜，你能确信关大权不能接触到你这张借条？"

黄冰霜说"这个姓关的，以前我根本就不认识！别说他摸我的借条，看都没看过。请法官同志不要信这个姓关的胡扯。"

吴法官转而问关大权："关大权，这张借条是你捡到送给黄冰霜的？"

关大权说"是的。我连同那皮夹送还给了黄冰霜。我原以为她黄冰霜是失主，谁知真正的失主是张丞水。她黄冰霜没良心，人家已经还了她的钱了，她还昧下我错送来的借条，逼人家还钱，害得人家家破人亡！"

吴法官继续问："这么说，你接触到了这张借条？"

关大权说"当然了。我把它拿在手里反复看，那上面的内容我都能背下来。不信，我背给你们听听。"

· 情节 ABC ·

打 赌（结尾部分）

（8月号上半月刊中说到，李龙到家后，把螃蟹交给妻子，自己一头扎进了书房，掏出那把零钱清点起来……）

突然，他看到里面夹着一张纸条，上面还有字——

李老师：谢谢您。我跟朋友闲聊时曾说："别看李龙气宇轩昂，名气不小，他肯定也和常人一样，爱贪小便宜！"朋友不信，非和我打赌不可，赌注是500块。结果我赢了。

所以，正确的答案是：B.钞票里夹着一张纸

吴法官没让关大权背借条，说道："好了，现在休庭，过两天宣判。现在请当事人黄冰霜、李木兰、关大权用右手大拇指在你们陈述上按手印。"

第三天，吴法官便严肃宣判，关大权捡的借条一张，错送给黄冰霜，真正的失主应是张丞水。张丞水、李木兰夫妇借黄冰霜的一万块钱本息已还，驳回黄冰霜继续索要一万块钱本息的无理要求。

黄冰霜一听，顿时大喊大叫，指责法官不公。吴法官怒视黄冰霜："黄冰霜，你不得无理取闹！你没想到吧，这借条上有一明显的炭泥指纹，我们已做了技术鉴定，确认是关大权的。黄冰霜，你不是说这借条一直保存在保险柜里吗？你不是说关大权根本接触不到借条吗？显然你是在撒谎！"黄冰霜闻言，一下傻了，在众人的嘲笑声中，恨不得找个地洞钻进去。

关大权帮李木兰打赢了官司，但心情依然很沉重，因为他的过错，让李木兰失去了丈夫，让张雪花失去了父亲。虽然李木兰母女不责怪他，但关大权一直不原谅自己，一有空就去帮李木兰做些重头活，对张雪花的学习也是关怀备至。儿子关飞见了，笑着对他说："爸，其实您不必这么内疚，干脆赔人家一个丈夫一个父亲算了！"

关大权叹息道："傻儿子，这又不是物件，怎么赔？"

儿子做了一个鬼脸，悄悄地说："你把雪花妈娶进门不就得了？"

关大权听了，脸"刷"一下红了，一把揪住儿子的耳朵："我叫你这小子乱说！"儿子关飞夸张地叫唤着，后来，父子俩忍不住都乐了。

关大权继续无微不至地关心着李木兰母女。至于关大权是不是像儿子所说的那样，要赔人家一个丈夫一个父亲，这可是以后的事了。

（本篇月月评短信代码：1618）

（题图、插图：杨宏富）

怜悯之心必生爱，它们不过是一体的两面。 ——德莱顿

阿P故事

阿P是一个社会群体的缩影,他独特的对事对人的处理方式,使这些故事充满了情趣。不过洋相百出的阿P,他的内心世界又是复杂的,他的所作所为留给读者的思索是多层次多元化的。阿P故事不仅仅是消遣作品,还有着揭示社会矛盾、启迪人生和思考未来的认识和教育作用。

滑稽故事

滑稽是一门引人发笑的艺术,被称之为生活和艺术中一种特殊的"调味品"。本书所选故事均取材于社会生活,作者想象力丰富,倾向性鲜明,作品内容极具口传性,诙谐色彩浓郁,是人们茶余饭后上佳的精神伴侣。

芝麻官故事

芝麻官故事旨在全方位地展示这一特定社会角色的思想境界和人格境界。他们或两袖清风,为民请命;或贪赃枉法,假公济私;或昏庸糊涂,装腔作势;或廉洁奉公,兢兢业业。由于他们同老百姓的距离最为接近,因此他们的故事就更具现实意义。

打赌故事

古今中外73则打赌吹牛故事,按内容分为"逗趣、斗智、惹祸、戏丑"等四大类,多为表现人们的诙谐与机智,有的立意鲜明,寓有讽刺味,而较多的则是娱乐与逗笑。

青春读本 1、2

—— 感动中学生的 100 个故事

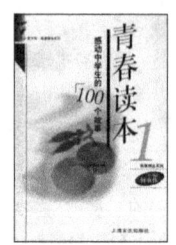

这是我国第一种由中学生全选、推选和评选而成的作品集。它来自全国各地的中学生之手，是从数万件推荐作品中大浪淘沙，筛选出一千来份，然后又特邀上海市的几所重点中学的同学们组成"读书会"，依其多数同学的公认，最后才集镌了这二册共 200 个故事。

据先睹为快的同学们坦言，读了这些作品，才知道什么叫轻松阅读，体会到愉快教育的真正魅力；因为它不但使人学会了感动，而且还让人在感动中留下生命的暗记；用不着逐字逐句地诵读，这些故事已完全潜入了意识领地，在需要的时候喷薄而出。

当然对于其他读者来说，看这些作品，一方面，可以了解我们中学生到底喜欢什么样的作品，另一方面，也可以从中探究他们的心理世界和价值取向。

* * * * * * * * * * * * * * * * * * *

滴水藏海

—— 300 个 3 分钟典藏故事

我们常有这样的生活经验 有时，想说出一番道理容易，而想让人接受这番道理则难，但如果你借助一个精彩的故事来述说道理，借事寓理，托事言志，情况则完全改观。

这就是故事的魅力。

本书收录的 300 则作品正是这样魅力洋溢的精彩故事。这些故事内容精深，构思精巧，篇幅精短，形式精致。学者撰文，教师授课，干部讲话，家长训导，学生作文，都可从中得心应手地广征博引，如同置一架书橱于身边。

本书会是你的良师益友。

仙人指路

□ 申之珉

黄刘村是通往市区的必经之路，刘师傅从城里退休回家后，就在村口路边摆了个烟糖饮料摊，顺便给进城办事的人指道，不让他们走冤枉路。村里一位文学青年知道后，不但给县广播站写了篇表扬稿，而且还在他售货车上写上了"仙人指路"四个大字，于是乎，刘师傅方圆数里便有了点小名气。

这天，村里几个没事的老人来到刘师傅"仙人指路"摊前聊天，只见不少行人前来问路，刘师傅便不厌其烦，将城里的大街小巷，行走路线讲得清清楚楚、明明白白，众人不禁暗自佩服。正在这时，一辆拖拉机戛然停住，车上下来一人急匆匆问道："师傅，市妇产院怎么走……"

刘师傅还没搭腔，众人就七嘴八舌地应道："照直走见第三个红绿灯，左拐弯百货商场对面便是……"

那人说声"谢谢"，转身就要上车，却被刘师傅叫住了："不行，拖拉机白天不许通过市区，你只能在第一个路口换乘面的……"

"啊？"车上人急了，"这可怎么好，我媳妇马上就要生了，动不得呀……"

"这样吧，"刘师傅胸有成竹地说，"你再朝前走一公里，见一条小水泥路右拐，直接开到妇产院后面的家属院，给守门的讲一下就可以直接进产房了，然后再补办手续……"

那人听罢，立即掏钱买了几包奶粉，零钱都没让找，便千恩万谢开车走了。众人大为敬佩，个个伸出大姆指夸奖道："老刘，真有你的，不愧是仙人指路呀……"

正说话间，只见一辆小卧车又停

了下来，一个气宇轩昂的中年人打开车门来到刘师傅摊前，一眼瞧见"仙人指路"四个字，呵呵笑道："看来我算是问着地方了，老师傅，教育学院礼堂怎么走呀？"

刘师傅应道："南干道北头，市一中的斜对面。"

那人皱皱眉头："市一中？市一中在什么地方？"

"省农机公司隔壁就是呀！农机公司知道吧？很有名气的！"

那中年人还是摇摇头："按说我经常来市里呀，我怎么不记得有个农机公司呢……"

"外国语学院您知道吗，要不，华联超市……"刘师傅见对方还是一副茫然的神色，不禁没辙了，正尴尬时，镇办公室黄秘书正好坐车路过，一见车牌号连忙下车热情地打招呼道："哎呀，宫总呀！您怎么自己开车来了？"

这个宫总正是某房地产开发总公司的老板，名气可谓叮当响、响叮当，只见他颇有气派地微微一笑道："昨天接到一个通知：新来的王市长今天下午要在教育学院做有关本市土地管理的报告，我想应该去听听受受教育，顺便再到市里办点事，所以就自己开车来了。谁知忘记会址了，就连这位'仙人'都没指明白……呵呵。"

"嗨！宫总您开什么玩笑呀，您常来常往的，哪个地方不知道，还用问路？"黄秘书说着，用手一指说："从市政府往东，过'美人鱼大酒店''七匹狼夜总会'，就在'波斯猫洗浴中心'南面嘛……"

宫总一听，不禁恍然大悟："哦，在那儿呀，早知道是这地方，我就不费这么大劲问了……"说着又指着黄秘书，对刘师傅半开玩笑地说："老同志，你好好向这位学学，这才是'仙人指路'呢……"说完，开车扬长而去。

（本篇月月评短信代码：1619）

《小方寸大财富——珍邮奇闻录》

方昭海 方 晓著

讲述集邮故事——曲曲折折，悲悲喜喜，扣人心弦，令人扼腕。

介绍珍邮知识——历史跨度大，涉及品类多，使人开眼界。

传授投资秘诀——细分邮品收藏价值，指点迷津，操作性强。

内有五十余枚珍邮彩图，附最新各类邮品参考价。邮票是小市民的股票，上世纪八九十年代，邮市上曾产生过不少快速致富的神话。今天只要你掌握了这方面的知识和信息，拿出眼光和胆略，照样能在邮票——小方寸中觅得大财富。

个性铃声

□ 江　静　供稿

老王虽年近四十，却童心未泯，买了部挺时尚的新手机，此外，他还花了三个晚上，将所有储存的电话都设置了不同的个性铃声。

这样一来，每个人给老王打电话，手机都会发出不同的和弦铃声。

这个周末，公司加班加晚了，老王便和两位同事一块儿去公司附近的酒家聚餐。菜还没上，老王的手机便响起了一段欢快的小夜曲。老王冲大家点了点头，说："是朋友的。"然后打开手机。

菜上齐了，几个人有说有笑地吃了起来。老王的手机又响了，这回却是节奏紧张的《义勇军进行曲》："起来，不愿做奴隶的人们……"

有个同事悟性较高，立即笑着说："老王，是你老婆的电话吧？快接吧，不接那才是最危险的时候到了。"老王有点不好意思地笑了笑，算是默认了。

接下来，大家边吃边聊，话题就转到了公司的事情上。看起来，大家都对刘主任意见最大，这个刘主任是人力资源部的头头，任人唯亲，喜欢搞裙带关系。特别是老王，一谈起刘主任来，似乎有满腔的仇恨。

大家正聊到兴头上，老王的电话又来了。这回的铃声竟是一个脆生生的童声："爸爸，接电话。爸爸，快接我的电话！"大家都忍不住笑了起来，不用问，一定是老王儿子打来的了。

谁知老王接了电话，干咳了一下，小声说道："刘主任，你好……"

（本篇月月评短信代码：1620）

制胜法宝

□ 王文华

张顺这个人没有其他嗜好，就是喜欢搓麻将，而且麻将瘾特大，一天不摸手生，三天不摸连烧鸡都嚼不出味来，因此，一到晚上总喜欢与几个麻友搓麻将。

这天，他约了几个麻友来到家中。几圈下来，张顺开始不顺了，连连"放炮"，不由得发起牢骚来了："今天怎么这么倒霉？连一局都没赢过！"

麻友听了都觉得有趣，小王就跟他打趣道："张顺，你去买一袋话梅来呀！这样可以把霉气化掉。"

张顺一听，顿时来劲了。对啊，话梅——化霉！他拍拍桌子，喊道："老婆，老婆！"

老婆闻声从房间里走出来："什么事呀？""去给我到街上买袋话梅来。今天手气背，我要吃几粒话梅，把这些该死的霉气化掉！"

老婆听了，说："那你等着，我这就给你买去！"

老婆出门后，几个人又继续玩了起来。不大会工夫，张顺又输了几局，这下他可坐不住了，起身跑到窗子前看看老婆快回了没有："怎么还不回呢？"他踱着方步急得连连搓手。

就在此时，门"吱呀"一声响，老婆进门了。

张顺朝几个麻友扬扬眉毛："哈哈！制胜法宝回来了！"说着从老婆手里接过一袋话梅，顺手拿到几个牌友眼前晃了一圈，"小王！看看……"可话还没说完，几个人早笑成了一团。尤其是小王，眼泪都笑出来了。

张顺给笑得丈二和尚摸不着头脑，他忙把那袋话梅凑到自己眼前，仔细一看，差点没晕过去：原来话梅的包装上印了这么几个大字：天下第一梅（霉）！

（本篇月月评短信代码：1621）

人的天性要求在紧张劳动之后，有一定程度的纵情欢乐。——亚当·斯密星期三中午，张三得了笔不小的稿费，邀了几个同事在饭店请客。

"小诸葛"因牙床上火，左腮浮肿，不能喝酒，于是就说一件事给大家解闷儿：昨天下午，我上街在一家四合院门口，见一条晾晒的短裙掉在地上，就把它拾了起来。刚要把它搭回到铁丝上，院里突然跑出三个小伙子，朝我快步走了过来……接下来发生了什么，请大家开动脑筋。

张三说："这还用问？他们肯定怀疑你偷裙子，上来后不由分说，照你左脸'啪'地就是一巴掌……"小诸葛摇了摇头。

李四道："要么就是赖裙子是你碰掉的，围住你乱打，其中一拳砸在了你左脸上。"小诸葛也摇了摇头。

王五接着说："不会这么简单吧？没准是个贩毒团伙，裙子掉地是暗号，人家还以为你是来接头的呢，发现情况不对，恼羞成怒，这才打了你一顿！"小诸葛还是摇头。

赵六道："你们猜得全不对——这十有八九是个敲诈勒索团伙，你捡裙子已经被他们拍了照，然后向你勒索，说你变态偷女人的裙子，如果不把底片买下来，就要告到单位里，让你身败名裂。"小诸葛听了，仍是摇头。

大家好奇心上来了，逼着小诸葛公布后面的真相。

小诸葛笑了笑，说："真相是三个小伙子走到我跟前，热情地握着我的手，说：'同志，谢谢，谢谢！'然后接过裙子晾到铁丝上了。"

张三脱口而出："虚构！"

李四说："撒谎！"

王五说："胡扯！"

赵六也紧跟着说："瞎编！"

小诸葛见大家不相信，只得耸耸肩，一笑了之。

浮肿的左脸

□ 老 三

菜 盲

□ 黄 胜

小刘在一家科研所工作，工作很忙，讨了个媳妇又贤惠，家里的后勤工作很少让他插手。

这天正赶上宝贝儿子过生日，碰巧又是个星期天，亲戚朋友来了不少。小刘见妻子一手忙不过来，便主动要求上菜市场买菜。妻子反复叮嘱他说："买菜这活儿也不容易，你千万小心点，别让卖菜的给骗了。"

小刘呵呵一乐，说："你放心吧，就你老公这智商，骗我的人还没生出来呢。"

他兴冲冲地赶到菜市，一样一样地采购，大虾、螃蟹、鸡……过秤时，他都探着腰，瞪大眼珠子盯着秤星。别看他平时埋头搞学问，可也听说小商贩喜欢在秤上耍手腕欺骗顾客的

事，因此，每称完一份，他都不放心问一句："够秤了吗？"

人家就说："够了够了，你看这秤还高高的。"

果然，那秤杆直往上撅。小刘暗暗高兴，心说：想骗我？没门！

顺顺利利地买齐菜，小刘左提右拎赶回家，一进门，就把大兜小兜往

晚上小诸葛回家，一推门，见出差半月的老婆正坐在沙发上，呜呜哭着，一惊，忙问出什么事了，老婆先瞅了瞅小诸葛浮肿的左脸，然后一下扑上来，揪扯着小诸葛骂道："瞧你干的好事！我不在家，你干了什么见不得人的事？"

小诸葛露出一脸的困惑，道："没有啊，没干什么呀！""没干什么？昨天下午，你在人家四合院的门口，光天化日之下把个姑娘的裙子扒下来，脸都让人打肿了。现在全厂的人都知道了，天哪，你咋是这么个畜生啊！"

（本篇月月评短信代码：1622）

在"美元"的统治下，人类生活跌落到最低的价值。 ——林德伯格

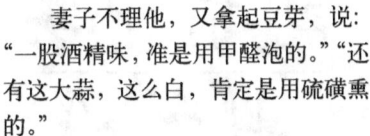

老婆面前一扔，得意地说："胜利完成任务，请领导验收。"

妻子没接话，而是先拿出大虾来，举到面前一闻，皱着眉说："怎么有股氨水味？不会是用尿泡的吧？"

小刘一听，鼻梁上的眼镜差点没掉下来，愕然问道："咋还用尿？难道水不够用？"

"用尿泡过的新鲜呀。"妻子摇摇头，把大虾扔到一旁，继续检查，"鸡是现宰的吗？是不是病死的？""猪肉肯定注过水，水淋淋的。""这些猪肠也有问题，太粗了，说不定是老母猪的。""黄鳝鱼倒挺不错的，可别是养殖的，听说现在有些养鱼的用避孕药催肥鱼苗。""这羊肉这么粗，搞不好是牛肉冒充的。还有这牛肉，有点像骆驼肉。"

……

小刘听得后脊梁一麻一麻的，额头的汗吱吱就冒了出来："老婆，不至于吧？他们真的敢这么干？"

"你呀，简直就是菜盲，"妻子叹口气，后悔不迭，"都怪我，不该叫你这菜盲上市场。"

小刘心想，我吃了三十多年菜，咋还成了菜盲了？他不服气了，把一袋蔬菜推到妻子面前："这些地里长出来的，肯定没问题吧？"

妻子拿起一把芹菜闻了闻，又递到小刘鼻子底下："你闻闻，有没有农药味？"小刘抽着鼻子使劲一闻，还

真闻出个怪味来，可他嘴还硬呢："没有！"

妻子不理他，又拿起豆芽，说："一股酒精味，准是用甲醛泡的。""还有这大蒜，这么白，肯定是用硫磺熏的。"

小刘半信半疑，跟个小学生似的傻傻地问："他们为什么要用硫磺熏？"

"这点常识都不知道？用硫磺熏了以后，大蒜保鲜的时间长，还不长芽。"

检验到最后，妻子无奈地说："得了，你在家招呼客人，我再到菜市跑一趟。酱油也没了，顺便买几袋酱油。"

小刘要将功补过，忙讨好道："待会儿我还要下楼买酒，酱油还是我来买吧。"

"拉倒吧，"妻子说，"你这菜盲，说不定又要买回来用人的头发做的酱油。"

小刘又是一惊，心中不由得佩服万分，感叹不已：这简直太有学问了，头发也能做出酱油来！

临出门的时候，妻子对小刘说："你也别出去了，我顺便给你把酒捎回来吧，你要买什么酒？"

小刘赶紧一摆手，胆战心惊地说："罢了，罢了，你是酒盲，可别买回啥假酒来！"

（本篇月月评短信代码：1623）

提前出去躲一躲

□ 晨 雨

五一黄金周就要到了，大家都非常高兴，可王朋两口子一点儿也高兴不起来。五一是个办喜事的好日子，粗算下来，朋友中、同事间趁过节结婚的就有五家。王朋是一般工人，妻子卢芬在家操持家务，儿子林林刚上高一，家里没有什么额外收入，全家人就指望王朋那五六百元的工资。这个礼金随下来，全家三口人下一个月只有喝西北风了。

活人还能让尿憋死？王朋终于想了个办法：咱赔不起，还躲不起！提前出去躲一躲，人不在家，不去喝你的酒，还随啥礼？到时候提起来就说忘了这件事。

王朋准备全家回趟老家，卢芬当然举双手赞同，可林林说啥也不去。他们不便跟儿子说明情况，就说："行，你不去，就把你一个人留在家里。"

本来是想吓唬他，谁知林林倒爽快得很，非要自己留在家里不可，卢芬想留下来陪儿子，可王朋不答应。

她只好买了几天的吃食，交代儿子说："在家呆着，别乱跑。"

王朋和卢芬回了老家，刚进村，就听见了村里"呜哩哇啦"的喇叭声，他们一看，原来是堂哥家的侄子今天结婚。堂嫂迎上来说，本想着你们离得远，回不来，也就没通知你们，没想到你们竟然回来了。卢芬忙说：自家的喜事，多远也得赶回来。王朋忙掏出 200 元钱到礼桌前付了礼金。

晚上两口子躺在床上，卢芬小声说："咱咋赶得这么巧，200 元出去了。"王朋说："堂哥不是外人，这份礼该拿，你不还省下 300 元吗！"在家住了三天，卢芬再也呆不住了，她放心不下儿子。王朋说，要躲就躲到底，要回你先回。卢芬只好自己先回家了。

当金钱开始说话，事实就闭上嘴。——谚语

多年，不是七仙女能配得上？嘁！

儿子是坐小车回来的，阿P兴高采烈地迎到村口，见儿子从车中牵出那女孩，顿时傻眼了：那女孩不是小玉姑娘，而是一个眼睛描得像熊猫，头发染得像稻草的女孩！

当然，傻眼的可不仅仅是阿P一人，大伙儿都看不懂。阿P这个气啊，这小王八蛋，什么时候又换女朋友了？换了都不招呼一声？这让我在亲戚乡亲面前多难堪。阿P不敢多想，忙奔回来，赶在儿子他们进新房前，把小玉的大照片从墙上摘下来。

小兰偏袒儿子，只要儿子给她领回个儿媳妇，她就高兴，于是安慰阿P说："气啥呢？儿子能结婚总比不结婚好！我看了，这个叫小丽的丫头屁股大，结婚后一准生男孩。还有，从背后看，搞不清的还以为你儿子气派，娶个洋人呢！"

阿P没好气地说："狗屁洋人，我看了就作呕。你说，那个叫小玉的姑娘多好，两人都住到一起了，这小王八蛋为什么不和人家结婚呢？"小兰说："我问了儿子，儿子说，那小玉姑娘睡觉喜欢张着嘴，难看死了。""就这？""就这。"

阿P不知道倒也罢了，知道后更是火冒三丈："这小王八蛋是不是没心没肺？睡觉张着嘴要什么紧！我睡觉不仅张着嘴，还打呼噜呢！你小兰嫌弃我了？你当初要是嫌弃我，还有

他这个小王八蛋今天？"

阿P虽然气，但也只是背地里冲小兰发发火。儿子已经生米煮成了熟饭，你还能怎么的？看不惯就少看几眼吧，反正又不和他们在一起过日子，只要他们能早日给他生个孙子就行。这么想，阿P气便消了许多。只是阿P为儿子放弃娶小玉姑娘还是感到惋惜。可话怎么说呢，上次回来，那小玉姑娘为儿子盛饭打洗脸水，儿子还吹胡子瞪眼。现在儿子要为"大熊猫"盛饭打洗脸水，挨骂都乐得屁颠颠的。他就是这么贱，你有什么法子想。

在家只呆了两天，儿子就要带着媳妇回城。阿P说："干啥你们这么急要走呢？不是有二十多天婚假吗？"儿子说："本来是该在家多呆几天，只是小丽孩子太小，丢在城里保姆那，实在放心不下，还是早点回去好。"

儿子此话一出口，可没把阿P的眼珠惊掉到地下。一问，敢情这小丽原来是结过婚的，孩子都三岁了！

儿子走后，阿P一连在床上睡了三天，小兰担心阿P气坏了身体。阿P说："我不气，我干啥气呢？人家女的是二婚，你家儿子不也是个二婚？只是，一天到晚盼着早日抱孙子，谁知孙子都老大了，能上幼儿园了。可惜是别人帮的忙！"

（本篇月月评短信代码：0825）

（题图：李 加）

本社隆重推出新女性小说《春草开花》

　　这是部队女作家裘山山积数年之心血创作的一部反映当代底层民众生活的长篇小说，全作以编年史的方式，讲述一个出生在江浙一带农村的普通人物春草的不平命运。春草从小生在一个上有哥哥下有弟弟、女人毫无地位的农村家庭，不能上学，更不能撒娇任性，除了辛苦劳作，没有任何快乐可言。但她却拥有一种影响了她终身的性格 倔强，不服输。揣着一定要过上好日子的梦想，她不甘心命运的摆布，奋力挣扎，自己找婆家，自己闯天下，出门打工，创业，发家，失败，东山再起，再失败，再开始，一次又一次，历尽艰辛，吃尽苦头。从农村到城市，从小商小贩到清洁工保姆，她挣扎、奋斗、忍耐、苦熬，坚决不气馁，坚决不放弃，甚至不诉苦……

《十面埋伏》原创小说由本社独家出版

　　由著名导演张艺谋精心打造的武侠巨片《十面埋伏》原创小说由上海文艺出版社独家出版。小说作者李冯假武侠题材，在作品中倾力呈现动人心魄的爱情传奇和复杂纠曲的人性渊薮。这是一个"现代眼光中的武侠世界"，江湖组织并不总是除暴安良、行侠仗义；江湖组织也有违背人性，压抑人性，损伤个人感情、权力和人格的时候。小说《十面埋伏》不仅成功承继了武侠大家古龙的快节奏语言风格，同时也承继了古龙小说中对人物角色特点的安排——最好的朋友就是最大的敌人，最美的姑娘则是隐藏最深、最诡秘的人物。小说采用第一人称叙述，叙述人头脑中萦回不去的是当年他任奉天县府衙捕头时，江湖组织"飞刀门"覆灭过程中发生的一系列刻骨铭心的事情。